LAUREN BEUKES

LŚNIĄCE

DZIEWCZYNY

Przełożyła Katarzyna Karłowska

DOM WYDAWNICZY REBIS

POZNAŃ

Tytuł oryginału
The Shining Girls

Copyright © Lauren Beukes 2013
All rights reserved

Copyright © for the Polish edition by REBIS Publishing House Ltd.,
Poznań 2013

Redaktor
Katarzyna Raźniewska

Projekt i opracowanie graficzne okładki
Lucyna Talejko-Kwiatkowska

Fotografia na okładce
© Kate Polin/Millennium Images

prawolubni

Książka, którą nabyłeś, jest dziełem twórcy i wydawcy.
Prosimy, abyś przestrzegał praw, jakie im przysługują. Jej zawartość możesz udo-
stępnić nieodpłatnie osobom bliskim lub osobiście znanym. Ale nie publikuj jej
w internecie. Jeśli cytujesz jej fragmenty, nie zmieniaj ich treści i koniecznie
zaznacz, czyje to dzieło. A kopiując jej część, rób to jedynie na użytek osobisty.
Szanujmy cudzą własność i prawo.
Więcej na www.legalnakultura.pl
Polska Izba Książki

Wydanie I
Poznań 2014

ISBN 978-83-7818-420-1

Dom Wydawniczy REBIS Sp. z o.o.
ul. Żmigrodzka 41/49, 60-171 Poznań
tel. 61-867-47-08, 61-867-81-40; fax 61-867-37-74
e-mail: rebis@rebis.com.pl
www.rebis.com.pl

Dla Matthew

HARPER

17 lipca 1974

Obraca w dłoni konika z pomarańczowego plastiku, ukrytego w kieszeni sportowej marynarki. Środek lata, za gorąco na takie ubranie. Ale nauczył się wkładać jakiś uniform, gdy chce spełnić intencję. Przede wszystkim dżinsy. Stawia długie kroki – jest człowiekiem, który idzie mimo chromej nogi, bo ma przed sobą cel. Harper Curtis to nie żaden łazęga. A zresztą czas na nikogo nie czeka. No chyba że czeka.

Dziewczynka siedzi po turecku na ziemi; jej gołe kolana, poplamione trawą, są białe i kościste, przypominają ptasie czaszki. Zadziera głowę, kiedy słyszy zgrzytanie jego butów na żwirze, ale natychmiast traci zainteresowanie i wraca do swoich spraw, dlatego Harper spostrzega tylko, że jej oczy pod tą plątaniną potarganych loków są brązowe.

Jest rozczarowany. Kiedy tam podchodził, wyobrażał sobie, że może są niebieskie, w kolorze jeziora, szerokich wód jeziora, gdzie już nie widzisz linii brzegu i odnosisz wrażenie, żeś się znalazł na środku oceanu. Brąz to kolor towarzyszący łowieniu krewetek, gdy błoto na mieliźnie jest skłócone i nie odróżniasz gówna od nie-gówna.

– Co robisz? – zagaja Harper radosnym głosem. Przykuca obok na zdeptanej trawie. Nigdy nie widział dziecka o włosach tak szalonych, jako żywo. Jakby ją wessało do oka jej własnego cyklonu, który dodatkowo wstrząsnął przypadkowymi śmieciami walającymi się dookoła niej. Zardzewiałe puszki, pęknięte koło rowerowe leżące na boku, ze szprychami sterczącymi z obręczy. Dziewczynka całą uwagę skupia na wyszczerbionej filiżance, ustawionej do góry dnem, przez co szlaczek ze srebrnych kwiatków przy brzegu ukrył się w trawie. Ucho się odłamało, pozostały po nim dwa tępo zakończone kikuty. – Urządzasz spotkanie przy herbatce, maleńka? – próbuje jeszcze raz.

– To nie jest herbatka – mruczy dziewczynka przez kołnierzyk kraciastej koszuli podobny kształtem do płatka kwiatu.

Dzieci z piegami nie powinny być takie szczere, myśli Harper. To do nich nie pasuje.

– To i dobrze – mówi. – Bo ja wolę kawę. Czy wolno mi poprosić o filiżankę kawy, szanowna pani? Czarną z trzema kostkami cukru, dobrze? – Sięga po wyszczerbione naczynie, ale dziewczynka wydaje krótki okrzyk i przegania jego rękę.

Spod odwróconej filiżanki dochodzi teraz tubalne, gniewne buczenie.

– Jezu! A cóż ty tam masz?

– To nie jest herbatka! To jest cyrk!

– Powiadasz? – Uruchamia swój uśmiech, ten głupkowaty, który mówi, że Harper nie traktuje siebie serio i że nikt nie powinien tak go traktować. Ale piecze go wierzch dłoni, tam, gdzie go uderzyła.

Dziewczynka wpatruje się w niego z podejrzliwością. Nie z powodu tego, kim on może być, co mógłby jej zrobić. Jest zirytowana, że on nie rozumie. Harper rozgląda się uważniej i teraz już to widzi: jej rozpadający się cyrk. Wielka, główna arena, którą wyrysował na ziemi jej palec, lina zrobiona z rozpłaszczonej plastikowej słomki umocowanej na dwóch puszkach od napojów gazowanych, diabelski młyn zrobiony z powyginanego koła roweru opartego o krzak i przytrzymywanego kamieniem oraz papierowi ludzie wydarci z czasopism, powciskani między szprychy.

Nie umyka mu fakt, że ten kamień zmieściłby się idealnie w jego garści. Ani że taka szprycha wbiłaby się w oko dziewczynki jak w galaretkę. Zaciska z całej siły konika ukrytego w kieszeni. Wściekłemu buczeniu spod filiżanki towarzyszą wibracje; czuje je na całej długości kręgosłupa, mrowi go od nich w kroczu.

Filiżanka podskakuje i dziewczynka przyciska ją dłonią.

– Prr! – woła ze śmiechem, kładąc kres czarodziejskiej chwili.

– Prr? A cóż to? Trzymasz tu lwa? – Trąca ją ramieniem i przez chmurny grymas na jej twarzy przebija się uśmiech, tyle że skąpy. – Jesteś poskramiaczką zwierząt? Każesz mu skakać przez płonące obręcze?

Dziewczynka uśmiecha się szeroko, pokazując śnieżnobiałe zęby; kropki jej piegów skupiają się na policzkach krągłych jak jabłka.

– Nie, Rachel mówi, że nie wolno mi się bawić zapałkami. Nie po ostatnim razie.

Ma krzywy kieł, lekko nachodzący na siekacze. A uśmiech nie tylko nadrabia za te mętne, brązowe oczy, bo teraz Harper dostrzega w nich iskrę. Co z kolei przepełnia jego pierś tym uczuciem spadania. I jest mu wstyd, że nie przyjął od razu na wiarę tego, co mówił mu Dom. Ona jest tą wybraną. Jedną z wybranych. Jest jedną z jego lśniących dziewczyn.

– Mam na imię Harper – mówi zdławionym głosem, podając jej rękę. A ona musi puścić filiżankę, żeby tę dłoń ująć.

– Jesteś obcy? – pyta.

– Już nie, prawda?

– Ja mam na imię Kirby. Kirby Mazrachi. Ale jak dorosnę, zmienię to na Lori Star.

– I pojedziesz do Hollywood?

Dziewczynka przyciąga filiżankę, wlokąc ją po ziemi i na nowo wzbudzając w ukrytym pod nią owadzie szał wściekłości. Harper rozumie, że popełnił błąd.

– Na pewno nie jesteś obcy?

– Znaczy pojedziesz z cyrkiem, tak? Co będzie robiła Lori Star? Latała na trapezie? Ujeżdżała słonie? Zostanie klaunem? – Przejeżdża palcem wskazującym po górnej wardze. – Kobietą z wąsami?

Czuje ulgę, bo Kirby chichocze.

– Nieee.

– Poskramiaczka lwów! Nożowniczka! Połykaczka ognia!

– Będę chodziła po linie. Ćwiczyłam. Chcesz zobaczyć? – Zaczyna się podnosić.

– Nie, zaczekaj – mówi, nagle zdesperowany. – Mogę zobaczyć twojego lwa?

– Właściwie to wcale nie jest lew.

– To ty tak mówisz – zachęca ją.

– Dobrze, ale musisz naprawdę uważać. Nie chcę, żeby odleciał.

Uchyla filiżankę, robiąc pod nią mikroskopijną szczelinę. Harper przykłada głowę do ziemi, mrużąc oczy, by móc cokolwiek zobaczyć. Woń zmiażdżonej trawy i czarnej ziemi uspokaja. Pod filiżanką coś się rusza. Odnóża porośnięte włoskami, coś żółtego i czarnego. Czułki celują próbnie w stronę szczeliny. Kirby wydaje cichy okrzyk i gwałtownym ruchem z powrotem przyciska filiżankę do ziemi.

– To tylko wielki, stary trzmiel – mówi Harper, z powrotem siadając w kucki.

– Wiem – odpowiada dziewczynka, dumna z siebie.

– Rozdrażniłaś go jak się patrzy.

– On chyba nie chce być w cyrku.

– Mogę ci coś pokazać? Ale będziesz musiała mi zaufać.

– Co takiego?

– Chcesz mieć linoskoczka?

– Nie, ja…

Ale on już podnosi filiżankę i zagarnia w dłonie zdenerwowanego owada. Odrywaniu skrzydeł towarzyszy takie samo głuche puknięcie jak odrywaniu ogonka od wiśni; zna ten odgłos, bo cały sezon zbierał wiśnie w Rapid City. Przemierzył ten cholerny kraj wzdłuż i wszerz, uganiając się za robotą jak suka w rui. Aż wreszcie znalazł Dom.

– Co ty robisz? – krzyczy Kirby.

– A teraz potrzebujemy tylko kawałka lepu na muchy, który rozepniemy między dwiema puszkami. Taki wielki stary robal może nawet oderwie nogi, ale lep jest lepki, więc nie spadnie. Masz lep na muchy?

Układa trzmiela na brzegu filiżanki. Owad przywiera do skraju.

– Czemu to zrobiłeś? – Bije go w ramię serią uderzeń otwartą dłonią.

Jest zdumiony jej reakcją.

– To my się nie bawimy w cyrk?

– Popsułeś go! Idź sobie! Idź sobie, idź sobie, idź sobie, idź sobie. – To się przeradza w melodyjne skandowanie, którego tempo wymierza każde kolejne uderzenie.

– Uspokój się. No już, uspokój się – mówi ze śmiechem, ale ona nadal go bije. Chwyta jej dłoń. – Mówię poważnie. Kurwa, przestań, młoda damo.

– A ty nie przeklinaj! – wrzeszczy Kirby i wybucha płaczem.

Nic nie idzie, jak zaplanował – o ile w ogóle potrafi planować te pierwsze spotkania. Ta nieprzewidywalność dzieci męczy go. Dlatego właśnie nie lubi małych dziewczynek, dlatego czeka, aż dorosną. To, co jest później, to już inna historia.

– Masz rację, przepraszam. Nie płacz, dobrze? Mam coś dla ciebie. Proszę, nie płacz. Popatrz. – Zdesperowany wyjmuje pomarańczowego konika, a raczej próbuje go wyjąć. Łeb zahacza o wnętrze kieszeni i musi go stamtąd wyszarpnąć. – Proszę. – Dźga ją konikiem, nakłaniając, żeby go wzięła. Jeden z tych przedmiotów, które wszystko z sobą łączą. No przecież po to go tu przyniósł? Przeżywa zaledwie chwilę niepewności.

– Co to jest?

– Konik. Nie widzisz? Czy konik nie jest lepszy od jakiegoś głupiego trzmiela?

– On nie jest żywy.

– Wiem o tym. Do cholery. Po prostu weź go, dobrze? To prezent.

– Ja go nie chcę – mówi Kirby, siąkając nosem.

– OK, to nie prezent, to depozyt. Ty go dla mnie przechowasz. Jak w banku, do którego oddajesz swoje pieniądze.

Słońce praży. Jest za gorąco, żeby mieć na sobie marynarkę. Harper ledwie może się skupić. Chce tylko, żeby to się dokonało. Trzmiel spada z filiżanki i leży teraz na trawie, na grzbiecie, pedałuje odnóżami w powietrzu.

– Pewnie tak.

Już czuje się spokojniejszy. Wszystko jest, jak być powinno.

– A teraz weź go na przechowanie, dobrze? To naprawdę ważne. Przyjdę po niego. Rozumiesz?

– Dlaczego?

– Bo ja go potrzebuję. Ile masz lat?

– Sześć i trzy czwarte. Prawie siedem.

– To wspaniale. Naprawdę wspaniale. No to jedziemy. Raz dokoła, raz dokoła, jak na twoim diabelskim młynie. Zobaczymy się, kiedy będziesz dorosła. Wypatruj mnie, dobrze, maleńka? Wrócę po ciebie.

Wstaje, otrzepując dłonie o nogi. Obraca się i maszeruje energicznie przez parcelę, nie oglądając się, kulejąc jedynie nieznacznie. Kirby odprowadza go wzrokiem, kiedy przechodzi przez ulicę, wędruje w stronę torów, wreszcie znika wśród linii drzew. Przygląda się plastikowej zabawce, lepkiej od jego dłoni, i krzyczy śladem Harpera:

– To tak? A ja nie chcę twojego głupiego konia!

Ciska konika na ziemię, a ten odbija się, po czym ląduje obok jej rowerowego diabelskiego młyna. Namalowane oczy wpatrują się pusto w trzmiela, który już się obrócił i wlecze się teraz po ziemi.

Wróci po niego później. Oczywiście.

HARPER

20 listopada 1931

Piasek zapada się pod nim, a właściwie nie piasek, tylko cuchnące, lodowate błoto, które wciska mu się do butów i przesącza przez skarpetki. Harper klnie bezgłośnie, bo nie chce, żeby tamci go usłyszeli. A tamci pokrzykują do siebie w ciemnościach: „Widzisz go? Masz go?". Gdyby ta woda nie była taka cholernie zimna, zaryzykowałby i uciekł wpław. Ale już się trzęsie jak galareta od wiatru wiejącego od jeziora, który skubie go i szarpie przez koszulę, bo przecież marynarkę zostawił w tamtej spelunie, całą pokrytą krwią gnojka ze związków.

Brnie przez plażę, lawirując między śmieciami i gnijącym drewnem, błoto kląska przy każdym jego kroku. Kuca za chałupą stojącą na skraju wody, skleconą ze skrzynek i papy. Światło lampy przesącza się przez szczeliny i kartonowe uszczelnienia, sprawiając, że cała konstrukcja się jarzy. Nie rozumie, dlaczego ludzie budują tak blisko jeziora – jakby uważali, że najgorsze już się wydarzyło i że tu nic nikomu nie grozi. Że ludzie nie srają na mieliźnie. Że woda nie wzbiera podczas deszczów i nie zalewa całego tego przeklętego, śmierdzącego Hooverville*. Siedziba za-

---

* Hooverville – popularna nazwa dzielnicy slumsów budowanych przez bezdomnych podczas Wielkiego Kryzysu; nazwę ukuto od nazwiska Herberta Hoovera, prezydenta USA powszechnie obwinianego za kryzys (wszystkie przypisy tłumaczki).

pomnianych ludzi, których kości są na wylot przesiąknięte nieszczęściem. Nikt za nimi tęsknił nie będzie. Tak jak nikt nie będzie tęsknił za posranym Jimmym Grebe. Nie spodziewał się, że z Grebego wyleje się tyle juchy. Do niczego by nie doszło, gdyby skurwiel walczył fair. Ale on był gruby, pijany i doprowadzony do ostateczności. Nie umiał wymierzyć ciosu, więc się zamierzył na jaja Harpera. Harper poczuł grube paluchy tego skurwiela chwytające go tam za spodnie. Jak ktoś cię wrednie atakuje, to mu oddajesz jeszcze bardziej wrednie. To nie wina Harpera, że poszarpana krawędź szkła zahaczyła o tętnicę. Celował wszak w twarz Grebego.

Do niczego by nie doszło, gdyby ten zafajdany gruźlik nie zaczął kasłać w karty. Fakt, Grebe wytarł krwawą flegmę rękawem, ale wszyscy wiedzieli, że ma suchoty, że wykasłuje swoje zarazki w zakrwawioną chustkę. Choroba, wyniszczenie, zszargane nerwy. To koniec Ameryki.

Spróbujcie to powiedzieć „Burmistrzowi" Klaytonowi i jego bandzie przydupasów ze straży obywatelskiej, wszystkich tak nadętych, jakby to oni byli właścicielami tego miejsca. Ale tu nie działa żadne prawo. I nikt nie ma żadnych pieniędzy. Ani też godności własnej. Widywał oznaki – i to nie tylko w postaci tablic z napisem „Postępowanie egzekucyjne". Spójrzmy prawdzie w oczy, myśli, Ameryka sobie na to zasłużyła.

Wstęga bladego światła omiata plażę, zatrzymując się na śladach, które pozostawił w błocie niczym piętna. Ale potem latarka zatacza łuk i podejmuje polowanie w innym kierunku; drzwi chałupy otwierają się, zalewając wszystko mętną poświatą. A potem wyłania się z nich kobieta podobna do wychudzonego szczura. Jej twarz w naftowej łunie jest skurczona i szara – jak wszystko inne tutaj – jakby burze pyłowe szalejące po okolicy wymiotły nie tylko uprawy, ale także wszelkie znamiona ludzkich charakterów.

Na chuderlawych ramionach ma zapętloną jak szal o trzy rozmiary za dużą ciemną sportową marynarkę. Gruba wełna. Sprawia wrażenie ciepłej. Harper wie, że ją odbierze, jeszcze zanim zauważa, że kobieta jest ślepa. Że ma puste oczy. Z ust śmierdzi jej kapustą i gniją jej zęby. Kobieta wyciąga rękę, próbuje go dotknąć.

– Co się dzieje? – pyta. – Czemu oni krzyczą?

– Wściekły pies – mówi Harper. – Gonią go. Powinna pani wrócić do środka. – Mógłby zerwać z niej tę marynarkę i zniknąć. Ale wtedy pewnie zaczęłaby się wydzierać. Szarpałaby się z nim.

Kobieta chwyta go za koszulę.

– Czekaj no – mówi. – To ty? Ty jesteś Bartek?

– Nie, proszę pani. To nie ja. – Stara się oderwać palce niewidomej.

– To ty. Na pewno ty. Mówił, że przyjdziesz. – Jej głos podnosi się alarmująco. Do tego stopnia, że może przyciągnąć uwagę. Kobieta jest już na skraju histerii. – Mówił, że on...

– Ciii, nie ma co się denerwować – uspokaja ją Harper.

To żaden wysiłek podnieść przedramię do jej gardła i przyprzeć ją do ściany chałupy całym ciężarem. Żeby ją tylko uciszyć, mówi sobie. Trudno jest wrzeszczeć ze zmiażdżoną tchawicą. Usta kobiety wydymają się i otwierają z cichym trzaskiem. Oczy wychodzą z orbit. Przełyk unosi się protestująco. Wykręca dłonie wczepione w jego koszulę, jakby wyżymała pranie, po chwili jej kurczęce palce puszczają koszulę i kobieta osuwa się na ścianę. Harper zgina się wpół, układając ją delikatnie na ziemi, a jednocześnie zdejmuje z niej marynarkę.

Mały chłopczyk gapi się na niego z wnętrza nory, ma oczy tak wielkie, że mógłby go w całości połknąć.

– Co się gapisz? – syczy Harper w stronę chłopca, wbijając ręce w rękawy. Marynarka jest na niego za duża, ale to nieważne. W kieszeni coś pobrzękuje. Drobne, jeśli dopisało mu szczęście. Ale okaże się, że to coś znacznie lepszego.

– Zmykaj do środka. Przynieś matce wody. Źle z nią.

Chłopiec wytrzeszcza oczy, a potem, nie zmieniając wyrazu twarzy, otwiera usta i zaczyna chrapliwie zawodzić, ściągając przeklęte latarki. Snopy światła przebijają się przez otwór w drzwiach i padają na leżącą kobietę, ale Harper już poderwał się do biegu. Jeden ze zbirów Klaytona – albo może burmistrz samozwaniec we własnej osobie – krzyczy: „Tam!" i mężczyźni pędzą za nim w stronę plaży.

Harper kluczy przez labirynt chałup i namiotów ustawionych bez ładu i składu jedne na drugich; w przestrzeniach między nimi ledwie dałoby się przepchnąć ręczny wózek. Owady mają więcej samokontroli, myśli, zbaczając w stronę Randolph Street.

Nie liczy na to, że ludzie będą się zachowywali jak termity.

Następuje na jakąś brezentową płachtę i wpada do dziury wielkości pudła fortepianu, tyle że znacznie głębszej; ktoś wybrał stąd ziemię i urządził sobie coś na podobieństwo domu, zakrywając go od góry plandeką.

Ląduje całym ciałem, uderzając lewą piętą o drewniane łóżko zrobione z palety, z towarzyszeniem ostrego brzdęknięcia podobnego do pękania struny gitarowej. Siła uderzenia ciska nim w piec zbudowany domowym przemysłem, który zaklinowuje mu się pod żebrami i wybija całe powietrze z płuc. Wrażenie jest takie, jakby pocisk przebił mu kostkę na wylot, tyle że nie towarzyszył temu huk wystrzału. Z braku oddechu nie jest w stanie wrzasnąć i tylko tonie w brezencie, który na niego spada.

Znajdują go tutaj, miotającego się pod plandeką i przeklinającego tego skurwielowatego śmiecia, któremu zabrakło materiałów albo umiejętności do zbudowania takiej siedziby, jak się należy. Prześladowcy gromadzą się przy szczycie kryjówki, złowieszcze sylwetki za łuną świateł ich latarek.

– Nie możesz tu tak przychodzić i robić sobie, co chcesz – mówi Klayton głosem niedzielnego kaznodziei.

Harper nareszcie oddycha. Każde zaczerpnięcie powietrza pali go w boku. Ani chybi ma pęknięte żebro, a ze stopą zrobiło mu się najpewniej coś jeszcze gorszego.

– Musisz szanować sąsiada, a sąsiad musi szanować ciebie – ciągnie Klayton.

Harper słyszał już, jak Klayton przytaczał tę sentencję na gminnych spotkaniach, głosząc, że muszą się postarać żyć w zgodzie z lokalnymi firmami, które powstawały w okolicy – tymi samymi, które ściągały władze, żeby mocowały ostrzeżenia na wszystkich namiotach i ruderach, informujące, że mają siedem dni na opuszczenie terenu.

– Trudno szanować, jak nie żyjesz – mówi Harper ze śmiechem, tyle że to bardziej charkot niż śmiech i na dodatek sprawia, że żołądek mu się kurczy z bólu. Boi się, że mogą mieć wiatrówki, ale to się wydaje nieprawdopodobne, i dopiero gdy jedna z latarek odsuwa się od jego twarzy, widzi, że są uzbrojeni w rury i młoty. Znowu czuje ucisk w bebechach.

– Powinniście mnie oddać policji – mówi z nadzieją w głosie.

– Nie – odpowiada Klayton. – Oni nie mają tu czego szukać. – Macha latarką. – Wyciągnijcie go stamtąd, chłopaki. Zanim Chińczyk Eng wróci do swojej dziury i znajdzie tu ten odpad ze strugania kopyt.

I oto kolejny znak, jasny jak świt, który już wypełza na horyzont, za mostem. Zanim zbirom Klaytona udaje się spełznąć dziesięć stóp w dół, żeby go stamtąd wywlec, zaczyna padać siekącymi kroplami, zimnymi i zawziętymi. I z drugiej strony obozowiska słychać okrzyki.

– Policja! To nalot!

Klayton obraca się, chcąc się naradzić ze swoimi ludźmi. Ten jazgot i machanie rękami upodabnia ich do małp, aż tu nagle strumień ognia przedziera się przez deszcz, rozświetlając niebo i ucinając ich rozmowę.

– Ej, ty tam, zostaw te… – napływa do nich okrzyk od Randolph Street. A potem kolejny: – Mają naftę!

– Na co czekacie? – pyta cicho Harper, zagłuszany przez łomot deszczu i ludzką wrzawę.

– Ty tutaj siedź. – Klayton dźga go rurą, podczas gdy pozostałe sylwetki rozbiegają się. – Jeszcze z tobą nie skończyliśmy.

Ignorując chrapliwy odgłos, który powstaje w jego płucach, Harper podźwiga się prędko na łokciach i siada. Wychyla się do przodu, chwyta brezent, wciąż z jednego boku przybity gwoździami, i pociąga go, obawiając się najgorszego. A jednak płachta wytrzymuje.

Wśród dźwięków dobiegających z góry rozpoznaje dyktatorski głos dobrego burmistrza, przebijający się przez zamieszki, pokrzykujący do jakichś niewidocznych osób.

– Macie nakaz sądowy? Myślicie, że możecie tak tu sobie przyjść i palić ludziom domy po tym, jak już raz wszystko straciliśmy?

Harper chwyta w garść grubą fałdę brezentu i postawiwszy zdrową stopę na przewróconym piecyku, podciąga się. Jego kostka uderza o ścianę z ubitej ziemi i w tym momencie oślepia go jaskrawy rozbłysk bólu, wyraźny i czysty jak sam Bóg. Wymiotuje, wykrztuszając jedynie długi, sznurkowaty zlepek śliny i flegmy zabarwiony na czerwono. Przywiera do płachty, mrugając gwałtownie, by przegnać czarne dziury wykwitające w jego polu widzenia, aż wreszcie odzyskuje wzrok.

Okrzyki rozpraszają się wśród bębnienia deszczu. A jemu kończy się czas. Wspina się po tłustym, mokrym brezencie, ręka za ręką. Jeszcze rok wcześniej nie dałby rady. Ale po dwunastu tygodniach wbijania nitów w przęsła mostu Triboro w Nowym Jorku jest silny jak ten wyliniały orangutan, którego widział na jednym jarmarku, gołymi dłońmi rozdzierający arbuza na pół.

Plandeka protestuje złowieszczo zgrzytliwymi odgłosami, grożąc, że go zaraz strąci z powrotem w tę przeklętą otchłań. A jednak wytrzymuje i w końcu Harper podciąga się z wdzięcznością poza skraj, nie przejmując się, że gwoździe mocujące brezent rozdzierają mu skórę na klatce piersiowej. Później, kiedy w bezpiecznym miejscu będzie badał swoje rany, zauważy, że z tymi szramami wygląda tak, jakby jakaś podochocona kurwa pozostawiła na nim piętno.

Leży tam, z twarzą w błocie, czując, jak siecze go deszcz. Krzyki się oddaliły, ale powietrze wciąż cuchnie dymem i blask pożarów miesza się z szarością świtu. Przez noc dryfuje strzęp jakiejś melodii, być może wypływającej z okna czyjegoś mieszkania, którego lokatorzy postanowili podziwiać spektakl.

Pełznie na brzuchu po błocie; w jego czaszce rozbłyskują światełka bólu – a może istnieją naprawdę. To coś w rodzaju powtórnych narodzin. Potem stopniowo się podnosi; zaczyna kuśtykać, kiedy wreszcie znajduje ciężki kawał drewna odpowiedniej długości, by móc się na nim wesprzeć.

Jego lewa stopa jest bezużyteczna, musi ją za sobą wlec. Ale wciąż idzie, przez deszcz i mrok, oddalając się od płonącego miasteczka slumsów.

Wszystko dzieje się z jakiegoś powodu. To dzięki temu, że jest zmuszony odejść, znajduje Dom. To dzięki temu, że wziął marynarkę, ma klucz.

KIRBY

18 lipca 1974

To jest ta pora środka nocy, kiedy mrok wydaje się ciężki; kiedy pociągi przestają jeździć, a ruch na ulicy zanika, ale jeszcze nie zaczęły śpiewać ptaki. To bardzo skwarna noc. Tak skwarna i lepka, że wszystkie robaki wyłażą na powierzchnię. Ćmy i latające mrówki tłuką się o lampę na ganku, wybijając nierównomierny rytm. Gdzieś pod sufitem zawodzi komar.

Kirby leży w łóżku, nie śpiąc, gładząc nylonową grzywę konika i wsłuchując się w odgłosy pustego domu, który pomrukuje jak pusty żołądek. „Osiadanie", tak to określa Rachel. Ale Rachel tu nie ma. I jest późno, albo wcześnie, a Kirby jeszcze nie dostała nic do jedzenia od dawno zapomnianego śniadania złożonego ze stęchłych płatków kukurydzianych i na dodatek słyszy dźwięki, które nie pasują do „osiadania".

– To stary dom – szepcze Kirby do konika. – To pewnie tylko wiatr.

Tyle że drzwi od ganku są zamknięte na zasuwę i nie powinny trzaskać. Deski podłogi nie powinny skrzypieć, jakby pod ciężarem włamywacza idącego na palcach w stronę jej pokoju, z czarnym workiem w ręku, do którego ją wsadzi i w którym ją wyniesie. Albo może to ta żywa lalka ze strasznego programu telewizyjnego, którego nie wolno jej oglądać, robiąca tik-tak swymi plastikowymi stópkami.

Odrzuca kołdrę.

– Pójdę zobaczyć, dobrze? – mówi do konika, bo myśl o dalszym czekaniu na przyjście potwora jest nie do wytrzymania.

Podchodzi na palcach do drzwi, na których jej matka namalowała egzotyczne kwiaty i pnącza, kiedy się tu przeprowadziły przed czterema miesiącami, gotowa zatrzasnąć je przed twarzą tego kogoś (albo tego czegoś), kto właśnie wspina się po schodach.

Stoi za drzwiami, jakby to była tarcza, wytężając słuch, skubiąc chropowatą fakturę farby. Już odarła lilię tygrysią do gołego drewna. Mrowią ją opuszki palców. Ta cisza dźwięczy jej w głowie.

– Rachel? – szepcze Kirby, zbyt cicho, by dotarło to do kogoś jeszcze oprócz konika.

Słychać pojedyncze, głuche łupnięcie, bardzo blisko, a potem rumor i odgłos tłuczenia się czegoś.

– Cholera jasna!

– Rachel? – mówi Kirby, głośniej. Serce kołacze jej w piersi.

Zapada długa cisza. A potem odzywa się jej matka:

– Wracaj do łóżka, Kirby, nic mi nie jest.

Kirby wie, że coś jednak jej jest. Ale to przynajmniej nie jest Gadatliwa Tina, żywa lalka-morderca*.

Przestaje skubać farbę i przechodzi ostrożnie przez korytarz, omijając okruchy szkła, które walają się niczym brylanty pośród zwiędłych róż z pomarszczonymi liśćmi i gąbczastymi główkami w kałuży cuchnącej wody z wazonu. Drzwi zostały przed nią otwarte na oścież.

Każdy nowy dom jest starszy i bardziej obskurny od poprzedniego, ale Rachel maluje drzwi, kredensy i czasa-

---

* Mowa o postaci z amerykańskiego serialu SF *Strefa mroku*.

mi nawet deski podłogi, żeby był ich domem. Wybierają razem obrazki z wielkiej, szarej książki ze sztuką: tygrysy, jednorożce, święci albo brązowe dziewczyny z wysp z kwiatami we włosach. Kirby wykorzystuje te malowidła jako wskazówki, żeby sobie przypominać, gdzie są. W tym domu nad szafką nad kuchenką wiszą nadtopione zegary, co oznacza, że lodówka jest po lewej stronie, a łazienka pod schodami. Mimo że rozkład każdego domu się zmienia i zdarza im się mieć podwórko, mimo że w pokoju Kirby czasami stoi szafa albo Kirby ma to szczęście, że dostaje półki, pokój Rachel to ta jedyna rzecz, która pozostaje niezmienna.

Dla niej to coś w rodzaju pirackiej laguny skarbów. („Skrzyni" poprawia ją matka, ale Kirby tak już sobie wymyśliła tę lagunę, bo to ładne słowo i można sobie wyobrazić, że to takie magiczne miejsce, do którego wpływasz, jeśli dopisało ci szczęście, jeśli twoja mapa wskazuje drogę właściwie).

Po całym pokoju walają się sukienki i apaszki, jakby jakąś cygańską, piracką księżniczkę ogarnął szał. Na złotych zakrętasach ramy owalnego lustra wisi kolekcja kostiumowej biżuterii; to lustro jest pierwszą rzeczą, którą Rachel wiesza za każdym razem, kiedy się przeprowadzają w jakieś nowe miejsce, nieuchronnie uderzając się w kciuk młotkiem. Czasami bawią się w przebieranki i Rachel drapuje wszystkie naszyjniki i bransoletki na Kirby, nazywając ją swoją „małą bożonarodzeniową dziewczynką", mimo że są Żydówkami, czy też pół-Żydówkami.

Na oknie wisi witrażowa ozdoba, która w popołudniowym słońcu rzuca roztańczone tęcze przez cały pokój, na deskę kreślarską i ilustrację, nad którą akurat pracuje Rachel.

Kiedy Kirby była mała i jeszcze mieszkały w mieście, Rachel ustawiała płotek od kojca dookoła swojego biurka, dzięki czemu Kirby mogła raczkować po całym pokoju i jej nie przeszkadzać. W tamtych czasach wykonywała ilustracje do czasopism kobiecych, ale teraz „mój styl wyszedł z mody, dziecko – w tym świecie bywa kapryśnie". Kirby podoba się brzmienie tego słowa kapryśnie-tryśnie--pryśnie-kapryśnie.

I podoba jej się to, że widzi rysunek matki przedstawiający puszczającą oko kelnerkę, balansującą dwoma stosami placków ociekających masłem, kiedy przechodzą obok naleśnikarni „U Doris" po drodze do sklepu na rogu.

Ale witraż jest teraz zimny i martwy, a na lampie stojącej obok łóżka wisi żółta apaszka, przez co cały pokój wydaje się chory. Rachel leży na łóżku z poduszką na twarzy, wciąż ubrana po zęby, w butach i całej reszcie. Jej klatka piersiowa podryguje pod sukienką z czarnej koronki, jakby dostała czkawki. Kirby stoi w drzwiach, w duchu zaklinając matkę, żeby ją zauważyła. Ma wrażenie, że głowa jej spuchła od słów, których nie potrafi wypowiedzieć.

– Położyłaś się w butach – na tyle tylko ostatecznie ją stać.

Rachel podnosi poduszkę z twarzy i patrzy na córkę spuchniętymi oczami. Jej tusz do rzęs pozostawił czarną smugę na poduszce.

– Przepraszam cię, kochanie – mówi szczebiotliwym głosem. (Słowo „szczebiotliwy" kojarzy się Kirby ze szczerbatymi zębami; takie coś wydarzyło się Melanie Ottesen, kiedy spadła z liny do wspinania. I z nadpękniętymi kubkami, z których już nie można bezpiecznie pić).

– Musisz zdjąć buty!

– Wiem, kochanie – mówi z westchnieniem Rachel. – Nie krzycz. – Zdziera z nóg swoje czarno-brązowe panto-

25

fle bez pięt i rzuca je hałaśliwie na podłogę. Przewraca się na brzuch. – Podrapiesz mnie po plecach?

Kirby wdrapuje się na łóżko i siada obok niej po turecku. Włosy matki pachną tak jakby dymem. Wodzi paznokciami po koronkowych splotach jej loków.

– Dlaczego ty płaczesz?

– Wcale nie płaczę.

– A właśnie, że płaczesz.

Rachel wzdycha.

– To po prostu ta pora miesiąca.

– Zawsze tak mówisz – dąsa się Kirby i potem dodaje jakby po namyśle: – A ja dostałam konika.

– Nie stać mnie na konika dla ciebie. – Głos Rachel brzmi sennie.

– Nie, ja już go mam – mówi Kirby z rozdrażnieniem. – Jest pomarańczowy. Ma motyle na tyłku, brązowe oczy, złote włosy i… no tego… wygląda trochę głupkowato.

Matka zerka na nią ponad ramieniem, tknięta podejrzeniem.

– Kirby! Czy ty coś ukradłaś?

– Nie! To był prezent. Ja go nawet nie chciałam.

– No to w porządku. – Matka przeciera oczy wnętrzem dłoni, rozmazując tusz, przez co wygląda jak włamywacz.

– To mogę go zatrzymać?

– Oczywiście, że możesz. Możesz robić prawie wszystko, co chcesz. Zwłaszcza z prezentami. Nawet rozbijać je na miliony miliardów kawałków.

Jak z tym wazonem na korytarzu, myśli Kirby.

– OK – odpowiada z powagą. – Twoje włosy dziwnie pachną.

– I kto to mówi! – Śmiech jej matki jest jak tęcza tańcząca po pokoju. – Kiedy to po raz ostatni myłaś swoje?

HARPER

22 listopada 1931

Szpital Miłosierdzia nie jest taki, jak by człowiek oczekiwał od tej nazwy.

– Jest pan w stanie zapłacić? – pyta natarczywym tonem kobieta o zmęczonym wyglądzie z okienka rejestracji przez owalny otwór w szkle. – Pacjenci, którzy płacą, przechodzą na przód kolejki.

– Jak długo się czeka? – odburkuje Harper.

Kobieta pochyla głowę w stronę poczekalni, gdzie odbywa się selekcja chorych. To pomieszczenie, w którym się niby tylko stoi, ale są w nim ludzie, którzy siedzą albo leżą na podłodze, zbyt chorzy, zbyt zmęczeni albo wręcz znudzeni jak jasna cholera, żeby ustać o własnych siłach. Kilku zadziera głowę, z nadzieją, oburzeniem względnie jakąś mieszaniną jednego i drugiego w oczach. Pozostali mają na twarzach wyraz tej samej rezygnacji, jaką nie raz widział u farmerskich koni o wystających żebrach, które na ostatnich nogach usiłowały zaorać martwą ziemię. Takie konie się dobija.

Grzebie w kieszeni ukradzionej marynarki, szukając pięciodolarowego banknotu, który wcześniej w niej znalazł, razem z agrafką, trzema dziesięciocentówkami, dwoma ćwiartkami i jakimś kluczem, tak wytartym, że aż wydawał się znajomy. Albo może Harper przyzwyczaił się do takich zmatowiałych rzeczy.

– Starczy tyle na miłosierdzie, kwiatuszku? – pyta, wsuwając banknot przez okienko.

– Tak. – Kobieta wytrzymuje jego spojrzenie, dając w ten sposób do zrozumienia, że ani trochę nie jest jej wstyd pobierać opłaty, mimo że sam ów akt świadczy o czymś innym.

Dzwoni małym dzwonkiem i przychodzi po niego pielęgniarka, której praktyczne buty kłapią na linoleum. E. Kappel, można przeczytać na jej plakietce. Jest piękna, w taki przeciętny sposób, ma różowe policzki i starannie ułożone wiśniowo-brązowe loki wystające spod białego czepka – jeśli nie zwracać uwagi na jej nos, który jest nieco za bardzo zadarty, przez co przypominaj ryj. Trochę świniowata, myśli Harper.

– Proszę iść ze mną – mówi pielęgniarka, zirytowana tym, że on w ogóle tu jest.

Już go szufladkuje jako ludzkiego śmiecia. Obraca się i oddala wielkimi krokami, więc musi za nią pędzić. Przy każdym kroku czuje strzałę bólu biegnącą aż do biodra, jak chińska raca, ale jest zdeterminowany, żeby dotrzymać jej kroku.

Każda sala, którą mijają po drodze, jest wypełniona po brzegi, na niektórych łóżkach leżą dwie osoby, na waleta. Wszystkie choroby, które są tam w środku, wylewają się na świat zewnętrzny.

Nie tak źle jak w szpitalach polowych, myśli. Pokiereszowani ludzie zwaleni na zakrwawionych noszach wśród smrodu oparzeń, gnijących ran, gówna, rzygowin i kwaskowatego potu gorączki. I ten straszny, chóralny jęk, który nie ustaje na moment.

Był tamten chłopak z Missouri, któremu pocisk oberwał nogę, przypomina sobie. Wciąż się darł, nie dając im zasnąć, dopóki Harper nie podkradł się tam, jakby chciał go pocieszyć. W rzeczywistości wbił bagnet w udo młodego durnia, nad tą krwawą ruiną, i zgrabnie szarpnął go w górę, żeby przeciąć tętnicę. Ćwiczył to na słomianych kukłach podczas szkolenia. Dźgasz i przekręcasz. Rana w kiszkach każdego powalała trupem, w jednej chwili. Harper zawsze uważał, że zadźganie jest czymś bardziej osobistym niż kule. Dzięki temu wojna stawała się znośna.

Tutaj nie ma na to szansy, przypuszcza. Ale są inne sposoby na pozbycie się kłopotliwych pacjentów.

– Powinna pani puścić w obieg flaszkę – mówi Harper, żeby tylko wkurzyć swoją pyzatą przewodniczkę. – Byliby pewnie wdzięczni.

Pielęgniarka parska z pogardą, prowadząc go obok drzwi do prywatnych sal, schludnych, jednoosobowych pokoi, w większości pustych.

– Nie kuś mnie pan. Jedna czwarta tego przybytku to teraz szpital chorób zakaźnych. Tyfus, infekcje. Trucizna byłaby błogosławieństwem. Ale lepiej, żeby chirurdzy nie usłyszeli, jak pan gada o flaszce.

Przez otwarte drzwi widzi dziewczynę leżącą na łóżku otoczonym kwiatami. Ma wygląd gwiazdy filmowej, mimo że minęło już dziesięć lat, odkąd Charlie Chaplin zrobił karierę i wyjechał z Chicago do Kalifornii, zabierając z sobą cały przemysł filmowy. Włosy oblepiły obrys jej twarzy spoconymi pierścionkami koloru blond, jakby zbielałymi od bladego zimowego słońca wlewającego się przemocą przez okna. Ale kiedy Harper zwalnia krok, jej powieki znienacka trzepoczą. Na poły siada i uśmiecha się do niego promiennie, jakby się go spodziewała i zapraszała, żeby dosiadł się do niej na pogawędkę.

Siostra Kappel nie życzy sobie tego. Chwyta go za łokieć i eskortuje dalej.

– Nie wolno się gapić. Ostatnia rzecz, jakiej potrzebuje ta zdzira, to jeszcze jeden wielbiciel.

– Kto to jest? – Ogląda się.

– Nikt. Tańczy nago. Mała idiotka, która zatruła się radem. Występuje z takim pokazem, że maluje całe ciało specjalną farbą, dzięki której potem jarzy się w ciemnościach. Niech się pan nie przejmuje, niedługo ją wypiszą i będzie pan mógł ją oglądać, ile dusza zapragnie. Oglądać ją calutką, z tego, co słyszałam.

Wprowadza go do gabinetu lekarskiego, wymalowanego kłującą bielą, wypełnionego wonią środka dezynfekującego.

– Proszę tu teraz usiąść, zobaczymy, co pan sobie zrobił.

Wskakuje niepewnie na stół do badań. Kobieta krzywi twarz w skupieniu, kiedy rozcina brudne szmaty, którymi obwiązał piętę, najciaśniej jak się dało, tworząc coś w rodzaju strzemienia.

– Jest pan głupi, wie pan? – Ona wie, że przemawianie do niego w taki sposób ujdzie jej na sucho; zdradza to uśmieszkiem w kąciku ust. – Że od razu pan tu nie przyszedł. Niby co? Miało się samo wyleczyć?

Ma rację. Na pewno nie pomogło, że spał byle jak dwie ostatnie noce, obozując na czyimś progu na kartonie, pod ukradzionym kocem, jako że nie może wrócić do swojego namiotu, bo a nuż Klayton i jego oprychy czekają na niego z rurami i młotkami.

Czyste, srebrne ostrza nożyczek przedzierają się przez opatrunek ze szmat, który wyżłobił białe kreski w jego spuchniętej stopie, przez co teraz wygląda jak szynka obwiązana sznurkiem. I kto tu jest małą świnką? Głupie jest to, myśli z goryczą, że przetrwał wojnę bez żadnych nieodwracalnych uszkodzeń, a teraz będzie kuternogą, bo wpadł do ziemianki jakiegoś włóczęgi.

Do gabinetu wparowuje lekarz, starszy mężczyzna z przyjemną poduchą z ciała w pasie i gęstymi siwymi włosami zaczesanymi za uszy na kształt lwiej grzywy.

– I na cóż się dziś szanowny pan uskarża? – Pytanie jest dokładnie tak samo protekcjonalne jak towarzyszący mu uśmiech.

– Cóż, nie tańczyłem w farbie, która się jarzy w mroku.

– I nie będzie pan miał okazji, sądząc po tym, co tu widzę – mówi doktor, nadal się uśmiechając, kiedy bierze jego spuchniętą stopę w ręce i napręża ją. Uchyla się zręcznie, wręcz profesjonalnie, kiedy Harper robi wymach pięścią, rycząc jednocześnie z bólu. – I trzymaj tak dalej, mój panie zuchu, jeśli chcesz stąd wylecieć na pysk. – Uśmiecha się szeroko. – Czy pan płacisz czy nie.

Tym razem, kiedy napręża stopę w górę i w dół, w górę i w dół, Harper zgrzyta zębami i zaciska pięści, żeby nimi nie boksować.

– Czy jest pan w stanie unieść samodzielnie palce? – pyta doktor, przyglądając mu się uważnie. – O, jest dobrze. To dobry znak. Lepiej, niż myślałem. Znakomicie. Widzi pani tutaj? – mówi do pielęgniarki, szczypiąc płytkie wgłębienie nad piętą. Harper jęczy. – Tu powinno być przyłączone ścięgno.

– A rzeczywiście. – Pielęgniarka szczypie skórę. – Czuję.

– Co to znaczy? – pyta Harper.

– To znaczy, że powinien pan spędzić następne kilka miesięcy w szpitalu, leżąc na plecach, mój zuchu, ale domyślam się, że to nie wchodzi w rachubę.

– Chyba że to będzie za darmo.

– Albo może posiada pan zatroskanych opiekunów gotowych łożyć za pańską rekonwalescencję, jak nasza radowa dziewczyna. – Doktor puszcza oko. – Możemy wsadzić pana w gips i odesłać z kulami. Ale przerwane ścięgno samo się nie wygoi. Powinien pan przeleżeć sześć tygodni. Mogę polecić szewca, który specjalizuje się w obuwiu leczniczym, z pogrubioną piętą, które też pomoże.

– Jak ja mam to zrobić? Muszę pracować. – Harper jest wkurzony tym jękliwym tonem, który wkradł się do jego głosu.

– Wszyscy stoimy w obliczu kłopotów finansowych, panie Harper. Wystarczy spytać zarządców szpitala. Radzę, żeby pan zrobił, co pan może. – I po chwili dodaje smętnym tonem: – Raczej nie cierpi pan na syfilis, prawda?

– Nie.

– Szkoda. W Alabamie rozpoczynają badania, w ramach których zapłaciliby za wszelką opiekę medyczną. Tyle że musiałby pan być Murzynem.

– Nim też nie jestem.

– To niedobrze. – Doktor wzrusza ramionami.

– Będę chodził?

– O tak – mówi doktor. – Ale nie liczyłbym na to, że da pan radę wziąć udział w przesłuchaniu dla pana Gershwina.

Harper opuszcza szpital, kuśtykając, z zabandażowanymi żebrami, ze stopą w gipsie i krwią pełną morfiny. Sięga do kieszeni, żeby wymacać, ile mu jeszcze zostało pieniędzy. Dwa dolary i drobnica. A potem jego palce ocierają się o nierówne zęby klucza i coś otwiera się w jego głowie jak zbiornik. Może to przez te leki. Albo to zawsze na niego czekało.

Nigdy wcześniej nie zauważył, że uliczne latarnie szumią na niskiej częstotliwości, która wwierca mu się pod gałki oczne. I mimo że jest popołudnie i światła są pogaszone, każda latarnia zdaje się jarzyć, kiedy pod nią wchodzi.

A potem szum przeskakuje do następnej, jakby nim kierował. *Chodź tutaj.* I przysiągłby, że słyszy trzaskającą muzykę, daleki głos wołający do niego jak radio, które trzeba nastroić. Wędruje drogą wytyczoną przez te szumiące latarnie, tak szybko, jak tylko może, ale kula jest nieporęczna.

Skręca w State, a ta wiedzie go przez West Loop do kanionów Madison Street z drapaczami chmur, których szczyty majaczą z wysokości czterdziestych pięter po obu stronach ulicy. Przechodzi przez Skid Row, gdzie być może za dwa dolary kupi sobie łóżko na jakiś czas, ale szum i światła prowadzą go dalej, do Black Belt, gdzie obskurne kluby jazzowe i kawiarnie ustępują miejsca tanim domom wchodzącym jedne na drugie, gdzie na środku jezdni bawią się dzieci w łachmanach, a na stopniach ganków siedzą starcy, którzy palą ręcznie skręcane papierosy i obrzucają go nienawistnymi spojrzeniami.

Ulica zwęża się i budynki jeszcze bardziej się tłoczą, rzucając chłodne cienie na chodnik. W jednym z mieszkań na piętrze parska śmiechem kobieta, śmiechem nagłym i brzydkim. Wszędzie, gdzie spojrzy, są te oznaki. Powybijane okna, ręcznie pisane ogłoszenia na witrynach pustych sklepów: „Firma zamknięta", „Zamknięte do odwołania", a w jednym miejscu po prostu „Przepraszam".

Od jeziora dolatuje słona lepkość, niesiona przez wiatr, który wcina się w ponure popołudnie i pod jego płaszcz. Kiedy wchodzi głębiej w dzielnicę magazynową, ludzi ubywa, a potem znikają całkowicie i pod ich nieobecność muzyka narasta, słodka i błagalna. I teraz już rozpoznaje melodię. *Somebody from Somewhere**. I ten głos szepcze natarczywie: *Idź dalej, idź dalej, Harperze Curtisie.*

---

* Mowa o piosence skomponowanej przez George'a Gershwina do słów Iry Gershwina.

Muzyka wiedzie go po torach kolejowych, głęboko w East Side, potem każe się wspiąć po schodach robotniczego domu, nieodróżnialnego od innych drewnianych kamienic w szeregu, sklejonych z sobą bok w bok, z obłażącym tynkiem, zabitymi wykuszowymi oknami i ogłoszeniem o treści: „Przeznaczony do rozbiórki przez miasto Chicago", naklejonym na deskach, które przybito na drzwiach w kształcie litery X. Pozostawcie swój znak na cześć prezydenta Hoovera, właśnie tutaj, ludzie pełni nadziei. Muzyka płynie zza drzwi opatrzonych numerem 1818. Zaproszenie.

Wsadza rękę pod skrzyżowane deski i naciska na klamkę, ale drzwi są zamknięte na klucz. Stoi na progu, zdjęty poczuciem jakiejś straszliwej nieuchronności. Ulica jest kompletnie opustoszała. Pozostałe domy są albo pozabijane deskami, albo w ich oknach wiszą szczelnie zaciągnięte zasłony. Słyszy samochody przejeżdżające przecznicę dalej, ulicznego sprzedawcę sprzedającego orzeszki. „Orzeszki gorące kupujcie! Grosza nie żałujcie!", ale te dźwięki wydają się stłumione, jakby się przesączały przez koc owinięty wokół jego głowy. Podczas gdy muzyka to ostra drzazga przebijająca się przez jego czaszkę: *Klucz.*

Wsadza dłoń do kieszeni marynarki, nagle przestraszony, że go zgubił. I stwierdza z ulgą, że on wciąż tam jest. Spiżowy, ze znakiem towarowym „Yale & Towne". Pasuje do zamka w drzwiach. Cały się trzęsąc, wsuwa go do środka. Klucz zaskakuje.

Za otwartymi drzwiami panuje mrok i przez długą, straszną chwilę Harper stoi tam sparaliżowany możliwościami. A potem wsuwa głowę pod deski i manipulując swoją kulą, przechodzi niezdarnie przez otwór – do wnętrza Domu.

KIRBY

9 września 1980

To jeden z tych jasnych, pogodnych na progu jesieni. Drzewa żywią co do tego mieszane uczucia – liście są jednocześnie zielone, żółte i brązowe. Kirby musi jeszcze pokonać cały kwartał, a już poznaje, że Rachel się zaćpała. Nie tylko po słodkawym zapachu unoszącym się nad domem (czytelny sygnał), ale też po rozwichrzonych ruchach, jakimi przemieszcza się po podwórku, wydziwiając nad jakimiś rzeczami ułożonymi na przerośniętej trawie. Tokio podskakuje i szczeka ekstatycznie. Nie powinno jej być w domu. Powinna być u kogoś w gościach albo „u gościa", jak to zwykle przekręcała Kirby, kiedy była mała. OK, rok wcześniej.

Przez wiele tygodni zastanawiała się, czy tamten gość to jej tato i czy Rachel dąży do tego, by ją z nim poznać, ale potem Grace Tucker powiedziała jej w szkole, że to nie żaden gość, tylko alfons, czyli ktoś, kto wykorzystuje prostytutkę, i że jej matka jest właśnie kimś takim. Kirby nie miała pojęcia, kto to jest prostytutka, ale rozkrwawiła Gracie nos, a Gracie wyrwała jej pęk włosów.

Rachel uznała, że to było przezabawne, mimo że czaszka Kirby zrobiła się czerwona i obolała tam, skąd zniknęły włosy. Wcale nie chciała się śmiać, ale „jakie to strasznie śmieszne". A potem wytłumaczyła Kirby całą aferę w sposób, w jaki jej zawsze wszystko tłumaczyła. „Prostytutka to kobieta, która wykorzystuje swoje ciało dla czerpania korzyści z próżności mężczyzn", powiedziała. „A przebywanie u kogoś w gościach wiąże się z odnową ducha". Ale okazało się, że to nawet nie jest blisko. Bo prostytutka uprawia seks dla pieniędzy, natomiast pobyt w gościach to wakacje od prawdziwego życia, co jest ostatnią rzeczą, jakiej potrzebuje Rachel. Mniej wakacji, więcej prawdziwego życia, mamo.

Kirby gwiżdże na Tokio. Pięć krótkich ostrych nut, na tyle charakterystycznych, by się odróżniały od gwizdów, którymi inni przywołują swoje psy w parkach. Pies nadbiega susami, szczęśliwy, jak tylko może być pies. „Rasowy kundel", tak lubi go opisywać Rachel. Wygląda, jakby się składał z fragmentów różnych psów; ma długi pysk, łaciatą, piaskowo-białą sierść i kremowe obwódki wokół oczu. A wabi się Tokio, bo kiedy Kirby dorośnie, to przeprowadzi się do Japonii, gdzie zostanie sławną tłumaczką haiku, będzie piła zieloną herbatę i kolekcjonowała miecze samurajów. („Cóż, to lepsze niż Hiroszima", orzekła kiedyś jej matka). Kirby już zaczęła pisać własne haiku. Oto przykład:

> Rakieta ulatuje w niebo
> Zabierz mnie daleko stąd
> Gwiazdy czekają.

A oto drugi:

> Zniknie
> Złożona jak origami
> We własnych snach.

Rachel klaszcze entuzjastycznie za każdym razem, kiedy Kirby czyta jej nowe haiku. Ale Kirby czasem się wydaje, że mogłaby przepisywać napisy z boku pudełka od Cocoa Krispies i matka oklaskiwałaby ją równie głośno, zwłaszcza kiedy jest naćpana, co ostatnimi czasy zdarza się coraz częściej.

Obwinia o to ostatniego Gościa. Czy jak on się tam nazywa. Rachel nie chce jej powiedzieć. Jakby Kirby nie słyszała samochodu podjeżdżającego pod dom o trzeciej w nocy albo tych sykliwych rozmów, niezrozumiałych, ale pełnych napięcia, po których słychać trzask drzwi i potem matka próbuje wejść na palcach, żeby jej nie obudzić. Jakby Kirby się nie zastanawiała, skąd się biorą pieniądze na czynsz. Jakby to wszystko nie trwało od lat.

Rachel ułożyła na trawie wszystkie swoje obrazy – nawet ten wielki przedstawiający Panią na Shalott w swojej wieży (ulubiony obraz Kirby, choć nie przyznałaby tego) – na co dzień ukryte w schowku razem z innymi płótnami, które jej matka zaczyna, ale jakoś nigdy nie kończy.

– Robimy wyprzedaż garażową? – pyta Kirby, choć wie, że to pytanie zirytuje Rachel.

– Och, kochanie. – Matka obdarza ją roztargnionym półuśmiechem, jak zawsze, kiedy Kirby ją rozczarowuje, czyli tak jakby ostatnio cały czas. Zazwyczaj wtedy, gdy wyraża się zbyt „starczo", zdaniem Rachel.

„Tracisz swoją dziecięcą ciekawość", powiedziała jej dwa tygodnie wcześniej, ostrym tonem, jakby to było coś najgorszego na świecie.

O dziwo, kiedy Kirby wdaje się w prawdziwe kłopoty, Rachel jakby w ogóle się tym nie przejmuje. Na przykład kiedy wszczyna bójki w szkole, albo nawet wtedy, gdy podpaliła skrzynkę pocztową pana Partridge'a, z zemsty za to, że naskarżył na Tokio, że niby podkopał jego groszek pachnący. Rachel ją opieprzyła, ale Kirby widziała, że jest

37

zachwycona. Matka zainicjowała nawet prawdziwe przedstawienie: obie wydzierały się na siebie tak głośno, że „ten nadęty pierdziel z sąsiedztwa" słyszał je przez ścianę. Matka skrzeczała: „Czy ty nie rozumiesz, że to przestępstwo federalne, jak przeszkadzasz poczcie amerykańskiej w dostarczaniu usług?", dopóki nie zaczęły się zataczać ze śmiechu, przyciskając dłonie do ust.

Rachel wskazuje miniaturowy obrazek ustawiony ukośnie między jej bosymi stopami. Jej paznokcie u stóp są pomalowane na jarzeniowy pomarańcz, który do niej nie pasuje.

– Myślisz, że ten jest zbyt brutalny? – pyta. – Za bardzo drapieżny?

Kirby nie wie, co to znaczy. Odróżnianie obrazów matki kosztuje ją wiele wysiłku. Wszystkie przedstawiają blade kobiety z długimi, rozwianymi włosami i żałobnymi oczami podobnymi do oczu robaków, za dużymi w porównaniu z ich głowami, wyobrażonymi na tle błotnistych krajobrazów, zielonych, niebieskich i szarych. Ani trochę czerwonego. Sztuka Rachel przypomina jej to, co powiedział do niej trener na zajęciach z WF, kiedy stale się gubiła przy podejściu do kozła. „Na litość boską, przestań się tak starać!"

Kirby waha się, niepewna, co powiedzieć, na wypadek gdyby matka ją podpuszczała.

– Moim zdaniem jest po prostu ładny.

– Ładny nic nie znaczy! – wykrzykuje Rachel, chwyta ją za ręce i wciąga do fokstrota nad obrazami, przymuszając do obrotów. – Ładny to najlepsza definicja miernoty. Tak się mówi z uprzejmości. Tak się mówi, bo to jest społecznie akceptowalne. Człowiek powinien żyć bardziej kolorowo i głęboko, a nie tylko ładnie, moja droga!

Kirby wyrywa się z jej uścisku i spogląda z góry na te wszystkie piękne i smutne dziewczyny z chudymi kończynami rozcapierzonymi jak u modliszek.

– Mhm – mówi. – Chciałabyś, żebym ci pomogła pochować te obrazy?

– Och, kochanie – mówi jej matka z takim żalem i pogardą, że Kirby nie może tego znieść.

Wbiega do domu, tupiąc nogami na schodach werandy, zapominając jej powiedzieć o człowieku o przerzedzonych włosach, w dżinsach podciągniętych zbyt wysoko, z przekrzywionym nosem jak u boksera, który stał w cieniu platana obok stacji benzynowej Masona, popijał colę z butelki przez słomkę i obserwował ją. Sposób, w jaki na nią patrzył, sprawił, że żołądek Kirby przewracał się jak wtedy, kiedy się jeździ na karuzeli, z tym wrażeniem, że ktoś wygrzebał z ciebie wnętrzności.

Kiedy pomachała energicznie, przesadnie radośnie, jakby chciała powiedzieć: „Hej, ty tam, widzę, że się na mnie gapisz, ty zbokolu", podniósł rękę na znak, że to widzi. I wciąż trzymał ją w górze (superkoszmarna rzecz), dopóki nie skręciła za róg Ridgeland Street, omijając swój zwyczajny skrót przez boczną uliczkę, by jak najszybciej zniknąć mu z widoku.

HARPER

22 listopada 1931

Zakrada się do sąsiednich, farmerskich domów, jakby znowu był małym chłopcem. Siada przy kuchennym stole w takim cichym wnętrzu, kładzie się w chłodnej pościeli w cudzym łóżku, grzebie w szufladach. Rzeczy innych ludzi wyjawiają ich tajemnice.

Zawsze potrafił się zorientować, czy w domu ktoś jest; zarówno wtedy, jak i w ogóle zawsze, odkąd zaczął się włamywać do opustoszałych budynków, w poszukiwaniu jedzenia albo jakiegoś przeoczonego wartościowego przedmiotu, który mógłby zastawić. Pusty dom wzbudza specyficzne odczucia. Wydaje się dojrzały nieobecnością.

Ten Dom jest pełen wyczekiwania, od którego jeżą mu się włosy na rękach. Tu razem z nim ktoś jest. I to nie jest ten trup, który leży na korytarzu.

Żyrandol nad schodami rzuca miękką łunę na ciemne, drewniane podłogi, lśniące po niedawnym pastowaniu. Tapeta jest nowa, we wzorek z ciemnozielonych i kremowych rombów; nawet Harper potrafi stwierdzić, że jest gustowny. Po lewej stronie znajduje się jasna, nowoczesna kuchnia, prosto z katalogu Searsa, z melaminowymi szafkami i nowiuteńkim piekarnikiem, skrzynią na lód i srebrnym czajnikiem na kuchence, wszystko gotowe do użytku. Czeka na niego.

Robi zamaszysty łuk kulą, żeby nie wsadzić jej w plamę krwi, która pokrywa podłogę niczym dywan, i kuśtyka naokoło, żeby się lepiej przyjrzeć martwemu człowiekowi. Nieboszczyk ściska w ręku szaroróżowego, krostowatego indyka, jeszcze częściowo zamrożonego i całego usmarowanego krwią. Jest przysadzisty, ma na sobie koszulę, szare spodnie z szelkami i eleganckie buty. Bez marynarki. Jego głowa została przerobiona na miazgę jak melon, ale coś jeszcze zostało, dzięki czemu można wyróżnić wydatną szczękę porośniętą szczeciną i przekrwione niebieskie oczy, które łypią z tej rozwalonej twarzy, wytrzeszczone z szoku. Bez marynarki.

Harper kuśtyka obok trupa, idąc śladem muzyki do salonu, na poły się spodziewając, że zastanie tam właściciela siedzącego w wyściełanym fotelu przed kominkiem, z ułożonym na kolanach pogrzebaczem, którym rozbił głowę mężczyźnie.

W pokoju jest pusto. Mimo że na kominku płonie ogień. I obok wypełnionego stojaka na drewno leży pogrzebacz, jakby w oczekiwaniu na jego przybycie. Ze złoto-czerwonego gramofonu sączy się melodia. „Gershwin", można wyczytać z naklejki na płycie. Oczywistość. Przez szczelinę w zasłonach widzi tandetną dyktę przybitą do okien, odcinającą światło dnia. Tylko po co ukrywać takie wnętrze za zabitymi oknami i tablicą, że jest przeznaczony do rozbiórki. Żeby inni go nie znaleźli.

Obok pojedynczego kieliszka na bocznym stoliku stoi kryształowa karafka wypełniona alkoholem złocistej barwy. Na koronkowej serwecie. Trzeba to będzie sprzątnąć, stwierdza Harper. I będzie musiał coś zrobić z ciałem. Bartek, przypomina sobie imię, które wypowiedziała niewidoma kobieta, zanim ją udusił.

Bartek nigdy tu nie pasował, mówi głos w jego głowie. Ale Harper pasuje. Dom czeka na niego. Przywołał go do siebie w jakimś celu. Głos w jego głowie szepcze, że on tu jest „u siebie". I Harper naprawdę tak się tu czuje, o wiele bardziej niż w tym obrzydliwym miejscu, w którym dorastał, albo w tym ciągu tandetnych kamienic czynszowych i chałup, między którymi się przemieszczał przez całe swoje dorosłe życie.

Opiera kulę o krzesło i nalewa sobie szklankę alkoholu z karafki. Lód poszczękuje, kiedy ją okręca. Jeszcze się nie stopił do końca. Powoli upija łyk, przetaczając go w ustach, pozwalając, by spłynął mu do gardła parzącym strumieniem. Canadian Club. Najlepsza whisky z przemytu, wznosi toast do powietrza. Wiele czasu minęło, odkąd udało mu się napić czegoś, co nie miało gorzkiego posmaku formaliny domowej roboty. Wiele czasu minęło, odkąd po raz ostatni mógł zasiąść w wyściełanym fotelu.

Nie siada na fotelu, mimo że noga boli go od chodzenia. Gorączka, która go dotąd napędzała, wciąż w nim płonie. *To jeszcze nie wszystko, sir*, przemawia do niego głos kojarzący się z naganiaczem z wesołego miasteczka. *Nie ociągaj się, bo jeszcze coś stracisz. Wszystko czeka na ciebie. Idź dalej, idź dalej, Harperze Curtisie.*

Harper wlecze się na górę po schodach, czepiając się poręczy, która jest tak gładko wypolerowana, że jego palce zostawiają ślady na drewnie. Tłuste odciski ducha – już blednące. Za każdym razem musi wyrzucać nogę w górę, a potem jeszcze zataczać nią łuk, wlokąc za sobą kulę. Dyszy przez zęby z wysiłku.

Kuśtyka przez korytarz, obok łazienki z umywalką opryskaną strumyczkami krwi, stanowiącej komplet z przesiąkniętym, wyżętym ręcznikiem, który leży obok na posadzce, plamiąc na różowo lśniące czarno-białe płytki, bo wciąż zeń cieknie. Harper nie zwraca na to uwagi, ani też na schody wiodące od podestu do poddasza. I nie interesuje go dodatkowa sypialnia, w której łóżko jest wprawdzie schludnie zasłane, ale w poduszce jest wgłębienie. Drzwi do głównej sypialni są zamknięte. Przez szczelinę pod drzwiami na podłogę wylewają się paski ruchliwego światła. Sięga do klamki, na poły się spodziewając, że te drzwi będą zamknięte na klucz. A jednak gałka ustępuje z towarzyszeniem szczęknięcia i Harper popycha drzwi kulą. Za nimi ukazuje się pokój z niewytłumaczonego powodu w łunie letniego popołudnia. Umeblowanie jest skąpe. Szafa z orzechowego drewna, kute łóżko.

Mruży oczy oślepione tą nagłą jasnością wlewającą się z dworu, potem przygląda się, jak ona ustępuje miejsca gęstym, przetaczającym się chmurom, srebrzystym kreskom deszczu, po których pojawia się zachód słońca pomazany czerwonymi paskami, jak w tanim zoetropie. Ale zamiast galopującego konia albo dziewczyny ponętnie zdejmującej pończochy, tu przemykają całe pory roku. Nie może tego zdzierżyć. Podchodzi do okna, żeby zaciągnąć zasłony, i widzi przelotnie obraz zewnętrza przepojony własnym życiem.

Domy po drugiej stronie ulicy przeobrażają się. Tynk obłazi płatami, zmienia barwę, znowu obłazi, za kurtyną ze śniegu, słońca i śmieci przemieszanych z liśćmi, nanoszonych tam przez podmuchy wiatru. Okna są powybijane, zabite deskami, ustrojone wazonem z kwiatami, które brązowieją i opadają. Pusta parcela zarasta, wypełnia się cementem, w szczelinach cementu wybijają zmierzwione kępy trawy, śmieci zastygają w litą masę, są zabierane, wracają, razem z agresywnymi zakrętasami słów na murach wymalowanych złowieszczymi barwami. Kratka do gry w klasy pojawia się, znika w siekącym deszczu, przenosi się gdzieś indziej, wijąc się jak wąż na cemencie. Kanapa gnije przez kolejne pory roku, aż wreszcie zaczyna płonąć. Gwałtownie zasuwa zasłony, obraca się i teraz to widzi. Wreszcie. Swoje przeznaczenie wpisane w ten pokój.

Wszystkie powierzchnie zostały okaleczone. Na ścianach wiszą przedmioty przybite gwoździami albo umocowane drutem. Zdają się wibrować w taki sposób, że czuje to w korzeniach zębów. Wszystkie są połączone liniami, wyrysowanymi na tapetach i potem wielokrotnie poprawianymi, kredą, tuszem albo czubkiem noża. *Konstelacje*, mówi głos w jego głowie.

Obok nich nabazgrane zostały imiona. Jinsuk, Zora. Willy. Kirby. Margo. Julia. Catherine. Alice. Misha. Dziwne imiona nieznanych mu kobiet.

Tyle że te imiona zostały napisane charakterem pisma Harpera.

Nie trzeba niczego więcej. Już dotarło. Jakby w jego wnętrzu otworzyły się jakieś drzwi. Gorączka osiąga szczyt i teraz coś w nim wyje, z pogardą, gniewem, żarem. Widzi twarze tych lśniących dziewcząt i widzi, jak muszą umrzeć. Wrzask w jego głowie: *Zabij ją. Zatrzymaj ją.*

Zakrywa twarz dłońmi, wypuszczając kulę. Zatacza się i pada całym ciężarem na łóżko, które stęka pod jego ciężarem. Ma sucho w ustach. Jego umysł jest pełen krwi. Czuje rytmiczne drganie przedmiotów. Słyszy imiona dziewczyn jak refren jakiejś pieśni. W jego czaszce narasta ciśnienie, tak silne, że w końcu nie może tego znieść.

Harper odejmuje ręce i zmusza się do otwarcia oczu. Wstaje z wysiłkiem, przytrzymując się wspornika łóżka, żeby nie utracić równowagi, i kuśtyka do ściany, na której pulsują i podrygują obiekty, jakby się czegoś spodziewały. Pozwala im się prowadzić, wyciągając rękę. Jeden wydaje się jakby bardziej wyrazisty. Dręczy go jak erekcja, bezspornie w jakimś celu. On go musi odnaleźć. I tę dziewczynę, która jest do niego dodana.

Jest tak, jakby spędził całe życie w pijackim oczadzeniu i teraz ta bariera została usunięta. To chwila najwyższej przejrzystości, jak przy pierdoleniu się albo wtedy, gdy poderżnął gardło Jimmy'emu Grebe. *Jak taniec w napromieniowanej farbie.*

Bierze z półki nad kominkiem kawałek kredy i pisze na tapecie obok okna – bo tam jest na to miejsce i tak jakby musi to zrobić. Pisze drukowanymi literami „Żar-dziewczyna", nierównym, pochyłym pismem, na duchu słowa, które już tam jest.

KIRBY

Wygląda na pogrążoną we śnie. Na pierwszy rzut oka. Jeśli na nią spojrzysz zmrużonymi oczami, oślepionymi przez plamki słońca prześwitujące przez listowie. Jeśli uznasz, że jej koszulka na ramiączkach jest na pewno takiej rdzawej barwy. Jeśli nie będziesz zwracać uwagi na muchy wielkości komarów.

Jedną rękę ma wyrzuconą swobodnie nad głowę, która jest wdzięcznie wykrzywiona w bok, jakby ta dziewczyna czegoś nasłuchiwała. Biodra są wygięte w tę samą stronę, nogi ściśnięte z sobą, ugięte w kolanach. Spokój tej pozy kłóci się z ruiną brzucha.

Ta beztroska ręka, która nadaje jakże romantyczny wygląd jej sylwetce, ułożonej pośród drobniutkich łąkowych kwiatów, niebieskich i żółtych, nosi ślady po obrażeniach poniesionych przy obronie. Nacięcia na środkowych stawach palców, sięgające kości, wskazują, że dziewczyna prawdopodobnie próbowała wyrwać nóż z rąk napastnika. Ostatnie dwa palce przy prawej dłoni są częściowo odcięte.

Skóra na jej czole jest rozcięta od wielokrotnych uderzeń jakimś tępym narzędziem, być może kijem baseballowym. Ale równie możliwe, że trzonkiem siekiery albo nawet ciężkim konarem. Dokładnie nie wiadomo, bo na scenie przestępstwa niczego nie znaleziono.

Otarcia na nadgarstkach mogą wskazywać, że sprawca związał jej ręce, po czym zdjął pęta. Prawdopodobnie był to drut, bo skóra jest poprzecinana. Krew tworzy na twarzy czarną skorupę, taki jakby czepek. Ciało jest rozpłatane od mostka do miednicy, cięciami o kształcie odwróconego krzyża, dlatego zanim zbrodnia zostanie uznana za skutek zbiorowego gwałtu, niektórzy policjanci będą podejrzewali satanistów, zwłaszcza że jej żołądek został wycięty. Ten żołądek zostaje znaleziony w pobliżu, pocięty na kawałki, jego zawartość wala się w trawie. Z kolei jelita wiszą na drzewach jak cynfolia na choince. Są już wyschnięte i zszarzałe, kiedy gliniarze wreszcie odgradzają teren. Co wskazuje, że morderca miał czas. Że nikt nie słyszał, kiedy krzyczała o pomoc. Albo że nikt nie zareagował.

Materiał dowodowy obejmuje także:

Biały but sportowy z podłużną plamą z błota z boku, jakby poślizgnęła się w trakcie ucieczki i ten but jej spadł. Zostaje znaleziony w odległości trzydziestu stóp od ciała. Pasuje do tego drugiego, pochlapanego krwią, który miała na stopie.

Kamizelka z ozdobnymi falbankami, cieniutkie ramiączka, przecięte, pierwotnie białe. Szorty z przecieranego dżinsu, zaplamione krwią. Także: mocz, kał.

Jej torba na książki zawiera: jeden podręcznik (*Podstawowe metody ekonomii matematycznej*), trzy długopisy (dwa niebieskie, jeden czerwony), jeden marker (żółty), winogronowy błyszczyk, tusz do rzęs, pół opakowania gumy do żucia (Wrigley, zostały trzy listki), kwadratowa, złota puderniczka (lusterko popękane, prawdopodobnie w wyniku napaści), czarna kaseta magnetofonowa z ręcznie wypisaną naklejką „Janis Joplin", klucze do głównego wejścia do jej akademika, szkolny terminarz z zaznaczonymi datami oddawania prac, spotkania w Poradni Rodzinnej, dniami urodzin przyjaciół i różnymi numerami telefonów, które policja sprawdza jeden po drugim. Ponadto między strony terminarza jest wetknięte zawiadomienie z biblioteki o przetrzymanej książce.

Gazety twierdzą, że to najbardziej brutalna napaść w tej okolicy od piętnastu lat. Policja bada wszystkie ślady i zachęca świadków do zgłaszania się. Liczy, że zabójca zostanie prędko zidentyfikowany. Morderstwo tak straszne będzie stanowiło precedens.

Kirby niczego nie zauważyła. Była wtedy trochę zaabsorbowana czym innym, to znaczy Fredem Tuckerem, starszym o półtora roku bratem Gracie, który próbował wsadzić w nią penisa.

– Nie pasuje – mówi Fred bez tchu. Jego chuderlawa pierś faluje.

– To się bardziej staraj – syczy Kirby.

– Ty mi nie pomagasz!

– A czego jeszcze chcesz ode mnie? – pyta Kirby z rozdrażnieniem. Ma na sobie czarne pantofle Rachel, do tego przezroczystą, beżowo-złotą halkę, którą zwinęła trzy dni wcześniej prosto z drążka w Marshall Field, upychając pusty wieszak na tył stojaka. Oberwała róże pana Partridge'a z płatków, żeby je rozsypać na prześcieradle. Ukradła prezerwatywy z szafki przy łóżku matki, żeby nie narażać Freda na moment wstydu przy ich kupowaniu. Upewniła się, że Rachel nie wróci po południu do domu. Ćwiczyła nawet pieszczoty wierzchem dłoni. Co okazało się równie skuteczne jak próby łaskotania samej siebie. Dlatego właśnie człowiek potrzebuje cudzych palców, cudzego języka. Tylko inni ludzie potrafią sprawić, że czujesz się rzeczywista.

– Myślałem, że już to robiłaś. – Fred opada na łokcie, przygważdżając ją swoim ciężarem.

To przyjemny ciężar, mimo że ma kościste biodra, a jego skóra jest śliska od potu.

– Ja tylko tak powiedziałam, żebyś się nie denerwował. – Kirby sięga ponad jego ciałem po papierosy Rachel leżące na nocnym stoliku.

– Nie powinnaś palić – upomina ją.

– Tak? A ty nie powinieneś uprawiać seksu z nieletnią.

– Masz szesnaście lat.

– Skończę dopiero ósmego sierpnia.

– Jezu – mówi Fred i zsuwa się z niej pospiesznie.

Kirby patrzy na niego, jak się miota po sypialni, cały nagi, jeśli nie liczyć skarpetek i prezerwatywy – jego kutas wciąż jest dzielnie wyprężony i gotów do akcji – i zaciąga się potężnie papierosem. Nawet nie lubi papierosów. Ale bycie *cool* sprowadza się po prostu do posiadania rekwizytów, za którymi człowiek może się ukryć. Wypracowała formułę: w dwóch trzecich to polega na przejmowaniu kontroli w taki sposób, by nie było widać, że starasz się to robić, a w jednej trzeciej na udawaniu, że to i tak nie ma znaczenia. A zresztą co tam, żadne wielkie halo, jeśli dzisiaj straci dziewictwo z Fredem Tuckerem. (To jest naprawdę wielkie halo).

Podziwia ślad szminki, który pozostawiła na filtrze, i zwalcza atak kaszlu.

– Wyluzuj, Fred. To jest podobno zabawne – mówi, udając spokojną, podczas gdy ma ochotę powiedzieć: *Nie przejmuj się. Chyba cię kocham.*

– No to dlaczego tak się czuję, jakbym miał zawał? –

odpowiada jej Fred, chwytając się za pierś. – Może powinniśmy zostać tylko przyjaciółmi?

Kirby czuje, że jej go żal. I samej siebie. Mruga potężnie i gasi papierosa, po trzech machach, jakby to od dymu załzawiły jej się oczy.

– Chcesz oglądać wideo? – pyta.

Więc oglądają wideo. I tak jakoś wychodzi, że obmacują się na kanapie, całując się przez półtorej godziny, podczas gdy Matthew Broderick ratuje świat na swoim komputerze. Nawet nie zauważają, kiedy kaseta się kończy i ekran zaczyna się jeżyć zakłóceniami, bo jego palce wnikają do jej wnętrza, bo jego usta parzą jej skórę. I potem ona wspina się na niego i boli ją, jak się spodziewała, i jest miło, jak liczyła, ale to nie zmienia świata, a później jeszcze namiętnie się całują i dopalają papierosa do końca, po czym on kaszle i mówi:

– Wcale nie było tak, jak myślałem.

Żadne z nich nie zostaje zamordowane.

Martwa dziewczyna nazywała się Julia Madrigal. Miała dwadzieścia jeden lat. Studiowała na Northwestern, na trzecim roku. Ekonomia. Lubiła piesze wyprawy i hokeja, bo urodziła się w Banff, w Kanadzie, i lubiła się włóczyć z przyjaciółmi po barach przy Sheridan Road, bo w dzielnicy Evanston, gdzie była jej uczelnia, wprowadzono zakaz sprzedaży alkoholu.

Od dawna zamierzała zgłosić się na ochotnika do czytania fragmentów podręczników, które zrzeszenie niewidomych studentów nagrywało na taśmy, ale jakoś nigdy się

do tego nie zabrała. Kupiła też kiedyś gitarę, ale wyćwiczy-
ła tylko jeden akord, za to ubiegała się o stanowisko prze-
wodniczącej swojego związku studentów. Zawsze powta-
rzała, że będzie pierwszą kobietą dyrektorem u Goldman
Sachsa. Planowała mieć troje dzieci, wielki dom i męża,
który będzie uprawiał jakiś interesujący i opłacalny za-
wód – chirurg, makler czy coś w tym stylu. Nie jak Sebastian, który był facetem do zabawy, ale nie bardzo się
nadawał na męża.

Była też hałaśliwa, jak jej ojciec, zwłaszcza na impre-
zach. Miała dość prostackie poczucie humoru. A także mę-
czący względnie legendarny śmiech, w zależności od tego,
kto o nim opowiadał. Było go słychać po drugiej stronie
akademika. Potrafiła być irytująca. Miała zawężone poglądy, na zasadzie „znam wszystkie rozwiązania, jeśli idzie
o ratowanie świata". Ale była dziewczyną tego typu, której
nie da się stłamsić. No chyba że się ją pocięło i zmiażdżyło
jej czaszkę.

Ta śmierć niczym fala uderzeniowa porazi wszystkich
jej znajomych i iluś ludzi, których nie znała.

Jej ojciec nigdy się z tego nie podniesie. Będzie chudł, aż
w końcu stanie się bladą parodią tego hałaśliwego i prze-
mądrzałego agenta nieruchomości, który potrafił wywołać
kłótnię przy grillu. Straci wszelkie zainteresowanie sprze-
dawaniem domów. Będzie dążył do uzyskania co najwyżej
średniej ceny, spoglądając na puste przestrzenie na ścianie
między portretami idealnych rodzin albo jeszcze gorzej, na
pleśń między płytkami w łazience przy sypialni. Nauczy
się udawać, zagłuszać smutek. Zacznie gotować. Sam się
nauczy kuchni francuskiej. Ale wszelkie jedzenie będzie
miało dla niego mdły posmak.

Jej matka zamknie ból w sobie: potwora uwięzionego

w klatce piersiowej, którego da się ujarzmić jedynie za pomocą wódki. Nie będzie jadła potraw ugotowanych przez męża. Kiedy przeprowadzą się z powrotem do Kanady i zamienią dom na mniejszy, ulokuje się w innym pokoju. On w końcu przestanie chować jej butelki. Kiedy dwadzieścia lat później wysiądzie jej wątroba, będzie siedział przy jej łóżku w szpitalu w Winnipeg, głaskał ją po ręce i recytował przepisy, które wykuł na pamięć niczym naukową formułę, bo nie będzie miał już nic więcej do powiedzenia.

Jej siostra przeprowadzi się najdalej, jak się da – najpierw na drugi kraniec stanu, potem na drugi kraniec kraju, w końcu za ocean, do Portugalii, gdzie zostanie opiekunką do dzieci. Nie przywiąże się do tych dzieci. Za bardzo się będzie bała, że coś mogłoby im się przydarzyć.

Po trzech godzinach przesłuchania Sebastian, chłopak Julii od sześciu tygodni, uzyska potwierdzenie swojego alibi na podstawie zeznań niezależnych świadków oraz plam od smaru na szortach. Tamtego dnia akurat majstrował przy indyjskim motorowerze z 1974 roku w otwartych drzwiach garażu, znakomicie widoczny z ulicy. Poruszony tym doświadczeniem uzna śmierć Julii za znak, że marnuje życie, studiując biznes. Przystąpi do studenckiego ruchu antyapartheidowego, będzie uprawiał seks z antyapartheidowymi dziewczynami. Tragiczna przeszłość przywrze do niego jak feromony, którym kobiety nie będą zdolne się oprzeć. Jest nawet piosenka na ten temat: „Bierz to, póki możesz" Janis Joplin.

Jej najlepsza przyjaciółka nie będzie sypiała po nocach, z poczucia winy, ponieważ mimo szoku i smutku na podstawie badań statystycznych doszła do tego, że teraz ryzyko, że sama zostanie zamordowana, jest o osiemdziesiąt osiem procent mniejsze.

Jedenastoletnia dziewczynka z innej części miasta, która tylko czytała o tej sprawie, która widziała jedynie fotografię mężnej Julii z jej szkolnej kroniki, wyniesie z tej historii ból – z niej i ogólnie z życia – i odnotuje go bardzo precyzyjnie nożem do papieru na delikatnej skórze przedramienia, powyżej linii rękawa T-shirta, gdzie nacięcia nie będą widoczne.

A pięć lat później przyjdzie kolej na Kirby.

HARPER

24 listopada 1931

Śpi w pokoju dla gości, przy szczelnie zamkniętych drzwiach, żeby nie wpuszczać przedmiotów, ale one wdzierają mu się do głowy, natarczywe jak pchły. Po wielu chyba dniach urywanych gorączkowych snów wywleka się z łóżka i jakoś schodzi na dół.

Ma wrażenie, że jego głowa jest ciężka jak chleb nasączony terpentyną. Stracił głos w tamtej chwili przepalającej na wskroś jasności. Totemy wyciągają ręce, żeby go chwytać, kiedy kuśtyka obok Pokoju. Jeszcze nie, stwierdza. Wie, co trzeba zrobić, ale akurat teraz jego żołądek zaciska się wokół pustki w środku.

W smukłej lodówce Frigidaire jest pusto, jeśli nie liczyć butelki francuskiego szampana i pomidora, który powoli przeobraża się w mulcz, tak samo jak ciało na korytarzu. Zrobiło się zielone, zaczyna już śmierdzieć intensywną wonią zgnilizny. Za to kończyny, które jeszcze dwa dni wcześniej były sztywne jak drewno, zmiękły i zrobiły się bezwładne. Teraz łatwiej mu przesunąć trupa i dobrać się do indyka. Nawet nie musi wyłamywać palców, by wyswobodzić go z uścisku martwego człowieka.

Zmywa mydłem skorupę krwi z ptaka. Potem gotuje go razem z dwoma kartoflami, które znajduje w szufladzie w kuchni. Pan Bartek najwyraźniej nie miał żony.

Nie znajduje żadnej innej płyty oprócz tej już nałożonej na talerz gramofonu, więc nakręca go i zaczyna odtwarzać ten sam komplet utworów, by mu dotrzymywały towarzystwa. Je łapczywie, przed kominkiem, nie używając sztućców, tylko oddziera kawałki mięsa dłońmi. Popija to whisky, napełniając szklankę po brzegi i nie dodając lodu. Jest mu ciepło, w brzuchu ma jedzenie, w głowie przyjemny szum od alkoholu, a wesoła muzyka zdaje się uspokajać przedmioty.

Kiedy kryształowa karafka jest już pusta, idzie po szampana i pociąga go prosto z butelki, aż wreszcie jego też wypija. Siedzi pijany i markotny, obok rozbebeszonego kadłuba ptaka ciśniętego na podłogę, ignorując tykanie gramofonu i jałowe skrobanie igły, której skończył się rowek, ale w końcu wstaje z niechęcią, bo musi się wysikać.

Kiedy już wędruje w stronę nocnika, wpada na kanapę, której lwie łapy przesuwają się po podłodze i zahaczają o dywan, ujawniając róg zniszczonej, niebieskiej walizki wetkniętej pod kanapę.

Wsparty o poręcz zgina się i wyciąga walizkę za uchwyt, starając się wwindować ją na poduszki, by jej się lepiej przyjrzeć. Ale wychlał sobie i ma tłuste palce, dlatego tani zamek otwiera się, wypluwając zawartość na podłogę: zwitki banknotów, garść żetonów z żółtego i czerwonego bakelitu, księgę rachunkową w czarnej okładce, naszpikowaną kolorowymi papierkami.

Harper klnie i pada na kolana; w pierwszym odruchu chce to wszystko pochować do środka. Zwitki są grube jak talie kart: banknoty wartości pięciu, dziesięciu, dwudziestu i stu dolarów, związane gumkami, oprócz tego jest jeszcze pięć banknotów pięciotysięcznych, schowanych pod rozdartą poszewkę walizki. Nigdy w życiu nie widział tylu pieniędzy. Nie dziwota, że ktoś obił mózg temu Bartkowi. Ale w takim razie dlaczego tego nie szukali? Nawet w oparach alkoholu wie, że to nie ma sensu.

Przygląda się banknotom uważniej. Są ułożone nominałami, ale różnią się od siebie subtelnie. Idzie o wielkość, stwierdza, przeciągając po nich palcem. Papier, barwa druku, drobne zmiany w układzie wizerunków i słowa o znaczeniu prawnym. Dopiero po chwili stwierdza pewną osobliwość. Daty emisji są niewłaściwe. *Jak ten widok za oknem*, stwierdza i natychmiast usiłuje cofnąć te myśl. Może Bartek był fałszerzem, wnioskuje. Albo robił rekwizyty dla jakiegoś teatru.

Zabiera się do kolorowych papierków. Kupony od zakładów. Z datami, które skaczą od 1929 do 1952 roku. Tory Wyścigowe w Arlington. Hawthorne. Lincoln Fields. Washington Park. Wszystkie wygrane. Nic specjalnie wygórowanego – jak za często dużo wygrywasz, to ściągasz na siebie niepotrzebną uwagę, stwierdza Harper. Zwłaszcza w mieście Capone'a.

Każdy kupon został wpisany do czarnego zeszytu, równymi, drukowanymi literami – kwota, data i źródło. Wszystkie figurują jako zyski, pięćdziesiąt dolarów tu, tysiąc dwieście dolarów tam. Z wyjątkiem jednego. Jakiś adres. Numer domu to 1818, do tego liczba zapisana na czerwono: sześćset dolarów. Przegląda księgę w poszukiwaniu odpowiedniego dokumentu. Akt własności Domu. Zarejestrowany na Bartka Krola. 5 kwietnia 1930.

Harper przysiada na piętach, przejeżdża kciukiem po brzegu zwitka dziesięciodolarówek. Może jest szaleńcem. Tak czy siak znalazł coś ważnego. Wytłumaczenie, dlaczego pan Bartek był zbyt zajęty, żeby kupować normalne artykuły spożywcze. Szkoda, że to jego pasmo wygranych zostało przerwane. Na szczęście dla Harpera. Sam jest hazardzistą.

Zerka na burdel na korytarzu. Będzie musiał coś postanowić, zanim to się przerobi w gnój. Kiedy wróci. Korci, żeby wyjść na zewnątrz. Sprawdzić, czy ma rację.

Przebiera się w ubrania, które znajduje w szafie. Czarne buty. Robotnicze portki z drelichu. Koszula zapinana na guziki. Dokładnie w jego rozmiarze. Zerka jeszcze raz na ścianę z przedmiotami, żeby się upewnić. Powietrze dookoła plastikowego konika zdaje się podrygiwać i drżeć. Jedno z imion jest wyraźniejsze. Praktycznie się świeci. Ona będzie na niego czekała. Tam gdzieś.

Na dole staje przy frontowych drzwiach, z nerwów wyrzucając prawą rękę jak bokser rozgrzewający się przed zadaniem ciosu. Umysł ma zaprzątnięty tym przedmiotem. Po raz trzeci sprawdza, czy w kieszeni ma klucz. Stwierdza, że jest już gotowy. Wydaje mu się, że już wie, na czym to polega. Będzie jak pan Bartek. Przezorny. Przebiegły. Nie posunie się za daleko.

Sięga do klamki. Drzwi otwierają się na rozbłysk światła, ostry jak sztuczny ogień w ciemnej piwnicy, który przedziera się przez bebechy kota.

A potem Harper wkracza w inny czas.

KIRBY

Powinnaś wziąć sobie nowego psa – stwierdza jej matka, siedząca na murku, z którego roztacza się widok na jezioro Michigan i zamarzniętą plażę. Jej oddech kondensuje się przed nią w powietrzu jak dymki na dowcipach rysunkowych. W prognozie pogody zapowiadali kolejne opady śniegu, ale to niebo nie tańczy, jak mu zagrają.

– Nie – mówi lekkim tonem Kirby. – A zresztą na co mi pies? – Bezmyślnie zbiera gałązki i łamie je na coraz to mniejsze kawałki, aż w końcu nie chcą się dalej łamać. Nic nie daje się redukować w nieskończoność. Można rozszczepić atom, ale nie można zniszczyć bez śladu. Nic nie znika bez śladu. Wszystko nadal lepi się do ciebie, nawet jeśli się popsuło, popękało. Jesteś zawsze jak Humpty Dumpty w swojej skorupie. Ale w którymś momencie trzeba pozbierać kawałki. Albo odejść. Nie oglądać się. Pieprzyć konie króla i dworzan.

– Och, kochanie.

Tego westchnienia w głosie Rachel Kirby nie może wytrzymać i ono ją prowokuje, żeby się posunąć jeszcze dalej, jak zawsze.

– Włochaty, śmierdzący, wiecznie ci doskakuje do twarzy, żeby cię po niej polizać. Ohyda! – Kirby krzywi się. Zawsze na koniec więzną w tej samej, znajomej pętli.

Do obrzydzenia znajomej, ale także na swój sposób krzepiącej.

Przez jakiś czas po tym wszystkim próbowała uciekać. Rzuciła studia – mimo że zaproponowali jej urlop dziekański – sprzedała samochód, spakowała się i wyjechała. Nie zajechała zbyt daleko. Ale Kalifornia sprawiała wrażenie równie dziwnej i obcej jak Japonia. Jak obrazki z programu telewizyjnego, ze źle podłożonym nagranym śmiechem. Albo to była jej wina: bo była za głupia i zbyt popieprzona na San Diego, a za mało popieprzona albo popieprzona nie tak jak należy na Los Angeles. Zamiast być dramatycznie krucha, była złamana. Ciąć to się trzeba samodzielnie, jeśli się chce uwolnić ból ukryty w środku. Dać się porżnąć przez kogoś innego to oszustwo.

Należało być w ciągłym ruchu, wyjechać do Seattle albo do Nowego Jorku. A jednak wylądowała z powrotem tam, gdzie zaczęła. Może przez te przeprowadzki, kiedy była dzieckiem. Może rodzina przyciąga zgodnie z prawem powszechnego ciążenia. A może po prostu musiała wrócić na scenę przestępstwa.

Napaść na nią wzbudziła opętańcze zainteresowanie. Personel szpitala nie wiedział, gdzie ustawiać kwiaty, które dostawała, również od zupełnie obcych ludzi. Tyle że połowa to były bukiety kondolencyjne. Nikt się nie spodziewał, że ona z tego wyjdzie, a gazety wszystko pomieszały.

Podczas pierwszych pięciu tygodni mnóstwo się działo i ludzie koniecznie chcieli coś dla niej robić. Ale kwiaty więdną i podobnie zainteresowanie. Została wypisana z oddziału intensywnej terapii. Potem ją wypisali ze szpitala. Ludzie zajęli się własnym życiem i od niej oczekiwano tego samego, mimo że podczas snu nie była w stanie przewrócić się na drugi bok, bo zaraz budził ją rozszczepiony kolec bólu. Czasami też paraliżował ją potworny strach, że coś sobie rozdarła, bo środki przeciwbólowe nagle przestawały działać akurat wtedy, gdy sięgała po szampon.

W ranę wdała się infekcja. Musiała wrócić na kolejne trzy tygodnie. Brzuch jej się rozdął, jakby miała urodzić kosmitę. „Obcy się zaplątał" – żartowała w rozmowie z lekarzem, najnowszym z całej serii specjalistów. „Zna pan ten film?" Nikt nie rozumiał jej dowcipów.

Po drodze gdzieś pogubiła znajomych. Ci dawni nie wiedzieli, co powiedzieć. Najstarsze przyjaźnie wpadały w szczeliny niezręcznego milczenia. Jeśli koszmarny pokaz jej ran nie odbierał im mowy, to zawsze jeszcze mogła opowiedzieć o komplikacjach związanych z przeciekaniem masy kałowej do jamy brzusznej. Rozmowy wtedy zamierały, co nie powinno jej było dziwić. Ludzie zmieniali temat, tłamsili swoją ciekawość, przekonani, że postępują właściwie, podczas gdy ona nade wszystko potrzebowała rozmowy. Żeby się wygadać.

Nowi przyjaciele byli turystami, przychodzili się pogapić. Wie, że to było zwykłe roztrzepanie, ale jakże łatwo coś im się czasem wymykało. Czasami wystarczyło nie odebrać telefonu. W przypadku tych bardziej upartych musiała raz po raz stawiać im czoło. Bywali zdumieni, źli, urażeni. Niektórzy zostawiali na jej sekretarce wykrzyczane albo – co gorsza – podszyte smutkiem wiadomości. W końcu po prostu ją odłączyła i wyrzuciła. Podejrzewa, że ostatecznie przyjęli to z ulgą. Przyjaźnienie się z nią było jak wyprawa na tropikalną wyspę z zamiarem pobaraszkowania w słońcu, która kończy się porwaniem przez terrorystów. Czyli czymś prawdziwym, co trafia do serwisów informacyjnych. Dużo czyta o traumach. Opowieści ocalałych.

Wyświadczała przyjaciołom przysługę. Czasami żałuje, że nie miała takiej możliwości z planem wyjścia. Ale utknęła tu, zakładniczka we własnej głowie. Czy można samemu sobie zaaplikować syndrom sztokholmski?

– Więc co ty na to, mamo?

Lód na jeziorze przemieszcza się i pęka melodyjnie jak dzwoneczki z rozbitego szkła.

– Och, kochanie.

– Oddam ci za dziesięć miesięcy, najpóźniej. Opracowałam plan.

Sięga do plecaka po teczkę. Odbiła ten plan na dużym formacie w punkcie ksero, na kolorowo i z wymyślnymi czcionkami, które przypominają ręczne pismo. Jej matka jest graficzką, było nie było. Rachel przygląda się z należytą uwagą, czytając starannie kolumny liczb, jakby oglądała album z pracami, a nie propozycję budżetową.

– Spłaciłam większą część obciążenia na karcie kredytowej z podróży. Jestem do tyłu o sto pięćdziesiąt miesięcznie plus tysiąc dolarów z pożyczki na studia, więc to jest absolutnie do zrobienia. – Szkoła nie przyznała jej urlopu dziekańskiego od długu. Paple bez sensu, ale nie jest w stanie wytrzymać tego napięcia. – I to wcale nie jest aż tak dużo jak na prywatnego detektywa. – Normalnie siedemdziesiąt pięć dolarów za godzinę, ale on powiedział, że będzie to robił za trzysta dolarów dziennie, tysiąc dwieście za tydzień. Cztery tysiące za miesiąc. – Opracowała budżet na trzy miesiące, ale ten detektyw twierdzi, że po miesiącu będzie w stanie powiedzieć, czy warto. Niewysoka cena za wiedzę. Za znalezienie tego popaprańca. Zwłaszcza teraz, kiedy gliniarze przestali z nią rozmawiać. Bo najwyraźniej nie jest to ani zdrowe, ani pomocne za bardzo się interesować własną sprawą.

– Bardzo interesujące – mówi uprzejmie Rachel, zamykając teczkę i próbując ją oddać.

Kirby nie chce wziąć teczki. Jej dłonie są nadto zajęte łamaniem patyków. Trzask. Matka kładzie teczkę na murku, między nimi. Karton natychmiast zaczyna wilgotnieć od śniegu.

– Wilgoć w domu jest coraz gorsza – zauważa Rachel, zamykając temat.

– To problem właściciela, mamo.

– Wiesz, jaki jest Buchanan – mówi Rachel, śmiejąc się sarkastycznie. – Nic by nie zrobił, nawet gdyby dom się walił.

– Może powinnaś obtłuc kilka ścian i sama sprawdzić. – Kirby nie potrafi ukryć goryczy w głosie. To taki wewnętrzny barometr jej starć z głupotami, które potrafi wygadywać matka.

– A ja przenoszę studio do kuchni. Tam jest więcej światła. Czuję, że już potrzebuję więcej światła. Myślisz, że mam ślepotę rzeczną?

– Mówiłam ci, żebyś wyrzuciła tę książkę medyczną. Nie możesz stawiać sobie sama diagnoz, mamo.

– Raczej mało prawdopodobne. Przecież nie miałam kontaktu z rzecznymi pasożytami. Podejrzewam, że to może być raczej dystrofia Fuchsa.

– Albo się starzejesz i powinnaś się z tym pogodzić – odwarkuje Kirby. Ale jej matka sprawia wrażenie takiej smutnej i zagubionej, że ostatecznie mięknie. – Mogłabym przyjechać i pomóc ci w tym przenoszeniu. Mogłybyśmy przejrzeć piwnicę, znaleźć rzeczy do sprzedania. Założę się, że tam są klamoty warte fortunę. Już sam ten stary komplet rytowniczy jest wart ze dwa tysiące dolarów. Pewnie zarobiłabyś kupę forsy. I mogłabyś zrobić sobie kilka miesięcy wolnego. Skończyłabyś wreszcie *Martwą kaczkę*.

Dzieło, które jej matka wciąż kończy i nie może skończyć, to makabryczna opowieść o kaczątku awanturniku, które podróżując po świecie, wypytuje martwe istoty o to, jak to się stało, że umarły. Oto próbka:

– I jak pan umarł, panie Kojocie?
– Ciężarówka mnie potrąciła, Kaczuszko.
Nie obejrzałem się, kiedy przechodziłem na drugą stronę.
Teraz jestem przekąską dla kruków.
Nie jest dobrze. Tak mi smutno.
Ale cieszy mnie to, co wcześniej przeżyłem.

Zawsze tak się to kończy. Każde zwierzę umiera w jakiś inny, ponury sposób, ale odpowiada tak samo, aż w końcu również Kaczka umiera i stwierdza, że jest jej smutno, ale cieszy się z tego, co przeżyła. To rodzaj mrocznej, pseudofilozoficznej bajki, która prawdopodobnie bardzo by się spodobała w wydawnictwie dla dzieci. Jak ta durna książka o drzewie, które bez końca składa siebie w ofierze, aż wreszcie przeobraża się w pokryte graffiti, przegniłe drewno parkowej ławki. Kirby nigdy nie cierpiała tej historyjki.

Rachel twierdzi, że jej opowieść nie ma nic wspólnego z tym, co jej się przydarzyło. To opowieść o Ameryce, o tym, że śmierć zdaniem wszystkich to coś, z czym trzeba walczyć, a przecież to jest chrześcijański kraj, który wierzy w życie pozagrobowe, i dlatego to takie dziwaczne.

Ona tylko stara się pokazać, że to normalny proces. Nieważne, jak żyjesz, ostateczny rezultat jest zawsze taki sam.

Tak twierdzi. Ale zaczęła to tworzyć, kiedy Kirby była jeszcze na intensywnej terapii. A potem wszystko podarła, kolejne strony wypełnione rozkosznie ponurymi ilustracjami, i zaczęła od nowa. Bez końca te same opowieści o śliczniutkich, martwych zwierzątkach, ale nigdy tego nie skończyła. A przecież książka dla dzieci, z obrazkami, wcale nie musi być taka długa.

– Czyli nie, jak rozumiem?

– Po prostu uważam, że raczej stracisz tylko czas, kochanie. – Rachel klepie ją po ręce. – Życie jest po to, żeby żyć. Zrób coś pożytecznego. Wróć na studia.

– Jasne. To jest pożyteczne.

– A poza tym – dodaje Rachel, patrząc sennym wzrokiem na jezioro – nie mam takich pieniędzy.

Nie da się odepchnąć matki, myśli Kirby, wypuszczając pokruszone patyki z odrętwiałych palców na śnieg. Jej podstawowy stan to nieobecność.

MAL

Malcolm od razu zauważa tego białego gościa. Nie, żeby brak melaniny był czymś takim zupełnie niezwykłym w tych okolicach. Tacy przeważnie siedzą za kółkiem, bryka się zatrzymuje, ale tylko na trochę, żeby załatwić sprawę. Ale człowiek też sam się z różnymi spotyka, poczynając od ćpaczy w potrzebie, którzy mają żółte oczy, skórę jak kurczak i ręce roztrzęsione jak u starych ludzi, a kończąc na eleganckiej pani prawniczce, która co wtorek, a ostatnio także w soboty przyjeżdża czekać tu na nich cierpliwie. Ulica jest dzięki temu egalitarna. Ale oni wszyscy zazwyczaj nie zostają tu długo.

Ten facet tylko tu stoi, na schodach od opuszczonej kamienicy, i wodzi gałami po wszystkim, jakby był panem tego rzędu domów. Może zresztą nim jest. Chodzą pogłoski, że chcą odnowić osiedle Cabrini, żeby tu wprowadzić lepszych ludzi, ale chyba tylko jakiś szurnięty debil próbowałby takich numerów w Englewood, gdzie jest tyle tych ruder, co wyglądają jak dziura w sraczu.

Mal nie rozumie, dlaczego im się jeszcze chce zabijać je dechami. Dawno z nich wypruli wszystkie rury, mosiężne gałki i inne wiktoriańskie pierdoły. Powybijane okna, przegniłe podłogi i całe pokolenia szczurzych rodzin żyjące jedne na drugich; babcie, dziadkowie, mamy, tatusie i małe szczurzątka. Więc tylko jakiś naprawdę potrzebowski ćpun próbowałby szczęścia, wykorzystując je za strzelnicę. Te domy to wraki. A w tej dzielnicy to już coś.

Nie jest pośrednikiem, stwierdza, przyglądając się, jak mężczyzna schodzi na popękany beton, szurając butami po wyblakłej kratce do gry w klasy. Mal już dał sobie w żyłę, prochy osiadły w jego kiszkach, z wolna zamieniając je w cement. To mu rozmydla dzień, dlatego ma cały czas tego świata, żeby sobie popatrzeć na jakiegoś białasa, który się dziwnie zachowuje.

Facet przechodzi przez parcelę, omijając wrak starej kanapy, przechodząc pod zardzewiałą tyczką, do której kiedyś był przymocowany kosz do gry, dopóki dzieciaki go nie zerwały. Autosabotaż, oto, co to jest. Jak rozkurwiasz własne śmieci.

Nie jest też łapsem, sądząc po tym, jak się ubrał. Znaczy źle, bo ma takie workowate, ciemnobrązowe spodnie i staromodną marynarkę. Kula pod pachą to niechybny znak, że to ktoś, kto wdepnął, gdzie nie trzeba, i się trochę uszkodził. Pewnie zastawił szpitalną laskę w lombardzie i tak wylądował z tym starym gruchotem. Albo może nie był w szpitalu, bo ma coś do ukrycia. Z nim coś na pewno jest nie tak.

Jest interesujący. To nawet potencjał. Może ten gość się ukrywa. Były gangster. Cholera, przed byłą żoną! Tu jest na to dobre miejsce. Może sobie schował trochę mamony w jednym z tych starych, szczurzych gniazd. Mal przygląda się szeregowym domom, spekulując. Mógłby tu trochę powęszyć w czasie, kiedy białas będzie chodził przy swoich interesach. Uwolni go od tych kilku cennych rzeczy, które mogą być dla niego jak wrzód na dupie. Dalej nic nie wiadomo. Pewnie zrobi mu przysługę.

Ale jak Mal tak patrzy na te domy i próbuje się domyślić, z którego tamten wylazł, to jest mu jakoś dziwnie. Może od tego żaru, który się unosi od asfaltu, wszystko tak się błyska. Nie, żeby miał trzęsionkę, ale blisko. Trzeba było nie kupować towaru od Toneela Robertsa. Ten chłopak oszukuje na wadze, na pewno, a to znaczy, że też żeni. Mal czuje skurcze w żołądku, jakby ktoś tam wsadził łapę. Takie drobne przypomnienie, że nic nie jadł od czternastu godzin, i oznaka, że prochy były ożenione. W międzyczasie pan Potencjał idzie dalej po ulicy, uśmiechając się i machając do dzieciaków na rogu, które coś do niego krzyczą. Mal stwierdza, że to zły pomysł. Przynajmniej na razie. Lepiej zaczekać, aż biały wróci i będzie mógł sprawdzić, jak się należy. A teraz natura woła.

Dogania go kilka przecznic dalej. Szczęście jak w mordę jeża. Ale też się przydaje, że facet gapi się na telewizor w oknie drogerii jak zahipnotyzowany, przez co Mala bierze strach, że facet dostał udaru czy coś. Nawet nie wie, że nie daje ludziom przejść. Może coś pokazują w wiadomościach. Że wybuchła zasrana trzecia wojna światowa. Podchodzi bokiem, by też popatrzeć, cały niewinny.

Facet ogląda reklamy. Jedną za drugą. Sos do makaronu Creamette. Oil of Olay. Michael Jordan je płatki Wheaties. Jakby w życiu nie widział, żeby ktoś jadł Wheaties.

– Dobrze się czujesz, chłopie? – pyta, nie chcąc go znowu stracić z widoku, ale jeszcze się nie zebrał w sobie na tyle, żeby go klepnąć w ramię. Facet obraca się z tak piekielnym uśmiechem, że Mal prawie traci nerwy.

– To zdumiewające – mówi facet.

– Cholera, człowieku, powinieneś spróbować Cheerios. Ale tamujesz ruch. Zrób trochę miejsca dla innych, co? – Delikatnie wyprowadza go z drogi dzieciaka na wrotkach, który toczy się prosto na nich.

Facet odprowadza go spojrzeniem.

– Biały, a ma dredy – zgadza się z nim, albo mu się wydaje, że się zgadza. – Ja nie mogę. A ta? – Udaje, że trąca faceta łokciem, ale bez prawdziwego kontaktu, by wskazać dziewczynę z cyckami, które pewnie sam Bóg musiał zesłać z wysoka, bo tak się tam z sobą tłuką pod krótką koszulką na ramiączkach. Facet ledwie na nią patrzy.

Wyczuwa, że go traci.

– Nie w twoim typie, co? Wolno ci, chłopie. – A potem jeszcze pyta, bo uwiera go przemożna potrzeba: – Powiedz, masz może dolara za dużo?

Facet jakby widzi go pierwszy raz. I nie jest to też spojrzenie, jakie na ciebie rzuca normalny biały. Jakby mu się dobierał do samego szpiku.

– Jasne – mówi, wsuwa rękę do kieszeni i wyciąga z niej zwitek banknotów ściągniętych gumką. Oddziela jeden papierek i wręcza go Malowi, przyglądając mu się z napięciem niczym żółtodziób, który próbuje upchnąć sodę oczyszczoną jako prawdziwy towar, przez co Mal staje się czujny.

– Jaja sobie ze mnie robisz? – pyta, patrząc spode łba na pięciotysięczny banknot. – Gdzie ja niby mam z tym iść? – Ma już wątpliwości co do całego cholernego przedsięwzięcia. Ten głupek jest stuknięty.

– Tak lepiej? – mówi Harper i przebiera wśród banknotów, po czym wręcza mu stówkę, obserwując reakcję Mala.

Mala kusi, żeby nie dać mu satysfakcji, ale cholera wie, czy tamten nie da mu jeszcze jednej, jeśli dostanie to, czego chce, cokolwiek to jest.

– O tak, to się nada.

– Czy przy parku Granta jest jeszcze Hooverville?

– Nawet nie wiem, o czym ty gadasz, człowieku. Ale

daj mnie jeszcze jedną taką, to ci przejdę cały park tam i nazad, aż go znajdziemy.

– Powiedz mi tylko, jak się tam dostać.

– Wskocz do zielonej linii. Zabierze cię do samego centrum – mówi Mal, wskazując tory kolejki miejskiej prześwitujące między domami.

– Bardzo mi się przydałeś – oznajmia mężczyzna. I na oczach osłupiałego Mala wsadza zwitek z powrotem do kieszeni i zaczyna kuśtykać przed siebie.

– Hej ty, zaczekaj. – Mal zaczyna truchtać, żeby go dogonić. – Nie jesteś z miasta, co? Mogę być twoim przewodnikiem. Pokażę ci widoki. Załatwię jakąś cipkę. W takim smaku, w jakim lubisz. Ty musisz uważać na siebie, rozumiesz, co ja tobie mówię?

Facet obraca się w jego stronę, cały przyjazny, jakby wygłaszał prognozę pogody.

– Zjeżdżaj, przyjacielu, bo inaczej cię wypatroszę na środku ulicy.

To nie bajer z getta, tylko rzeczowe gadanie. Jakby sobie zawiązywał sznurowadła. Mal staje jak wryty i pozwala tamtemu odejść. Już ma to gdzieś. Głupkowaty debil. Lepiej się nie wdawać.

Przygląda się panu Potencjałowi, jak kuśtyka ulicą, a potem kręcąc głową, ogląda idiotyczny fałszywy banknot. Zachowa go sobie na pamiątkę. I może się wróci do tych zrujnowanych domów, żeby tam pogrzebać, póki faceta nie ma. W brzuchu go ściska na samą myśl. Albo może nie. Nie póki jest nawalony. Zrobi sobie ucztę. Grzybki. Dość tego gówna od Toneela. Może nawet coś postawi swojemu chłopakowi, Radisonowi, jak go spotka. Czemu nie? Ma ochotę być hojny. Postara się, żeby tak zostało.

HARPER

29 kwietnia 1988

Hałas niepokoi Harpera najbardziej – choć wcale nie przypomina tego najgorszego, jaki w życiu słyszał, kiedy kulił się we wsysającym czarnym błocie w okopach, śmiertelnie się bojąc tego wycia, które poprzedzało rundę ognia artyleryjskiego, głuchy łomot dalekich bomb, zgrzytanie i łomotanie czołgów. Przyszłość nie jest tak głośna jak wojna, ale jest bezlitosna z tą swoją straszliwą furią.

Już sama ta gęstwa zdumiewa. Domy jedne na drugich, ludzie jedni na drugich. I samochody. Miasto zostało pod nie na nowo ukształtowane. Zbudowano dla nich całe budynki, żeby miały gdzie parkować, złożone z wielu spiętrzonych warstw. Przemykają obok, zbyt szybkie i zbyt głośne. Tory kolejowe, które kiedyś przywoziły cały świat do Chicago, milczą, przytłoczone rykiem drogi ekspresowej (termin, który pozna jakiś czas później). Spieniona rzeka pojazdów wciąż napływa, ale Harper nie potrafi sobie wyobrazić skąd.

Idzie, łowiąc przelotnie cień dawnego miasta, wyzierający spod spodu. Wypłowiałe, malowane ręcznie szyldy. Porzucony dom, który przemienił się w blok mieszkalny, też już zabity deskami. Zarośnięta chwastami parcela, na której kiedyś stał magazyn. Rozpad, ale także odnowa. Ciąg sklepów, który wyrósł na dawniej pustym placu.

Witryny sklepowe zdumiewają. Ceny są absurdalne.

Wchodzi do sklepu spożywczego i zaraz się wycofuje, wytrącony z równowagi tymi białymi podłogami, fluorescencyjnymi światłami i nadmiarem jedzenia w puszkach i kartonach z kolorowymi fotografiami, które wrzeszczą o swej zawartości. Robi mu się od tego mdło.

Wszystko to jest dziwne, ale nie niewyobrażalne. Wszystko jest zapowiedzią czegoś innego. Skoro można zamknąć salę koncertową w gramofonie, to można też zamknąć projektor kinowy w ekranie, który gra w oknie wystawowym, coś tak zwyczajnego, że nawet nie przyciąga żadnej widowni. Ale niektóre rzeczy są zupełnie niespodziewane. Staje jak oczarowany na widok rzędów wirujących szczotek w myjni samochodowej.

Ludzie są tacy sami. Cwaniacy i łazęgi, jak ten bezdomny chłopak z wytrzeszczonymi oczami, który błędnie wziął Harpera za łatwy cel. Przegnał go, ale dopiero gdy ten mu potwierdził jego przypuszczenia odnośnie do dat na pieniądzach albo miejsca, w którym się znalazł. Albo kiedy. Gładzi palcami klucz w kieszeni. Swoją drogę powrotną. Jeśli będzie chciał dokądś pójść.

Korzysta z rady chłopaka i wsiada do kolejki linii Ravenswood, która jest praktycznie taka sama jak w 1931 roku, tyle że szybsza i bardziej beztroska. Pociąg ścina zakręty, przez co Harper przywiera do poprzeczki, a nawet siada. Inni pasażerowie w większości odwracają oczy. Niektórzy odsuwają się od niego. Dwie dziewczyny ubrane jak kurwy chichoczą i pokazują go sobie palcami. To przez ubranie, dociera do Harpera. Inni noszą żywsze kolory i tkaniny, które są jakby bardziej błyszczące i lejące, jak te ich sznurowane buty. Ale kiedy rusza przez wagon w stronę dziewczyn, ich uśmiechy więdną i obie wysiadają na następnym przystanku, mrucząc coś do siebie. Zresztą i tak go nie interesują.

Wychodzi schodami na ulicę, waląc kulą o metalową konstrukcję, przyciągając współczujące spojrzenie kolorowej kobiety w uniformie, która jednak nie oferuje mu pomocy.

Kiedy tak stoi pod metalowymi wspornikami wiaduktu, widzi, że Loop* dorobił się teraz dziesięciu razy więcej neonów. Spójrz tutaj, albo nie, tutaj, zdają się mówić te migoczące światła. Takie rozpraszanie uwagi oznacza w tym miejscu porządek i wskazuje drogę.

Już po minucie wie, jak działają światła na przejściu. Zielony człowieczek i czerwony. Sygnały zaprojektowane dla dzieci. Bo czy wszyscy ci ludzie z tymi swoimi zabawkami, hałasem i pośpiechem nie są właśnie dziećmi?

Widzi, że miasto zmieniło barwę, że już nie jest brudnobiałe i kremowe, tylko brązowe, w setkach odcieni brązu. Jak rdza. Jak gówno. Idzie do parku, gdzie przekonuje się naocznie, że Hooverville rzeczywiście zniknęło bez śladu.

Widok miasta z tego miejsca wytrąca z równowagi. Profil budynków na tle nieba jest niewłaściwy, lśniące wieże są tak wysokie, że chmury je połykają. Panorama piekła.

Widzi te samochody, widzi ten ludzki tłum i na myśl przychodzą mu korniki przegryzające się przez drewno. Drzewa poryte bliznami po robakach umierają. Jak i całe to morowe miejsce umrze, zapadając się do środka, kiedy dotknie je zgnilizna. Może zobaczy ten upadek na własne oczy? Czy to by nie było coś?

Ale teraz ma cel. Przedmiot płonie w jego głowie. Wie, dokąd iść, jakby już kiedyś tam był.

Schodzi do trzewi miasta i wsiada do kolejnego pociągu.

---

* Jedna z 77 gmin tworzących miasto Chicago; należy do czterech najbardziej prestiżowych, które składają się na centrum miasta.

72

Poszczękiwanie torów jest głośniejsze w tunelach. Sztuczne światła rozcinają powietrze za oknami, rozbijając twarze ludzi na miazgę chwil.

W końcu dojeżdża do Hyde Parku, gdzie uniwersytet stworzył kieszeń z różowolicego bogactwa pośród prostaków z klasy pracującej, głównie czarnych. Aż go trzęsie, bo tak już nie może się doczekać.

Kupuje sobie kawę w greckiej knajpce na rogu, czarna, trzy kostki cukru. Potem idzie obok domów mieszkalnych, aż wreszcie znajduje ławkę, na której może usiąść. Ona tu jest, gdzieś. Tak jak to miało być.

Mruży oczy i przekrzywia głowę, jakby rozkoszował się słońcem, dzięki czemu nie widać, że przygląda się twarzom wszystkich mijających go dziewczyn. Błyszczące włosy i jasne oczy pod ciężkim makijażem i napuszonymi fryzurami. Noszą swoje uprzywilejowanie, jakby to było coś, co wkładają razem ze skarpetkami każdego ranka. To im odbiera cały blask, myśli Harper.

A potem widzi ją, jak wysiada z kanciastego, białego samochodu z wgłębieniem w drzwiach, który podjechał pod wejście do rezydencji zaledwie dziesięć stóp od jego ławki. Szok, że ją tak od razu rozpoznał, czuje nawet w kościach. To jest jak miłość od pierwszego wejrzenia.

Jest maleńka. Chinka albo Koreanka, w niebiesko-białych, przecieranych dżinsach, z czarnymi włosami, nastroszonymi jak wata cukrowa. Otwiera bagażnik i zaczyna wypakowywać z niego kartonowe pudła, które stawia na ziemi, podczas gdy jej matka powoli wysiada z samochodu, po czym obchodzi go, żeby pomóc. I to jest oczywiste, nawet wtedy, kiedy tak się zmaga, śmiejąc z rozdrażnieniem, gdy jedno z pudeł rozpada się od dołu pod ciężarem książek, że jest ulepiona z innej gliny niż te dziewczyny

73

puste jak skorupy, które przedtem widział. Pełna życia – to stwierdzenie smaga go jak batem.

Harper nigdy nie ograniczał swoich apetytów do jakiegoś szczególnego typu kobiety. Niektórzy mężczyźni wolą dziewczyny z talią osy albo ciężkimi pośladkami, w które można wbijać palce, ale on zawsze brał to, co było dostępne, gdy było dostępne, przeważnie za to płacąc. Dom żąda czegoś więcej. Dom chce potencjału – chce zagarnąć ten ogień w ich oczach i potem go zdmuchnąć. Harper wie, jak to zrobić. Będzie musiał kupić nóż. Ostry jak bagnet.

Opiera się o mur i zaczyna skręcać papierosa, udając, że przygląda się gołębiom walczącym z mewami o szczątek kanapki wywleczony z kosza na śmieci; każdy ptak robi to na własną rękę. Nie patrzy na dziewczynę i jej matkę, zajęte wnoszeniem pudeł do budynku. Ale słyszy wszystko i kiedy spogląda w zamyśleniu na swoje buty, skręcając papierosa, jednocześnie obserwuje je kątem oka.

– OK, to już ostatni – mówi dziewczyna, dziewczyna Harpera, wywlekając niedomknięty karton z tyłu samochodu. Zauważa coś w środku, wkłada rękę i wyciąga lalkę, szokująco nagą, trzymając ją za kostkę. – Omma!

– Co znowu? – pyta jej matka.

– Omma, kazałam ci ją oddać do Armii Zbawienia. Co ja mam zrobić z tym śmieciem?

– Kochasz tę lalkę – karci ją tamta. – Powinnaś ją zachować. Dla moich wnucząt. Ale jeszcze nie. Najpierw znajdź sobie jakiegoś miłego chłopaka. Lekarza albo prawnika, skoro sama studiujesz socjopatię.

– Socjologię, Omma.

– To co innego. Chodzisz do tych złych miejsc. Szukasz kłopotów.

– Przesadzasz. Tam żyją ludzie.

– Jasne. Źli ludzie, z bronią. Dlaczego nie możesz studiować o śpiewakach operowych? Albo o kelnerach? Albo lekarzach. To dobry sposób na poznanie jakiegoś miłego lekarza, tak ja myślę. Czy oni nie są dostatecznie interesujący, żebyś pisała z nich dyplom? Zamiast z tego budownictwa społecznego?

– Może powinnam studiować podobieństwa między koreańskimi a żydowskimi matkami? – Bezwiednie przeczesuje palcami długie blond włosy lalki.

– Może powinnam dać ci w twarz za to, że jesteś chamska wobec kobiety, która cię wychowała! Gdyby twoja babcia cię słyszała…

– Przepraszam, Omma – mówi zawstydzona dziewczyna. Przygląda się lokom lalki zaplątanym wokół swoich palców. – Pamiętasz, jak próbowałam ufarbować włosy mojej Barbie na czarno?

– Pastą do butów! Musieliśmy ją wyrzucić.

– Ciebie to nie męczy? Taka jednorodność aspiracji?

Jej matka macha ręką ze zniecierpliwieniem.

– Te twoje wielkie uczone słowa. Jak ciebie to męczy, to w takim razie wciągnij te dzieci, z którymi pracujesz, do projektu czarnych Barbie.

Dziewczyna wkłada lalkę do pudła, postanawiając jej jednak nie wyrzucać.

– Nie taki zły pomysł, Omma.

– Tylko nie używaj pasty do butów!

– Nawet sobie nie żartuj. – Pochyla głowę nad pudłem trzymanym w rękach, chcąc pocałować starszą kobietę w policzek.

Matka odgania ją, zażenowana tą demonstracją czułości.

– Bądź grzeczna – mówi, wsiadając do samochodu. – Ucz się pilnie. Żadnych chłopców. Chyba że to lekarze.

– Albo prawnicy. Zrozumiałam. Do widzenia, Omma. Dziękuję za pomoc.

Dziewczyna macha i macha, kiedy kobieta odjeżdża w stronę parku, a potem opuszcza rękę, bo samochód wykonuje straceńczo ostry zakręt. Jej matka gwałtownie otwiera okno.

– Omal nie zapomniałam – mówi. – Mnóstwo ważnych rzeczy. Pamiętaj o kolacji w piątkowy wieczór. I pij swój hahn-yahk. I zadzwoń do babci, żeby wiedziała, że już się przeprowadziłaś. Zapamiętasz, Jin-Sook?

– Tak, OK, zrozumiałam. Do widzenia, Omma. Poważnie. Jedź już. Proszę.

Czeka, aż samochód odjedzie. Skręca za róg, spogląda bezradnie na pudło, które jeszcze trzyma w objęciach, stawia je obok kubła na śmieci i dopiero potem znika we wnętrzu budynku.

Jin-Sook. Brzmienie tego imienia wywołuje rozbłysk ciepła w ciele Harpera. Mógłby zgarnąć ją teraz. Udusić na korytarzu. Ale są świadkowie. I w głębi duszy wie, że są zasady. To jeszcze nie ta pora.

– Ej, facet! – mówi młody mężczyzna o włosach koloru piasku, nie do końca przyjaznym tonem. Stoi nad nim z przesadną pewnością siebie wynikającą z własnych rozmiarów. Ma na sobie T-shirt z numerem i spodnie do kolan, zrobione z obciętych dżinsów, przez co teraz sterczą z nich białe nitki. – Będziesz tu tak stał cały dzień?

– Kończę papierosa – mówi Harper, upuszczając rękę do podbrzusza, żeby ukryć połowiczną erekcję.

– To się lepiej pospiesz. Ochrona kampusu nie lubi, jak ktoś tu łazi.

– To wolne miasto – mówi Harper, choć nie ma pojęcia, czy to prawda.

– Powiadasz? To nie chcę cię tu widzieć, kiedy wrócę.

– Już sobie idę. – Harper zaciąga się mocno, jakby zamierzał coś udowodnić, nie poruszając się nawet o cal. Co wystarcza, żeby udobruchać młodego byczka, który kiwa gwałtownie głową na znak, że przyjął do wiadomości, i odchodzi w stronę szeregu sklepów, oglądając się raz za siebie, przez ramię. Harper upuszcza papierosa na ziemię i rusza w stronę drogi, udając, że się stamtąd oddala. A jednak zatrzymuje się przy kuble na śmieci, gdzie Jin-Sook pozostawiła karton.

Kuca obok i zaczyna grzebać w galimatiasie zabawek. To dlatego tu jest. Wszystko musi trafić na swoje miejsce. Idzie według mapy.

Znajduje konika z żółtymi włosami w momencie, gdy Jin-Sook (to imię śpiewa w jego głowie) wynurza się z budynku i idzie spiesznie w stronę kartonu, z miną wyrażającą poczucie winy.

– Hej, przepraszam, zmieniłam zdanie – zaczyna się usprawiedliwiać, a potem przekrzywia głowę, wyraźnie nie rozumiejąc. Z bliska Harper widzi, że ma pojedynczy kolczyk, dyndającą kaskadę niebieskich i żółtych gwiazdek na srebrnych łańcuszkach. Gwiazdki drżą pod wpływem ruchu. – To moje rzeczy – mówi dziewczyna oskarżycielskim tonem.

– Wiem. – Salutuje jej komicznie i zaczyna odchodzić, kuśtykając na swojej kuli. – Przyniosę ci coś innego w zamian.

Robi to, ale dopiero w 1993 roku, kiedy Jin-Sook jest już w pełni wyszkolonym pracownikiem opieki społecznej zatrudnionym przez Wydział Budownictwa Społecznego Chicago. Będzie jego drugą ofiarą. I policja nie znajdzie prezentu, który jej dał. Ani też się nie zorientuje, że zabrał kartę baseballową.

DAN

10 lutego 1992

Czcionka chicagowskiego „Sun-Timesa" jest szpetna. Podobnie jak budynek, w którym mieści się redakcja, niskie szkaradzieństwo wybudowane na brzegu rzeki Chicago, na Wabash Avenue, w otoczeniu niebotycznie wysokich wież. To jest, w rzeczy samej, żenująca nora. Biurka to nadal ciężkie stare, metalowe graty z II wojny światowej, z otworami na maszyny do pisania, w których osadzono komputery. W przewodach klimatyzacyjnych zaległa warstwa tuszu od maszyn drukarskich, które podczas pracy wstrząsają całym budynkiem. Niektórzy dziennikarze mają tusz w żyłach. Ludzie z personelu „Sun-Timesa" mają tusz w płucach. Co jakiś czas ktoś składa skargę do OSHA*.

Ta brzydota ma swoją dumę. Nawet w porównaniu z wieżą redakcji „Tribune" po drugiej stronie ulicy, która ze swoimi neogotyckimi wieżyczkami i blankami wygląda jak jakaś katedra informacji. Redakcja „Sun-Timesa" ma wspólną przestrzeń biurową, wszystkie biurka wchodzą jedne na drugie, przy czym szef działu miejskiego siedzi na samym środku. Działy rozrywki i sportu są zepchnięte na ubocze. Panuje powszechny bałagan i hałas, ludzie prze-

---

* Occupational Safety and Health Administration – Agencja Bezpieczeństwa i Zdrowia w Pracy.

krzykują siebie i skrzeczące radio policyjne. Gdziekolwiek by spojrzeć, grają telewizory, dzwonią telefony, buczą faksy wypluwające z siebie newsy. W „Tribune" mają przegrody.

„Sun-Times" to gazeta klasy robotniczej, gliniarzy, śmieciarzy. „Tribune" to gazeta milionerów, profesorów i przedmieści. To nieustające starcie południa miasta z północą, niekończące się niczym – dopóki nie nadchodzi pora stażystów, kiedy to obie redakcje obsiadają bogaci smarkacze z college'ów, ci z właściwymi koneksjami.

– Uwaga! Nadchodzą! – krzyczy melodyjnie Matt Harrison, maszerując między biurkami i wlokąc za sobą grupkę bystrookich, młodych ludzi niczym mama kaczka ze stadkiem kaczątek. – Rozgrzać ksero! Uszykować bazgroły! Przygotować zamówienia na kawę!

Dan Velasquez chrząka i garbi się jeszcze mocniej nad swoim komputerem, ignorując podniecone kwakanie kaczątek, zachwyconych, że są w prawdziwym newsroomie. Jego nie powinno tu nawet być. Nie ma powodu przychodzić do redakcji. Absolutnie żadnego.

Ale jego naczelny chce się spotkać twarzą w twarz w związku z planami na nadchodzący sezon, zanim Dan ruszy do Arizony na wiosenne treningi. Jakby coś to miało zmienić. Bycie kibicem drużyny Cubsów polega na byciu optymistą wbrew wszelkim rokowaniom czy zdrowemu rozsądkowi. To kwestia prawdziwej wiary. Może powinien to powiedzieć. I dostanie zlecenie na tekst wyrażający opinię. Od dawna nęka Harrisona, żeby mu pozwolił napisać normalny artykuł, a nie tylko te sylwetki zawodników. Na tym właśnie polega dobre pisanie: artykuł opiniotwórczy. Można wykorzystać sport (albo kino, a co?) jako alegorię stanu świata. Można dodać ważki wgląd w dyskurs kulturowy. Dan szuka w sobie podstaw do jakiegoś ważkiego wglądu.

Albo przynajmniej do jakiegoś poglądu. I stwierdza, że nie jest w stanie niczego znaleźć.

– Jo, Velasquez, mówię do ciebie – mówi Harrison. – Wiesz już, jaką kawę chcesz zamówić?

– Co? – Wytrzeszcza oczy ukryte za okularami, nowymi, dwuogniskowymi, które wprowadzają mu taki sam zamęt w myślach jak nowy edytor tekstu. Co było nie tak z Atexem? Lubił Atexa. Psiakrew, lubił swoją maszynę do pisania marki Olivetti. I tamte stare okulary, cholera jasna!

– Twoja stażystka czeka. – Harrison wykonuje gest typu *voilà* w stronę dziewczyny, która ledwie co skończyła przedszkole, na bank, bo ma przedszkolne włosy sterczące we wszystkie strony i jest wystrojona w wielobarwną apaszkę zapętloną na szyi, równie kolorowe mitenki, czarną marynarkę z większą liczbą zamków błyskawicznych, niż to dyktuje konieczność, oraz nosi kolczyk w nosie. Wzbudza w nim irytację, automatycznie.

– Tylko nie to. Ja się nie zajmuję stażystami.

– Prosiła o ciebie. Z nazwiska.

– Tym bardziej nie. Spójrz tylko na nią, ona nawet nie lubi sportu.

– Prawdziwa przyjemność cię poznać – wtrąca się dziewczyna. – Jestem Kirby.

– To dla mnie nieistotne, bo więcej z tobą rozmawiał nie będę. Nawet nie powinno mnie tu być. Udawaj, że mnie tu nie ma.

– Świetny wstęp, Velasquez. – Harrison puszcza oko. – Ona jest cała twoja. Nie rób niczego, co można uznać za wykroczenie. – Odchodzi, by łączyć innych stażystów z reporterami cenionymi o wiele wyżej i chętnymi ich przygarniać.

– Sadysta! – krzyczy za nim Dan, a potem posępnie zwraca się do dziewczyny. – Znakomicie. Witaj. Przysuń sobie krzesło, albo co? Podejrzewam, że nie masz zdania na temat składu Cubsów w tym roku?

– Przykro mi. Sport faktycznie mnie nie interesuje. Bez urazy.

– Wiedziałem. – Velasquez gapi się na mrugający kursor na ekranie. Ten kursor z niego drwi. Na papierze to przynajmniej dawało się robić bazgroły albo pisać notatki, względnie można go było zmiąć w kulkę i cisnąć nią w głowę naczelnego. Ekran komputera nie nadaje się do ataku. Podobnie głowa jego obecnego naczelnego.

– Jestem bardziej zainteresowana przestępczością.

Dan okręca się powoli na swoim obrotowym krześle, by na nią spojrzeć.

– Powiadasz? No to mam dla ciebie naprawdę niedobre wieści. Ja piszę o baseballu.

– Ale kiedyś pisałeś o zabójstwach – upiera się dziewczyna.

– Tak, kiedyś mogłem też palić, pić, jeść bekon i nie miałem zasranego stenta w piersi. Wszystko to bezpośredni efekt pracy z zabójstwami. Powinnaś o tym zapomnieć. To nie miejsce dla takiej miłej, hardkorowej punkówy jak ty.

– Nie biorą na staż do działu przestępczości kryminalnej.

– Z bardzo uzasadnionych powodów. Wyobrażasz sobie was, małolatów, biegających po scenach przestępstwa? Chryste!

– Jesteś najbliżej tego, do czego chciałam dotrzeć. – Dziewczyna wzrusza ramionami. – No i to ty pisałeś o moim zabójstwie.

Jest zbity z pantałyku, ale tylko przez chwilę.

– W porządku, dziecko, jeśli mówisz poważnie o pisaniu o zbrodniach, to przede wszystkim musisz opanować właściwą terminologię. Byłabyś ofiarą „usiłowania zabójstwa". Czyli ofiarą nieudanej próby zabójstwa. Zgadza się?

– To moje sprawia inne wrażenie.

– *Qué cruz.* – Wykonuje gest naśladujący wyrywanie sobie włosów. Co nie znaczy, że wiele ich mu zostało. – Przypomnij mi, w które to z licznych zabójstw dokonanych w Chicago rzekomo jesteś zamieszana?

– Kirby Mazrachi – odpowiada dziewczyna i wszystko od razu do niego wraca, mimo że ona dopiero odwija apaszkę, ukazując czerwoną bruzdę na gardle, w tym miejscu, gdzie tamten świr je poderżnął, nacinając krtań, ale nie do końca, jeśli dobrze pamięta raport lekarza sądowego.

– Z psem – dopowiada. Robił wywiad ze świadkiem, kubańskim rybakiem, któremu podczas rozmowy cały czas trzęsły się ręce, aczkolwiek, stwierdził cynicznie Dan, jakoś zdołał wziąć się w garść, kiedy dotarli do niego ludzie z telewizji.

Mężczyzna opisywał, jak wyglądała, kiedy wyłoniła się z lasu, z krwią pulsującą na gardle, z pętlą różowo-szarych jelit wystających spod podartych szczątków T-shirta, tuląc do siebie psa. Wszyscy uważali, że na pewno umrze. Niektóre gazety nawet pisały, że umarła.

– Ha! – mówi pod wrażeniem. – Więc chcesz na nowo otworzyć sprawę? Przyprowadzić zabójcę przed oblicze sprawiedliwości? Chcesz zajrzeć do swoich akt?

– Nie. Chcę zobaczyć cudze.

Dan opada na trzeszczące niebezpiecznie oparcie krzesła, już teraz pod bardzo wielkim wrażeniem. I nie jest ani trochę zaintrygowany.

– Powiem ci coś, dziecko. Zadzwoń do Jima Lefebvre'a i wyciągnij od niego coś w związku z pogłoskami, że zamierzają wykopać Bella ze składu Cubsów, a ja sprawdzę, co mogę zrobić w kwestii tych cudzych.

HARPER

28 grudnia 1931

Chicago Star

ŻAR-DZIEWCZYNA
W PUŁAPCE TAŃCA ŚMIERCI

Edwin Swanson

Chicago, Illinois. W czasie, kiedy powstaje niniejszy artykuł, policja przetrząsa miasto w poszukiwaniu mordercy panny Jeanette Klary, znanej również jako Żar-dziewczyna. Ta drobna francuska tancereczka zdobyła niejaką sławę, ukazując się publiczności bez odzienia, ale skryta za wachlarzami z piór, przezroczystymi woalami, ogromnymi balonami i innymi ozdobami. Znaleziono ją w niedzielny poranek w makabrycznych okolicznościach, bo porzuconą w uliczce za Kansas Joe's, jednym z kilku teatrów osobliwości, w którym goszczą ludzie o wątpliwych gustach moralnych.

A jednak rzec można, iż owa niewczesna, gwałtowna śmierć stanowiła akt miłosierdzia w obliczu grożącego jej powolnego umierania w mękach. Panna Klara znajdowała się bowiem pod obserwacją lekarzy, którzy podejrzewali, że padła ofiarą zatrucia radem, z proszku, którym pudrowała się przed każdym występem, jako że dzięki niemu rozjarzała się niczym robaczek świętojański.

„Nuży mnie już słuchanie o radowych dziewczynach", powiedziała z uroczym, francuskim akcentem przy okazji wywiadu udzielonego prasie w ubiegłym tygodniu, ze szpitalnego łóżka, pogodnie odrzucając opowieść, którą raczono ją po wielekroć, a dotyczącą młodych kobiet, które zatruły się substancjami radioaktywnymi podczas malowania tarcz zegarków w pewnej fabryce w New Jersey*. Pięć młodych kobiet, które w wyniku napromieniowania doznały zakażenia, najpierw krwi, a później kości, wystąpiło z pozwami przeciwko korporacji US Radium o odszkodowanie w wysokości 1 250 000 $. Drogą ugody wypłacono każdej po 10 tysięcy i 600 $ rocznej pensji. Ale umarły, jedna po drugiej, i brakuje dowodów, które świadczyłyby o tym, że uznały ową zapłatę za godną takiej śmierci.

„Bzdury", żachnęła się panna Klara, stukając w swe perłowe ząbki czerwonym paznokciem. „Czy dla was tak to wygląda, jakoby mi wypadały zęby? Ja nie umieram. Ja nawet nie jestem chora".

Przyznała się jednak do „małych pęcherzy", które czasem występowały jej na rękach i nogach, i do tego też, że nakazała swej pokojówce szykować kąpiel natychmiastowo po każdym występie, bo pragnęła zmyć owo wrażenie, iż skóra jej „płonie".

---

* Autentyczna historia z lat 1917–1938.

Nie chciała jednakowoż rozmawiać o tym, kiedy złożyłem jej wizytę w prywatnym pokoju wypełnionym bukietami zimowych kwiatów, od admiratorów zapewne. Opłaciła najlepszą opiekę medyczną (i wedle plotek krążących po oddziale również część owych bukietów) ze swoich zarobków na scenie.

Zamiast tego pokazała mi skrzydła motyla wyszywane cekinami i pomalowane radem, stanowiące element jej nowego kostiumu i nowego pokazu, nad którym właśnie pracowała.

Żeby ją zrozumieć, trzeba znać takich jak ona. Ambicją każdego artysty jest pokazanie po raz pierwszy jakiejś osobliwości, czegoś, czego nie przebiją legiony naśladowców, albo doczekanie, że chociaż raz będą o tobie mówili, że w czymś przodujesz. Dla panny Klary stanie się Żar-dziewczyną było sposobem na wybicie się ponad średniactwo konkurencji, którym skądinąd zaskoczyła nawet najbardziej gibkie i harmonijnie pląsające tancerki. „A teraz stanę się Żar-motylem", zapowiedziała.

Skarżyła się na brak jakiegoś towarzysza. „Słuchają tych opowieści o farbie i myślą, że ich zatruję. Niech pan im powie, proszę, na łamach swojej gazety, że ja jestem odurzająca, owszem, ale nie trująca".

Wbrew słowom lekarzy, którzy ostrzegali, że radiacja przeniknęła do jej krwi i kości, że może nawet stracić nogę, owa maleńka prowokatorka, której jeszcze przed przybyciem do Ameryki zdarzyło się występować w paryskim Folies Bergère, a także (w nieco mniej skąpym odzieniu) w londyńskim Windmill, zapowiedziała, że „będzie tańczyć do śmierci".

Jej słowa okazały się niestety prorocze. Żar--dziewczyna dała ostatni występ w sobotni wieczór w Kansas Joe's, powracając na jeden tylko bis. Po raz ostatni widziano nieszczęsną, jak przesyłała tradycyjny pocałunek na pożegnanie w stronę Bena Staplesa, klubowego wykidajły, który strzegł tylnych drzwi przed nazbyt podochoconymi wielbicielami jej talentu.

Jej ciało znalazła w niedzielę nad ranem maszynistka Tammy Hirst, wracająca do domu po nocnej zmianie; twierdziła, iż przyciągnęła ją dziwna łuna w bocznej uliczce. Zobaczywszy okaleczone ciało tancereczki, wciąż jeszcze pomalowanej pod płaszczem, panna Hirst pobiegła do najbliższego posterunku policji, by ze łzami donieść o tym, gdzie znajduje się ciało.

Wielu go widziało przy barze tamtego wieczoru. Ale Harper nie jest zdziwiony, że podważano wiarygodność tych ludzi jako świadków. To byli przeważnie przedstawiciele socjety, którzy nawiedzili slumsy wieczorem, by zaczerpnąć rozrywki. Towarzyszył im nawet znudzony gliniarz po służbie, który trochę zarabiał na boku jako goryl, a przy okazji pokazywał im widoki i ogólnie dawał posmakować grzechu i rozpusty w tej dzielnicy dla czarnych i opalonych*. Zabawne, że to nie dotarło do gazet.

---

* Mowa o dzielnicy robotniczej pełnej nocnych klubów, w których mogli przebywać przedstawiciele zarówno czarnej, jak i białej rasy.

W takim tłumie raczej nie mógł rzucać się w oczy, ale i tak zostawił kulę na zewnątrz. Stwierdził już wcześniej, że kula to rekwizyt, który odciąga uwagę, że ludzkie spojrzenia ześlizgują się po niej i dlatego nie traktują go serio, niemniej we wnętrzu baru to byłby szczegół, który mógłby się wrazić w pamięć.

Stał na tyłach, popijając coś, co zgodnie z prohibicyjną Ustawą Volsteada uchodziło za dżin, podawany w porcelanowej filiżance, dzięki czemu bar mógłby się wszystkiego wyprzeć w razie nalotu.

Wokół sceny zbierali się bogaci ludzie, podnieceni tym, że oto mają okazję zadawać się z hołotą, rzecz jasna pod takim warunkiem, że ta hołota nie będzie podchodzić zbyt blisko, a jeśli już, to tylko za wyraźnym przyzwoleniem. Właśnie dlatego był tu ten gliniarz. Wszyscy pohukiwali i pokrzykiwali, domagając się, by występ już się zaczął, i stali się jeszcze bardziej agresywni, kiedy zamiast panny Jeanette Klary – Promiennego Cudu Nocy, Najjaśniejszej Gwiazdy na Firmamencie, Świetlistej Pani Rozkoszy, z boku sceny wyłoniła się mała Chinka w skromnej haftowanej piżamie i usiadła po turecku na scenie, z jakimś instrumentem z drewna i drutów. Kiedy jednak światła przygasły, nawet najbardziej pijani i wrzaskliwi z eleganckich gości ucichli w oczekiwaniu.

Dziewczyna zaczęła trącać struny instrumentu, tworząc lamentliwą orientalną melodię, tak dziwną, że aż złowieszczą. Spomiędzy zwojów białej tkaniny artystycznie ułożonej na scenie wychynął cień kobiety, odzianej od stóp do głów na czarno jak Arabka. Jej oczy zalśniły przelotnie, odbijając światło z dworu, bo zwalisty odźwierny wpuszczał właśnie z niechęcią ostatniego spóźnialskiego. Zimne i zapalczywe jak ślepia zwierzęcia pochwycone w światła reflektorów, pomyślał Harper, który zapamiętał takie widoki z czasów, kiedy on i Everett jeździli o świcie do Yankton po odbiór nasion i narzędzi w sklepie Red Baby.

Połowa widzów nawet nie zdawała sobie sprawy, że ktoś tu jest, dopóki razem z jakąś nieopisaną zmianą w melodii Żar-dziewczyna nie zsunęła jednej długiej rękawiczki, ukazując opalizujące, bezcielesne ramię. Gapiom głośno zaparło dech, a kobieta na przedzie widowni wrzasnęła z zachwytem, alarmując gliniarza, który wyprężył kark, by sprawdzić, czy dzieje się tu coś niestosownego.

Ramię rozprostowało się, a wieńcząca je dłoń ułożyła się na płask i obróciła we własnym zmysłowym tańcu. Przedarła się przez czarny worek, przez co oczom zebranych na moment ukazał się dziewczęcy bark, krzywa brzucha, błysk umalowanych warg, jaskrawość robaczków świętojańskich. A potem owa dłoń zerwała drugą rękawiczkę i rzuciła ją w tłum. I teraz już było widać dwie rozjarzone ręce, obnażone do łokci, wyginające się ponętnie, nakłaniające publiczność: *Podejdźcie bliżej.* Byli posłuszni jak dzieci, zbierali się wokół sceny, przeciskali się, by lepiej widzieć, i podrzucali rękawiczkę w górę, przekazując ją jeden drugiemu, jak jakiś prezent otrzymany na przyjęciu. Rękawiczka wylądowała blisko stóp Harpera – pomarszczony fatałaszek, z pasmami radowej farby przebijającymi spod spodu jak wnętrzności.

– Hola, hola! Żadnych pamiątek! – warknął odźwierny-olbrzym, wyrywając rękawiczkę z jego rąk. – Dawaj ją tu. To własność panny Klary.

Dłonie na scenie podpełzły do woalu, odczepiły go, uwalniając kaskadę loków i odsłaniając twarzyczkę o ostrych rysach, z wykrzywionymi ustami i ogromnymi, niebieskimi oczami pod roztrzepotanymi rzęsami, też pomalowanymi na krańcach farbą, przez co i one się jarzyły. Nad sceną unosiła się teraz śliczna, a zarazem upiorna zdekapitowana głowa.

Panna Klara zakręciła biodrami, wywijając rękami w górze, czekając na moment zawieszenia w melodii, brzdęknęła gwałtownie czynelami trzymanymi w palcach i wtedy dopiero zdjęła kolejny element garderoby, niczym motyl zrzucający z siebie fałdy czarnego kokonu. Harperowi ten ruch przypominał bardziej węża, który wije się, aby zrzucić skórę.

Pod spodem miała efektowne skrzydła oraz kostium naszywany jakby owadzimi łuskami. Zatrzepotała palcami, zamrugała, osuwając się w zwoje gazy niczym umierająca ćma. Kiedy na powrót się z niej wyłoniła, ręce miała wsunięte do rękawów w tej gazie, dzięki czemu mogła wprawić ją w wir. Nad barem ożył projektor, rzucając zamazane sylwetki motyli na tkaninę. Jeanette przeobraziła się w istotę nurkującą do tego tornada iluzorycznych owadów. Harperowi przyszła wtedy na myśl epidemia i plaga robactwa. Przejechał palcem po scyzoryku ukrytym w kieszeni.

– *Merci! Merci!* – zawołała na samym końcu głosem małej dziewczynki, stojąc na scenie w samej tylko powłoce z farby i wysokich pantoflach, z rękami skrzyżowanymi na piersiach, jakby oni nie zobaczyli już wcześniej wszystkiego, co należało. Posłała w stronę widowni pocałunek wyrażający wdzięczność, przy okazji ukazując różowe sutki, czym wywołała ryk aprobaty, a wtedy z kolei wytrzeszczyła oczy i zachichotała kokieteryjnie. I zaraz znowu się okryła, udając skromnisię, i umknęła ze sceny, zrzucając po drodze pantofle. Chwilę później wróciła, z rękami uniesionymi wysoko w geście triumfu, z zadartym podbródkiem, domagając się, żeby na nią patrzeli, żeby się nią nasycili.

Wszystko to kosztowało go pudełko tanich karmelków, lekko zgniecione od trzymania pod kurtką przez cały wieczór. Odźwierny był roztargniony, bo zajmował się damą z towarzystwa, która potężnie wymiotowała na frontowych schodach, podczas gdy jej mąż i znajomi szydzili. Czekał na nią, kiedy wyszła z klubu tylnymi drzwiami, wlokąc za sobą walizkę z rekwizytami. Kuliła się z zimna w grubym płaszczu skrywającym kostium ze świecidełkami, z twarzą zalaną potem przebijającym przez jarzeniową farbę, którą próbowała zetrzeć, ale zrobiła to byle jak. Blask bijący od farby przeobrażał jej rysy w ostry relief wydrążający kości policzkowe. Wyglądała na zestresowaną i wyczerpaną, brakowało jej tej werwy, którą demonstrowała na scenie, i Harper przeżył moment zwątpienia. Ale potem zobaczyła słodycze, które jej przyniósł, i głód ją rozpalił. Nigdy nie była bardziej obnażona, pomyślał Harper.

– To dla mnie? – spytała tak oczarowana, że zapomniała swojego francuskiego akcentu. Prędko jednak oprzytomniała i zatuszowała szerokie, bostońskie samogłoski. – Jakże miło z pańskiej strony. Czy widział pan mój występ? Czy podobało się panu?

– To nie było w moim guście – odparł, żeby tylko zobaczyć ten błysk rozczarowania, zanim górę wzięły ból i zaskoczenie. Złamanie jej nie było żadnym wysiłkiem. I jeśli krzyczała – nie był pewien, bo świat zwęził się do tego jednego obrazu, jakby oglądanego przez okienko w peep- -show – nikt nie przybiegł, by sprawdzić, co się dzieje.

Później, kiedy pochylił się, by otrzeć nóż o jej płaszcz, rękami trzęsącymi się z podniecenia, zauważył, że na miękkiej skórze pod jej oczami i wokół ust, na nadgarstkach i udach już się uformowały maleńkie pęcherzyki. Zapamiętaj to, przykazał sobie, zagłuszając buczenie w czaszce. Każdy szczegół. Wszystko.

Zostawił pieniądze, jej wieczorny utarg w postaci żałosnego zwitka jedno- i dwudolarówek, ale zabrał motyle skrzydła, zawinięte w halkę, po czym pokuśtykał po swoją kulę schowaną za kubłami na śmieci.

Wróciwszy do Domu, wziął długi prysznic w łazience na piętrze, myjąc bez końca ręce, dopóki nie zrobiły się różowe i spierzchnięte, bo bał się zakażenia. Zostawił marynarkę w wannie, w wodzie, zadowolony, że jest ciemno i nie widać krwi.

Potem powiesił skrzydła na postumencie łóżka. Tam, gdzie już wisiały skrzydła.

Znaki i symbole. Jak ten błyskający, zielony człowieczek, który pozwala ci przejść na drugą stronę ulicy.

Nie ma innego czasu oprócz teraźniejszego.

KIRBY

2 marca 1992

Tutaj korupcja jest upaćkana lukrem od pączków. Albo po prostu tyle kosztuje zdobycie dostępu do akt, bo naprawdę nie dysponuje żadną dobrą wymówką, by móc do nich zajrzeć.

Już jest wyczerpana czytaniem mikrofilmów z Biblioteki Chicagowskiej, tym mozolnym obracaniem skrzypiących szpul z gazetami z ostatnich dwudziestu lat, opakowanych w oddzielne pudełka i skatalogowanych w szufladach.

Z kolei z archiwami „Sun-Timesa" jest tak, że cofają się jeszcze dalej w czasie i na dodatek w tej bibliotece są zatrudnieni ludzie, których wprawa w znajdowaniu informacji graniczy z magią. Marissa ze swoimi kocimi okularami, poświstującymi spódnicami i sekretnym upodobaniem do Grateful Dead, Donna, która za wszelką cenę unika kontaktu wzrokowego, i Anwar Chetty, znany także jako Chet, który ma sprężyste, ciemne włosy opadające na twarz, srebrny sygnet w kształcie ptasiej czaszki, który zakrywa mu połowę dłoni, garderobę złożoną z samych czerni i zawsze jakiś komiks pod ręką. Wszyscy oni są ludźmi nieprzystosowanymi do życia, ale Kirby najlepiej się dogaduje z Chetem, bo on tak zupełnie nie pasuje do swoich aspiracji. Jest niski, tłustawy, a jego indyjska cera nigdy nie nasyci się dziewiczą bielą cechującą karnację tego plemienia popkultury, które sobie ukochał. Kirby, chcąc nie chcąc, stwierdza, że scena gejowsko-gotycka pewnie daje nieźle człowiekowi popalić.

– To nie jest sport – wskazuje oczywistość Chet, opierając się łokciami na kontuarze.

– No tak, ale są pączki... – mówi Kirby, zamaszyście stawiając przed nim karton. – A zresztą Dan powiedział, że mogę.

– Niech ci będzie – mówi Chet, częstując się pączkiem. – Potraktuję to jako wyzwanie. Nie mów Marissie, że chapnąłem czekoladowego.

Idzie na tył i wraca kilka chwil później z wycinkami prasowymi w brązowych kopertach.

– Zgodnie z życzeniem. Cała kolekcja tekstów Dana. Znalezienie wszystkich zabójstw kobiet z użyciem noża z ostatnich trzydziestu lat zabierze mi trochę więcej czasu.

– Zaczekam – mówi Kirby.

– Czytaj: to mi zabierze kilka dni. Masz spore wymagania. Ale wyciągnąłem najbardziej oczywiste materiały. Masz.

– Dzięki, Chet. – Podsuwa pudełko z pączkami w jego stronę i Chet częstuje się kolejnym. Należny hołd.

Kirby bierze wycinki i znika w jednej z sal konferencyjnych. Na białej tablicy nie ma rozpisanych żadnych planów, więc stwierdza, że skorzysta z chwili prywatności, by przejrzeć swoje łupy. I robi to przez pół godziny, kiedy wchodzi Harrison i znajduje ją siedzącą po turecku na biurku, otoczoną wieńcem z wycinków.

– Cześć – mówi naczelny, niczemu się nie dziwiąc. – Nogi ze stołu, pani stażystko. Z wielką przykrością ci to oświadczam, ale Dana dzisiaj nie ma.

– Wiem – mówi Kirby. – Kazał mi tu dzisiaj przyjść i sprawdzić coś dla niego.

– Kazał ci zebrać materiały? Stażystki są nie od tego.

– Stwierdziłam, że mogłabym zeskrobać pleśń z tych szpargałów i zrobić z niej kawę. Nie może smakować gorzej niż to coś, co serwują w stołówce.

– Witaj w wykwintnym świecie dziennikarstwa gazetowego. No więc cóż takiego kazał ci wygrzebać nasz stary twardziel? – Omiata spojrzeniem wycinki i koperty ułożone spiralnie dookoła niej. – „Znaleziono ciało kelnerki z baru U Denny'ego". „Dziewczynka świadkiem zakłucia nożem swojej matki". „Zabójstwo studentki powiązane z działalnością gangu". „Ponure znalezisko w porcie"... Lekka makabra, nie uważasz? – Krzywi się. – Nie do końca związane z twoją działką. No chyba że obecnie baseball wygląda inaczej niż za moich czasów.

Kirby przełyka to bez mrugnięcia.

– To się wiąże z artykułem o tym, że sport to coś przydatnego dla młodych ludzi, którym grozi narkomania i alkoholizm.

– Ach tak – mówi Harrison. – I widzę też stare teksty Dana. – Stuka palcem w „Zatuszowanie sprawy policjanta-zabójcy".

W tym momencie Kirby zaczyna się nieznacznie wić. Dan prawdopodobnie się nie spodziewał, że ona dokopie się do szczegółów tamtej historii, jak sobie popsuł układy z gliniarzami. Okazuje się, że policja nie lubi, gdy się donosi na jednego z nich, który przypadkiem strzelił w twarz jakiejś dziwki, będąc jednocześnie cały nafaszerowany kokainą. Chet powiedział, że ten funkcjonariusz przeszedł na wcześniejszą emeryturę. Danowi przebijano opony za każdym razem, kiedy parkował pod posterunkiem. Kirby jest zachwycona odkryciem, że nie tylko ona potrafiła nastawić do siebie wrogo całą policję chicagowską.

– Ale nie to go wykończyło, musisz wiedzieć. – Harrison siada na stole obok niej, zapominając o swych wcześniejszych zastrzeżeniach. – Ani nawet ta historia z torturami.

– Chet nie dał mi nic na ten temat.

– To dlatego, że nigdy tego nie zgłosił. Dan tropił sprawę przez trzy miesiące w 1988 roku. Sprawa dużego kalibru. Podejrzani przyznawali się do zbrodni jak ta lala, tyle że wychodzili z tej jednej, konkretnej izby przesłuchań z oparzeniami na genitaliach powstałymi w wyniku porażenia prądem. Rzekomo. Które to słowo, tak nawiasem mówiąc, jest najważniejszym słowem w słownictwie dziennikarskim.

– Zapamiętam to sobie.

– Istnieje długa tradycja urabiania świadków. Gliniarze pracują pod presją, muszą mieć wyniki. A zresztą czym się przejmować, podejście jest takie, że to przecież szumowiny. Na pewno są winni. Władze wydziału i tak przymkną oko. Ale Dan drążył, starając się dotrzeć do czegoś więcej niż „rzekomo". I wiesz co? Porobił sobie kanały, dotarł do uczciwego gliniarza, który zgodził się mówić, oficjalnie i w ogóle. I któregoś dnia późnym wieczorem zadzwonił telefon. Najpierw było milczenie. Które większość ludzi by zrozumiała. Ale Dan był uparty. Należało mu powiedzieć wprost, że ma się wycofać. A kiedy nie podziałało, to przeszli do grożenia śmiercią. Ale grozili nie jemu, tylko jego żonie.

– Nie wiedziałam, że był żonaty.

– No więc już nie jest. To nie miało nic wspólnego z tymi telefonami. Rzekomo. Dan nie chciał puścić pary z ust, ale nie tylko jemu grozili. Jeden z podejrzanych, który twierdzi, że został poparzony i pobity, zmienił zdanie. Zaczął twierdzić, że był na haju. Z kolei ten znajomy gliniarz Dana nie tylko miał żonę, ale też dzieci i nie potrafił poradzić sobie z myślą, że coś mogłoby im się stać. Wszystkie drzwi zatrzaskiwały się Danowi w twarz, a my nie mogliśmy puścić tekstu bez oparcia o wiarygodne źródła. On nie chciał zarzucić tematu, ale nie miał wyboru. Potem żona i tak odeszła, a on miał kłopoty z sercem. Stres. Rozczarowanie. Próbowałem dać mu inne zadania, kiedy już wyszedł ze szpitala, ale on uparł się, że będzie dalej liczył trupy. Pewnie to zabrzmi zabawnie, ale ty byłaś jego przysłowiową ostatnią kroplą.

– Nie powinien był się poddawać – mówi Kirby, z żarem w głosie, który zaskakuje ich oboje.

– On się nie poddał. On się wypalił. Sprawiedliwość to szczytna idea. W teorii jest samym dobrem, ale prawdziwy świat kieruje się pragmatyzmem. Kiedy się z tym stykasz na porządku dziennym… – Wzrusza ramionami.

– Znowu opowiadasz jakieś żenujące historie, Harrison? – Victoria, zajmująca się edycją materiału fotograficznego, stoi w drzwiach, oparta o framugę, z rękami skrzyżowanymi na piersiach. Jest jak zawsze ubrana w uniform złożony z męskiej koszuli, dżinsów i pantofli na obcasach, przez co wygląda trochę niechlujnie, a trochę jakby wysyłała komunikat: „Mam was gdzieś".

Harrison garbi się usprawiedliwiająco.

– Znasz mnie, Vicky.

– Zanudzasz ludzi na śmierć swoimi długimi opowieściami i głębokimi analizami? No tak…

A jednak błysk w jej oku mówi coś innego i do Kirby znienacka dociera, że żaluzje są tutaj zamknięte nie bez powodu.

– W każdym razie zakończyliśmy temat, mam rację, droga stażystko?

– Owszem – mówi Kirby. – Zejdę wam z drogi. Pozwólcie tylko, że spakuję swoje szpargały. – Zaczyna zgarniać wycinki. – Przepraszam – mruczy, czyli mówi coś najgorszego, co mogłaby powiedzieć, bo przyznaje się, że ma za co przepraszać.

Victoria marszczy brew.

– Nie ma sprawy. I tak mam górę makiet do sprawdzenia. Możemy się umówić na później. – Gładko i szybko wychodzi. Oboje odprowadzają ją wzrokiem.

Harrison pociąga nosem.

– Wiesz, że naprawdę powinnaś uderzyć najpierw do mnie, zanim narobisz sobie kłopotów, bo coś drążysz.

– OK. Czy w takim razie możemy uznać, że właśnie uderzam?

– Odpuść sobie na razie. Dopóki nie zdobędziesz doświadczenia. Wtedy pogadamy. A tymczasem wiesz, jakie jest drugie najważniejsze słowo w dziennikarstwie? Dyskrecja. Czyli nie mów Danowi, że ci cokolwiek powiedziałem.

Ani też nie wspominaj, że posuwasz Victorię, myśli Kirby.

– Muszę spadać. Tylko tak dalej, pracowita pszczółko. – Wymyka się, bez wątpienia z nadzieją, że dogoni Victorię.

– Jasne – mówi bezgłośnie Kirby, wsuwając kilka tekstów do swojego plecaka.

HARPER

Kiedykolwiek

Bez końca na nowo to przeżywa we własnej głowie, leżąc na materacu w głównej sypialni, gdzie może wyciągnąć rękę i przejechać palcami po zakrętasach z cekinów naszytych na skrzydłach, a jednocześnie obciąga sobie kutasa, wspominając przebłysk rozczarowania na jej twarzy.

Dość, żeby zadowolić Dom. Na razie. Przedmioty milczą. Zawiesiste ciśnienie w jego głowie zanikło. Ma czas, żeby się przystosować i badać. I pozbyć się ciała Polaczka, wciąż gnijącego na korytarzu.

Co drugi dzień eksperymentuje, dbając o to, by nikt nie widział, jak wchodzi albo wychodzi po tamtym spotkaniu z bezdomnym chłopcem o wybałuszonych oczach. Miasto zmienia się za każdym razem. Całe dzielnice wznoszą się i padają, przybierają piękne oblicze, po czym je zrzucają, ujawniając chorobę. Miasto demonstruje symptomy rozpadu: brzydkie ślady na murach, wybite okna, krzepnące śmieci. Czasami potrafi pójść śladem trajektorii, kiedy indziej krajobraz staje się w całości nierozpoznawalny i musi na nowo określać swoją pozycję po jeziorze i miejscach, które wryły mu się w pamięć. Czarna iglica, pofałdowane bliźniacze wieże, pętle i zakola rzeki.

Niby tylko tak się błąka, a jednak wyznacza sobie cel. Kupuje jedzenie w delikatesach i restauracjach z fast foodem, gdzie może być anonimowy. Unika rozmów, dzięki czemu nie wywiera na nikim żadnego wrażenia. Jest przyjazny, ale nie nachalny. Bacznie obserwuje ludzi i naśladuje odpowiednie zachowania niczym echo. Odzywa się dopiero wtedy, gdy musi coś zjeść albo skorzystać z toalety, a i wtedy mówi tylko tyle, by dostać, co chce.

Daty są ważne. Pamięta o tym, by sprawdzać, ile ma pieniędzy. Najłatwiej to obliczyć na podstawie gazet, ale dla kogoś spostrzegawczego są jeszcze inne wskazówki. Liczba samochodów, które zastygły na drogach. Tablice z nazwami ulic, które są raz żółte, raz czarne, raz zielone. Nadmiar różnych rzeczy. To, jak obcy ludzie reagują na siebie na ulicy, na ile są otwarci albo asekuracyjni, do jakiego stopnia pozostają zamknięci w sobie.

W 1964 roku spędza dwa bite dni na lotnisku, gdzie sypia na plastikowych krzesełkach na tarasie widokowym, i przygląda się odlotom i przylotom samolotów, metalowych potworów, które pożerają ludzi i walizki, a potem je z siebie wypluwają.

W 1972 roku bierze nad nim górę ciekawość i podczas przerwy wdaje się w pogawędkę z jednym z robotników zatrudnionych przy konstruowaniu szkieletu Wieży Searsa. I wraca rok później, kiedy budowa jest już ukończona, żeby wjechać windą na sam szczyt. Widok stamtąd sprawia, że czuje się jak bóg.

Bada swoje ograniczenia. Wystarczy, że pomyśli o czasie, i zaraz otwierają się do niego drzwi, mimo że nie zawsze umie stwierdzić, czy to jego własne myśli, czy też Dom decyduje za niego.

Cofanie się napawa go lękiem. Boi się, że uwięźnie w pułapce przeszłości. A zresztą nie jest w stanie przepchnąć się poza rok 1929. Z kolei w przyszłości najdalszym rokiem, do którego potrafi dotrzeć, jest 1993, kiedy to dzielnica popada w skrajną ruinę, kiedy otaczają go same puste domy i już nikt go nie niepokoi. Może to Objawienie, zapadanie się świata w ogień i siarkę. Chciałby to zobaczyć.

Z pewnością to koniec drogi dla pana Bartka. Harper stwierdza, że najbezpieczniej będzie odstawić tego jegomościa jak najdalej od czasu, w którym żyje on sam. Ale to mozolny proces. Wiąże linę dookoła ciała, przeciągając ją pod pachami i między nogami. Rozmiękłe wnętrzności zaczynają przeciekać przez ubranie, więc kiedy wlecze trupa do frontowych drzwi, opierając się ciężko na swojej kuli, pozostawia ślimaczy szlak na deskach podłogi.

Skupia się na czasie sięgającym najgłębiej w przyszłość i wychodzi na zewnątrz latem 1993 roku, o przedświcie. Jest jeszcze ciemno, ptaki dopiero się odezwą, ale gdzieś tam ujada pies, wdzierając się w tę martwotę ostrymi dźwiękami. Harper na wszelki wypadek długą chwilę stoi jednak na ganku, żeby się upewnić, że nikogo nie ma w pobliżu, a potem ściąga trupa ze schodów.

Potem, przez kolejne dwadzieścia minut, poci się i szarpie, ale jakoś udaje mu się zawlec Bartka do śmietnika, który wypatrzył w bocznej uliczce dwie przecznice dalej. Kiedy zdejmuje ciężką, metalową pokrywę, widzi, że w środku już jest jakiś trup. Twarz ma spuchniętą i fioletową w wyniku uduszenia, różowy język wystaje spomiędzy zębów, oczy są przekrwione i wytrzeszczone, ale ta szopa włosów jest natychmiast rozpoznawalna. To ten lekarz ze Szpitala Miłosierdzia. Niby powinien się zdziwić, ale okiełznuje swoją wyobraźnię: ten trup tu jest, bo ma tu być i basta.

Wrzuca ciało Bartka na ciało doktora i zasypuje ich warstwą śmieci. Będą dotrzymywali sobie towarzystwa przy karmieniu robali.

* * *

Zawsze jednak wraca. Dom sprawia wrażenie ziemi niczyjej, ale kiedy wychodzi na zewnątrz, mając na myśli własny czas, to się przekonuje, że dni mijają tak jak zwykle.

Przypadkiem traci pierwszy dzień 1932 roku, ale nazajutrz wyprawia się na kolację ze stekiem. W drodze powrotnej napotyka małą, kolorową dziewczynkę i niczym piorun razi go poczucie, że ją rozpoznał i że jest w tym jakaś nieuchronność. Jedna z jego dziewczyn.

Dziewczynka i jej mały brat bawią się ciężarówką zrobioną z części maszyn.

– Dama nie powinna się bawić czymś takim, kwiatuszku – mówi Harper, kucając obok niej, co jest bardzo niebezpieczne, bo musi balansować na kuli. – Nie wolałabyś lalki?

– Tatuś pomógł mi to zrobić – mówi dziewczynka, przyglądając mu się, sprawdzając, czy jest wart tej informacji. – On się zna na spawaniu.

– Nie wątpię. Jak ci na imię, kwiatuszku?

– Nie wolno ci rozmawiać z białymi, Zee – syczy chłopiec.

– Wszystko w porządku, nie powinniśmy się trzymać tych formalności – uspokaja go Harper. – A poza tym to ja zagadałem do niej pierwszy, prawda? Trochę szacunku, młody człowieku.

Ma ochotę poprosić ją o tę ciężarówkę. Rozpaczliwie jej pożąda – czegoś, dzięki czemu mógłby ją zapamiętać, mimo że to nie jest jeden z przedmiotów z Pokoju. Już ma zaoferować, że za nią zapłaci, ale zanim zdobywa się na wypowiedzenie tych słów, z jednego z przyległych domów wychodzi sąsiadka z obieraczką do ziemniaków w dłoni, zatrzaskując za sobą siatkowe drzwi. Patrzy groźnie na Harpera.

– Zoro Ellis! James! Natychmiast wracajcie do domu!

– Mówiłem ci. – Chłopiec jest na równi zadowolony z siebie i zgorzkniały.

Dziewczynka prostuje się z ciężarówką w ręku, otrzepuje spódniczkę.

– W takim razie do zobaczenia niebawem, kwiatuszku – mówi Harper.

– Chyba nie, proszę pana. Mojemu tatusiowi to by się nie spodobało.

– Na pewno nie chcemy rozgniewać twojego tatusia. Przekaż mu moje uszanowania, zapamiętaj.

Oddala się, pogwizdując, z rękami wepchniętymi do kieszeni, żeby przestały się trząść. To nieważne. Znajdzie ją jeszcze raz. Ma cały czas tego świata.

Ale ona tak mu się tłucze w głowie – *Zora-Zora-Zora-Zora* – że popełnia błąd i otwiera Dom, nadziewa się na przeklętego trupa na korytarzu, otoczonego kałużą krwi rozlanej na podłodze, z wciąż zamarzniętym indykiem w ręku. Gapi się na niego zszokowany. A potem zgarbiony wycofuje się za próg, pod drewnianym X z desek i zamyka za sobą drzwi.

Ręce mu się trzęsą, kiedy po omacku znów wkłada klucz do zamka. Skupia się na dacie. 2 stycznia 1932. I kiedy otwiera drzwi, trącając je kulą, stwierdza z ulgą, że pan Bartek zniknął. Raz jest! Raz go nie ma! Jarmarczna sztuczka magiczna.

To było takie zwyczajne potknięcie, podobne do tego, gdy igła gramofonowa przeskoczy rowek na płycie. To naturalne, że go ciągnęło z powrotem do tamtego dnia. Wtedy się wszystko zaczęło. Nie skupił się. Będzie musiał się lepiej skupiać.

Ale wciąż go korci. I teraz, kiedy już go zawróciło do właściwego dnia, czuje wibrowanie przedmiotów, jakby to było gniazdo szerszeni. Wrzuca składany nóż do kieszeni. Poszuka Jin-Sook. Spełni obietnicę, którą jej złożył.

Ona jest dziewczyną, która pragnie szybować. Ofiaruje jej skrzydła.

DAN

2 marca 1992

Powinien się już pakować na Arizonę. Wiosenne treningi zaczynają się następnego dnia, ma bilet na wczesny lot, bo taki jest najtańszy, ale wpada w przygnębienie na samą myśl o pakowaniu kawalerskiej walizki.

Właśnie zamierza obejrzeć nagranie skrótu z wydarzeń na olimpiadzie zimowej, kiedy dzwonek przy jego drzwiach wydaje z siebie chory elektroniczny charkot. Kolejna rzecz, którą trzeba naprawić. Już musi przekładać baterie z pilota od wideo do pilota od telewizora. Zwleka się z kanapy, otwiera drzwi i widzi Kirby z trzema butelkami piwa w ręku.

– Cześć, Dan. Mogę wejść?

– A mam teraz jakiś wybór?

– Mogę? Tu jest koszmarny mróz. Przyniosłam piwo.

– Nie piję, nie pamiętasz?

– To jest bezalkoholowe. Ale jak chcesz, to pobiegnę do sklepu po jakieś marchewki.

– Nie, świetnie to wymyśliłaś – mówi, mimo że nazywanie bezalkoholowej lury Miller Sharp's „piwem" to przejaw optymizmu. Otwiera drzwi szerzej. – Tylko się nie spodziewaj, że zacznę teraz sprzątać.

– W życiu – odpowiada Kirby, przemykając pod jego ramieniem. – Fajne mieszkanko.

Dan parska śmiechem.

– W każdym razie fajnie mieć swoje mieszkanko.

– A ty mieszkasz z matką? – Odrobił lekcje, bo sprawdził jej historię i swoje notatki, żeby na nowo się zapoznać z najważniejszymi szczegółami. Na spisanej maszynowo transkrypcji jego wywiadu z matką, Rachel, dopisał: „Piękna kobieta! Rozkojarzona. (rozkojarzająca). Stale się pytała o psa. Jakie są sposoby na radzenie sobie z nieszczęściem?".

Jego ulubiony cytat z tego wywiadu z nią brzmiał: „Sami to sobie robimy. Społeczeństwo to trująca karuzela dla chomika". To naturalnie wyleciało przy pierwszej korekcie.

– Mam mieszkanie w Wicker Park – mówi Kirby. – Wprawdzie bywa tam hałaśliwie między różnymi żulami i ćpunami, ale ja je lubię. Lubię żyć w otoczeniu ludzi.

– W kupie raźniej, zgadzam się. No to czemu powiedziałaś: „Fajnie mieć swoje mieszkanko"?

– Chyba chciałam podtrzymać rozmowę. Bo niektórzy ludzie tego nie robią.

– Mieszkasz sama?

– Raczej nie dogaduję się najlepiej z innymi. I mam koszmary nocne.

– Potrafię sobie wyobrazić.

– Nie potrafisz.

Dan wzrusza ramionami na znak, że przyznaje jej rację. Nie ma co tu zaprzeczać.

– No więc co wydobyłaś od naszych przyjaciół w bibliotece?

– Całe tony. – Bierze najpierw piwo dla siebie, a dopiero potem wręcza mu pozostałe dwa. Siada, wciskając sobie butelkę pod pachę, dzięki czemu może zdjąć wielkie, czarne zimowe buty. Kuli się na kanapie w skarpetkach, co z jakiegoś powodu Danowi wydaje się strasznie bezczelne. Odgarnia rzeczy walające się na ławie – rachunki, kolejne rachunki, zapowiedź loterii z „Reader's Digest" ze złotą zdrapką (Już wygrałeś!) i, o zgrozo, „Hustlera", którego kupił pod wpływem kaprysu, bo czuł się samotny i napalony, co wtedy sprawiało wrażenie najmniej wstydliwego wyboru. Ale ona jakby tego nie zauważa. Albo jest zbyt uprzejma, by skomentować. Albo się nad nim lituje. O Boże.

Wyciąga z torby jakąś teczkę i zaczyna układać na ławie wycinki prasowe. Oryginały, zauważa Dan, i zastanawia się, jak do diabła ona je przemyciła obok Harrisona. Wkłada okulary, żeby się lepiej przyjrzeć. Same zabójstwa z użyciem noża, nieprzeliczone mnóstwo makabry. Wszelkiego typu przygnębiające sprawy, o których kiedyś pisał. Czuje zmęczenie na ten widok.

– Więc co myślisz? – atakuje go Kirby.

– *Ay bendito*, dziecko – mówi Dan, wybierając kilka wycinków. – Przyjrzyj się swojemu profilowi ofiary. Od wyboru do koloru. Masz tu czarnoskórą prostytutkę porzuconą na placu zabaw i masz gospodynię domową zadźganą na podjeździe pod własnym domem, czyli ewidentnie broniła swojego samochodu. A to z 1957 roku? Poważnie? Przecież to jest zupełnie inne *modus operandi*. Jej głowę znaleziono w beczce. A poza tym sama zeznałaś, że facet był ledwie po trzydziestce. Ty tu nic nie masz.

– Jeszcze nie. – Kirby wzrusza ramionami, ani trochę nieporuszona tym, co powiedział. – Zaczynasz z rozmachem, a potem zawężasz. Seryjni zabójcy mają swoje typy. Staram się określić, jaki on lubił. Bundy lubił studentki. Długie włosy, z przedziałkiem pośrodku, nosiły spodnie.

– Moim zdaniem Bundy'ego możemy wyeliminować – mówi Dan, nie zastanawiając się nad tym, jak bezdennie głupio to brzmi, dopóki te słowa nie opuszczają jego ust.

– Bzzz – mówi Kirby, naśladując krzesło elektryczne, ze śmiertelną powagą, przez co brzmi to tym bardziej niestosownie śmiesznie.

Dan parska śmiechem. Jak łatwo im się o tym rozmawia, jak łatwo wypowiada durne dowcipy. Co nie znaczy, że jemu i gliniarzom nie dopisywał wisielczy humor, kiedy co dwa tygodnie pozyskiwał materiały do pisania o równie koszmarnych zbrodniach. Żaby we wrzątku. Można się przyzwyczaić do wszystkiego. Tyle że tamte sprawy nie były niczym osobistym.

– OK, OK, strasznie śmieszne. Przyjmijmy założenie, że twój facet nie wybiera sobie zwyczajnych, łatwych celów, jak prostytutki, ćpunki, zbiegłe nastolatki i bezdomne kobiety. Kto jeszcze ma cechy zbieżne z tobą?

– Julia Madrigal. Ten sam przedział wiekowy, ledwie po dwudziestce. Studentka. Las na uboczu.

– Sprawa rozwiązana. Jej zabójcy gniją w więzieniu okręgu Cook. Następna?

– Weź się zlituj. Chyba tego nie kupiłeś?

– Nie chcesz w to uwierzyć, bo zabójcy Julii są czarni, a facet, który ci to zrobił, był biały? – pyta Dan.

– Co? Nie. To dlatego, że gliniarze są niekompetentni i działają pod presją. Julia wywodziła się z porządnej rodziny zaliczającej się do klasy średniej. Znaleźli wymówkę, żeby zamknąć sprawę.

– A co z *modus operandi*? Jeśli to był ten sam zabójca, dlaczego nie użył twoich wnętrzności, żeby udekorować las? Czy tacy nie stają się z czasem skłonni do coraz większej przemocy? Jak tamten kanibal, którego dopiero co złapali w Milwaukee?

– Dahmer? Pewnie. Tu właśnie idzie o eskalację. Ich działania stają się coraz bardziej wymyślne, bo zaczyna brakować im podniet. Muszą stale podnosić poprzeczkę. – Kirby wstaje i zaczyna chodzić po pokoju, wymachując butelką, robiąc osiem i pół kroku i potem zawracając. – I on by zrobił to ze mną, Dan. Jestem tego pewna, że by to zrobił, gdyby mu nie przeszkodzono. On jest klasyczną mieszanką bałaganiarstwa, zorganizowania i obłąkania.

– Obczytałaś się w temacie.

– Poniekąd musiałam. Nie byłam w stanie wyskrobać forsy na wynajęcie prywatnego detektywa. I myślę, że jestem bardziej zmotywowana. A więc: bałaganiarscy zabójcy działają impulsywnie. Zabijaj, kiedy możesz. Ale to oznacza, że prędzej dają się złapać. Z kolei ci zorganizowani potrafią się przygotować. Mają plan. Hamują się. Bardziej dbają o to, żeby pozbyć się ciała, ale lubią się też bawić w zagadki logiczne. To są ci, którzy pisują do gazet, żeby się pochwalić, jak Zodiak ze swoimi kryptogramami. I jeszcze masz tych świrów, którzy się pogubili i myślą, że są opętani, czy coś, jak BTK, który, nawiasem mówiąc, wciąż jest na wolności. Wszędzie jest pełno jego listów. W których raz się przechwala swoimi zbrodniami, a innym razem wyraża straszliwy żal i obwinia demona, który siedzi w jego głowie i każe mu to wszystko robić.

– W porządku, agentko FBI. A teraz trudne pytanie. Czy wiesz z całą pewnością, że to jest seryjny zabójca? Mam na myśli człowieka, który... – Zawiesza głos i macha piwem w jej stronę, nieświadomie powielając ruch patroszenia ciała, dopóki nie dociera do niego, co robi, i zamiast tego przyciska butelkę do ust, żałując, że to cholerstwo nie zawiera odrobiny alkoholu, choćby dwóch procent. – To był jakiś chory pojeb, bez dwóch zdań. Ale mógł to być akt przypadkowej, oportunistycznej przemocy. Czy nie taka jest dominująca teoria? Że ktoś się naćpał PCP?

W spisanej przez niego, praktycznie nieczytelnymi skrótami, rozmowie z detektywem Diggsem jest to stwierdzone niemal bez ogródek: „Prawdopodobne powiązania z narkotykami". „To się stało przez to, że ofiara była sama". Chryste Panie, jakby to stanowiło zaproszenie do zadźgania nożem.

– Przesłuchujesz mnie teraz, Dan? – Kirby podnosi butelkę, upija długi, powolny łyk i Dan zauważa, że w odróżnieniu od bladej imitacji, którą pije on, jej piwo jest prawdziwe. – Bo wtedy tego nie zrobiłeś.

– Przecież byłaś w szpitalu. Praktycznie w śpiączce. Nie chcieli mnie do ciebie dopuścić. – To tylko częściowa prawda. Mógł się przemknąć z pomocą swego uroku osobistego, tak jak to robił już setki razy wcześniej. Siostra Williams z rejestracji przymknęłaby oko, gdyby wdał się z nią w poważny flirt, bo ludzie potrzebują, by ktoś ich pragnął. On jednak miał tak bardzo tego wszystkiego dosyć – już wtedy był wypalony, mimo że musiał upłynąć jeszcze rok, żeby to do niego dotarło z całą mocą.

Stwierdził, że sprawa go dobija. Insynuacje detektywa Diggsa. Matka, która wyrwała się z pierwotnego odrętwienia i zaczęła do niego wydzwaniać w środku nocy, bo gliny nie potrafiły odnaleźć faceta, i myślała, że może on zna jakieś odpowiedzi, a potem na niego nawrzeszczała, kiedy się okazało, że ich nie zna. Myślała, że sprawa znaczy dla niego tyle samo co dla niej. Ale to była tylko kolejna popieprzona historia o popieprzonych draństwach, które jedni ludzie robią drugim, i Dan nie miał dla niej żadnego wyjaśnienia. I nie mógł jej powiedzieć, że dał jej swój numer z jednego tylko powodu: bo uznał, że jest seksowna.

A kiedy Kirby wyszła już z intensywnej terapii, miał powyżej uszu całej afery i nie chciał ciągu dalszego. I bardzo mu się spodobało, że był jakiś pies – „Dziękuję panu, panie Harrison, że mogę o tym pisać" – taki przyjemny aspekt, bo wszyscy kochają psy, zwłaszcza te dzielne, które giną przy próbie ratowania swoich pań, a ten na dodatek uczynił z tej historii skrzyżowanie *Teksańskiej masakry piłą mechaniczną* z *Lassie*, ale w sumie nie pojawiły się ani nowe informacje, ani tropy, ani też gliny nie zrobiły żadnych postępów w kwestii namierzenia tego popaprańca, który jej to zrobił, nie mówiąc już o jego złapaniu, i który nadal gdzieś się tam czaił, żeby zrobić to jeszcze komuś. No więc pieprzyć psa i pieprzyć całą historię.

Co oznaczało, że Harrison kazał Richiemu pociągnąć wątek, ale wtedy mamunia zdążyła już stwierdzić, że wszyscy dziennikarze to gnoje, i odmówiła rozmów z kimkolwiek. Dan został zmuszony do odprawienia pokuty przez napisanie artykułu o strzelaninach w Koreatown, czyli podręcznikowych durnot z życia bandziorów.

A tego roku liczba morderstw jeszcze bardziej wzrosła. Dzięki czemu czuje się tym bardziej szczęśliwy, że nie utknął na dobre w zabójstwach. Sport jest teoretycznie bardziej stresogenny, bo trzeba tyle podróżować. Dzięki temu ma jednak wymówkę, żeby wyjeżdżać i nie rozmyślać o tym, że się zaklinował w jakimś samotniczym mieszkaniu. Podlizywanie się menedżerom jest zasadniczo tym samym co podlizywanie się glinom, ale baseball nie jest tak męcząco powtarzalny jak morderstwo.

– Tak łatwo zwalić wszystko na narkotyki – narzeka Kirby, przywołując go z powrotem do teraźniejszości. – On nie był naćpany. A przynajmniej niczym takim, co znam.

– Ekspertka, co?

– Poznałeś moją matkę? Sam byś brał. Aczkolwiek nigdy nie byłam w tym jakaś niesamowicie dobra.

– To nie działa, to, co teraz robisz. Mówię o tym zagadywaniu czegoś za pomocą dowcipów. Po prostu powiedz mi, że jest coś, co wolałabyś przemilczeć.

– Lata spędzone na opisywaniu zabójstw sprawiły, że stał się przenikliwym znawcą psychiki ludzkiej, a nawet wręcz filozofem życia – deklamuje Kirby głosem z kinowego trajlera, obniżonym o dwie oktawy.

– Dalej to robisz – mówi Dan. Pała mu twarz. Ona przebija się do niego we wkurzający sposób. Sam taki był, kiedy jako młody chłopak świeżo po studiach dopiero zaczynał, terminując w rubryce towarzyskiej ze starą sową Lois, która odnosiła się do niego wyłącznie w trzeciej osobie, bo tak się irytowała tym, że on jest w jej dziale. Na przykład: „Gemma, powiedz temu chłopcu, że nie tak piszemy obwieszczenia o ślubach".

– Przeszłam wyboistą drogę jako nastolatka. Zaczęłam chodzić do kościoła, kościoła metodystów, co doprowadzało matkę do szału, bo czemu tak, a nie do synagogi, racja? Jak wracałam do domu, to miałam w sobie tyle pobożności i chęci wybaczania, że aż mi się to uszami wylewało. Wyrzucałam jej zioło do kibla, wrzeszczałyśmy na siebie przez trzy godziny, a potem ona wybiegała z domu i wracała dopiero następnego dnia. Zrobiło się tak źle, że przeprowadziłam się do pastora Todda i jego żony. Próbowali założyć dzienny dom dla młodzieży z problemami.

– Pozwól, że zgadnę: chciał ci wsadzić rękę w majtki?

– Facet, no coś ty. – Kręci głową. – Nie każdy duchowny musi od razu zabawiać się z dziećmi. Oni byli przemiłymi ludźmi. Tylko po prostu nie byli ludźmi z mojej parafii. Mieli w sobie za dużo tego żaru. Wspaniale, że chcieli zmieniać świat, ale ja nie chciałam się znaleźć w ich programie ratowania zwierzątek domowych. I jeszcze te kwestie ojcostwa, czy jak to zwał.

– Jasne.

– Mówię o tym, na czym tak naprawdę opiera się religia. Że starasz się żyć tak, jak tego oczekuje wielki ojciec w niebiesiech.

– I kto teraz jest amatorem filozofii?

– Teologii, jeśli wolno. Powiem tyle, że się nie udało. Myślałam, że łaknę stabilności, ale okazało się, że to jest nudne jak wszyscy diabli. No więc zrobiłam zwrot o sto osiemdziesiąt stopni.

– Zaczęłaś się zadawać nie z tymi, co trzeba.

– Sama byłam nie ta, co trzeba. – Uśmiecha się szeroko.

– Muzyka punkowa robi takie rzeczy. – Wznosi toast na jej cześć prawie już pustą butelką.

– Bez wątpienia. W każdym razie widziałam rzesze nagrzanych ludzi. Ten facet się do takich nie zaliczał.

Urywa. Dan zna ten rodzaj milczenia. To jest jak z tą szklanką na krawędzi biurka, walczącą z grawitacją. A problem z grawitacją jest taki, że ona wygrywa za każdym razem.

– Jest coś jeszcze. To jest w raporcie policyjnym, ale w gazetach tego nie ma.

Bingo, myśli Dan.

– Oni często to robią. Nie podają pewnych istotnych szczegółów, dzięki czemu mogą odsiewać dzwoniących wariatów od prawdziwych źródeł informacji. – Dopija resztki piwa, niezdolny spojrzeć jej w oczy, bojąc się tego, co ona powie, mając poczucie winy, że nigdy nie przeczytał artykułów, w których pisano o dalszym rozwoju sprawy.

– Rzucił czymś we mnie. Po tym, jak… Zapalniczka, czarno-srebrna, w stylistyce art déco. Były na niej wygrawerowane inicjały. WR.

– Coś to dla ciebie znaczy?

– Nie. Gliniarze szukali powiązań z potencjalnymi podejrzanymi i z ofiarami.

– Odciski palców?

– Jasne. Pasowały do jakiegoś dziewięćdziesięcioletniego staruszka. Prawdopodobnie pierwotnego właściciela.

– Albo leciwego pasera, skoro mieli go w bazie.

– Nie mogli go namierzyć. I zanim spytasz, powiem ci, że już przejrzałam książkę telefoniczną. W całym Chicago i okolicach nie ma żadnego handlarza antyków czy też właściciela lombardu o inicjałach WR.

– I to wszystko, co oni o tym wiedzą?

– Opisałam zapalniczkę pewnemu kolekcjonerowi, który stwierdził, że to prawdopodobnie Ronson, seria Princess De-Light. Nie jakaś bardzo rzadka zapalniczka, ale warta pewnie kilkaset dolarów. Pokazał mi podobną, mniej więcej z tego samego okresu, z lat trzydziestych albo czterdziestych. Zaproponował, że sprzeda mi ją za dwieście pięćdziesiąt.

– Dwieście pięćdziesiąt dolarów? Czyli ja pracuję w złej branży. Ale nie jest to najdziwniejsza rzecz pozostawiona przez mordercę, o jakiej słyszałem.

– Dusiciel z Bostonu wiązał swoje dziewczyny nylonowymi pończochami. Nocny Prześladowca zostawiał pentagramy na scenie przestępstwa.

– Wiesz o wiele za dużo o tych sprawach. Nie powinnaś spędzać tyle czasu w głowach tych ludzi.

– To tylko metoda na wyrzucenie go z własnej głowy. Spytaj mnie o cokolwiek. Przeważnie zaczynają w wieku między dwadzieścia cztery a trzydzieści, ale nie przestają zabijać, dopóki im to uchodzi na sucho. Zazwyczaj są to biali mężczyźni. Brak empatii, który przybiera postać albo zachowania antyspołecznego, albo ekstremalnie egotystycznego uroku osobistego. Do tego historia przemocy, włamania, torturowanie zwierząt, trudne dzieciństwo, zahamowania seksualne. Co wcale nie oznacza, że nie są funkcjonującymi członkami społeczeństwa. Było wśród nich kilku wybitnych przywódców lokalnych społeczności, w tym nawet żonaci z dziećmi.

– I potem sąsiedzi są nad wyraz zszokowani, mimo że uśmiechali się i machali zza płotu, kiedy miły facet z domu obok kopał dziurę pod swój loch tortur. – Dan żywi szczególne obrzydzenie do ludzi demonstrujących postawę „to nie moja sprawa". Tak już jest, jak się człowiek za dużo napatrzy na przypadki przemocy domowej.

Kirby przestaje chodzić po pokoju i siada na kanapie obok niego, sprawiając, że sprężyny skarżą się jękiem. Już wyciąga rękę po ostatnie piwo, kiedy sobie przypomina, że jest bezalkoholowe. Po czym i tak je bierze.

– Na spółkę? – oferuje.

– Mam dosyć.

– Powiedział, że to na pamiątkę po nim. Nie miał oczywiście na myśli mnie. Martwi nie pamiętają niczego. Miał na myśli rodziny, gliniarzy albo społeczeństwo w ogólności. To jego sygnalne „walcie się" dla świata. Bo jemu się wydaje, że nigdy go nie złapiemy.

Po raz pierwszy słychać wahanie w sposobie, w jaki to mówi, co sprawia, że Dan dobiera nadzwyczaj ostrożnie swoje następne słowa. Stara się nie myśleć, jak dziwnie jest o tym rozmawiać, kiedy w telewizorze ze ściszoną fonią ze skoczni zeskakują narciarze.

– Ja po prostu to powiem, OK? – zaczyna, bo czuje, że musi to powiedzieć. – Dziewczyno, twoja praca nie polega na łapaniu zabójców.

– Mam to odpuścić? – Ściąga apaszkę w biało-czarne ciapki, ujawniając bliznę na gardle. – Naprawdę, Dan?

– Nie. – Mówi to otwarcie. Bo jak można odpuścić? Jak ktokolwiek mógłby? Zapomnieć o czymś takim, żyć dalej, jak mawiają ludzie. A jednak za często się godzono z takimi skurwielstwami, dlatego czas najwyższy z tym skończyć.

Próbuje wrócić do głównego tematu.

– No dobra. To jest jedna z tych rzeczy, których szukałaś, kiedy grzebałaś w wycinkach. Zabytkowe zapalniczki.

– Właściwie to ona wcale nie jest zabytkowa – mówi Kirby, zagadując tamten moment słabości – bo ma mniej niż sto lat. Jest po prostu stylowa.

– Nie wymądrzaj się – burczy Dan, któremu ulżyło, że znowu się znaleźli na bezpiecznym gruncie.

– Powiedz mi, że to nie byłby dobry nagłówek.

– Stylowy zabójca? Jest genialny.

– Więc zgadzasz się?

– Ależ nie. To, że ci pomagam, nie oznacza jeszcze, że zamierzam otwierać puszkę Pandory. Ja piszę o sporcie.

– Zawsze uważałam, że to interesujące wyrażenie. Z tą puszką.

– No cóż, nie mam otwieracza. Za dziewięć godzin lecę na kilka tygodni do Arizony, żeby tam oglądać mężczyzn walących w piłki. Ale mam zlecenie dla ciebie. Grzeb dalej w tych starych historiach. Postaraj się wyznaczyć bibliotekarzom coś bardziej konkretnego do szukania. Niezwykłe przedmioty znalezione przy ciałach, rzeczy, które tak jakby nie pasowały do obrazu sytuacji. Mniej więcej taki plan. Znaleźli coś podobnego przy Madrigal?

– Nie było nic w żadnym z artykułów, które czytałam. Próbowałam namierzyć rodziców, ale oni się przeprowadzili i zmienili numer telefonu.

– W porządku. Sprawa zamknięta, więc akta są już ogólnie dostępne. Powinnaś przejść się do sądu i je przejrzeć. Postaraj się pogadać z jej znajomymi, ze świadkami, może odszukać prokuratora.

– OK.

– I będziesz musiała zamieścić ogłoszenie w gazecie.

– Poszukiwany seryjny zabójca, rasa biała, kawaler, w zamian za kilka miłych chwil i wyrok śmierci? Odpowie na sto procent.

– Jesteś niezdyscyplinowana.

– Słowo dnia! – droczy się z nim Kirby.

– Ogłoszenie będzie skierowane do osób z najbliższego otoczenia ofiar. Gliniarze może nie zwrócą uwagi, ale członkowie rodzin powinni.

– Świetny pomysł, Dan. Dziękuję ci.

– Nie myśl tylko, że już możesz sobie dać spokój z prawdziwymi obowiązkami stażystki. W hotelu ma na mnie czekać faks z najnowszymi statystykami graczy. I zacznij się wreszcie uczyć, na czym polega baseball.

– Łatwe. Piłka. Pałki. Bramki.

– Uff.

– Żartuję. W każdym razie tu chyba nie ma jakichś większych osobliwości.

Oboje pogrążają się w przyjacielskim milczeniu, przyglądając się człowiekowi ubranemu w lśniący, niebieski kombinezon i kask, który przykucnięty na deszczułkach z włókna węglowego rzuca się w dół niemal pionowego zbocza, po czym już wyprostowany katapultuje w powietrze.

– Kto wymyśla takie rzeczy? – pyta Kirby.

Ona ma rację, stwierdza w myślach Dan. W ludzkich usiłowaniach jest tyle wdzięku i zarazem absurdalności.

ZORA

28 stycznia 1943

Nad prerią wznoszą się stalowe gmachy okrętów, zakotwiczonych, ale też gotowych zaraz pożeglować z pochylni, hen przez kukurydziane pola. Popłyną w dół rzeki Illinois, do Missisipi, a nią do samego Nowego Orleanu i dalej, na wody Atlantyku, by ciężko dysząc, dobrnąć do wrogich plaż po drugiej stronie świata, gdzie wielkie odrzwia wycięte w dziobie rozsuną się i niczym zwodzony most opuści się rampa, wypluwając ludzi i czołgi prosto na lodowate fale i linię ognia.

Spółka Chicago Bridge & Iron buduje je sprawnie, z tą samą dbałością o szczegół, jaką przykładała do konstrukcji wież ciśnień przed wojną, ale są wodowane tak prędko, że nikt nie zadaje sobie trudu z nadawaniem im nazw. Siedem okrętów miesięcznie, z kadłubami, które są zdolne pomieścić trzydzieści dziewięć lekkich czołgów Stuart i dwadzieścia czołgów Sherman. Stocznia pracuje dwadzieścia cztery godziny na dobę, poszczękując, zgrzytając, wypuszczając kolejne okręty desantowe tak prędko, jak potrafi je budować. Stoczniowcy harują do białego rana: mężczyźni i kobiety, Grecy, Polacy i Irlandczycy, ale jest wśród nich tylko garstka czarnych. Jim Crow* wciąż żyje i ma się dobrze w Senece.

---

* Pogardliwe określenie Murzyna; prawami Jima Crowa określano też potocznie prawa wprowadzone głównie na Południu USA po wojnie secesyjnej, służące pogłębianiu segregacji między białą a czarną ludnością.

Tego dnia odbywa się wodowanie jednego z tych okrętów. Dostojniczka z USO* w gustownym kapelusiku rozbija butelkę szampana o dziób LST 217, z masztem ułożonym płasko na pokładzie. Wszyscy klaszczą, gwiżdżą i tupią, kiedy te pięć i pół tysiąca ton zsuwa się ukośnie po rampie, bo koryto rzeki Illinois jest takie wąskie. Okręt zderza się z rzeczną taflą od strony swej lewej burty, wyrzucając w górę kolejne pióropusze wody, które przeobrażają się w jedną potworną falę i wprawiają LST w szaleńcze kołysanie, zanim stanie prosto.

Dla LST 217 jest to w rzeczy samej drugie wodowanie, bo już raz popłynął w dół Missisipi, jednak trzeba go było przyholować z powrotem, bo potrzebował napraw. Ale nieważne. Dowolna wymówka do zorganizowania fety. Morale to coś takiego jak ta flaga, którą można dowolnie często wciągać na maszt, pod warunkiem że potem są alkohol i tańce.

Zory Ellis Jordan nie ma wśród tych robotników, którzy zeszli z okrętu podczas nocnej zmiany, żeby wyjść na miasto i świętować. Nie poszła z nimi, bo w domu jest czworo dzieci do wykarmienia, a poza tym jej mąż nie wrócił do domu z wojny – jego statek zdmuchnął z powierzchni wody jakiś przyczajony U-boot. Marynarka przysłała jego papiery, żeby je mogła sobie wziąć na pamiątkę, razem z wojenną rentą. Nie nagrodzili go medalem, bo był czarny, ale załączyli list od rządu wyrażający najszczersze kondolencje i wychwalający jego zasługi za to, że umarł na służbie za swój kraj jako okrętowy elektryk.

Pracowała wcześniej w pralni w Channahon, ale kiedy jakaś kobieta przyniosła męską koszulę z wypalonymi

---

* United Service Organizations – organizacja zajmująca się wojskowymi stacjonującymi poza USA oraz ich rodzinami.

śladami na kołnierzu, zagadnęła ją o to. Złożyła podanie, a wtedy dali jej wybór: spawacz albo operator czerpaka. Spytała, komu płacą więcej.

„Chytra jesteś, co?", stwierdził szef. Ale Harry nie żył, a list kondolencyjny nie tłumaczył, jak ona ma samodzielnie wykarmić, ubrać i wykształcić dzieci Harry'ego.

Ten szef uważał, że ona nie wytrzyma nawet tygodnia: „Żaden kolorowy nie wytrzymał". A jednak ona jest twardsza od tamtych. Może dlatego, że jest kobietą. Sprośne spojrzenia i wulgarne słowa spływają po niej jak woda po kaczce: nie mają znaczenia w porównaniu z pustym miejscem obok niej w łóżku.

Nie ma jednak mieszkań z przydziału dla kolorowych, nie mówiąc już o kolorowych rodzinach, i dlatego Zora wynajmuje mały domek, dwa pokoje z wychodkiem na dworze, na farmie oddalonej o dwie mile od przedmieść Seneki. Przemarsz tam i z powrotem zabiera jej codziennie godzinę, ale warto, bo dzięki temu widzi swoje dzieci.

Wie, że w Chicago byłoby łatwiej. Jej brat, który choruje na epilepsję, pracuje na poczcie. Mógłby załatwić jej pracę, tak twierdzi. Jego żona mogłaby pomagać przy dzieciach. Ale to byłoby zbyt bolesne. W tym mieście straszą wspomnienia o Harrym. Tutaj przynajmniej, pośród morza białych twarzy, nie widuje przelotnie swego zmarłego męża i nie biegnie, żeby go dogonić, wziąć za rękę i przekonać się, kiedy tamten obróci się w jej stronę, że to ktoś obcy. Wie, że karze samą siebie. Wie, że to głupia duma. I co z tego? To balast – ta jedna rzecz, która pomaga ustać w pionie.

Zarabia dolara dwadzieścia za godzinę i dodatkowe pięć centów za nadgodziny. Kiedy więc odbywa się kolejne wodowanie i potem kolejny kadłub zostaje wciągnięty na pochylnię, Zora trafia na pokład nowego LST, w swoim kasku, z palnikiem, a tuż obok siedzi przykucnięta mała Blanche Farringdon, potulnie wręczając jej nowe palniki za każdym razem, gdy o nie poprosi.

Kończą okręty etapami, różne ekipy o różnych specjalnościach wykonują swoje prace i potem przekazują statek nowej grupie ludzi. Zora woli pracować na pokładach. Dostawała klaustrofobii w głębinach kadłuba, przy spawaniu grubych blach, listew pod olinowanie albo zaworów, dzięki którym wypełniało się zbiorniki balastowe wodą, by płaskodenny okręt mógł uzyskać odpowiednie zanurzenie i pokonać dzięki temu ocean. Miała wrażenie, że garbi się w cielsku jakiegoś olbrzyma, zamarzniętego metalowego owada. Kilka miesięcy wcześniej zdała egzamin ze spawania na powietrzu. Płacą za to lepiej i dzięki temu może spawać na pokładzie, ale co ważniejsze, każą jej teraz spawać wieżyczki dział, które będą przerabiały tych nazistowskich gnojków na mielonkę.

Pada śnieg, wielkie, sypkie płatki, które osiadają na ich grubych kombinezonach i topnieją, pozostawiając mokre plamki, które ostatecznie przesączają się do wnętrza, tak samo jak iskierki z palników przepalają metal na wskroś. Maska chroni jej twarz, ale szyja i pierś są naznaczone maleńkimi wypalonymi dziurkami. Ale przynajmniej jest jej ciepło. Blanche trzęsie się żałośnie, mimo że dookoła niej płoną zapasowe palniki.

– To niebezpieczne – irytuje się Zora. Jest zła na Leonore, Roberta i Anitę za to, że poszli na tańce, pozostawiając je dwie sobie samym.

– Nic mnie to nie obchodzi – mówi nieszczęśliwym głosem Blanche. Policzki ma zaczerwienione z zimna. Sprawy między nimi wyglądają źle. Blanche próbowała ją pocałować poprzedniego wieczoru, w szopie, w której przechowują wspólny sprzęt; stanęła na palcach, żeby przycisnąć usta do ust Zory, kiedy ta ściągała swój kask. W zasadzie nie było to nic więcej niż cnotliwy buziak, a jednak intencje dawały się odczytać bez trudu.

Zora szanuje cudze uczucia. Blanche to piękna dziewczyna, mimo że chuda, blada i ma mało wyraźnie zarysowany podbródek. I raz spaliła sobie włosy, bo jest próżna. Od tego czasu wiąże je, ale z kolei wciąż maluje się do pracy i potem ten makijaż spływa jej razem z potem. Niemniej jednak nawet gdyby Blanche znalazła czas między dziewięciogodzinnymi zmianami i pomogła jej w opiece nad dziećmi, to Zora zwyczajnie nie jest ulepiona z takiej gliny.

Kusi ją. I nie dziwota. Nikt jej nie całował od czasu, gdy Harry wyjechał z Merchant Marines. Ale ramiona jak u zapaśnika rozrośnięte od budowania statków przecież nie czynią z Zory lesbijki, podobnie jak braki w mężczyznach jak kraj długi i szeroki.

Blanche jest jeszcze dzieckiem, ma ledwo osiemnaście lat. I jest biała. Nie wie, co robi, a zresztą jak Zora miałaby to wytłumaczyć Harry'emu? Rozmawia z nim każdego ranka podczas długiej drogi do domu, rozmawia z nim o dzieciach, o morderczej harówce przy budowaniu okrętów, która skądinąd jest nie tylko pracą przynoszącą wymierne korzyści, ale poza tym zajmuje jej umysł, dzięki czemu nie tęskni za nim aż tak bardzo. Aczkolwiek słowo „bardzo" nie opisuje tej bolesnej pustki, która do niej na stałe przywarła.

Blanche biegnie przez pokład, by przywlec gruby kabel dla Zory. Zwala go z łomotem obok jej stóp i mówi: „Kocham cię", prędko, do jej ucha. Zora udaje, że nie słyszała.

Kask jest tak gruby, że mogła nie słyszeć. Nie może tego znieść.

Pracują w milczeniu przez następne pięć godzin, komunikując się z sobą tylko z obowiązku – „Podaj mi to, przynieś mi tamto" – Blanche przytrzymuje blok kotwicy, żeby Zora mogła upuścić na niego kroplę, a potem młotkiem skuć nadmiar. Jej uderzenia są tego dnia niezgrabne, niemiarowe.

Wreszcie rozlega się gwizdek oznaczający koniec zmiany, uwalniając je od tego wspólnego bólu. Blanche śmiga na dół po drabinie, a Zora zwleka się zaraz po niej niezdarnie, bo spowalniają ją kask i męskie, robocze buciory, które wypchała gazetami, żeby pasowały na jej stopy w rozmiarze osiem. Zrobiła to po tym, jak zobaczyła kobietę w pantoflach, która zgruchotała sobie kości, bo spadła ze skrzyni.

Zora zeskakuje do suchego doku i idzie razem z tłumem ludzi schodzących ze zmiany. Muzyka grzmi z głośników zamontowanych na słupach obok reflektorów, odtwarzając skoczne radiowe przeboje podtrzymujące ducha. Bing Crosby wbija się w Mills Brothers i Judy Garland. Kiedy Zora po odniesieniu sprzętu idzie w stronę wyjścia, kołując między statkami w różnych stadiach montażu i rowami wykopanymi pod żurawie, z głośników płynie akurat *Pistol-packin' Mama* Ala Dextera. Serca i pistolety. Odłóż je, mamo. Nie miała zamiaru wprowadzać w błąd małej Blanche.

Tłum rzednie, kiedy kobiety idą w stronę parkingów albo tanich, robotniczych domów nieopodal, w których drewniane łóżka ustawione są jedne na drugich, tak wysoko jak te koje, które spawają w kadłubach statków.

Idzie na północ po Main Street, przez centrum Seneki, która rozrosła się z maleńkiej osady bez kina czy szkoły w rojny obóz pracy dla jedenastu tysięcy. Wojna jest dobra dla biznesu. W liceum urządzono przydziałowe mieszkania dla robotniczych rodzin, ale nie należą się takim jak ona.

Jej buty zgrzytają na żwirze, kiedy przestępuje przez grube podkłady kolejowe linii Rock Island, która pomogła ucywilizować Zachód, niosąc nadzieję w każdym wagonie wypełnionym emigrantami, białymi, Meksykanami, Chińczykami i przede wszystkimi czarnymi. Człowiek za wszelką cenę chciał się wydostać z Południa i wskakiwał do pociągu jadącego do Baltimore i w stronę miejsc pracy z ogłoszeń w „Chicago Defender". A czasami w samym „Defenderze", jak w przypadku jej taty, który przepracował tam trzydzieści sześć lat jako zecer. Kolej przewozi teraz prefabrykowane części. A jej tato leży w ziemi już od dobrych dwóch lat.

Przechodzi na drugą stronę Highway 6, upiornie cichej o tej porze dnia, i wspina się na strome wzgórze, tuż obok cmentarza Mount Hope. Powinna być już dalej. Ale nie dużo dalej. Pokonała już połowę zbocza, kiedy z cieni zalegających pod drzewami wyłania się jakiś mężczyzna, opierający się na kuli.

– Dobry wieczór, proszę pani. Czy mogę przejść się z panią kawałek? – pyta Harper.

– Nie, nie – odpowiada Zora, kręcąc głową na widok białego mężczyzny, który nie ma powodu, by się znajdować tutaj o tej porze. To produkt uboczny jej pracy, że myśli najpierw „dywersant", a dopiero potem „gwałciciel". – Nie, dziękuję panu. Mam za sobą długi dzień i wracam do domu, do swoich dzieci. A poza tym sam pan chyba widzi, że jest wczesny ranek.

To prawda. Dopiero minęła szósta, wciąż jeszcze jest ciemno i zimno jak jasna cholera.

– Ależ zgódź się, panienko Zoro. Nie pamiętasz mnie? Obiecałem, że się jeszcze spotkamy.

Zora staje jak wryta, nie do końca dowierzając, że musi się borykać z tym gównem właśnie teraz.

– Proszę pana, jestem zmęczona i wszystko mnie boli. Pracowałam na dziewięciogodzinnej zmianie, w domu czeka na mnie czworo dzieci i ciarki mnie przechodzą, jak pan tak gada. Radzę, żeby pan sobie pokuśtykał gdzieś indziej, a mnie zostawił w spokoju. Bo ja mam pana w nosie.

– Nie może pani – mówi jej Harper. – Pani lśni. Ja pani potrzebuję. – Uśmiecha się jak święty albo szaleniec i z jakiegoś kuriozalnego, opacznego powodu to ją uspokaja.

– Nie jestem w nastroju do wysłuchiwania komplementów, proszę pana, ani też do religijnych nawróceń, jeśli jest pan jeden z takich jak te jehowy – zbywa go Zora. Nawet w świetle dnia nie rozpoznałaby go jako tego człowieka, który dwanaście lat temu stał na schodkach przed ich blokiem, mimo że rozmowa z tatą tamtego wieczoru o tym, że trzeba uważać, napełniła ją takim strachem i jednocześnie przekorą, że wryła jej się w pamięć na lata. Raz nawet zarobiła kuksańca ze strony białego właściciela sklepu, bo się gapiła. Nie zastanawiała się nad tym od dawna, a teraz jest ciemno i zmęczenie przesiąkło ją aż do kości. Bolą ją mięśnie, ma obolałe serce. Nie ma na to czasu.

Zmęczenie się ulatnia, kiedy kątem oka dostrzega, że on dobywa nóż spod marynarki. Obraca się zdziwiona, dając mu idealne otwarcie do wbicia ostrza w brzuch. Wydaje z siebie okrzyk i zgina się wpół. Mężczyzna wyswobadza nóż z powrotem i wtedy nogi uginają się pod nią jak kiepski spaw.

– Nie! – krzyczy przeraźliwie Zora, rozwścieczona na niego i na swoje ciało, że ją zawiodło. Chwyta go za pas, pociągając za sobą na ziemię. Mężczyzna szamocze się, starając się znowu podnieść nóż, i wtedy ona uderza go w skroń z taką siłą, że wybija mu szczękę i łamie trzy palce; kłykcie chrzęszczą jak kukurydza prażona na kuchence.

– Ty krw! – wrzeszczy Harper, gubiąc samogłoski, ze szczęką już puchnącą do rozmiarów pomarańczy.

Zora chwyta go za włosy i wbija jego twarz w żwir, starając się na nim usiąść.

Spanikowany dźga ją pod pachą. Cios jest niezdarny, nie dość głęboki, by dosięgnął serca, ale ona krzyczy i wyrywa się, instynktownie chwytając się za bok. On korzysta z okazji i przetacza się na nią, przyszpilając jej ramiona swoimi kolanami. Zora może i jest zbudowana jak zapaśnik, ale w życiu nie widziała ringu.

– Mam dzieci – mówi, płacząc z bólu, który czuje od rany w boku. Zahaczył o płuco i teraz na jej wargach pieni się krew.

Nigdy w życiu tak się nie bała. Nawet wtedy, gdy miała cztery lata i całe miasto wojowało samo z sobą podczas zamieszek rasowych i jej tata biegał z nią opatuloną w jego płaszcz, bo biali wyciągali czarnych z tramwajów i tłukli ich na śmierć na samym środku ulicy.

Nawet wtedy, gdy myślała, że Martin umrze, bo urodził się pięć tygodni za wcześnie i był taki malutki, dlatego zamknęła się z nim w pokoju i odegnała wszystkich, a potem wytrzymywała to tak, jak potrafiła, minuta po minucie przez cztery miesiące, dopóki go przez to nie przeprowadziła.

– One zaraz się pobudzą – rzęzi z bólu. – Nella będzie robiła śniadanie dla maluchów... będzie ubierała je do szkoły... to znaczy Martin będzie się starał zrobić to sam, będzie wkładał buty nie na te nogi co trzeba. – Kaszle z trudem, na poły łkając. Wie, że to histeria, wie, że bredzi. – I bliźnięta… one żyją swoim tajemnym życiem. – Jakoś nie potrafi panować nad swoimi myślami. – Za dużo obowiązków jak na jedną Nellę… Ona sobie nie poradzi. Mam tylko… dwadzieścia osiem lat… Muszę widzieć, jak one dorastają. Proszę…

Harper niemo potrząsa głową i spuszcza nóż w dół.

Wsadza kartę baseballową do kieszeni jej kombinezonu. Jack Robinson, zapolowy Brooklyn Dodgers. Kartę wziął niedawno od Jin-Sook Au. Lśniące gwiazdy połączone z sobą w czasie. Konstelacja morderstwa.

Wymienia kartę na metalowe Z, czcionka Cooper Black, ze starej kaszty zecerskiej; nosiła tę czcionkę jak talizman, bo dostała ją od taty, który przyniósł ją z pracy w „Defenderze". „Walka w słusznej sprawie", powiedział swoim dzieciom, dając każdemu po literze, ze znakiem drukarni Barnhart Brothers & Spindler. Już zlikwidowanej. „Ale nie można zatrzymać postępu", powiedział jej tato.

Dla Zory wojna dobiegła końca. Postęp będzie się realizował bez jej udziału.

KIRBY

13 kwietnia 1992

Cześć, stażystko! – Matt Harrison stoi obok biurka z jakimś dziadkiem ubranym w obszerny garnitur skrojony według kanonów mody obowiązujących w latach czterdziestych.

– Cześć, redaktorze! – Kirby spokojnie zakrywa segregatorem list, który napisała do prawniczki zajmującej się domniemanymi nastoletnimi zabójcami Julii Madrigal. To coś mówi, że się zdecydowali na wspólną obronę – że nie zwrócili się jeden przeciwko drugiemu, aby uzyskać niższy wyrok.

Dosiadła się do biurka jednego z pracowników działu kultury, bo Dan bywa w redakcji tak rzadko, że zasadniczo nie ma tu żadnego biurka, a już na pewno nie takiego, które ona mogłaby z nim dzielić. Jej obecne zadanie polega na tym, że ma zebrać jak najwięcej informacji na temat Sammy'ego Sosy i Grega Madduxa po wygranej Cubsów.

– Chcesz napisać jakiś prawdziwy tekst? – pyta Matt. Jest w nadzwyczaj dobrym nastroju, co widać, bo kołysze się na piętach.

Wiedziała, że nie powinna ściągać na siebie jego uwagi. Cholera jasna.

– Myślisz, że jestem już gotowa? – pyta, dając tonem do zrozumienia, że tak naprawdę chce mu powiedzieć: „To zależy".

– O porannej powodzi chyba słyszałaś?

– Trudno nie zauważyć, że połowa centrum miasta została ewakuowana.

– Szacują, że straty wyniosą miliardy. Były doniesienia o rybach w podziemiach Merchandise Mart. Nazywamy to Wielką Powodzią Chicago, na podobieństwo Wielkiego Pożaru Chicago.

– Historyczne dowcipy środowiskowe. Przypadkiem przebili się przez stary tunel górniczy, dobrze mówię?

– Cała rzeka wlała się do środka. Jeśli w to wierzyć. Ale pan Brown – wskazuje staruszka wystrojonego po zęby – spostrzega to inaczej i mam nadzieję, że zechcesz z nim pogadać. Jeśli masz czas.

– Poważnie?

– Normalnie nie chciałbym, żebyś pisała o rzeczach spoza swojej działki, ale cała ta historia to jeden wielki, mokry burdel i stajemy na głowie, żeby naświetlić wszystkie aspekty.

– Nie ma sprawy. – Kirby wzrusza ramionami.

– Zuch dziewczynka. Panie Brown, niech pan sobie siądzie. – Obraca zamaszyście krzesło i staje obok z rękami skrzyżowanymi na piersi. – Mną się proszę nie przejmować. Ja tu tylko nadzoruję.

– Chwila, muszę znaleźć długopis. – Kirby grzebie w szufladzie biurka.

– Mam nadzieję, że pani nie zmarnuje mojego czasu. – Starszy pan patrzy ponuro na Matta. Ma bardzo cienkie brwi, ledwie widoczne, przez co wydaje się tym bardziej kruchy. Lekko trzęsą mu się ręce. Parkinson albo po prostu podeszły wiek. Ma pewnie po osiemdziesiątce. Kirby zastanawia się, czy wystroił się tak specjalnie na wizytę w redakcji.

– Mowy nie ma. – Kirby wygrzebuje pióro kulkowe i wyczekująco zawiesza je nad notatnikiem. – Jeśli jest pan gotów, to ja też. Może zaczniemy od tego, co pan widział? – pyta. – Był pan tam, kiedy przebili się przez tunel?

– Nie widziałem tego.

– OK. W takim razie niech mi pan powie, dlaczego pan tu przyszedł. Jest pan z firmy naprawiającej mosty? Słyszałam, że burmistrz Daley ogłosił przetarg na najniższą ofertę.

– Ty to naprawdę jesteś bystra – stwierdza Matt.

– Nie udawaj zdziwionego – odwarkuje Kirby, uśmiechając się, żeby nie nastraszyć uroczego pana Browna.

– Nic mi o tym nie wiadomo – mówi starszy pan trzęsącym się głosem.

– Zasada przeprowadzania wywiadów numer sto jeden. Prawdopodobnie powinnaś pozwolić mu mówić – radzi Matt. – Velasquez niczego cię nie uczy?

– Przepraszam. Zechce mi pan zdradzić, o czym chciał pan rozmawiać? Słucham.

Pan Brown patrzy na Matta w poszukiwaniu wsparcia, na co on kiwa zdecydowanie głową, dając do zrozumienia, że „ona jest OK". Starszy pan zagryza wargę i wydaje z siebie ciężkie westchnienie, po czym pochyla się nad biurkiem.

– Kosmici – syczy.

Podczas tej sekundy, w trakcie której to do niej dociera, Kirby zauważa, jak cicho jest w newsroomie.

– I myślę, że od tej chwili już sobie poradzisz – mówi Matt z szerokim uśmiechem i odchodzi. Pozostawiając ją na pastwę tego starego wariata, który kiwa głową tak gwałtownie, że aż mu podryguje szyja, niczym łodyga podtrzymująca kwiat.

– A tak. Oni nie lubią, jak ryjemy w rzece. Bo pod nią mieszkają. Oczywiście są uzależnieni od wodoru.

– Oczywiście. – Kirby za plecami pokazuje palec pozostałym, którzy niemo pokładają się ze śmiechu.

– Gdyby nie kosmici, nigdy nie bylibyśmy w stanie zawrócić biegu rzeki. Powiadają inżynieria, ale ty w to nie wierz, dziewczyno. Dobiliśmy z nimi targu. Ale lepiej ich nie prowokować. Jeśli mogą zawrócić rzekę i zalać miasto, to do czego jeszcze są zdolni?

– Faktycznie, do czego jeszcze? – Kirby wzdycha.

– No to proszę to zanotować. – Pan Brown wykonuje gest zniecierpliwienia, wywołując serię ostentacyjnie tłamszonych parsknięć.

Ten bar to spelunka. Śmierdzi w nim zastarzałym dymem papierosowym i nieświeżymi tekstami na podryw.

– To było autentyczne kurewstwo – mówi Kirby, waląc z całej siły w białą bilę. – Miałam normalną robotę do zrobienia!

To Matt zaproponował, żeby po skończonej szychcie przejść się całą bandą na bilard. Wyszło na to, że jest ona, Victoria, Matt i Chet, bo Emma poszła pisać o powodzi.

– Obrzęd przejścia, stażystko. – Matt opiera się o kontuar, pijąc wódkę z limonką i jednym okiem śledząc CNN, które leci na ekranie telewizora w kącie sali. Niby jest sparowany z Chetem, ale stale zapomina, że to jego kolej.

– Brown jest jednym z naszych stałych gości – tłumaczy Victoria. – Przychodzi za każdym razem, gdy dzieje się coś związanego z wodą. Mamy całe stado takich jak on. Jakie jest zbiorowe określenie na ludzi niespełna rozumu?

– Brygada szaleńców? – proponuje Kirby.

– Jest taka jedna bezdomna kobieta, która zawsze w październiku przynosi zeszyty związane gumkami pełne niezrozumiałych wierszy. Jest psychol, który dzwoni i oferuje pomoc przy każdym morderstwie oraz każdym zaginionym zwierzaku, którego ktoś szuka przez ogłoszenie. Ja, chwalić Boga, mam na głowie tylko fałszywki z pornografią dziecięcą.

– Są jeszcze rzesze znawców sportu. – Matt odwraca się na chwilę od telewizora, żeby dorzucić swoje. – Jeszcze nie musiałaś dawać im odporu? Dan, twój szef, nie odbiera telefonu, kiedy jest w redakcji. Dzwonią, żeby ponarzekać. Że sędziowie byli do kitu. Że menedżerowie. Że zawodnicy. Że w ogóle wszystko jest do kitu.

– Moją ulubienicą jest pewna rasistka, która przynosi nam ciasteczka – wtrąca Chet.

– Dlaczego nikt ich nie zatrzymuje?

– Pozwól, że coś ci opowiem, stażystko – mówi Matt.

Serwis informacyjny na ekranie telewizora zapętla się. Jakby takie piętnaście minut mogło podsumować cały świat.

– O rany… – Victoria czule przewraca oczami.

Matt ją ignoruje.

– Byłaś kiedyś w „Tribune"?

– Jasne, wpadłam po drodze – mówi Kirby. Trąca białą bilę leżącą obok bandy; bila mknie przez stół i roztrąca grupę kul przy łuzie w lewym rogu.

– Posłuchaj. Ty je tylko przeganiasz tam i z powrotem – poucza ją Victoria. Poprawia uścisk Kirby. – A teraz pochyl się nad kijem, wyceluj go i kiedy już będziesz gotowa, strzelaj, wypuszczając równomiernie oddech.

– Dziękuję, pani profesor. – Tym razem Kirby posyła czternastkę gładką trajektorią w stronę narożnej łuzy. Prostuje się z szerokim uśmiechem.

– Nieźle – chwali ją Victoria. – A teraz musisz się skupić na wbiciu swojego koloru. – Naraz to do niej dociera. – Przecież my gramy całymi. Cholera jasna. – Spuszcza głowę ze wstydem i trąca kijem swoją partnerkę.

– Czy ktoś mnie słucha? – skarży się Matt.

– Tak! – krzyczą unisono.

– Świetnie. No to słuchajcie. Jak się przejdziecie do wieży „Tribune", to zobaczycie, że oni od zewnątrz wkleili w mur cząstki historycznych kamieni. Kawałek cegły z Wielkiej Piramidy, z muru berlińskiego, z Alamo, z brytyjskiego Parlamentu, kawałek skały antarktycznej, jest nawet okruch Księżyca. Widzieliście to?

– Dlaczego nikt ich nie wydłubał i nie ukradł? – pyta Kirby, w porę usuwając się z drogi, dzięki czemu Chet nie uderza jej swoją cofającą się ręką.

– Nie wiem. Ja nie o tym.

– Chodzi o to, że to jest symbol – mówi Chet, któremu nie udaje się wbić bili. – Globalnego zasięgu i mocy druku. To ideał romantyczny, bo od czasów Charlesa Dickensa już przestał mieć realne znaczenie. Albo od czasów powstania telewizji.

Kirby wpatruje się w swój kij, zaklinając bilę, by ta poturlała się tam, gdzie ona chce. Bila odmawia. Kirby prostuje się rozdrażniona.

– A jak oni zdobyli fragment piramidy? Czy nie jest to nielegalny przemyt artefaktów? Jakim cudem to nie wywołało międzynarodowego skandalu dyplomatycznego?

– O to też nie chodzi! – Matt wymachuje emfatycznie swoją szklanką w ich stronę i Kirby zauważa, że jest już bardzo pijany. – Chodzi o to, że „Tribune" przyciąga turystów. A my przyciągamy wariatów.

– Bo oni mają prawdziwą ochronę. Trzeba się zapisać

w recepcji. A do nas każdy może sobie ot tak przyjść i prosto z windy wleźć do newsroomu.

– Jesteśmy gazetą dla ludzi, Anwar. Musimy być dostępni. To żaszada.

– Jesteś pijany, Harrison. – Victoria kieruje naczelnego do przegrody. – Chodź, postawię ci colę. Zostaw tych młodych ludzi w spokoju.

Chet macha kijem w stronę opuszczonego stołu.

– Gracie dalej?

– Nie. Ja odpadam. Wyjdziesz ze mną na powietrze? Ten dym tutaj mnie zabija.

Skrępowani swoim towarzystwem stoją przy krawężniku. Loop pustoszeje, ostatni biznesowy tłum kieruje się do domów objazdami, które wymusiła powódź. Chet zabawia się swoim sygnetem z czaszką ptaka, znienacka onieśmielony.

– Tak, tak… – zagaja. – Nauczysz się ich odróżniać. Tych świrów. Cokolwiek robisz, unikaj kontaktu wzrokowego, a jeśli popełnisz ten błąd, że się zaangażujesz w rozmowę, jak najszybciej zwal ich na głowę komuś innemu.

– Zapamiętam to sobie – obiecuje Kirby.

– Palisz? – pyta Chet z nadzieją.

– Nie, właśnie dlatego musiałam wyjść z baru. Już nie mogę palić. Boli mnie brzuch, kiedy kaszlę.

– Och. Tak. Czytałem o tym. Znaczy czytałem o tobie.

– Tak myślałam.

– Jak przystało na bibliotekarza.

– Ano tak. Dowiedziałeś się czegoś, czego jeszcze nie wiem? – pyta najbardziej zdawkowym tonem, na jaki ją stać, starając się nie zdradzić, że na coś liczy.

– Nie. Raczej nie. – Śmieje się nerwowo. – W końcu to ty tam byłaś.

Rozpoznaje nutę szacunku w jego głosie i czuje tę samą starą, znajomą rozpacz.

– Owszem, byłam – oświadcza, udawanie pogodnym tonem. Wie, że tak niczego nie uzyska, ale wkurza ją ten jego respekt wobec tego, co jej się stało. Nie było w tym nic wspaniałego, ma ochotę powiedzieć. Dziewczyny są mordowane na okrągło, kurwa mać.

– Ale się zastanawiałem, wiesz? – mówi on, bezradnie starając się zasypać dzielącą ich przepaść.

Za późno, myśli Kirby.

– Tak?

– Jest taki jeden komiks – Chet zaczyna teraz gadać jak najęty – który moim zdaniem powinnaś przeczytać. Jest w nim o dziewczynie, która pod wpływem pewnych strasznych przejść wytwarza sobie w głowie magiczny świat z marzeń. Jest jeszcze bezdomny facet, który staje się jej superbohaterem, a także duchy zwierząt. To niesamowite. Naprawdę niesamowite.

– Brzmi… świetnie. – Myślała, że on podejdzie do tego z większym luzem. Ale to jej problem, nie jego. To nie jego wina. Na milę powinna była to wyczuć.

– Tak mi się wydawało, że to cię zainteresuje. – Ma nieszczęśliwą minę. – Albo że ci się przyda. Teraz, jak o tym opowiadam, brzmi faktycznie głupio.

– Może mi to pożyczysz, jak skończysz czytać – odpowiada mu Kirby tonem mówiącym: „Błagam, tylko nie to. Błagam, po prostu zapomnij i już nigdy więcej tego nie wywlekaj, bo moje życie to nie jest jakiś zasrany komiks". Zmienia temat, starając się wyratować ich dwoje od

133

nich samych i od tego koszmaru zażenowania. – A jak jest z Victorią i Mattem?

– O Boże! – Chet jaśnieje na twarzy. – Od lat to się schodzą, to rozchodzą. Najgorzej utrzymywana tajemnica świata.

Kirby stara się wykrzesać w sobie entuzjazm do wewnątrzredakcyjnych plotek, ale w rzeczy samej ma je w dupie. Mogłaby spytać go o jego życie miłosne, ale to by tylko sprowokowało do pytań o jej życie miłosne. Ostatni facet chodził z nią na zajęcia z filozofii nauki; był drażliwy, inteligentny i przystojny w interesujący sposób. W łóżku okazał się jednak nieznośnie czuły. Całował jej blizny, jakby mógł je zlikwidować magiczną mocą swojego języka. „Hej, jestem tutaj", musiała mówić po tym, jak już wytrzymała jego całowanie po brzuchu, delikatne posuwanie się po każdym calu tkanki bliznowej. „Albo trochę dalej. Twoja kolej, kochanie". Nie trzeba dodawać, że to się nie utrzymało.

– Cudny jest ten ich teatr, naprawdę – udaje jej się stwierdzić, czym tylko sprawia, że znowu popadają w beznadzieję milczenia.

– A właśnie. – Chet grzebie w kieszeni dżinsów. – To twoje? – Podaje jej wycinek z sobotnich ogłoszeń.

Poszukuję informacji o zabójstwach kobiet na terenie Chicago i okolic, w latach 1970–1992, przy których ciele znaleziono jakiś niezwykły przedmiot.
Gwarantuję poufność.
Kontakt: KM, skr. poczt. nr 786, Wicker Park, 60622

Oczywiście zamieściła to ogłoszenie w „Sun-Timesie", a także we wszystkich innych gazetach, również lokal-

nych, i wywiesiła je w postaci ulotek na tablicach ogłosze-
niowych w sklepach spożywczych, butikach i centrach dla
kobiet od Evanston po Skokie.

– Tak. To był pomysł Dana.

– Super – mówi Chet.

– Co? – Jest już zirytowana.

– Tylko uważaj na siebie.

– Tak, OK, no dobrze. Muszę już iść.

– Rozumiem. Ja też – mówi Chet i na twarzach ich obojga maluje się wyraźna ulga.

– Powinniśmy się z nimi pożegnać?

– Chyba nie trzeba. W którą stronę idziesz?

– Czerwona linia.

– Ja w przeciwną. – Co jest kłamstwem. Ale nie potrafi
wytrzymać myśli o ciągnięciu tej rozmowy w drodze na
stację. Powinna już być mądrzejsza i nie starać się wchodzić w bliższe związki z ludźmi.

HARPER

4 stycznia 1932

Słyszał pan, co się stało z Żar-dziewczyną? – pyta pielęgniarka o prosięcym wyglądzie.

Tym razem podała mu swoje imię, jak jakiś prezent przewiązany kokardką. Etta Kappel. Zdumiewające, ile to zmienia, jeśli masz pieniądze w kieszeni. Na przykład to, że cię prędko przeprowadzają obok sal, w których jest mniej miejsca niż dla bydła w zagrodzie, do prywatnego pokoju z linoleum na posadzce, toaletką z lustrem i widokiem na dziedziniec. Bogacze to wiedzą: nie musisz nic mówić, bo pieniądze powiedzą za ciebie wszystko. Pięć dolarów za noc sprawia, że traktują cię jak cesarza w pałacu dla chorych.

– Mmmmmnghff – mówi Harper, gestykulując ze zniecierpliwieniem w stronę morfiny w szklanej fiolce na tacy obok łóżka, którego wezgłowie zostało ustawione pod kątem czterdziestu pięciu stopni, dzięki czemu może siedzieć.

– Zamordowali ją nocą – ciągnie Etta podnieconym, scenicznym szeptem, wpychając mu do gardła gumową rurkę między drutami przytrzymującymi zęby i przyśrubowanymi do szczęki, przez co nie będzie mógł się ogolić.

– Nggghkk.

– Och, niech już pan tak nie sklamrze. Ma pan szczęście, że jest tylko przemieszczona. Co to ja mówiłam? Aha, że sama sobie na to zasłużyła. Mała dziwka. – Stuka w fiolkę paznokciem, żeby rozpuścić zabłąkane banieczki powietrza, po czym urzyna szklany sutek skalpelem i naciąga płyn do strzykawki. – Pan chadza na takie pokazy? – pyta obcesowo.

Harper potrząsa głową. Zaciekawia go zmiana jej tonu. Zna takie jak ona. Wspinają się na wyżyny swej moralności, aby móc wszystko lepiej podglądać. Mości się głębiej w łóżku, bo lekarstwo zaczyna już działać.

Dotarcie tutaj zabrało mu dwa dni wypełnione nieustannym bólem. Musiał się ukrywać w stodołach, ssać sople tłuste od sadzy ze stoczni, dopóki wreszcie nie udało mu się wskoczyć do pociągu jadącego z Seneki do Chicago, pełnego robotników sezonowych i włóczęgów, którzy nie komentowali jego fioletowej, napuchniętej twarzy.

Druty dookoła zębów ograniczają jego zdolność do odnajdywania dziewczyn. Musi być zdolny do mówienia. Będzie musiał się przyczaić. Będzie musiał na nowo przemyśleć sposób, w jaki to robi.

Nie pozwoli więcej, żeby któraś go zraniła. Będzie musiał znaleźć sposób, żeby je poskramiać.

Przynajmniej prawie nie czuje już bólu, przygaszonego szklistą powłoką morfiny. Ale ta cholerna pielęgniarka wciąż majstruje przy jego łóżku, niepotrzebnie, jeśli potrafi to stwierdzić. Nie rozumie, dlaczego ona tu jeszcze jest. Chciałby, żeby sobie poszła. Wykonuje znużony gest w jej stronę.

– Cco?

– Tylko sprawdzam, czy pan jest dobrze ułożony. Proszę zadzwonić, jeśli będzie pan potrzebował czegoś jeszcze, dobrze? Proszę prosić o Ettę. – Ściska jego udo pod kołdrą i prędko wychodzi z pokoju.

Kwik, kwik, myśli, a tymczasem narkotyki zalewają go i zagarniają w całości.

Trzymają go w szpitalu przez trzy dni, na obserwacji. Na obserwacji jego portfela, podejrzewa. Od leżenia w łóżku wszystko go swędzi ze zniecierpliwienia, więc zaraz po powrocie do Domu wychodzi na miasto, zadrutowana szczęka czy nie. Już więcej nie pozwoli wziąć się z zaskoczenia.

Znowu czyta o jej morderstwie, o którym wszyscy się rozpisują, dopóki nie staje się oczywiste, że to było zwyczajne morderstwo, a nie jakiś akt wojenny. Jedyną gazetą, która publikuje nekrolog, jest „Defender", który także podaje szczegóły jej pochówku. Nie zostaje pochowana na tym cmentarzu, blisko którego ją zabił, przeznaczonego wyłącznie dla białych, tylko na Burr Oak w Chicago. Nie jest w stanie oprzeć się pokusie i bierze udział w pogrzebie. Stoi na tyłach, samotny biały mężczyzna. Kiedy ktoś, jak to należało przewidzieć, pyta go, kim jest, że tu przyszedł, Harper mruczy przez druty: „Znaem ją" i ci wszyscy durnie natychmiast zabierają się do zapełniania luki.

— Pracował pan z nią? Przyjechał pan złożyć kondolencje? Aż z Seneki?

Wydają się zdumieni.

— Co za szkoda, że nie ma więcej takich jak pan — mówi jakaś dama w kapeluszu.

Wypychają go na przód, dzięki czemu stoi teraz przy trumnie, już zsuniętej do dołu na głębokość sześciu stóp i obłożonej liliami.

Nietrudno zauważyć te dzieci: trzyletnie bliźnięta, które bawią się między nagrobkami i nie bardzo coś rozumieją, dopóki jakiś krewny nie da im kuksańca i nie zawlecze ich z powrotem do grobu, zapłakanych. I jeszcze dwunastoletnia dziewczynka, która patrzy na niego spode łba, jakby wiedziała, która trzyma za rękę młodszego brata; malec jest zbyt wstrząśnięty, by płakać, ale raz po raz zaczerpuje oddechu, głęboko i spazmatycznie.

Harper rzuca swoją garść ziemi na trumnę. *Ja ci to zrobiłem*, myśli i druty opasujące jego zęby sprawiają, że ten potworny uśmiech wygląda jak coś, nad czym nie może zapanować.

Ta przyjemność przyglądania się, jak ją chowają do ziemi i nikt niczego nie podejrzewa, dodaje mu energii. Przeżywanie wszystkiego raz jeszcze niemalże wynagradza ból w szczęce. W końcu jednak zaczyna go nosić. Nie potrafi usiedzieć w Domu za długo. Przedmioty znowu zaczynają szumieć, wyganiają go na zewnątrz. Musi znaleźć następną. I chyba to może się odbyć bez angażowania jego wdzięku?

Omija wojnę, która jest męcząca, bo są kartki na żywność, a ludzie mają strach na twarzach; trafia do 1950 roku. Tłumaczy sobie, że się tylko rozgląda, ale wie, że jedna z jego dziewczyn jest tutaj. Zawsze to wie.

To jest to samo uczucie, że coś go szarpie w żołądku, które go zaprowadziło do Domu. Ten wyostrzony skraj świadomości, kiedy wchodzi do jakiegoś miejsca, w którym miał się znaleźć – i rozpoznaje jeden z talizmanów z pokoju. To gra, która polega na tym, że musi je znajdować w różnych czasach i miejscach. A one grają w to razem z nim, są gotowe, czekają na przeznaczenie, które on dla nich pisze.

Również ona to robi, kiedy tak siedzi w kawiarni na Starym Mieście ze szkicownikiem, kieliszkiem wina i papierosem. Jest ubrana w obcisły sweterek w wesoły wzorek z wierzgających koni. Uśmiecha się do siebie pod pasmami opadających do przodu czarnych włosów i rysuje, chwytając ulotne impresje twarzy innych gości kawiarni albo ludzi przechodzących obok. To karykatury, których naszkicowanie trwa kilka sekund, ale jest w nich mądrość, którą Harper spostrzega, kiedy spogląda na nie przelotnie ponad jej ramieniem.

Korzysta z okazji, kiedy dziewczyna się krzywi i wydziera jeden ze szkiców, a potem mnie go w garści i ciska na ziemię. Papierowa kulka pada dostatecznie blisko chodnika, by mógł udawać, że ją zauważył jako przypadkowy przechodzień. Pochyla się, podnosi ją i rozwija.

– Och, niech pan tego nie robi – mówi dziewczyna, na poły rozbawiona, na poły zawstydzona, jakby ktoś zauważył, że wetknęła niechcący spódniczkę pod majtki, ale ostatecznie milknie z zaskoczoną miną, bo widzi teraz metal na jego twarzy.

Rysunek jest dobry. Zabawny. Uchwyciła próżność i wyniosłość na twarzy pięknej kobiety w brokatowym żakiecie, która przebiega przez ulicę ze zwycięskim błyskiem zadartego podbródka, sterczącymi, drobnymi piersiami do kompletu i małym pieskiem, równie kanciastym jak ona. Harper układa szkic na stoliku przed nią. Dziewczyna ma na nosie smugę tuszu, w miejscu, gdzie się beztrosko potarła.

– Pni to upściła.

– Tak. Dziękuję panu – mówi ona, a potem zaczyna się podnosić. – Proszę zaczekać, czy mogłabym pana narysować? Mogłabym?

Harper kręci głową, już się oddalając. Zauważył czarno-srebrną artdecowską zapalniczkę na jej stoliku i nie jest pewien, czy byłby w stanie się opanować. *Willie Rose.*

To jeszcze nie ten czas.

DAN

9 maja 1992

Już się do niej przyzwyczaił. I tu nie chodzi tylko o ten łatwy dostęp do irytujących, drobnych faktów, które w przeciwnym razie musiałby znajdować sam, będąc jednocześnie w drodze, ani też o to, że może jej zlecać wykonywanie telefonów w poszukiwaniu zgrabnych cytatów. Tu chodzi o to, że w ogóle ma ją przy sobie.

W sobotę zabiera ją na lunch do Billy Goat*, żeby się mogła „zaaklimatyzować w tej kulturze", nim zabierze ją do loży prasowej na prawdziwy mecz na żywo. W lokalu są wielkie ekrany telewizyjne, sportowe memorabilia, krzesełka z zielonego i pomarańczowego winylu oraz stali bywalcy, w tym dziennikarze. Alkohol jest w rozsądnych cenach, a jedzenie znośne, nawet jeśli gotują je coraz bardziej pod turystów. Zwłaszcza od czasu cheezborgera ze skeczu Johna Belushiego z *Saturday Night Live*, który zresztą widziała, jak się okazuje.

– Owszem, ale to miejsce cieszyło się określoną sławą już dużo wcześniej – opowiada Dan. – To się wiąże z historią Cubsów, bo w 1945 roku właściciel tej knajpy próbował zabrać prawdziwego kozła na mecz na stadionie Wrigley Field. Kupił mu bilet i tak dalej, ale został wybębniony, bo pan

_____

* Billy goat – kozioł (ang.).

Wrigley stwierdził, że cap za bardzo śmierdzi. Facet się na to zeźlił i przepowiedział uroczyście, że drużyna Cubsów już nigdy nie wygra World Series. I tak się stało.

– Więc to nie dlatego, że są beznadziejni?

– Widzisz, to jest dokładnie to coś, czego ci nie wolno powiedzieć w loży prasowej.

– Czuję się jak Eliza Doolittle baseballu.

– Kto?

– Pamiętasz *My Fair Lady*? Przeobrażasz mnie, żeby móc pokazywać mnie publicznie.

– I mam mnóstwo do zrobienia.

– Tobie samemu przydałoby się nieco więcej finezji, wiesz?

– Powiadasz...

– Ten image typu trochę niechluj, trochę przystojniak pasuje do ciebie, ale przydałyby ci się lepsze ubrania.

– Czekaj, pogubiłem się. Podrywasz mnie czy obrażasz? I w ogóle to zastanów się, co ty wygadujesz, mała. Cała twoja garderoba składa się z T-shirtów reklamujących zespoły, o których nikt nigdy nie słyszał.

– To ty nigdy o nich nie słyszałeś. Powinieneś mi kiedyś pozwolić, żebym cię podszkoliła. Dać się zabrać na jakiś koncert.

– W życiu...

– Aha, a skoro już mowa o szkoleniach, to czy myślisz, że mógłbyś poprawić mi te teksty, które mi kazali napisać, zanim zacznie się mecz i będę musiała się skupić?

– Chcesz, żebym odrobił za ciebie pracę domową? Tutaj?

– Już ją przecież odrobiłam. Chcę tylko, żebyś zabawił się w redaktora. Pomyśl, jak to jest, jak jednocześnie robisz staż, studiujesz i polujesz na seryjnego zabójcę.

– A jak ci z tym idzie?

– Powoli. Na razie nikt jeszcze nie odpowiedział na

ogłoszenie. Ale mam spotkanie z obrończynią oskarżonych w sprawie Madrigal.

– Miałaś pogadać z prokuratorem.

– Nie chciał ze mną rozmawiać. Ja myślę, że on myśli, że dążę do ponownego otwarcia sprawy.

– No bo dążysz. Na podstawie jakiejś niedopracowanej teorii.

– Daj mi jeszcze trochę czasu. No więc czy możesz poczytać te teksty w czasie, kiedy ja pójdę po drinki dla nas?

– Wykorzystujesz mnie – gdera Dan, nie do końca szczerze, ale ostatecznie wyjmuje okulary.

Eseje napisane przez Kirby skaczą jak wściekłe od kwestii istnienia wolnej woli (najwyraźniej nie istnieje, dowiedział się z rozczarowaniem) do historii wątków erotycznych w kulturze popularnej. Kirby osuwa się z powrotem na krzesło z dietetyczną colą dla niego i piwem dla siebie; zauważa, że Dan reaguje na lekturę uniesionymi brwiami.

– Miałam do wyboru albo to, albo „Propagandowe filmy wojenne dwudziestego wieku", ale ja już widziałam „Królika Bugsa kontra naziści", który jest arcydziełem swoich czasów.

– Nie musisz mi objaśniać swoich wyborów, ale to oczywiste, że ktoś, kto wykłada te rzeczy, wykorzystuje je jako wymówkę do zaciągania studentek do łóżka.

– Właściwie to jest ona, i nie, nie jest lesbijką. Ale jak się teraz nad tym zastanawiam, to faktycznie wspominała o swym dodatkowym zajęciu, którym jest cateringowa obsługa orgii.

Dan nie może ścierpieć, że ona z taką łatwością go zawstydza.

– Dobra, dobra, zamknij się. Musimy pogadać o twoim entuzjazmie do przecinków. Nie możesz ich wtykać gdzie popadnie.

– Dokładnie to mówiła moja profesorka od teorii gender.

– Nie słucham tego. Ty się musisz wziąć za bary z tajnikami interpunkcji. I porzucić ten formalny, akademicki styl. Cały ten bełkot w stylu „należy to umiejscowić w kontekście optyki postmodernistycznej".

– No wiesz, akademicki styl jest tak jakby skutkiem ubocznym.

– Jasne, ale on cię zabije, kiedy będziesz musiała pisać jak przystało na dziennikarkę. Upraszczaj. Mów, co myślisz. A poza tym jest nieźle. Niektóre pomysły są zastarzałe, ale nauczysz się myśleć oryginalnie. – Spogląda na nią ponad okularami. – I dodam jeszcze, że wprawdzie świetnie się bawię, czytając o filmach erotycznych z lat dwudziestych i afrocentrycznych pornosach, ale chyba raczej powinnaś to robić z innymi studentami z tej grupy, z którą chodzisz na zajęcia.

– Tak. Nie – zbywa go. – Już samo chodzenie na zajęcia daje mi popalić.

– Nie bądź głupia. Jestem pewien, że mogłabyś…

– Jeśli zamierzasz pieprzyć „miałabyś przyjaciół, gdybyś tylko chciała" – przerywa mu – to psiakość, nie rób tego, OK? Czuję się jak jakaś zapruta, puszczalska celebrytka, której odmówiono przejażdżek limuzyną albo darmowych ciuchów od projektantów. Wszyscy się gapią, dzień w dzień. Wszyscy wiedzą. Wszyscy o tym gadają.

– Jestem pewien, że to nieprawda, mała.

– Posiadam pewną niesamowitą umiejętność, a mianowicie kondensuję chmury milczenia dookoła siebie. To jest jak magia. Nadziewam się na jakąś rozmowę i ta rozmowa natychmiast ustaje, zamiera. A potem rozpoczyna się od nowa, kiedy już sobie pójdę. Tyle że brzmi nieco ciszej.

– To się skończy. Są młodzi i głupi. Jesteś chwilową modą.

– Nie modą, tylko groteską. Jest różnica. Nie powinnam była przeżyć. A skoro już się tak uparłam, że przeżyję, to należało się zmienić. Być jak te tragiczne dziewoje, które obsesyjnie maluje moja popieprzona matka.

– Fakt, nie jesteś żadną kulącą się Ofelią. – I w odpowiedzi na jej uniesioną brew dodaje: – Widzisz, ja też studiowałem. Ale nie marnowałem czasu na wysiadywaniu z dietetyczną colą w towarzystwie dziennikarzyny piszącego o sporcie.

– To nie jest żadne marnowanie czasu. To bezcenny element mojego stażu, wart kredytu zaciągniętego na studia.

– I zapomniałaś dodać, że nie jestem żadnym dziennikarzyną.

– Uhu.

– No dobrze – mówi pogodnym tonem Dan. – Czy teraz, kiedy nasze popołudnie sprowadziło się do nędznego początku, czy chciałabyś popatrzeć trochę na piłkę?

W barze robi się naprawdę tłoczno, bo jest w nim mnóstwo kibiców ubranych w rywalizujące barwy; „Jak Crips i Bloods"*, szepcze Kirby podczas hymnu narodowego.

– Ciii – postponuje ją Dan, który po chwili z przyjemnością zaczyna objaśniać jej grę, nie tylko rzut za rzutem, ale także niuanse.

– Dzięki. Mam osobistego komentatora. – Kirby przewraca oczami.

Cały bar podrywa się na nogi z towarzyszeniem ryku: połowa z uniesieniem, połowa z rozczarowaniem. Ktoś rozlewa piwo, którego fontanna ledwie mija buty Kirby.

---

* Dwa rywalizujące z sobą gangi amerykańskie.

– A to nie jest gol, tylko *home run*. – Dan trąca ją, wskazując ekran. – Pałkarz zdobywa wszystkie cztery bazy

Wymierza mu kuksańca w ramię, żartobliwego, ale zarazem silnego, wysuniętymi kłykciami i Dan, niewiele myśląc, odwzajemnia się mniej więcej z taką samą siłą. Zawsze oddawaj pięknym za nadobne, uczyły go starsze siostry. I potrafiły mu wrednie dosolić. I poparzyć nadgarstki. Powalały go na ziemię i wyrywały mu włosy. Taka przemoc przemieszana z czułością. Kiedy nie wystarcza się zwyczajnie przytulić. Oto mądrość, którą przynosi ci dzisiejsza kartka z kalendarza.

– Au, ty dupku! – Kirby wytrzeszcza oczy. – To bolało!

– O psiakrew. Przepraszam, Kirby – panikuje Dan. – Nie chciałem. Bezmyślny jestem. – Bardzo pięknie, Velasquez, bijesz dziewczynę, która uszła z życiem z najbardziej potwornej napaści, o jakiej kiedykolwiek słyszałeś. Następny krok: bicie staruszek i kopanie szczeniaczków.

– No tak. Musisz mnie trochę docenić. – Kirby parska śmiechem, ale wpatruje się z napięciem w ekran umocowany nad barem – na reklamę wytwórni płytowej Milk-Boy, którą odtwarzali już dwa razy podczas meczu.

Do Dana dociera, że to nie ta udawana bójka ją zdenerwowała, tylko jego reakcja. I to jest takie łatwe. Wyciąga rękę i uderza ją miękko w kolano kłykciami.

– Twardy z ciebie orzech do zgryzienia?

Obdarza go łobuzerskim uśmiechem z ukosa.

– Tak twardy, że żadna wiewiórka mnie nie zechce.

– Coś słabe te twoje dowcipy – mówi Dan, uśmiechając się szeroko, wciąż przed nią otwarty.

– Nie tak słabe jak twoje uderzenia – odparowuje.

– Powiadasz, że trochę ze mnie przystojniak? – Kręci głową.

WILLIE

15 października 1954

Pierwszy reaktor nuklearny, zbudowany pod zarośniętym chwastami stadionem uniwersyteckim, osiągnął stan krytyczny w 1942 roku. To był cud nauki! Niebawem jednak przeobraził się w cud propagandy.

Wyobraźnia powoduje, że strach gnije. To nie wina strachu. Po prostu on tak jest skonstruowany. Koszmary nocne się namnażają. Sojusznicy stają się wrogami. Wszędzie pełno dywersantów. Paranoja usprawiedliwia wszelkie prześladowania, a prywatność to luksus, kiedy czerwoni mają bombę.

Willie Rose popełnia ten błąd, że uważa to za sprawę związaną wyłącznie z Hollywoodem. Walt Disney zeznający przed Przymierzem Ludzi Kina na rzecz Zachowania Ideałów Amerykańskich, że komunistyczni autorzy kreskówek chcą przeobrazić Myszkę Miki w marksistowskiego szczura! Jakie to absurdalne. Oczywiście słyszała o zrujnowanych karierach i ludziach umieszczonych na czarnej liście za to, że nie złożyli przysięgi lojalności wobec Stanów Zjednoczonych Ameryki i na wszystko, co się z nią wiąże. Ale ona nie jest Arthurem Millerem. Ani też Ethel Rosenberg, skoro już o tym mowa.

Dlatego przeżywa wstrząs, kiedy w środę przychodzi do pracy w Crake & Mendelson, na trzecim piętrze Budynku Fishera, i znajduje dwa komiksy na swoim stole do szkicowania. Jak oskarżenie.

Walczący Amerykanin: Nie śmiejcie się – oni nie są śmieszni! Iwan Trutka i Hocki Trocki. Superbohater ubrany we flagę amerykańską ze złotowłosym chłopcem, pomocnikiem, szykuje się, by pokonać ohydne, dziwolągowate mutanty-komuchy wypełzające z tunelu. Na okładce drugiego komiksu przystojny tajny agent walczy z uzbrojoną w pistolet damą w czerwonej sukni, a obok, na dywanie, wykrwawia się ruski żołnierz. Nad kominkiem wisi zimowy krajobraz z niebem pomazanym czerwienią, za oknem widać zarysy minaretów. „Tajne misje admirała Zachariasa: Zagrożenie! Intryga! Tajemnica! Akcja!" Kobieta jest trochę do niej podobna, ma takie same kruczoczarne włosy. Jest nie tyle subtelna, ile śmieszna. Ale nic w tym śmiesznego.

Siada na swoim obrotowym krześle z jednym poluźnionym kółkiem, które wykrzywia się niebezpiecznie, i z poważną miną wertuje komiksy. Robi półobrót i gwiżdże w stronę wielkoluda z bujnymi włosami, w niebieskiej koszuli z białym kołnierzykiem, obserwującego ją od dystrybutora wody. Sześć stóp i osiem cali wzrostu, równie jełopowaty jak duży. To właśnie on jej powiedział, że jedynym powodem, dla którego zatrudnia się kobietę architekta, jest to, że taka może również odbierać telefony. Odkąd podjęła tu pracę przed ośmioma miesiącami, odebrała telefon zero razy.

– Hej, Stewie, twoje śmieszne komiksy wcale nie są śmieszne. – Ciska je dramatycznym gestem do kosza stojącego obok jej stóp, obiema rękami, jakby ważyły tonę.

Napięcie, którego wcale dotąd nie czuła, pęka i kilku facetów parska śmiechem. Stara, poczciwa Willie. George udaje, że oddaje cios na szczękę Stewarta. Nokaut. Dupek unosi ręce, udając porażkę, i wszyscy w mniejszym lub większym stopniu wracają do pracy.

Czy to jej wyobraźnia, czy też przedmioty na jej biurku odrobinę zmieniły miejsce? Jej ołówek leży po prawej stronie przykładnicy i suwaka logarytmicznego, a tymczasem ona na ogół kładzie go po drugiej stronie, ponieważ jest leworęczna.

Na litość boską, nawet nie jest socjalistką, a już na pewno nie należy do partii komunistycznej. Ale jest artystką. I w tych czasach to już samo w sobie jest czymś złym. Bo artyści socjalizują się z najrozmaitszymi ludźmi. Na przykład z czarnymi, z lewicującymi radykałami i z ludźmi, którzy mają poglądy.

Nieważne, że dla niej William Burroughs jest niezrozumiały, i cały ten wrzask wokół „Chicago Review", że odważył się opublikować jego mało powściągliwą pornografię, jest równie bezsensowny. Nigdy specjalnie nie lubiła czytać. Ale ma przyjaciół z kolonii artystów z 57 Ulicy – pisarzy, malarzy i rzeźbiarzy. Sprzedawała swoje szkice na targu sztuki. Kobiece akty. Przedstawiały przyjaciółki, które dla niej pozowały. Niektóre z nich bardziej intymnie niż inne. To nie jest powód, dla którego można nazwać ją czerwoną, do czorta. Nawet jeśli są rzeczy, które wolałaby, aby nie wyszły w praniu. Zresztą dla większości ludzi to wszystko jest jedno i to samo. Komuchy. Wywrotowcy. Lesby i pedały.

Żeby uspokoić trzęsące się ręce, majstruje przy kartonowym modelu bungalowu dla nowego osiedla Wood Hill, nad którym obecnie pracuje. Wykonała pięćdziesiąt szkiców takich domków, ale stwierdza, że jest jej łatwiej wyobrażać je sobie w trzech wymiarach. Już skonstruowała z kartonu pięć takich bungalowów w oparciu o najbardziej obiecujące pomysły, różniące się od pierwotnego konceptualnego szkicu, który dał jej George, starając się znaleźć ten najlepszy. Trudno wpaść na jakąś oryginalną myśl, kiedy cię instruuje szczegółowo dyrektor firmy. Nie da się jeszcze raz wynaleźć koła. Ale można je wprawić we własne obroty.

To mają być domy dla robotników, które staną na terenie odizolowanego osiedla, naśladującego dzielnicę Park Forest, z jej niezależnym centrum, bankiem i domem towarowym Marshall Field's. George pozwolił jej opracować taki bungalow, łącznie ze stolarką meblową i oświetleniem. Nie weźmie udziału w prezentacji, ale powiedział, że będzie mogła zarządzać projektem na miejscu. A to dlatego, że reszta biura obsesyjnie pracuje nad biurowcami powstającymi w ramach projektu rządowego, do którego wszyscy podchodzą na zasadzie wielkiego „cicho sza".

Wood Hill nie odpowiada jej prywatnym gustom. Nigdy nie zrezygnowałaby ze swojego mieszkania na Starym Mieście, z gwaru i energii miasta ani też z tej łatwości, z jaką jest w stanie przemycić dziewczynę na górę, a jednak stwierdziła, że projektowanie tych utopijnych, modelowych domków pozwala jej się spełniać. W idealnym świecie byłyby bardziej modularne, w stylu George'a Kecka, dzięki czemu dałoby się wszystko przestawiać i sprawiać, by wyglądało inaczej, z gładkimi przejściami między przestrzeniami wewnętrznymi i zewnętrznymi. Niedawno oglądała książki o Maroku i uznała, że takie zamknięte, wewnętrzne patio mogłoby pasować do brutalnych chicagowskich zim.

Wyprzedziła samą siebie i już namalowała akwarelami artystyczną wizję swojego ulubionego projektu. Dom jest na niej wypełniony szczęśliwą rodziną złożoną z mamy i taty (to raczej nie jej wina, że tata sprawia wrażenie lekko obłąkanego, z tymi wystającymi kośćmi policzkowymi), dwójką dzieci, psem i cadillakiem na podjeździe. Całość sprawia wrażenie po domowemu nieskomplikowanej.

Na samym początku, kiedy podjęła tu pracę, irytowało ją to, że każą jej się zabawiać takimi prymitywnymi konstrukcjami. Ale Willie jest kobietą, która pogodziła się ze swoimi ambicjami. Starała się dostać do kolonii Franka Lloyda Wrighta i została odrzucona. (Krążyły pogłoski, że Wright jest bankrutem i nigdy już nie dokończy żadnego budynku, więc niech się wypcha). A zresztą raczej się nie zanosiło, że zostanie drugim Miesem van der Rohe. I pewnie to dobrze, bo w Chicago była superata przyszłych Miesów van der Rohe. Taka pułapka na Miesy. Nie ona wymyśliła ten dowcip. Ten Wright to zabawny, zgorzkniały staruszek.

Chętnie projektowałaby budynki użyteczności publicznej. Jakieś muzeum albo szpital, ale musiała się bić o tę posadę, podobnie jak musiała się bić o miejsce na MIT. Crake & Mendelson było jedyną firmą, która zaprosiła ją na drugą rozmowę kwalifikacyjną, i Willie potraktowała to serio, bo włożyła swoją najciaśniejszą ołówkową spódniczkę, uzbroiła się w najbardziej bezczelny humor oraz portfolio, które dowodziło, że jest kimś lepszym, mimo że zatrudnili ją z tych wszystkich innych powodów. Człowiek wykorzystuje to, co mu daje natura i wola.

Ta ostatnia sprawa to jej wina. Bo paplała wszem i wobec, że jej zdaniem osiedla na przedmieściach będą przeobrażały życie rodzin z klasy robotniczej. Że jest urzeczona budowaniem spółdzielni mieszkaniowych w pobliżu miejsc pracy, że nie tylko białe kołnierzyki, ale również robotnicy mogą mieć marzenia i mogą wyprowadzać się z miasta, w którym do jednorodzinnych mieszkań musi się wciskać dziesięć rodzin naraz. Ale teraz widzi, że takie gadanie może być postrzegane jako prorobotnicze, prozwiązkowe. Prokomuchowe. Należało się zamknąć. Ten lęk ją zatruwa, podobnie zresztą jak nadmierne ilości kawy. To, że Stewart rzuca w jej kierunku zbolałe spojrzenia. Popełniła straszliwy błąd, dociera do niej. On ją postawi pod ścianą jako pierwszą. Bo ludzie robią teraz właśnie takie rzeczy. Sąsiedzi nerwowo zaciągają zasłony, nauczyciele donoszą na swoich uczniów, koledzy stwierdzają, że biurko dalej siedzi wywrotowiec.

On to robi, bo go wyśmiała podczas swojego pierwszego tygodnia pracy tutaj, kiedy wszyscy poszli na bibkę; Stewart lekko się wtedy podchmielił i wszedł za nią do damskiej toalety. Usiłował ją pocałować tymi wąskimi, suchymi wargami, przyciskając ją do umywalki z pozłacanymi kurkami i obudowanej czarnymi płytkami, próbując zadrzeć jej spódniczkę i jednocześnie majstrując przy swoich spodniach. Zdobne secesyjne lustra odbijały niezliczone układy ich niedołężnych manewrów. Próbowała go odepchnąć, a kiedy on się nie poddawał, sięgnęła do swojej torebki, postawionej na umywalce, bo kiedy wszedł, akurat nakładała świeżą warstwę szminki, i chwyciła srebrno--czarną artdecowską zapalniczkę – prezent, który kupiła samej sobie za zdobycie posady.

Stewart zaskrzeczał i odskoczył od niej, oblizując bąbel, który pojawił się z miejsca na jego sękatym przegubie. Nikomu o tym nie powiedziała. Może nawet była gadatliwa, ale czasami wiedziała, kiedy trzymać usta na kłódkę. Ktoś musiał widzieć, jak on wychodził z toalety, nadal płonąc z upokorzenia, bo sprawa się rozeszła. Od tego czasu uwziął się na nią.

Pracuje podczas pory lunchu, dzięki czemu nie musi się z nim zderzać, kiedy wychodzi z budynku, mimo że jej żołądek warczy jak tygrys. W końcu Stewart idzie na spotkanie z Martinem, więc chwyta torebkę i rusza w stronę drzwi.

– Przecież pora lunchu już się skończyła – zwraca jej uwagę George, uprzejmie zerkając na zegarek.

– Uwinę się. Zdążę wrócić do swojego biurka, zanim ty zdążysz zauważyć, że wychodzę – mówi Willie.

– Jak Flash? – pyta.

No i masz. Równie dobre jak spowiedź.

– Dokładnie tak – odpowiada mu, mimo że w życiu nie czytała tego cholernego komiksu. Obdarza go ciężkim, powłóczystym mrugnięciem i kołyszącymi ruchami wychodzi, wędrując po lśniącej mozaice z płytek, które przypominają rybie łuski, w stronę windy ze zdobnymi, pozłacanymi drzwiami.

– Dobrze się pani czuje, panno Rose? – pyta odźwierny przy biurku recepcji, kiedy wychodzi na zewnątrz. Kopuła jego czaszki jest gładka i lśniąca jak metalowe elementy wystroju.

– Cudownie, Lawrence – odpowiada. – A ty?

– Złapałem grypę, proszę pani. Może później będę musiał skoczyć do apteki. A pani jest blada. Mam nadzieję, że pani grypa nie dopadnie. To cholerstwo.

Po wyjściu na zewnątrz przystaje, opierając się o łuk drzwi, czując wyrzeźbionego smoka wpijającego się w jej plecy. Serce łomocze jej w piersi, jakby usiłowało się wyrwać na wolność.

Ma ochotę iść do domu i skulić się w kłębek na nieposłanym łóżku. (Pościel wciąż pachnie cipką Sashy od środowej nocy). Jej koty byłyby zauroczone, gdyby pojawiła się w domu po południu. I wciąż ma butelkę merlota w lodówce. Tylko jak by to wyglądało, gdyby wzięła wolne w środku dnia? Zwłaszcza w oczach George'a.

Zachowuj się normalnie, na litość boską, myśli Willie. Weź się w garść. Już przyciąga spojrzenia i co gorsza, uprzejme intencje. Wypada spod łuku na ulicę, zanim wścibska starsza pani ze zmarszczkami na szyi zdąży podejść i spytać, czy nic jej nie jest. Idzie zdecydowanym krokiem, kierując się w stronę baru kilka przecznic dalej, gdzie raczej nie nadzieje się na żadnego z kolegów z pracy.

To lokal w suterenie, skąd z okna widzi się jedynie buty przechodzących ulicą ludzi. Barman jest zaskoczony na jej widok. Krząta się, zdejmując zniszczone krzesła z równie zniszczonych stolików.

– Jeszcze mamy zamknięte...

– Whiskey sour. Bez wody.

– Przepraszam, panno...

Kładzie dwudziestkę na barze. Mężczyzna wzrusza ramionami, obraca się w stronę skupiska butelek nad barem i zaczyna miksować jej drinka, z większym mozołem niż to konieczne, zdaniem Willie.

– Pani jest z Chicago? – pyta zrzędliwym tonem.

Willie stuka palcem w banknot leżący na barze.

– Jestem z miejsca, gdzie jest tego więcej, jeśli się pan zamknie i zrobi mi drinka. – W wąskim pasku lustra za barem przygląda się odbiciu oddalających się nóg. Męskie dziurkowane buty. Pantofle od Tan Mary Janes. Dziewczyna w podkolanówkach i sznurowanych bucikach. Mężczyzna człapiący o kuli. Coś jej się przypomina, ale kiedy obraca głowę, żeby mu się przyjrzeć, już go nie widzi. No i co z tego? Przynajmniej podano jej drinka.

Willie wychyla go jednym haustem i potem jeszcze jednego. Przy trzecim czuje, że jest gotowa wrócić. Przesuwa dwudziestkę po kontuarze.

– To może jeszcze raz to samo?

– Pudło, szefie – mówi i posuwistymi krokami wraca do biura, z towarzyszeniem przyjemnej lekkości. Zanim jednak dociera do drzwi Budynku Fishera, ta lekkość przemienia się w mdłości. Ciąży jej niczym gromadząca się burza. Czuje ciśnienie barometryczne rosnące krok po kroku, więc potrzebuje każdego grama woli, żeby zrobić szczęśliwą minę, kiedy otwiera drzwi do biura.

Boże, jak ona mogła tak się pomylić co do tego, kim są jej wrogowie. Stewart patrzy na nią z troską, nie z pogardą. Może wie, że nie panował nad sobą tamtego wieczoru. Dociera do niej, że od tamtego czasu zachowywał się wyłącznie jak dżentelmen. Martin jest zirytowany, że jej tu nie było, kiedy jej szukał. A George... George uśmiecha się szeroko i unosi brwi. Jakby chciał spytać: *Co ty robiłaś, że cię tak długo nie było?* I: *Obserwuję cię.*

Kalka techniczna z planami jest zamazana. Gniewnie wyciera ściany kuchni korektorem w proszku; będzie trzeba przerobić. Te ściany, bo wszystkie są złe.

– Dobrze się czujesz? – pyta George, z przesadną familiarnością kładąc dłoń na jej ramieniu. – Wyglądasz trochę nietęgo. Może powinnaś iść do domu?

– Czuję się świetnie, dziękuję. – Nawet nie potrafi odpowiedzieć jakoś inteligentnie. Drogi George. Milusi, pluszowy, nieszkodliwy George. Przypomina jej się wieczór, kiedy oboje zostali do późna, bo pracowali nad projektem Harta, i on wyniósł butelkę szkockiej, którą Martin trzymał w swoim gabinecie, a potem rozmawiali aż do drugiej w nocy. Co ona mu powiedziała? Przetrząsa umysł, żeby sobie przypomnieć. Opowiadała mu o sztuce, o dorastaniu w Wisconsin i o tym, dlaczego postanowiła zostać architektem, o swoich ulubionych budynkach, o budynkach, których chciałaby być autorką, a niestety nie jest. Niebotyczne wieże Adlera i Sullivana z rzeźbionymi detalami. Co ją z kolei doprowadziło do osiedla Pullmana i tego, że robotnicy, którzy musieli tam mieszkać, byli zmuszeni żyć według narzuconych im idiotycznych, protekcjonalnych zasad. A on ledwie wypowiedział słowo, po prostu pozwolił jej paplać. Niech się sama pogrąża.

Ma uczucie, że ją sparaliżowało. Mogłaby to przeczekać. Posiedzi przy biurku, aż wszyscy rozejdą się do domów, i postara się wyłowić z tego jakiś sens. Mogłaby wrócić do baru. Albo iść prosto do domu i zniszczyć wszystko, co tam ma dewiacyjnego i wywrotowego.

Dochodzi i potem mija piąta – jej koledzy zaczynają się po kolei wymykać. Stewart wychodzi jako jeden z pierwszych. George jako jeden z ostatnich. Ociąga się, jakby na nią czekał.

– Idziesz czy mam ci zostawić klucze? – Jego zęby są za duże w stosunku do ust, zauważa po raz pierwszy Willie. Wielkie kloce z białej emalii.

– Idź. Ja zamierzam rozplątać to draństwo, choćby mnie to miało zabić.

George marszczy brwi.

– Pracujesz nad tym od rana.

Willie nie może tego dłużej wytrzymać.

– Wiem, że to ty.

– Co?

– Te komiksy. To było głupie i nie fair. – Ku jej wściekłości w oczach wzbierają jej łzy. Wytrzeszcza je, starając się nie mrugać.

– Komiksy? Krążą po biurze od wielu dni. Co ty się tak nakręcasz z ich powodu?

– Ojej – mówi Willie. Sama potworność tego, jak bardzo się pomyliła, zwala się na nią i odbiera jej oddech.

– Nieczyste sumienie? – Ściska jej ramię i wsuwa sobie teczkę pod pachę. – Nie przejmuj się, Willie, ja wiem, że ty nie jesteś czerwona.

– Dziękuję ci, George, ja…

– Co najwyżej różowa. – Nie uśmiecha się. Kładzie klucze przed nią na biurku. – Nie chcę, żeby coś stanęło między firmą a tym projektem rządowym. Nie obchodzi mnie, co robisz w prywatnym życiu, ale sprzątaj po sobie. Rozumiemy się? – Celuje w nią palcem jak z pistoletu i po chwili wymyka się za drzwi.

Willie siedzi bez ruchu, jak ogłuszona. Można zakopać radykalne czasopisma, podrzeć swoje seksualnie perwersyjne szkice i spalić pościel. Tylko jak wymazać to, kim się jest?

Omal nie wyskakuje ze skóry, kiedy słyszy łomotanie do drzwi. Widzi męski profil za taflą dmuchanego szkła z ręcznie wypisaną nazwą firmy. Robi jej się głupio, bo odruchowo pomyślała, że to FBI! Co jest niedorzeczne. To pewnie jeden z facetów czegoś zapomniał. Rozgląda się po wnętrzu i widzi marynarkę Abe'a wiszącą na oparciu krzesła. To tylko Abe. Pewnie zostawił w niej portfel i sieciówkę. Zdejmuje marynarkę z krzesła. Właściwie to mogłaby teraz już iść do domu.

Otwiera drzwi i stwierdza, że to nie Abe tam stoi, tylko jakiś strasznie chudy człowiek opierający się na kuli. I że ten człowiek wygina usta w górę, dookoła drutów, które oplatają mu zęby i wpijają się w żuchwę, tworząc coś na podobieństwo uśmiechu. Willie cofa się z odrazą i próbuje zamknąć mu drzwi przed nosem. On jednak wsuwa gumowaną końcówkę kuli w szczelinę i przeciska się. Drzwi uderzają w nią – szyba pęka w zderzeniu z jej czołem. Pada plecami na jedno z ciężkich biurek od Knolla. Okuta metalem krawędź uderza ją w lędźwie i wtedy osuwa się na podłogę. Gdyby udało jej się dobiec do biurka Stewiego, to mogłaby rzucić w niego tą wielką lampą...

Nie jest w stanie się podnieść. Coś jest nie tak z jej nogami. Zaczyna cicho kwilić, gdy tymczasem on wchodzi do środka, kulejąc i krzywiąc się przez druty w ustach, po czym delikatnie zamyka za sobą drzwi.

DAN

1 czerwca 1992

Dan i Kirby korzystają z dziennikarskiego przywileju, że mogą siedzieć na zadaszonej ławce rezerwowych, z której roztacza się widok na boisko, niesamowicie zielone w porównaniu z ciepłą czerwienią błota, przecinającymi je równymi białymi liniami i winobluszczem porastającym ceglany mur. Ta przyjazna przestrzeń jest nadal pusta, za to na dachach dookoła stadionu impreza trwa już w najlepsze.

Pozostali reporterzy moszczą się w loży prasowej, wznoszącej się wysoko nad krzywymi szarych plastikowych trybun obrzeżających stadion. Upłynie jeszcze dobre czterdzieści minut, zanim na murawę zaczną wysypywać się zawodnicy. Sprzedawcy z kiosków zdążyli już podnieść żaluzje i powietrze powoli nasiąka wonią hot dogów. To jeden z ulubionych momentów Dana, kiedy całe to miejsce staje się pełne potencjału. Byłby szczęśliwszy, gdyby nie Kirby, która go wkurza.

– Nie jestem tylko twoją przepustką do biblioteki „Sun-Timesa". Musisz wykonywać jakąś prawdziwą pracę – warczy. – Zwłaszcza jeśli naprawdę chcesz spłacić kredyt za studia.

– Pracowałam! – Kirby cała się iskrzy z oburzenia. Jest ubrana w jakieś niezrozumiałe punkowe skrzyżowanie topu z kamizelką, z wysokim golfem, który zakrywa jej bliznę – taka jakby księżowska sutanna z odciętymi rękawami. Co niezbyt pasuje do koszul zapinanych na guziki i sportowych dżersejów w loży prasowej.

Był pełen obaw, że ją tu ściąga. I na to wychodzi, że nie bez powodu. Ignoruje delikatne, jasne włoski na jej obnażonych ramionach.

– Podałem ci listę zatwierdzonych pytań. Miałaś je tylko odczytać, dodając znak zapytania na końcu. A tymczasem Kevin i inni faceci mówią mi, że w czasie, kiedy ja robię sobie odciski na tyłku, bo się staram wycisnąć jakieś przydatne informacje z Lefebvre'a, ty wysiadujesz w szatni Padresów, gdzie grasz z nimi w karty i flirtujesz.

– Zadałam wszystkie twoje pytania. I potem dopiero usiadłam do pokera. To się nazywa przecieraniem szlaku. Solidna, dziennikarska zasada, tak mi mówią moi wykładowcy. To nawet nie był mój pomysł. Sandberg mnie wciągnął. Wygrałam dwadzieścia dolców.

– Myślisz, że ujdzie ci płazem odgrywanie słodkiej, naiwnej dziewczynki? Że dzięki temu wszystko ci będzie uchodziło na sucho już do końca życia?

– Myślę, że ujdzie mi na sucho to, że się interesuję i że jestem interesująca. Myślę, że ciekawość jest o niebo lepsza od niewiedzy. Myślę, że porównywanie blizn się opłaca.

Dan uśmiecha się odrobinę złośliwie.

– Słyszałem. Sammy Sosa naprawdę pokazał ci swój tyłek?

– Bomba. Nie ma to jak sensacje z pierwszej strony. Kto ci o tym powiedział? To była dolna część jego pleców, tuż nad biodrem. Poza tym oni mają zwyczaj brać prysznic nago, i to na twoich oczach. Miał ogromnego siniaka, bo wlazł na wielki metalowy kosz do śmieci. Nie widział go, żegnał się z kumplem, obrócił się i łup! Powiedział, że bywa niedorajdą.

– Ha. Jeśli zgubi piłkę, to ten cytat będzie jak znalazł.

– Spisałam go nawet dla ciebie. I mam jeszcze coś interesującego. Gadaliśmy o podróżowaniu, o wiecznym byciu poza domem. Opowiedziałam im tę śmieszną historyjkę o tym, jak się wywaliłam na kanapie dziewczyny, którą poznałam w wypożyczalni wideo w Los Angeles i ona próbowała mnie wciągnąć do trójkąta ze swoim chłopakiem i takim sposobem wylądowałam na ulicy o czwartej nad ranem i błąkałam się po ulicach, dopóki nie wzeszło słońce. Było naprawdę pięknie, przyglądałam się, jak całe miasto budzi się do życia.

– Nie słyszałem tej opowieści.

– Nic więcej w niej nie ma. Ale do rzeczy. Powiedziałam, że dobrze jest wrócić do Chicago, i spytałam Grega Madduxa, jak mu się tutaj żyje, na co on zareagował jakby dziwnie.

– Co znaczy dziwnie?

Kirby sprawdza w swoim notatniku.

– Zapisałam to, jak już stamtąd wyszłam. Powiedział: „Po co jechać gdzieś indziej? Ludzie tutaj są tacy przyjaźni. Nie tylko kibice, ale także taksówkarze, portierzy hotelowi, ludzie na ulicy. W innych miastach ludzie zachowują się tak, jakby robili ci łaskę". A potem mrugnął i zaczął opowiadać o swoich ulubionych przekleństwach.

– Nie rozwinęłaś tego?

– Przygwoździł mnie. A chciałam tego. Pomyślałam, że będzie z tego niezły artykuł, Chicago w oczach piłkarza. Pięć najważniejszych rekomendacji: restauracje, parki, kluby, miejsca spotkań, cokolwiek. Potem wrócił Lefebvre i zostałam wywalona, bo chcieli się przygotować do meczu, a mi przyszło na myśl, że to dziwne, powiedzieć coś takiego ni z gruszki, ni z pietruszki.

– Potwierdzam. To dziwaczne.

– Myślisz, że zamierza się przenieść?

– Albo się nad tym zastanawia. Maddux lubi dyrygować innymi. Często przegina, najmocniej jak się da. Zdecydowanie bawił się tobą. Co oznacza, że powinniśmy mieć oko.

– Trochę to będzie kłopotliwe dla Cubsów, jeśli zamierza się wycofać.

– Nie, ja to rozumiem. Człowiek musi iść tam, gdzie ma najwyższe szanse grać w piłkę tak, jak chce. On jest teraz gorącym towarem.

– Naprawdę? Tak rozumujesz?

– Wiesz, co chcę powiedzieć, niesforna dziewczyno.

– Tak. – Kirby trąca czule ramieniem jego ramię. Jej skóra jest taka ciepła od słońca, że Dan czuje to ciepło przez koszulę, jakby ona go oparzyła.

– Masz coś jeszcze w rękawie? – pyta, odsuwając się jak najbardziej swobodnie. Myśląc: *Wydurniasz się, Velasquez. Ile ty masz lat, piętnaście?*

– Daj mi szansę – mówi ona. – Będzie więcej tych partii pokera.

– Prędzej ty niż ja. Ja beznadziejnie blefuję. – Naprawdę beznadziejnie. – Chodź, powinniśmy już iść na górę.

– A nie możemy oglądać stąd? – Kirby wskazuje zieloną tablicę, która wisi nad trybunami.

Jemu przychodzi do głowy to samo. Że to jest takie piękne. Prawdziwie amerykański artefakt z czystymi, białymi napisami i okienkami, w których przeskakują klapki z cyframi.

– Ty i co drugi pismak. To się nie zdarzy. To jedna

z ostatnich obsługiwanych ręcznie tablic z wynikami w kraju. Bardzo ją chronią. Nikt tam nie może wejść.

– Ale ty wszedłeś.

– Zarobiłem sobie na to.

– Chrzanisz. Jak to zrobiłeś?

– Napisałem o facecie, który podaje wyniki. Robi to od dziesiątków lat. Jest legendą.

– Myślisz, że pozwoli mi zmienić raz taką klapkę?

– Moim zdaniem masz minimalne szanse. Poza tym wiem, jak teraz działa twój umysł. Ty tam chcesz wejść tylko dlatego, że innym nie wolno.

– Moim zdaniem to jest tajny klub dżentelmenów, gdzie najpotężniejsi ludzie Ameryki obradują nad przyszłością kraju, przy koktajlach i striptizerkach, podczas gdy na dole rozgrywa się niewinny mecz baseballu.

– To puste pomieszczenie ze zniszczoną podłogą, w dodatku cholernie gorące.

– Jasne. Dokładnie to powiedziałby ktoś, kto broni tajemnic klubu.

– Niech ci będzie, postaram się wprowadzić cię tam kiedyś. Ale ty najpierw musisz przejść inicjację i opanować tajniki podawania sobie rąk.

– Słowo?

– Przysięgam na tego człowieka na górze. Ale tylko pod warunkiem, że kiedy na oczach moich kolegów wejdziemy do loży prasowej, będziesz udawała, że cię opieprzyłem za brak profesjonalizmu, i odczuwała prawdziwą skruchę.

– I to jeszcze jaką. – Uśmiecha się szeroko. – Trzymam cię za słowo, Velasquez.

– Uwierz mi, że ja to wiem.

* * *

Jego obawy, że nie będzie pasowała, okazują się bezsensowne. Rzeczywiście nie pasuje i dlatego jest tym bardziej czarująca.

– Tu jest jak na posiedzeniu ONZ. Tylko widok jest lepszy – dowcipkuje Kirby, rozglądając się po szeregach telefonów i ludzi, głównie mężczyzn, siedzących za tabliczkami z nazwami reprezentowanych przez siebie mediów, którzy już coś notują albo biją przedmeczową pianę do swoich mikrofonów.

– Tyle że tutaj wszystko jest o wiele bardziej serio – mówi Dan.

Kirby śmieje się, a on naprawdę tylko tego pragnie.

– Jasne, bo czym jest pokój na świecie w porównaniu z baseballem?

– To twoja stażystka? – pyta Kevin. – Też powinienem sobie taką załatwić. Czy ona pierze?

– Och, prania bym jej nie powierzył – odparowuje Dan. – Za to wybiera dobre cytaty.

– Mogę ją sobie pożyczyć?

Dan już ma się zjeżyć w obronie Kirby, ale ona ma przygotowaną ripostę.

– Pewnie, ale będę chciała podwyżkę. Ile to będzie, jeśli się pomnoży za darmo razy dwa?

Tym wywołuje śmiech połowy pomieszczenia, no bo dlaczego nie? Kije Cubsów zaczynają już hałasować. Napięcie w loży rośnie, wszyscy znienacka bardzo się skupiają na akcji rozgrywającej się na boisku w kształcie wycinka koła. Może nawet to wygrają. A on jest szczęśliwy, bo widzi, że ją też to pochłonęło. Ta magia.

Po meczu pośród wrzawy przekazuje przez telefon sprawozdanie, czytając z notesu wypełnionego jego charakterem pisma, który jest tak nieczytelny, że zdaniem Kirby

równie dobrze mógłby wypisywać recepty. Drużyna Cubsów zdobyła przewagę podczas siódmego inningu, po tym
jak gra spowolniła, przeobrażając się w morderczy pojedy-
nek miotaczy, głównie za sprawą ich najświeższego nabyt-
ku, złotego chłopca „Mad Doga" Madduxa.

Dan klepie Kirby po plecach.

– Dobra robota, mała. Niewykluczone, że jesteś do tego stworzona.

HARPER

26 lutego 1932

Harper kupuje nowy garnitur w sklepie Baer Brothers and Prodie, gdzie traktowali go jak gówno, dopóki nie zobaczyli koloru jego pieniędzy. I zabiera siostrę Ettę i jej współmieszkankę z żeńskiego pensjonatu na kolację. Ta druga dziewczyna, Molly, to nauczycielka z Bridgeport, trochę wulgarna i niechlujna w porównaniu ze swoją nadętą przyjaciółką. Będzie odgrywała rolę przyzwoitki, oświadcza z niecnym uśmieszkiem, jakby nie wiedział, że zależy jej wyłącznie na darmowym posiłku. Ma zniszczone buty, a na jej płaszczu z burej wełny uformowały się pęczki jak na futrze owcy. Świnka i owieczka. Może zamówi sobie kotlety na tę kolację.

Jest uszczęśliwiony, kiedy może jeść normalne jedzenie zamiast białego chleba rozmoczonego w mleku i tłuczonych ziemniaków. Schudł mocno od czasu, kiedy zadrutowali mu szczęki. Drut zsunął się po trzech tygodniach, ale jeszcze niedawno nie był w stanie niczego przeżuć. Koszule na nim wiszą i może policzyć sobie żebra, po raz pierwszy od czasów, gdy był dzieciakiem i w takich obliczeniach pomagały mu sińce zadane ojcowskim pasem.

Odbiera dziewczyny na stacji i razem wędrują przez śnieg po La Salle, obok nowej garkuchni, od której kolejka ciągnie się przez połowę kwartału. Ludzie w niej stojący są tak zawstydzeni, że nie potrafią oderwać wzroku od swoich butów; drepczą w miejscu, by chronić się przed zimnem, a potem głośno szurają, kiedy kolejka się posuwa. Beznadzieja, myśli Harper. Liczy na to, że ten nieszczęsny łajdaczyna, Klayton, zadrze głowę i zauważy go, z dziewczynami uwieszonymi u obu ramion, ubranego w nowy garnitur, ze zwitkiem banknotów w kieszeni, nie tylko z nożem. Ale Klayton ma oczy wbite w ziemię, kiedy przechodzą obok, szary i skurczony w sobie jak kutas, do którego podłączyli cewnik.

Mógłby zawrócić i go zabić. Odszukać go, jak będzie spał na czyimś progu. Zaprosić go do Domu, żeby się ogrzał. Bez żadnej urazy. Usadzić go przed kominkiem, wsunąć mu w dłoń szklankę whisky, a potem zatłuc na śmierć rozszczepionym końcem młotka, czyli zrobić to samo, co Klayton chciał zrobić jemu. Zacząłby od wybicia mu zębów.

Etta cmoka z dezaprobatą.

– Coraz gorzej się robi.

– Myślisz, że to ich wina? – pyta jej przyjaciółka. – Rada szkoły mówi, że będą nam płacili talonami. Będziemy teraz wszyscy dostawali kartki zamiast prawdziwych pieniędzy?

– Raczej będą płacili alkoholem. Tym, co konfiskują. Nikomu na nic się nie przydaje. A tak byłoby ci od niego ciepło jak w uchu. – Etta ściska ramię Harpera, odrywając go od wizji, w której się był schronił.

Harper ogląda się za siebie i widzi, że Klayton odprowadza go spojrzeniem, z kapeluszem w ręku i ustami otwartymi tak szeroko, że mógłby nimi łapać muchy.

Harper obraca dziewczyny.

– Powiedzcie cześć mojemu przyjacielowi – mówi.

Molly spełnia jego życzenie, uwodzicielsko przebierając palcami, ale Etta się krzywi.

– Kto to taki?

– Ktoś, kto mnie chciał zlikwidować. A teraz poznaje smak tego lekarstwa.

– A skoro mowa o lekarstwach… – Molly trąca Ettę i Etta grzebie w swojej torebce, po czym wyciąga szklaną buteleczkę z nalepką, na której napisano „alkohol do nacierania".

– Tak, tak, mam dla nas kapkę. – Upija łyk i wręcza buteleczkę Harperowi, który wyciera brzeżek o swoją marynarkę, a dopiero potem przykłada ją do ust.

– Nie bój się, to nie jest prawdziwy alkohol do nacierania. Fabryka, która zaopatruje szpital, handluje na boku.

Alkohol jest mocny i Molly pije go łapczywie, tak więc zanim dochodzą do Mme Galli przy East Illinois, owieczka jest już o krok od zalania się w trupa.

Na ścianach restauracji wiszą wielka karykatura jakiegoś włoskiego śpiewaka operowego, a także fotografie rozmaitych ludzi teatru, z autografami nabazgrolonymi na wskroś ich rozpromienionych twarzy. Dla Harpera nic nie znaczą, ale dziewczyny gruchają z uznaniem, a kelner ze swej strony nie komentuje nędznego stanu okryć, które od nich odbiera i zawiesza na haczykach obok drzwi.

Lokal jest już w połowie zapełniony, przez prawników, artystów i ludzi o wyglądzie aktorów. W głównej sali powstałej z połączenia dwóch salonów jest ciepło dzięki kominkom po obu jej stronach i w miarę jak się zapełnia, robi się też coraz gwarniej.

Kelner usadza ich przy stoliku blisko okna, Harper z jednej strony i dziewczyny naprzeciwko, wpatrzone w niego nad radosną misą z owocami, która stoi tam jako ozdoba. Najwyraźniej Mme Galli na prawo w kieszeni, bo kelner przynosi im butelkę chianti z witryny na książki, którą bez jakichś specjalnych zabiegów przerobiono na barek.

Harper jako główne danie zamawia kotlety jagnięce i Etta idzie jego śladem, ale Molly z iskrą buty w oku domaga się fileta. Harper ma to gdzieś. Dla niego to bez różnicy, ten dolar pięćdziesiąt na głowę za pięć dań, więc niech sobie ta podstępna dziewucha zamawia, co chce.

Dziewczyny jedzą spaghetti z zapałem, wywijając widelcami, jakby się urodziły z tą umiejętnością. Dla Harpera jednak makaron okazuje się zbyt śliski, a poza tym męczy go ten przemożny smak czosnku. Kotary są brudne od dymu papierosowego. Siedząca przy stoliku obok młoda kobieta, która między każdym daniem zapala papierosa, udając, że z niej taka kosmopolitka, jest równie bezmózga jak jej rozmawiający zbyt głośno towarzysze. Tu są sami skurwiele, wystrojeni i zmanierowani, robiący wszystko na pokaz.

Za długo to trwa, dociera do niego. Już prawie od miesiąca nie zabił. Ani jednej od czasu Willie. Świat robi się sprany w szczelinach. Czuje, że Dom go szarpie, jakby między kręgami miał przeciągnięty sznur. Starał się unikać Pokoju, sypiał na dole, na kanapie, ale ostatnimi czasy przyłapywał się na tym, że wchodzi na górę jakby we śnie, żeby postać w drzwiach i popatrzeć na przedmioty. Będzie musiał niebawem tam wejść.

W tym samym czasie bydło po drugiej stronie stołu trzepocze rzęsami i próbuje wygrać zawody w mizdrzeniu się do niego.

Etta wymyka się, żeby „maznąć się pomadką", a wtedy Irlandka prześlizguje się dookoła stołu, żeby usiąść obok niego. Przyciska kolano do jego kolana.

– Niezła z pana zdobycz, panie Curtis. Chętnie dowiem się o panu jak najwięcej.

– A co pani chce wiedzieć?

– Gdzie się pan wychował. W jakiej rodzinie. Czy był pan kiedykolwiek żonaty albo zaręczony? Na czym pan zrobił swoje pieniądze. To, co trzeba.

Nie potrafi zaprzeczyć, że jest zaintrygowany jej śmiałością.

– Mam Dom. – Czuje się beztroski, a ona jest tak mocno podchmielona, że będzie miała szczęście, jeśli następnego dnia przypomni sobie własne nazwisko, nie mówiąc już o jego dziwnych deklaracjach.

– Właściciel nieruchomości – zachwyca się.

– Otwiera się na inne momenty w czasie.

Po jej minie widać, że nie rozumie.

– Co się otwiera?

– Dom, kwiatuszku. To oznacza, że znam przyszłość.

– Fascynujące – mówi, niemal pomrukując jak kotka, nie wierząc mu ani trochę, ale dając mu do zrozumienia, że jest gotowa bawić się w to razem z nim. W coś więcej niż zwykłe opowiadanie bajek, jeśli on sobie tego zażyczy. – W takim razie proszę mi opowiedzieć coś zdumiewającego.

– Zbliża się wielka wojna.

– Doprawdy? Powinnam się bać? Czy może mi pan przepowiedzieć moją przyszłość?

– Tylko jeśli panią otworzę.

Molly rozumie to opacznie, jak przewidział; jest lekko spłoszona, ale i podniecona. Jakie to przewidywalne. Pociera palcem dolną wargę, na której na stałe osiadł półuśmiech.

– No cóż, panie Curtis. Pewnie bym się na to zgodziła. A może wolno mi nazywać pana Harper?

– Co ty wyprawiasz? – przerywa jej Etta, z twarzą, na której wykwitły plamy gniewu.

– Tylko sobie rozmawiamy, kochaneńka – mówi Molly ze złośliwą miną. – O wojnie.

– Ty dziwko – warczy Etta i wywala zawartość swojego talerza na głowę pani nauczycielki. Sos i mielona wołowina wylewają się na oczy tamtej, kawałki pomidorów i czosnku kleją jej się do włosów razem z mokrymi nitkami spaghetti.

Harper śmieje się ze zdumieniem.

Kelner podbiega natychmiast z serwetkami i pomaga jej się obetrzeć.

– *Caspita!* Czy wszystko w porządku?

Molly trzęsie się z gniewu i upokorzenia.

– Pan się godzi, żeby ona to robiła?

– Wydaje mi się, że już to zrobiła – mówi Harper. Ciska w nią płócienną serwetą. – Idź się oczyść. Jesteś cała upaprana. – Wsuwa pięciodolarowy banknot w dłoń kelnera, zanim tamten zażąda od nich, żeby stąd wyszli. – Dla ciebie też tu mam napiwek – rzuca i podaje ramię Etcie, której twarz rozpromienia się triumfalnie.

Molly wybucha płaczem.

Harper i Etta wypadają z restauracji prosto na nocny mrok. Latarnie formują tłuste plamy światła wzdłuż ulicy i wydaje się, że wbrew panującemu zimnu to naturalna rzecz iść na spacer nad jezioro. Chodniki są pokryte grubą warstwą śniegu, nagie konary drzew na tle nieba przywodzą na myśl koronkę. Niskie budynki na nabrzeżu przyciskają się do siebie bokami, jakby się chciały wziąć za bary i pospołu stawić opór wodzie. Kolejne poziomy fontanny Buckinghama są oblepione szronem, ogromne koniki morskie z brązu brną przez lód, donikąd jednak nie docierając.

– Jak lukier – zauważa Etta. – To wygląda jak tort.

– Jesteś zła, że się wymknęliśmy przed deserem – odpowiada Harper, próbując się z nią przekomarzać.

Twarz jej ciemnieje na wspomnienie o Molly.

– Doigrała się.

– Ażebyś wiedziała. Mógłbym ją zabić, gdybyś chciała. – Poddaje ją sprawdzianowi.

– Sama bym ją chętnie zabiła. Dziwka. – Rozciera swe gołe dłonie i dmucha na spierzchnięte palce. A potem ujmuje go za rękę.

Harper wzdryga się, ale ona tylko wspiera się na nim, by móc się wspiąć na fontannę.

– Chodź ze mną – mówi mu.

I Harper po chwili wahania wspina się niezdarnie jej śladem. Etta wybiera drogę przez warstwy śniegu. Ślizgając się na lodzie, dociera do jednego z pokrytych śniedzią koników morskich, a potem opiera się o niego, jakby pozowała do fotografii.

– Chcesz się przejechać? – pyta dziewczęcym głosem i wtedy Harper spostrzega, że jest jeszcze bardziej podstępna niż jej przyjaciółka.

Intryguje go. Jest coś cudownego w jej chciwości. Samolubna kobieta, która stawia się ponad resztą nieszczęsnej ludzkości, nieważne, czy zasłużenie.

Całuje ją wtedy, zadziwiając samego siebie. Jej język w jego ustach jest prędki i śliski jak jakiś mały płaz. Przyciska ją do figury konika, wsuwając jedną dłoń pod jej spódniczkę.

– Nie możemy iść do mnie – mówi Etta, odsuwając się. – Są zasady. I Molly.

– Tutaj? – pyta, próbując ją obrócić, majstrując sobie przy rozporku.

– Nie! Jest mróz. Weź mnie do siebie.

Jego erekcja gwałtownie zanika; brutalnie wypycha ją ze swych objęć.

– To niemożliwe.

– O co chodzi? – woła za nim Etta urażona, kiedy Harper zeskakuje z fontanny i maszeruje energicznie w stronę Michigan Avenue. – Co ja takiego zrobiłam? Hej! Nie odchodź! Nie jestem jakąś kurwą, wiesz? Chrzań się, kolego!

Harper nie odpowiada, nawet wtedy, gdy ona zdejmuje but i ciska nim w jego plecy. Nie trafia. Będzie musiała skakać po śniegu, żeby go odzyskać. Obraz jej takiej upokorzonej sprawia mu przyjemność.

– Chrzań się! – krzyczy za nim jeszcze raz.

KIRBY

23 marca 1989

W szarym świetle poranka tuż nad powierzchnią jeziora mkną chmury podobne do puchatych łodzi. Jest dopiero siódma. Kirby w życiu by nie była na nogach o tej porze, gdyby nie ten cholerny pies.

Jeszcze nie zgasiła silnika, a Tokio już wyłazi z tylnej kanapy datsuna z czwartej ręki, miażdżąc jej dłoń wielkimi, rozigranymi łapami, gdy tymczasem ona usiłuje zaciągnąć hamulec.

– Uch, ty niedźwiedziu – mówi Kirby, spychając go z siebie, co Tokio nagradza puszczeniem bąka prosto w jej twarz. Ma przynajmniej dość przyzwoitości, by przez całą sekundę robić minę niewiniątka, ale potem zaczyna drapać pazurami w drzwi, skomleć, domagając się, by go wypuszczono na zewnątrz, i walić ogonem w narzutę z owczej skóry, która ukrywa mocno popękaną tapicerkę.

Kirby sięga ręką obok niego i jakoś odblokowuje zamek. Tokio taranuje łbem drzwi i wymyka się przez szparę na parking. Doskakuje do jej strony samochodu i skacze obiema łapami na okno, z wywalonym jęzorem, pozostawiając mgłę na szybie, gdy tymczasem ona próbuje się wydostać.

– To jest dno, wiesz? – burczy Kirby, pchając drzwi zatarasowane przez jego cielsko.

Tokio szczeka z zachwytem, a potem zaczyna biegać do pasa trawnika i z powrotem, każąc jej się pospieszyć, na wypadek gdyby plaża miała się zebrać i uciec. Ma ochotę wrzucić go do wody.

Jest wewnętrznie rozdarta. Oszczędzała, by móc się wyprowadzić z domu Rachel, a w akademikach są jak gestapo, jeśli idzie o zakaz trzymania futrzastych współmieszkańców. Powtarza sobie, że dzięki kolejce miejskiej będzie mieszkała o żabi skok. Będzie mogła zabierać Tokio na weekendowe spacery i namówi tego chłopaczka, który mieszka po drugiej stronie ulicy, żeby za kilka dolarów prowadzał go dookoła kwartału. A jednak to pięć dolców tygodniowo, czyli dwadzieścia miesięcznie. Mnóstwo chińskich zupek.

Kirby idzie śladem Tokio po ścieżce prowadzącej do plaży przez szeleszczący korytarz w przerośniętej trawie. Należało zaparkować bliżej plaży, ale przywykła przyjeżdżać tu w weekendy w porze lunchu, kiedy nie da się tu znaleźć wolnego miejsca. Bez tłumów wszystko tu wygląda zupełnie inaczej. Jest wręcz złowieszczo, z tą mgłą i zimnym wiatrem wiejącym od jeziora, który tnie trawę jak sierpem. To zimno odstręczyło wszystkich oprócz najbardziej zaprzedanych biegaczy.

Wyjmuje z kieszeni brudną piłeczkę tenisową. Jest popękana, wyłysiała i lepka, bo Tokio wiecznie obraca ją w pysku. Wyrzuca ją wysoką parabolą, celując w Wieżę Searsa, jakby mogła ją obalić.

Tokio czekał na to, ze sterczącymi uszami i pyskiem zaciśniętym z koncentracji. Obraca się i mknie za piłeczką, przewidując jej trajektorię z matematyczną precyzją, i chwyta ją w zęby, kiedy ta już spada.

I teraz jest ten moment, kiedy Tokio doprowadza ją do szału, czając się z piłeczką. Daje susy w jej stronę, jakby chciał ją oddać, ale kiedy Kirby wyciąga rękę, uskakuje w bok, z warkotem zachwytu w głębi gardła.

– Psie! Ostrzegam cię.

Tokio kuli się, z zadem wystawionym w górę, z całej siły siekąc w obie strony ogonem.

– Wrrr!!!

– Daj mi tę piłkę albo… przerobię cię na dywanik.

Udaje, że rzuca, i pies odskakuje dwa kroki w tył, poza zasięg jej ręki, i przybiera pozycję. Jego ogon przeobraża się w rozszalały helikopter.

– Ostatni krzyk mody, wiesz? – mówi, idąc w głąb plaży, z kciukami w kieszeniach dżinsów, udając, że wszystko jest dobrze, że wcale w niego nie celuje. – Niedźwiedzie polarne i tygrysy są strasznie passé. Ale dywanik z psiej skóry, zwłaszcza z takiego trudnego psa? To się nazywa klasa, pieseczku.

Rzuca się na niego, ale on cały czas jest od niej mądrzejszy. Skomle z podnieceniem, odgłosem stłumionym przez piłeczkę zaciśniętą w zębach i potem mknie wzdłuż plaży. Kirby pada na kolano na wilgotny piasek, gdy tymczasem on wskakuje w mroźne fale, z psim uśmiechem tak wielkim, że ona widzi go aż z tego miejsca.

– Nie! Zły pies! Tokio Rajdowiec Mazrachi! Wracaj tutaj, natychmiast!

Tokio jej nie słucha. Nigdy jej nie słucha. Mokry pies w samochodzie. Jedna z jej ulubionych rzeczy.

– Chodź tu, chłopcze. – Gwiżdże na niego, pięć ostrych nut.

Tokio tym razem jej słucha, tak jakby. Wychodzi wreszcie z wody i wypuszcza piłeczkę na zbielały piasek, otrząsając się, tworząc psi prysznic. Wydaje z siebie pojedyncze szczeknięcie, uszczęśliwiony, nadal się z nią bawiąc.

– Och, na litość boską – pokrzykuje Kirby, czując, że jej czerwone adidasy zapadają się w błocie. – Jak cię złapię…

Tokio znienacka obraca łeb w innym kierunku, szczeka raz i daje susa przez trawę obok przystani.

Na skraju wody stoi mężczyzna w żółtej wiatrówce rybaka, obok jakiegoś urządzenia na kółkach, wyposażonego w wiadro i gaśnicę. Jakaś dziwna technika łowienia ryb, dociera do niej, gdy tymczasem on wrzuca ciężarek wędki do metalowej rury i potem z pomocą ciśnienia w gaśnicy wyrzuca go łukiem na jezioro, dalej, niżby dał go radę sam rzucić.

– Ej! Zakaz wprowadzania psów! – krzyczy sympatycznym głosem, wskazując spłowiały znak w wysokiej trawie. Jakby to, co robi z gaśnicą, było legalne.

– Nie! Naprawdę? No to z przyjemnością pana informuję, że to wcale nie jest pies, tylko przyszły dywanik! – Rachel nazywa to polem siłowym jej sarkazmu, za pomocą którego trzyma chłopców na dystans od 1984 roku – gdyby tylko wiedziała. Kirby zgarnia z ziemi zmaltretowaną piłeczkę i wsuwa ją do kieszeni. Piekielny zwierzak.

Z radością przeprowadzi się do akademika, stwierdza w myślach, z wielką radością. Ten sąsiad bardzo chętnie przejmie psa. A ona będzie spędzała z nim weekendy, jeśli będzie miała czas. Albo ochotę. Ale kto wie? Może utknie w bibliotece. Może będzie miała kaca. Albo będzie zabawiała jakiegoś obłędnego faceta przy uroczym albo pełnym skrępowania śniadanku następnego poranka po wszystkim, teraz gdy Fred wyjechał do Nowego Jorku, do szkoły filmowej, jakby ot tak przejął jej marzenie i z nim uciekł. I co gorsza, było go stać na to marzenie. Nawet gdyby została przyjęta (a dziwne, że jej nie przyjęli, cholera jasna – ma więcej talentu w lewej małżowinie niż on w całym swoim ośrodkowym układzie nerwowym), to i tak żadną miarą nie byłoby jej stać. Dlatego będzie studiowała anglistykę i historię na Uniwersytecie DePaula jeszcze całe dwa lata, a potem będzie to spłacała do końca życia, zakładając, że zdobędzie pracę po zrobieniu dyplomu. Rachel oczywiście gorąco ją namawiała. Kirby omal nie zdecydowała się na księgowość albo coś związanego z biznesem, żeby tylko jej dopiec.

– Tokiooooo! – wrzeszczy Kirby w stronę krzaków. Jeszcze raz gwiżdże. – Przestań szaleć.

Wiatr przeszywa jej ubranie na wskroś, sprawiając, że na całej długości rąk, aż do karku ma gęsią skórkę – trzeba było się ubrać w odpowiednią kurtkę. Tokio oczywiście uciekł do rezerwatu ptaków; grozi jej naprawdę wysoka grzywna za to, że spuściła go ze smyczy. Pięćdziesiąt dolarów, czyli dwa tygodnie opłat za jego wyprowadzanie. Dwadzieścia pięć opakowań chińskich zupek.

– Dekoracja, psie! – krzyczy Kirby w głąb pustej plaży. – Tym będziesz, kiedy z tobą skończę.

Siada na ławce obok wejścia do rezerwatu, na której ktoś wyrył imiona – „Jenna + Christo4eva" – i wkłada z powrotem buty. Piasek dostał jej się do skarpetek, wbił się między palce stóp. Gdzieś w krzakach nawołuje gralina. Rachel zawsze lubiła ptaki. Znała wszystkie ich nazwy. Kirby dopiero po latach wpadła na to, że ona te nazwy zmyśla, że nie ma czegoś takiego jak dzięcioł czerwonokapturkowy ani malachit tęczowy kryształek. Rachel po prostu lubiła składać z sobą te słowa.

Wchodzi do rezerwatu. Ptaki przestały śpiewać. Uciszone bez wątpienia obecnością mokrego i awanturniczego psa, który gdzieś się tu błąka. Nawet wiatr zamarł, tylko fale głucho szumią w tle jak samochody.

– No chodź tu, ty cholerny psie. – Gwiżdże jeszcze raz, pięć wstępujących nut.

Ktoś jej odgwizduje.

– Och, naprawdę urocze – mówi Kirby.

Gwizd rozlega się jeszcze raz, drwiąc z niej.

– Halo, pojebańcu! – Potęguje sarkazm odwrotnie proporcjonalnie do tego, jaka jest zdenerwowana. – Widziałeś gdzieś psa? – Waha się przez sekundę, po czym schodzi ze ścieżki, przedzierając się przez gęste poszycie w stronę gwiżdżącego. – No wiesz, takie futrzaste zwierzę, z zębami, które mogą rozedrzeć ci gardło?

Nadal żadnej odpowiedzi, oprócz suchego, chrapliwego odgłosu. Tak liże się kot ze skołtunioną sierścią.

Jeszcze zdąża krzyknąć z zaskoczenia, kiedy z zarośli wyłania się mężczyzna, który chwyta ją za rękę i rzuca na ziemię z prędką, niekwestionowaną siłą. Kirby wyrywa nadgarstek i automatycznie go wysuwa, żeby się przytrzymać. Jej kolano uderza w jakiś kamień, tak mocno, że przez chwilę ma biało w oczach. Kiedy odzyskuje wzrok, widzi Tokio, który leży w krzakach na boku i dyszy ciężko. Ktoś owinął wokół jego szyi druciany wieszak, w taki sposób, że wbił mu się w gardło i zakrwawił całą sierść dookoła. Tokio kręci łbem i szarpie przednimi nogami, usiłując się wyrwać, bo drut jest zahaczony o konar przewróconego drzewa. I ten drut przy każdym jego ruchu wbija się jeszcze głębiej w ciało. To on wydaje ten suchy odgłos, bo usiłuje szczekać, a ma przecięte struny głosowe. Próbuje szczekać na coś, co jest za nią.

Unosi się z wysiłkiem na łokcie, dokładnie w tym momencie, w którym mężczyzna zamachuje się kulą na jej twarz. Cios roztrzaskuje kość policzkową z towarzyszeniem eksplozji bólu, który szybuje łukiem przez wnętrze czaszki. Kirby pada bezwładnie na wilgotną ziemię. A on

179

naskakuje na nią, przyciskając kolano do jej pleców, a potem jeszcze, kiedy wije się i wierzga pod nim, wykręca jej ręce, po czym ciężko sapiąc, oplata je drutem.

– Złaźkurwazemnie – wypluwa z siebie Kirby w mierzwę błota i liści. Ta mierzwa smakuje wilgotną zgnilizną, ugina się i zgrzyta między zębami.

Napastnik przewraca ją brutalnie na plecy, dysząc, i wbija jej w usta piłeczkę, tłumiąc krzyk, rozcinając wargę i ułamując ząb. Piłeczka przy wciskaniu kurczy się i potem momentalnie się rozdyma z powrotem, rozsadzając jej szczęki. Dławi się smakiem gumy, psiej śliny i krwi. Usiłuje ją wypchnąć językiem, ale tylko napotyka ułamek szkliwa ze złamanego zęba. Krztusi się tym kawałkiem. Lewym okiem widzi teraz czerwonawą mgłę. To dlatego, że kość policzkowa napiera na oczodół. Ale poza tym wszystko inne się zacieśnia.

Piłeczka utrudnia oddychanie. A jej dłonie, ciasno obwiązane drutem za plecami, drętwieją, tracą czucie. Końcówki drutu wpijają się w kręgosłup. Łka, potrząsa ramionami, usiłując się podciągnąć i odsunąć od niego. Ale on siedzi na jej udach, przyciskając ją do ziemi swym ciężarem.

– Mam dla ciebie prezent. Dwa prezenty – mówi. Czubek jego języka wystaje spomiędzy zębów. Charczy piskliwie, kiedy sięga pod marynarkę. – Który chciałabyś jako pierwszy? – Wyciąga obie ręce, żeby jej pokazać. Mały, lśniący, srebrno-czarny prostopadłościan. I składany nóż z drewnianym trzonkiem. – Nie potrafisz zdecydować? – Pstryka zapalniczką, powodując, że wieczko odskakuje, a z kolei spod niego jak diabeł z pudełka wypada płomyk. I natychmiast ją zamyka. – To jest po to, żeby mnie zapamiętano. – A potem wyswobadza ostrze noża. – A to zrobi po prostu, co trzeba.

Kirby próbuje kopać, wrzeszcząc z wściekłością do piłeczki. Mężczyzna puszcza ją, tylko się przygląda. Z rozbawieniem. A potem przykłada zapalniczkę do jej oczodołu i wbija twardą krawędź w pękniętą kość policzkową. W głowie wykwitają jej czarne plamki, ból przebiega przez szczękę i w dół kręgosłupa.

Mężczyzna zadziera do góry jej T-shirt, obnażając skórę, zimowobiałą. Przeciąga dłonią po jej brzuchu, wbijając opuszki palców w skórę, ściskając, pożądając. Pozostawiając sińce. Potem wbija nóż w ścianę brzucha, obraca go i przeciąga, robiąc poszarpane nacięcie, śladem swojej dłoni. Ona z kolei napiera na niego, znowu wrzeszcząc do piłeczki.

Mężczyzna śmieje się.

– Spokojnie tam.

Łkając, wykrztusza z siebie coś niezrozumiałego. Słowa nie mają sensu w jej głowie, a co dopiero w ustach. Nie-proszę-nie-nie-kurwa-ani-się-waż-nie-nie-proszę-nie.

Ich oddechy dopasowują się do siebie, nerwowe charczenie, wściekłe wciąganie powietrza. Krew jest gorętsza, niż to sobie kiedykolwiek wyobrażała, jakby się oblała własnymi sikami. I jest też gęstsza. Może on już zrobił swoje. Może to już się skończyło. Chciał tylko trochę ją okaleczyć. Pokazać, kto tu jest górą, zanim… jej umysł pustoszeje w obliczu tych wszystkich możliwości. Nie potrafi się zmusić, żeby na niego spojrzeć. Za bardzo się boi, że zobaczy na jego twarzy, co on zamierza. Dlatego leży tam, wpatrzona w blade, poranne słońce zerkające między listowiem, wsłuchana w oddechy ich obojga, ciężkie i prędkie.

Ale on jeszcze nie skończył. Kirby pojękuje i usiłuje się wykręcić, choć czubek noża jeszcze nie dotknął jej skóry. On klepie ją po ramieniu, uśmiechając się barbarzyńsko, z włosami oklapniętymi i przepoconymi z wysiłku.

– Wrzeszcz głośniej, kwiatuszku – mówi ochryple. Jego oddech pachnie jakby karmelem. – Może ktoś cię usłyszy. Wbija nóż i robi nim skręt. Ona krzyczy najgłośniej jak potrafi, głosem stłumionym przez piłeczkę, i natychmiast odczuwa pogardę do samej siebie, że go usłuchała. I zaraz potem jest mu wdzięczna, że jej pozwolił. Co ją zawstydza tym bardziej. Nie jest w stanie się powstrzymać. Własne ciało staje się w jej umyśle odrębnym zwierzęciem, pohańbioną, targującą się istotą, która jest gotowa zrobić wszystko, byle to się skończyło. Cokolwiek, byle tylko żyć. Błagam Cię, o Boże. Zamyka oczy, żeby nie oglądać tego skupienia na jego twarzy, nie widzieć, że on się obmacuje w tym miejscu.

Napastnik pociąga nóż w dół, a potem w górę, zgodnie z jakąś obmyśloną strategią. To, że ona tu jest uwięziona pod nim, też zostało przewidziane. Jakby to miejsce było tym jedynym, w jakim kiedykolwiek się znajdowała. Przez ostry, palący ból ran czuje, że ostrze zahacza o tkankę tłuszczową. Jakby ten nóż kroił polędwicę. Smród krwi i gówna, jak z rzeźni. Błagam-błagam-błagam.

Nagle rozlega się jakiś straszliwy hałas, jeszcze gorszy niż jego oddech albo ten odgłos rozdzieranego mięsa. Kirby otwiera oczy, obraca głowę i widzi Tokio, który potrząsa i kręci łbem, jakby dostał ataku padaczki. Powarkuje przez rozszarpane gardło. Pysk ma rozchylony, widać czerwoną pianę na zębach. Cały pień powalonego drzewa trzęsie się od jego ruchów. Drut wbija się w konar, wokół którego został zapętlony, z konaru sypią się kawałki kory i porostów. Na sierści psa zbierają się jaskrawe paciorki krwi, tworząc makabryczny naszyjnik.

– Zostań – wykrztusza z siebie. Co brzmi jak „osta".
Mężczyźnie się wydaje, że ona mówi do niego.

– To nie jest moja wina, kwiatuszku – mówi. – To twoja wina. Nie powinnaś lśnić. Nie powinnaś mnie zmuszać, żebym to robił. – Przenosi nóż na jej szyję. Nie widzi, że Tokio odrywa się od kłody, dopóki pies nie naskakuje na niego i nie wpija kłów w jego rękę przez rękaw marynarki. Ostrze wykonuje gwałtowny ruch na jej gardle, zbyt jednak płytko, tylko nacinając tętnicę, i nóż wypada mu z ręki.

Mężczyzna wyje z wściekłością i próbuje zrzucić z siebie zwierzę, ale szczęki Tokio są mocno zaciśnięte. Ciężar psiego cielska ciągnie go w dół. Szuka na oślep noża drugą ręką i wtedy Kirby próbuje nakryć nóż swoim ciałem, ale jest zbyt powolna i nieskoordynowana. Wyciąga go spod niej i w tym momencie Tokio wydaje z siebie długie, chrapliwe westchnienie; odrywa psa od swojego ramienia, wyrywając nóż, który utknął w jego szyi. Kirby czuje, że wszelka wola walki już z niej wyciekła. Zamyka oczy i próbuje udawać martwą, który to akt dementują łzy ściekające jej po policzkach.

Mężczyzna podpełza do niej, obłapiając poranioną rękę dłonią tej zdrowej.

– Nie oszukasz mnie – mówi. Wtyka palec w ranę w jej szyi i w tym momencie w jej ustach znowu rodzi się wrzask.

Krew tryska miarowym rytmem.

– To nieważne. I tak się zaraz wykrwawisz.

Sięga do jej ust i wyrywa z nich piłeczkę, ściskając ją w palcach. Ona gryzie go z największą siłą, na jaką ją stać, mieląc w zębach jego kciuk. Zostaje uderzona w twarz i na moment traci przytomność.

Powrót jest szokiem. Ból zwala się na nią, kiedy tylko otwiera oczy, jakby oberwała w głowę kowadłem Wile'a E. Coyote'a. Zaczyna płakać. Skurwiel oddala się, kuśtykając, trzymając w ręku kulę, luźno, jakby to był tylko rekwizyt. Zatrzymuje się, plecami do niej, grzebiąc w kieszeni.

– Omal nie zapomniałem – mówi. Ciska w nią zapalniczką, która ląduje w trawie blisko jej głowy.

Kirby leży tam, czekając na śmierć. Na ustanie bólu. Ale nie umiera i ból nie ustaje, a potem słyszy sapnięcie Tokio, jakby on też nie umarł, i zaczyna się poważnie wkurzać. Pieprzyć go.

Przenosi swój ciężar na biodro i na próbę obraca nadgarstki, pobudzając na nowo nerwy, które ostrzeliwują jej mózg jakimś wrzeszczącym alfabetem Morse'a. Okazał się niestaranny z tymi pętami. To był krótkoterminowy zabieg, który miał ją tylko przytrzymać. Jej palce są zbyt odrętwiałe, by pracowały poprawnie, ale krew pomaga. WD40 do krępowania, myśli i zaczyna się śmiać, z goryczą, zaskakując sama siebie.

Pieprzyć to.

Boleśnie wyswobadza jedną rękę, próbuje usiąść i mdleje. Dopiero po czterech minutach udaje jej się podnieść się na czworaki. Wie, bo liczy sekundy. To jedyny sposób, żeby się zmusić do zachowania przytomności. Owija kurtkę wokół talii, żeby jakoś zatamować krew. Nie jest w stanie jej zawiązać. Za bardzo trzęsą jej się ręce, jej znakomite umiejętności motoryczne zastrajkowały. Dlatego wtyka ją za tył dżinsów, najlepiej jak potrafi.

Klęka obok Tokio, który przewraca ślepiami i próbuje machać ogonem. Wsuwa pod niego ręce, układa go sobie na przedramionach, a potem zarzuca go na pierś. I o mały włos go upuszcza.

Idzie chwiejnie w stronę ścieżki i dźwięku fal, z psem w ramionach. Jego ogon łomocze słabo o jej udo.

– Wszystko dobrze, chłopaku, już prawie jesteśmy – mówi. Z jej gardła dobywa się potworny bulgot, kiedy to mówi. Krew ścieka jej po szyi, wsiąkając w T-shirt. Grawitacja wydaje się czymś koszmarnym. Jest jakby spotęgowana milion razy. Bo przecież to nie ciężar jej psa, jego futra posklejanego krwią. To ciężar świata. Czuje, że coś się uwalnia z jej brzucha, coś gorącego i śliskiego. Nie jest w stanie o tym myśleć.

– To już prawie tu. Prawie tu.

Drzewa otwierają się na ścieżkę wylaną cementem, która wiedzie do pomostu. Rybak wciąż tam jest.

– Pomocy – rzęzi Kirby, ale zbyt cicho, dlatego on jej nie słyszy. – POMÓŻ MI! – wydziera się, rybak się odwraca i wytrzeszcza oczy, źle wystrzeliwując ciężarek z rury – czerwona kulka odbija się od cementu, spomiędzy rybich łusek.

– O ja cię przepraszam! – Upuszcza swoją wędkę i wyciąga drewnianą pałkę z wózka. Podbiega do niej, wymachując tą pałką nad głową. – Kto ci to zrobił? Gdzie on jest? Pomocy! Ludzie! Karetkę! Policja!

Kirby chowa twarz w sierści Tokio. Zauważa, że on nie merda ogonem. Że cały ten czas nie merdał.

To była fizyka. Wstrząs przy każdym kroku. Wzajemne działania dwóch ciał są zawsze równe i zwrócone przeciwnie.

Nóż nadal wystaje mu z boku szyi. Jest tak głęboko wbity między kręgi, weterynarz będzie musiał wyjąć go chirurgicznie, przez co zapewne stanie się bezużyteczny dla ekspertów medycyny sądowej. To właśnie ją uchroniło: ten człowiek nie dał rady go wyciągnąć i dokończyć dzieła.

Nie, błagam. Ale płacze zbyt mocno, by móc to wypowiedzieć.

DAN

W klubie Dreamerz jest absurdalnie gorąco. I hałaśliwie. Dan już teraz nie cierpi tej muzyki, mimo że zespół o durnej nazwie Naked Raygun jeszcze nie zaczął grać. I kto to wymyślił, że trzeba koniecznie wyglądać brudno? Niechlujni faceci z dziwacznym zarostem, w czarnych T-shirtach kłębią się nieskończenie długo na scenie, po czym wreszcie wkraczają na nią członkowie zespołu, o ironio, ubrani porządniej. Wkraczają i zaczynają majstrować przy gitarach, wtyczkach i pedałach, oczywiście też nieskończenie długo.

Jego buty stale się kleją do podłogi, bo to podłoga typu „rozlane drinki przemieszane z petami". I tak jest lepiej niż na galerii na wyższym poziomie, gdzie się chodzi po prawdziwych kamieniach brukowych, a ściany toalety są wytapetowane skserowanymi ulotkami reklamowymi. Najdziwniejsza zachwala sztukę teatralną, *Delusis*, w której występuje kobieta w masce gazowej i pantoflach na wysokich obcasach. Chłopcy na scenie wyglądają zdecydowanie mainstreamowo w porównaniu z tym wszystkim.

Nie ma pojęcia, co tu właściwie robi. Przyszedł, bo poprosiła go o to Kirby, która uznała, że spotkanie z Fredem może wypaść niezręcznie. Bo niby co? Pierwsza miłość, tak mu wyjaśniła. Czyniąc z Freda postać, której Dan tym bardziej nie miał ochoty poznawać.

Fred jest bardzo, ale to bardzo młody. I głupi. Przedmioty szczenięcej miłości nie powinny wracać, zwłaszcza jeśli to studenci szkoły filmowej. Którzy nie mają zamiaru rozmawiać o niczym innym niż o tej szkole właśnie. Oraz o filmach, o których Dan nigdy nie słyszał. Nie jest schamiałym kmiotem, cokolwiek sobie myślała jego była żona. Ale niestety, Fred i Kirby wdają się w dyskusję najpierw na temat dzieł wytwórni niezależnych, a potem jakichś totalnie nieczytelnych, eksperymentalnych gówien. I co gorsza, Fred cały czas próbuje go wciągnąć do rozmowy, bo przecież taki porządny z niego gość, ale to i tak, należy odnotować, nie czyni go jej wartym.

– Znasz filmy Rémy'ego Belvaux, Dan? – pyta Fred. Włosy ma przystrzyżone na bardzo krótko, przez co czaszkę mu porasta tylko ciemny meszek. Wyglądu dopełnia bródka oraz irytujący ćwiek wbity pod wargą, który wygląda jak gigantyczny metalowy pryszcz. Dan musi się hamować, żeby nie spróbować go wyrwać. – Zerowy budżet, utknął na stałe w Belgii. Ale jego filmy są niesamowicie samoświadome. Takie prawdziwe. On naprawdę się utożsamia z tym, co robi.

Dan stwierdza, że też mógłby się utożsamiać ze swoją pracą, na przykład przywalając komuś w pysk kijem baseballowym.

Zespół popełnia akt miłosierdzia, bo wreszcie zaczyna grać, nakładając się na rozmowę i studząc jego impuls do zamordowania Freda. Pierwsza Miłość pohukuje z obłąkańczym entuzjazmem i wciska swoje piwo w ręce Dana, przepychając się w stronę sceny.

Kirby nachyla się i krzyczy mu do ucha. „Coś-tam-coś-tam-zemsta", słyszy Dan.

– CO? – odkrzykuje. Trzyma swoją lemoniadę jak krucyfiks. (Rzecz jasna w barze nie sprzedają trunków nisko-procentowych).

Kirby naciska kciukiem maleńką chrząstkę przy uchu Dana i krzyczy jeszcze raz:

– To zemsta za te wszystkie mecze, na które mnie za-wlokłeś.

– TO JEST PRACA!

– To też. – Kirby uśmiecha się radośnie, bo jakimś sposobem udało jej się przekonać Jima z działu stylu życia „Sun-Timesa", żeby ją wypróbował jako recenzentkę ja-kiegoś koncertu.

Dan zachmurza się. Powinien się cieszyć w jej imie-niu, że będzie pisała o tym, co ją naprawdę interesuje. A tymczasem jest zazdrosny. Oczywiście nie standardowo zazdrosny, to byłoby żałosne. Ale przyzwyczaił się, że ma ją zawsze na podorędziu. Jeśli Kirby zacznie pracować dla działu stylu życia, to zabraknie jej na drugim końcu linii, kiedy on będzie pół kraju dalej na jakimś meczu wyjaz-dowym, nie będzie mu podrzucała sensacyjnych plotek o czyichś kontuzjach ani informacji o rekordowej liczbie zdobytych baz, nie mówiąc już o tym, że nie będzie prze-siadywała na jego kanapie z podkulonymi stopami, oglą-dając stare nagrania z klasycznymi grami zespołowymi i rzucając terminy z koszykówki albo hokeja – ot tak, żeby go wkurzyć.

Kevin, jego kumpel, dogadywał mu na jej temat któ-regoś dnia.

– Masz coś do tej dziewczyny?

– Ale tam – odparł. – Żal mi jej. To bardziej opiekuń-cze, rozumiesz? Ojcowskie.

– Rozumiem. Chcesz ją uratować.

Dan parsknął do swojej szklanki.

– Nie powiedziałbyś czegoś takiego, gdybyś ją znał.

To nie tłumaczy jednak, dlaczego jej twarz błyska mu w głowie, kiedy leży samotnie na małżeńskim łóżku i wywleka na powierzchnię swoje frustracje, wyobrażając sobie tabuny nagich kobiet, co rodzi w nim takie poczucie winy i zamęt myślowy, że natychmiast się zmusza, by przestać. A potem znowu zaczyna o tym myśleć, cały rozdygotany, czując się wprost okropnie, ale wyobraża sobie, jak by to było, gdyby ją pocałował i przytulił, objął ramieniem, pogładził piersi, wetknął jej język... Jezus.

– Prawdopodobnie powinieneś ją puknąć i pozbyć się sprawy z systemu – stwierdził Kevin filozoficznym tonem.

– To nie tak – odparł Dan.

Ale to jest praca. Ona ma zadanie do wykonania, czyli to jednak nie jest randka z Fredem. Po prostu tak się akurat złożyło, że ten zarozumiały fiutek przyjechał do miasta i dla niej to jest najbardziej dogodny wieczór, żeby się z nim spotkać. I tym Dan może się pocieszać. Zakładając, że przeżyje atak zespołu Naked Raygun na swoje uszy.

Dan mierzy spojrzeniem talerz z nachos, który przynosi do ich stolika urocza rudowłosa kelnerka z tatuażami na obu rękach i mnóstwem ćwieków w ciele.

– Nie jadłabym tego – mówi Kirby, znowu robiąc tę sztuczkę z uchem. Tragus, nachodzi go znienacka, niczym hasło krzyżówki, tak się właśnie nazywa ta mała chrząstka. – Nie słyną tu z kuchni.

– Skąd wiesz, że nie przyglądałem się kelnerce? – odkrzykuje Dan.

– Bo wiem. Ma w sobie więcej dziur niż uczestnicy zjazdu zszywaczy.

– Masz rację, to nie dla mnie! – Dociera do niego, że nie uprawiał seksu od... dokonuje obliczeń... czternastu miesięcy. Czyli od randki w ciemno z pewną menedżerką restauracji o imieniu Abby. Poszło dobrze, albo przynajmniej tak mu się wydawało, ale Abby nie odbierała już później jego telefonów. Tysiąc razy przeprowadzał autopsję tamtego doświadczenia, usiłując dojść, co zrobił nie tak. Analizował każde słowo, bo przecież seks był OK. Niewykluczone, że za dużo gadał o Beatriz. Albo może stało się to zbyt prędko od rozwodu. Pobożne życzenia, że mógłby się okazać gorącym towarem. Niby to wieczne życie w drodze daje mu mnóstwo okazji, a jednak wychodzi na to, że do kobiet to się trzeba długo zalecać. A poza tym życie singla jest trudniejsze, niż zapamiętał z zamierzchłych czasów.

Czasami przejeżdża obok domu Bei. Jej numer figuruje w książce telefonicznej, to chyba nie jest zbrodnia, że ją wyszukał, nawet jeśli nie był w stanie wcisnąć przycisku połączenia po wstukaniu numeru do telefonu bezprzewodowego. Nie potrafiłby się doliczyć, ile razy to robił.

Stara się, naprawdę się stara. I może byłaby z niego dumna, że wyszedł na miasto, że jest teraz w klubie, na koncercie, że popija lemoniadę w towarzystwie dwudziestotrzyletniej niedoszłej ofiary morderstwa oraz jej pierwszego chłopaka.

O czymś takim mogliby pogadać. Bóg wie, że skończyły im się tematy do rozmów. Jego wina, wie o tym. Dla niego to były swoiste egzorcyzmy, że kompulsywnie dzielił się tym, czego Harrison nie pozwalał mu publikować. Makabrycznymi szczegółami albo – co gorsza – tymi najsmutniejszymi. Przegranymi sprawami, sprawami, które nigdy nie zostały rozwikłane albo zakończyły się nijak, historiami dzieci samotnych matek-narkomanek, które próbowały się uczyć, ale i tak kończyły na rogu ulicy, bo pod Bogiem, dokąd jeszcze miały pójść? Ale z kolei czy to normalne, że się jednej osobie na okrągło opowiada o zbrodniach? To był błąd, teraz to do niego dociera. Nic, tylko te straszne rzeczy. Nie wolno zamęczać kogoś takim gównem. A już na pewno nie wciągać w to osoby najbliższej sercu. Nie powinien był jej mówić, że niektóre z pogróżek są wycelowane w nią. Nie powinien był jej mówić, że kupił broń, tak na wszelki wypadek. To ją tak naprawdę odstraszyło.

Należało iść na prawdziwą terapię (o właśnie). Chociaż raz trzeba było posłuchać. I raczej trzeba było posłuchać, kiedy opowiadała o Rogerze, stolarzu, który robił im nową szafkę do telewizora. „Gadasz o nim, jakby to był jakiś Jezus", powiedział wtedy. Faktycznie, Roger naprawdę czynił cuda – sprawił, że zniknęła z życia Dana. I zapłodnił ją, mimo że miała już czterdzieści sześć lat. Co oznacza, że cały ten czas problem był z Danem, nie z nią. Że jego plemnikom brakowało zapału. A tymczasem on sobie wmawiał, że to ona zrezygnowała z pomysłu wiele lat wcześniej.

Może byłoby inaczej, gdyby częściej wychodzili na miasto. Mógł ją przyprowadzić tutaj, do klubu Dreamerz. (Boże, to „z" doprowadza go do szału*). Albo może niekoniecznie tutaj, tylko gdzieś, gdzie jest miło. Do Green Mill, na bluesa. Albo na spacery brzegiem jeziora, na pikniki w parku, cholera, powinni byli przemierzyć Rosję Orient Expressem. Coś romantycznego i przygodowego, zamiast tylko tak tkwić w codzienności.

– Co myślisz? – krzyczy mu do ucha Kirby. Podskakuje w miejscu jak opętany królik na sprężynie, w rytm

---

* Poprawnie powinno być „Dreamers" (oznaczające marzycieli).

muzyki, o ile ten hałas dobiegający ze sceny zasługuje na miano muzyki.

– Tak! – odkrzykuje.

Grupa ludzi przed nimi dosłownie zamieniła się w zbiorowy bilard.

– To „tak", które oznacza „tak" czy raczej „nie"?

– Powiem ci, jak wreszcie zrozumiem jakiś tekst! – Co chyba nie nastąpi prędko.

Kirby reaguje na to podniesieniem kciuka w górę i rzuca się między pogujących. Co jakiś czas ponad powierzchnię tłumu wybijają się albo jej szalone włosy, albo wygolona na zero czaszka Freda.

Dan przygląda się, popijając lemoniadę, w której przede wszystkim było za dużo lodu i teraz przeobraziła się w rozwodnioną, pozbawioną smaku i tylko lekko cytrynową lurę.

Po czterdziestu pięciu minutach koncertu i bisach oboje wynurzają się z tłumu, spoceni, szeroko uśmiechnięci i trzymający się za ręce, na który to widok Dan traci dobry humor.

– Nadal głodny? – pyta Kirby, częstując się tym, co jeszcze zostało w jego szklance, głównie stopionym lodem.

Na końcu lądują w El Taco Chino, razem z innymi niedobitkami z różnych barów i klubów; podają im tam najlepsze meksykańskie jedzenie, jakie kiedykolwiek zdarzyło mu się jeść z plastikowych talerzyków.

– Hej, wiesz co, Kirbs? Powinnaś nakręcić dokument – mówi Fred takim tonem, jakby ta myśl właśnie wpadła mu do głowy. – O tym, co ci się stało. Tobie i twojej mamie. Mógłbym ci w tym pomóc. Pożyczyłbym sprzęt z uniwerku, może przeniósłbym się tu z powrotem na kilka miesięcy. Byłoby zabawnie.

– Uch – mówi Kirby – nie wiem...

– Co za koszmarny, popieprzony pomysł – wtrąca się Dan.

– Przepraszam, zechcesz mi przypomnieć, jakie masz kwalifikacje w związku z przemysłem filmowym? – pyta Fred.

– Znam się na sądownictwie i sprawach kryminalnych. Sprawa Kirby jest ciągle otwarta. Jak kiedyś złapią tego faceta, sąd może uznać taki film za stronniczy.

– Racja, może w zamian powinienem nakręcić film o baseballu. O tym, dlaczego wszyscy się nim tak rajcują. Może ty mi to powiesz, Dan?

Dan jest zmęczony, zirytowany i niezainteresowany odgrywaniem roli samca alfa, dlatego wypluwa z siebie gładkie odpowiedzi.

– Szarlotka. Sztuczne ognie na czwartego lipca. Granie w piłkę ze swoim starym. To jeden z elementów, z których się składa ten kraj.

– Nostalgia. Ulubiona rozrywka Amerykanów – cedzi szyderczo Fred. – A co z kapitalizmem, chciwością i oddziałami skrytobójców CIA?

– To te inne elementy – zgadza się z nim Dan, nie chcąc, żeby ten chłopczyk o durnym zaroście wyprowadził go z równowagi. Boże, jak ona mogła uprawiać z nim seks?

Ale Fred nadal gotuje się do walki, starając się za wszelką cenę czegoś dowieść.

– Sport jest jak religia. Opium mas.

– Ale nie musisz udawać, że jesteś dobrym człowiekiem, żeby być fanatykiem sportu. Co czyni go tym bardziej potężnym. To taki klub, do którego zapisać może się każdy, wielki czynnik jednoczący. Źle robi się dopiero wtedy, gdy twoja drużyna przegrywa.

Fred ledwie go słucha.

– I jakie to przewidywalne. Czy ty nie umierasz z nudów, kiedy bez końca piszesz o tym samym? Ktoś uderza piłkę. Ktoś biegnie. Ktoś zostaje wyautowany.

– Tak, ale tak samo jest z filmami albo książkami – odzywa się Kirby. – Liczba fabuł jest ograniczona. Interesujące dopiero jest to, jak się rozwijają.

– Dokładnie tak. – Dan jest bezzasadnie zadowolony, że stanęła po jego stronie. – Mecz może się potoczyć w dowolny sposób. Masz bohaterów i bandytów. Przeżywasz to samo co bohaterowie, nienawidząc wroga. To epizody, ale ludzie się z nimi utożsamiają. Żyją i umierają razem ze swoją drużyną, w otoczeniu rzesz znajomych ludzi i obcych ludzi. Zdarzyło ci się kiedyś przyglądać, jak emocjonalnie podchodzą faceci do sportu w publicznych miejscach?

– To żałosne.

– To są dorośli ludzie, którzy się bawią. Coś ich wciąga. Jest tak, jakby znowu byli dziećmi.

– To smutny akt oskarżenia przeciwko rodzajowi męskiemu – stwierdza Fred.

Dan hamuje się i nie mówi: „Twoja twarz to smutny akt oskarżenia", bo tutaj oczekuje się od niego, że będzie dorosły.

– W porządku. Ale może jednak jest tak, bo znajdujesz w tym jakąś naukę i słyszysz muzykę? Strefa strike'ów zmienia każdy mecz i potrzebujesz każdego strzępka intuicji i doświadczenia, żeby przewidzieć, co cię czeka. A wiesz, co ja tak naprawdę w tym lubię? Otóż ja lubię wliczoną w każdy mecz porażkę. Bo próg skuteczności, jeśli idzie o najlepszych pałkarzy świata, wynosi zaledwie trzydzieści pięć procent.

– Beznadzieja – skarży się Fred. – To wszystko? Najlepsi pałkarze wszech czasów nie są w stanie trafić w piłkę?

– A ja to szanuję – mówi Kirby. – Że nie ma w tym nic złego, jak człowiek coś spieprzy.

– Pod warunkiem że się dobrze przy tym bawisz. – Dan wznosi toast widelcem pełnym smażonej fasoli. Może jednak ma jakieś szanse. Albo chociaż może spróbować.

KIRBY

24 lipca 1992

Naprawdę dobrze jest poczuć czyjś ciepły oddech na szyi, czyjeś dłonie pod bluzką. To miętolenie się w jego samochodzie przypomina słodkie pieszczoty nastolatków. I jest jeszcze poczucie bezpieczeństwa wynikające z zażyłości. *Nostalgia, ulubiona rozrywka Amerykanów.*

– Daleką drogę pokonałeś, Fredzie Tucker – szepcze Kirby, wyginając plecy w łuk, żeby mu ułatwić rozpięcie biustonosza.

– Hej! To nie fair – mówi Fred, wzdrygając się na wspomnienie po tamtej pierwszej, niezdarnej próbie uprawiania seksu, kiedy oboje byli nastolatkami.

Fajnie, jak się ma w zanadrzu drobne upokorzenia, którymi można zadawać ból, myśli Kirby i natychmiast strofuje się za to, że jest taka wredna.

– Głupi dowcip, przepraszam. Wracaj.

Przybliża usta do jego ust. Czuje, że on nadal jest trochę zły, za to wybrzuszenie w jego spodniach ani trochę się nie przejmuje dawno temu zranioną dumą. Fred pochyla się nad ręcznym hamulcem, żeby pocałować ją raz jeszcze, wsuwa dłonie pod poluzowane miseczki biustonosza i muska kciukiem jej sutek. Kirby wzdycha przeciągle do wnętrza jego ust. Druga dłoń sunie teraz po jej brzuchu, badawczo, w stronę dżinsów, i nagle zastyga przy wypukłej pajęczynie blizn.

– Zapomniałeś? – Tym razem to ona się odsuwa. Za każdym razem. Już do końca życia. Zawsze będzie musiała się z tego tłumaczyć.

– Nie. Chyba się nie spodziewałem, że to będzie takie... dramatyczne.

– Chcesz obejrzeć?

Zadziera bluzkę, żeby mu pokazać, odchylając się w tył, dzięki czemu światło latarni zahacza o jej skórę i o siatkę gniewnych, różowych bruzd biegnących przez brzuch. Fred gładzi je palcami.

– Jakie to piękne. Ty jesteś piękna, chciałem powiedzieć. – Znowu ją całuje. Dotykają się przez długi czas, co jest naprawdę cholernie miłe i nieskomplikowane.

– Chcesz wejść na górę? – pyta. – Zróbmy to teraz.

Fred waha się, gdy Kirby sięga do klamki w drzwiach samochodu. To samochód jego matki, wypożyczony na czas jego pobytu w mieście.

– Jeśli tego chcesz – dodaje bardziej ostrożnie.

– Chcę.

– Czuję, że tu wciąż jest jakieś „ale". – Kirby już przechodzi do defensywy. – Nie bój się. Nie szukam związku, Fred. Żadne tam, że jak odbierzesz dziewczynie dziewictwo, to już cię będzie kochała do śmierci. Nawet cię nie znam. Ale kiedyś cię znałam. I to jest przyjemne, i to jest to, czego tak naprawdę chcę.

– Ja też bym chciał.

– Wciąż jest jakieś „ale". – Cierń zniecierpliwienia przeszywa to, co do tej chwili było zmysłowym pragnieniem, takim bardzo cudownym i pochłaniającym bez reszty,

– Muszę coś wyciągnąć z bagażnika.

– Mam prezerwatywy. Kupiłam je zawczasu. Na wszelki wypadek.

Fred śmieje się cicho.

– Wtedy też je kupiłaś. To nie to. Moja kamera.

– Nikt się nie włamie. Moja dzielnica nie jest aż taka zakazana. Musiałbyś ją zostawić na widoku, na tylnym siedzeniu.

Znowu ją całuje.

– Bo ja chcę cię sfilmować. Do dokumentu.

– Pogadamy o tym później.

– Nie, chcę powiedzieć, że póki jesteśmy...

Odpycha go.

– Odpieprz się.

– W tym nie będzie nic złego! Nawet nie zauważysz.

– Och, przepraszam. Może źle zrozumiałam. Uznałam, że chcesz mnie filmować podczas seksu.

– Chcę. Chcę pokazać, jaka jesteś piękna. Pewna siebie, seksowna i silna. To ma być ucywilizowanie tego, co ci się przydarzyło. Co miałoby w sobie więcej mocy i czystości niż pokazanie cię nagiej?

– Czy ty w ogóle siebie słuchasz?

– To nie jest żadne wykorzystywanie. Będziesz miała pełną kontrolę. I to jest najważniejsze. Ten film będzie w tym samym stopniu twój, jak i mój.

– Jaki ty jesteś troskliwy.

– Ty oczywiście będziesz musiała powalczyć z matką, dopóki jej nie przekabacisz, ale ja ci pomogę. Wrócę za kilka miesięcy, żeby porobić zdjęcia.

– Czy to nie byłoby nieetyczne? Przespać się z bohaterką dokumentu?

– Nie, jeśli to ma być część filmu. Zresztą wszyscy twórcy filmowi są współsprawcami. Nie ma czegoś takiego jak obiektywizm.

– O mój Boże. Ale z ciebie dupek. Cały czas to planowałeś.

– Nie, ja tylko chciałem ci to zaproponować jako ideę. To byłoby coś genialnego.

– I przypadkiem zabrałeś kamerę do samochodu.

– W tej meksykańskiej knajpie wydawałaś się otwarta na taki pomysł.

– Nawet nie zaczęliśmy się w niego zagłębiać. I ty zdecydowanie nie wspomniałeś o kręceniu domowego porno.

– Chodzi o tego faceta od sportu? – skarży się Fred, odbijając piłeczkę.

– O Dana? Nie. Tu chodzi o to, że jesteś obłędnie niewrażliwym debilem, który przestał dymać i straszna szkoda, bo myślałam, że być może, chociaż raz, będę uprawiała seks z kimś, kogo kiedyś tak jakby lubiłam.

– Nadal możemy uprawiać seks.

– Gdybym cię jeszcze tak jakby lubiła. – Wyskakuje z samochodu, pokonuje połowę drogi do drzwi, ale nagle zawraca i nachyla się do okna. – Dobra rada, ogierze, jeśli znowu wpadniesz na taki durny pomysł z filmem, który raczej mógłby wkurzyć twoją laskę, to najpierw idź z nią do wyra, a dopiero potem o nim gadaj.

MAL

16 lipca 1991

To łatwe stać się czystym. Spierdalasz na kilka miesięcy w jakieś miejsce, gdzie jeszcze u nikogo nie jesteś spalony, gdzie cię przyjmą i się tobą zajmą, trochę podkarmią, może nawet zaprzęgną do jakiejś roboty. Mal ma w Greensboro w Karolinie Północnej daleką kuzynkę czy przyszywaną ciotkę, nie pamięta, kto ona jest. W ogóle związki rodzinne są popaprane, i to bez wchodzenia w burdel z dalekimi kuzynami. Ale krew przyzywa krew.

Ciotka Patty, czy ktokolwiek to jest, potrafi ułatwić życie człowiekowi. „Tylko przez wzgląd na twoją mamę", przypomina mu na okrągło. Tę samą mamę, która go zapoznała z prochami i wykorkowała, jak miała trzydzieści cztery lata, piękny wiek, bo się źle udziabała w rękę, ale Mal dobrze wie, że lepiej o tym nie gadać. I może właśnie dlatego ona mu pomaga. Poczucie winy to wielki ludzki motywator.

Pierwsze kilka tygodni to śmierć. Mal poci się, trzęsie i błaga ciotkę Patty, żeby go zawiozła do szpitala na metadon. A ona zamiast tego bierze go do kościoła, gdzie Mal siedzi w ławce, cały w dreszczach, a ona dźwiga go na nogi za każdym razem, gdy jest jakaś pieśń. Ale jest jakoś tak niespodziewanie lepiej, jak cały tłum ludzi się za ciebie modli. Naprawdę ich obchodzi twoja przyszłość i wzywają

Boga w twojej intencji, żeby cię uzdrowił z choroby, chwała Tobie, Chryste.

Może to boska interwencja albo może jest jeszcze dostatecznie młody, żeby się otrząsnąć z tego gówna. Albo może towar był już tak potężnie ożeniony, że wcale nie był taki zły, w każdym razie Mal wreszcie przechodzi przez odstawienie i zbiera się do kupy.

Dostaje pracę przy pakowaniu jedzenia. Jest zręczny i przyjazny, ludzie go lubią. Co go zaskakuje. Dostaje awans, bo siada za kasą. Zaczyna nawet umawiać się z Diyaną, miłą dziewczyną, która też pracuje tam, gdzie on, i która już ma dziecko z innym gachem, pracuje ciężko i studiuje zaocznie, żeby móc zostać kierowniczką działu albo nawet centrali, dzięki czemu jej dziecko miałoby lepsze życie.

Malowi to nie przeszkadza.

– Pod warunkiem że nie zmajstrujemy własnego – mówi jej, pilnując, by zawsze się zabezpieczali. Bo on ma już potąd głupich błędów.

– Jeszcze nie – mówi ona, cała zadowolona, jakby wiedziała, że go sobie złapała.

I Mal nie protestuje, bo może ona rzeczywiście go złapała. I to by wcale nie było złe życie. On i ona, czyli jakaś rodzina, pnący się razem w górę. Mogliby otworzyć własną franczyzę,

Jak pozostać czystym? To już inna sprawa. Nawet nie musisz za tym chodzić. Kłopot upomina się o to, co jego. Ulica cię zawsze znajdzie, nawet w Greensboro.

Jedna kreska przez wzgląd na dawne czasy.

Wydaje za mało reszty panu Hansenowi, staruszkowi, który niedowidzi i nie rozróżnia liczb.

– Byłem pewien, że powinno być pięćdziesiąt, Malcolm – mówi tym swoim drżącym głosem.

– Nie, proszę pana. – Mal jest cały zatroskany. – Na pewno dwadzieścia. Czy mam sprawdzić kasę?

To zbyt łatwe. Dawne nawyki mieszają się z nowymi i nim się zorientujesz, już siedzisz w najbliższym Greyhoundzie jadącym do Chicago, nie mając przy sobie nic prócz złych wspomnień i banknotu pięciotysięcznego, przepalającego kieszeń na wskroś.

Dwa lata wcześniej poszedł z tym banknotem do lombardu, żeby się tylko wywiedzieć. Gość za ladą powiedział mu, że to bezwartościowe pieniądze do gry w Monopol, ale zaproponował, że go odkupi za dwadzieścia dolarów (bo to „ciekawostka"), z czego Mal wnioskuje, że banknot jest wart dużo więcej.

Jak tak idzie przez Englewood bez centa przy duszy i chłopaki zachwalają swoje dopalacze, to się wydaje, że dwadzieścia dolców to wielki szmal. Naprawdę wielki. Ale dać się przerobić to coś jeszcze gorszego niż brak działki. Mal nie ma zamiaru dać się obębnić przez jakiegoś frajera z lombardu.

Dopiero po kilku tygodniach udaje mu się z powrotem urządzić i coś tam zacząć. Uderza do swojego chłopaczka, Raddissona, który wciąż jest mu krewny, i wysuwa macki w stronę pana Potencjała.

Co jakiś czas dostaje raporty od ćpunów, którzy wiedzą, że jego to interesuje, domagają się dolara albo kreski za info. I Mal niechętnie buli, jeśli taki umie udowodnić, że tego sobie nie zmyślił. Chce szczegółów. Jak ten facet kuleje, po której stronie trzyma kulę, jak ta kula wygląda.

Jak tylko w opisie pojawia się metal, wie, że taki łże. Ale jest na tyle sprytny, że im nic nie mówi, kiedy podają zły opis. Nie okantujesz kanciarza.

Głównie zajmuje się obserwacją domu. Uważa, że się domyślił, który to. Wie, że tam w środku coś jest. Mimo że nie raz się włóczył przy tych ruderach, mimo że oglądał przez okna ich zrujnowane wnętrza, już tak splądrowane, że nawet gówno nie zostało. Ale domyśla się, że ten jego facet to bystrzak. Że ukrył swoje fanty. Prochy albo forsę. Może pod podłogą albo gdzieś w ścianie. Czy coś.

A jaki jest ten drugi wielki ludzki motywator? Ano właśnie. Chciwość. Mal osiedla się w jednym z domów po drugiej stronie ulicy. Zawleka tam stary materac i stara się porządnie nawalić przed snem, dzięki czemu nie przeszkadza mu, że go gryzą szczury.

I któregoś deszczowego dnia widzi tamtego, jak wychodzi z domu. Tak, widzi go. Pan Potencjał kuśtyka, bez kuli, ale wciąż jest głupkowato ubrany. Sprawdza okoliczności, oglądając się w lewo, prawo i jeszcze raz w lewo, jakby przechodził przez ulicę. Myśli, że nikt nie patrzy, ale Mal patrzy. Czai się na niego od miesięcy. Nie zapominaj o domu, powtarza sobie. Nie wypuszczaj go z głowy.

W momencie gdy jego cel znika za rogiem, Mal wyłazi ze swojej szczurzej nory, z pustym plecakiem, przebiega przez ulicę i wspina się po schodach tej starej budy z przegniłego drewna. Dusi na klamkę, ale drzwi są zamknięte na klucz – ten krzyż z desek jest tylko dla picu. Przemyka się na tył i przedziera przez drut kolczasty na schodach, który ma bronić dostępu ludziom takim jak on, a potem wchodzi przez wybite okno do wnętrza domu.

* * *

To, na co teraz patrzy, wygląda jak jakieś pieprzone przedstawienie, w stylu tych, które David Copperfield urządza
w Vegas. To pewnie przez te lustra i inne gówna. Bo niby
z zewnątrz człowiek widzi wybebeszoną ruinę, a w środku
jakąś taką zajebiście ustrojoną szopkę noworoczną. Tyle że
staromodną, jak z muzeum. Ale kogo to obchodzi, póki to
coś warte. Mal odpycha od siebie myśl, że może ma przed
sobą najprawdziwsze hoodoo.

I że ten pięciotysięczny banknot w jego kieszeni może
być biletem w jedną stronę.

Zaczyna chować do plecaka wszystko, co mu wpada
w ręce. Świeczniki, srebrne naczynia, zwitek banknotów
leżący na ladzie w kuchni. Prędko przelicza w głowie, kiedy je wpycha do plecaka: banknoty pięćdziesięciodolaro-
we, stosik grubości talii kart. Na bank ze dwa tysiaki.

Będzie musiał opracować jakiś plan, jeśli idzie o te
większe rzeczy. Niby sam zniszczony chłam, ale część
na pewno jest warta prawdziwego siana, jak na przykład
ten gramofon albo kanapa na łapach z pazurami. Będzie
musiał trochę się rozpytać u handlarzy prawdziwych antyków. A potem wymyślić sposób, jak to stąd wywlec. Bo
samo się prosi, żeby to buchnąć.

Już zamierza zapuścić się na górę, kiedy słyszy kroki na
frontowym ganku i zarzuca pomysł.

Dość zabawy jak na jeden dzień. Prawda jest taka, że
w tym miejscu ciary go przechodzą.

Ktoś jest pod frontowymi drzwiami. Mal podchodzi
do okna. Ale serce mu skacze, jakby się dziabnął czymś
trefnym, bo co, jeśli nie uda mu się wyjść? Diabeł nie śpi.
Słodki Jezu, zabierz mnie do domu, przychodzi mu do
głowy irracjonalna myśl, bo nawet nie wierzy w te kościel-
ne bzdety.

Jakoś jednak wypełza na letni dzień 1991 roku, dokładnie tak, jak stamtąd przyszedł. Leje deszcz, więc musi przebiec przez ulicę, żeby się schronić. Ogląda się w stronę domu, który wygląda tak, jakby zdechł. Myślałby, że jest na tripie, gdyby nie miał torby z towarami jako dowodu. Ja pierdolę, klnie bezgłośnie, jeszcze raz się oglądając. To wszystko jakieś sztuczki i efekty specjalne. Hollywoodzkie gówno. Jest głupi, że się tak tym rajcuje.

Ale woli już tam nie wracać. Jak nie ma po co, to nie, mówi sobie. Wiedząc, że oczywiście wróci.

Gdy tylko znowu zobaczy płótno w kieszeni. Gdy tylko znowu mu się zachce. Prochy nie mają współczucia, ani do miłości, ani do rodziny, a już wcale nie do strachu. Postawcie prochy i diabła na ringu, a wygrają prochy. Każdorazowo.

KIRBY

22 listopada 1931

Widzi coś, ale nie ma pojęcia, co to takiego. Jakiś pomnik, być może. Kapliczka, która zajmuje cały pokój. Na ścianach wiszą jakieś pamiątki, w niedocieczonych konfiguracjach, stoją też na półce nad kominkiem i na toaletce z pękniętym lustrem, na parapecie okiennym, jeszcze inne wiszą na obnażonej, metalowej ramie łóżka (materac leży na podłodze, przez prześcieradło prześwituje ciemna plama). Te pamiątki są otoczone kółkami wykonanymi kredą, czarnym długopisem albo czubkiem noża, który wyrył je w tapecie. Obok wypisane są imiona i nazwiska; niektóre z nich zna, ale są też obce. Zastanawia się, kim były te kobiety. Czy udało im się obronić. Musi spróbować je zapamiętać. Gdyby tylko była w stanie przywrzeć do tych słów na dostatecznie długo, żeby je potem odtworzyć. Gdyby tylko miała ten zasrany aparat fotograficzny. Trudno się skupić. Wszystko jest mgliste, wszystko migocze, pojawia się i znika jak światło stroboskopu.

Kirby wiedzie dłonią przez powietrze, nie potrafiąc się zmusić i dotknąć motylich skrzydeł od kostiumu dyndającego na postumencie łóżka ani też białej, plastikowej plakietki identyfikacyjnej Milkwood Pharmaceuticals z jakimś kodem kreskowym.

Konik tu oczywiście jest, zauważa. Co oznacza, że zapalniczka też tu będzie. Za wszelką cenę stara się być

chłodna i racjonalna, by móc ogarnąć wszystkie szczegóły. Same gołe fakty, szanowna pani. Ale piłeczka tenisowa wszystko rozwiązuje. Na jej widok robi się z nią coś
takiego, jakby doświadczała spadku swobodnego, jakby
znajdowała się w windzie z przeciętymi kablami. Piłeczka
jest zawieszona na gwoździu za rozszczepiony szew. Obok
niej, na tapecie jest wypisane jej imię i nazwisko. Widzi
kształt liter. Napisał je z błędami: Kirby Mazrackey.

Cała drętwieje. Najgorsze już się wydarzyło. Czy nie tego właśnie szukała? Czy to nie jest dostateczny dowód? Jej
dłonie trzęsą się teraz tak strasznie, że musi je przycisnąć
do brzucha. Stare blizny ukryte pod T-shirtem zaczynają
odruchowo boleć. I nagle słychać chrobotanie klucza wsu-
wanego do zamka w drzwiach na dole.

Jezusokurwamać. Kirby rozgląda się po wnętrzu. Nie
ma żadnej innej drogi wyjścia, niczego, co mogłoby posłu-
żyć za broń. Mocuje się chwilę z oknem, przez które mogłaby wyjść na klatkę schodową biegnącą po tylnej ścianie
domu, ale jest zaklinowane.

Powinna uciekać na łeb na szyję, spróbować przebiec
obok niego, kiedy tu wejdzie. Gdyby udało jej się zbiec na
dół, to mogłaby go ogłuszyć czajnikiem.

Albo gdzieś się schować.

Klucz przestaje chrobotać. Wybiera rozwiązanie tchó-
rzowskie: odsuwa wieszaki, na których wiszą koszule i kilka par identycznych dżinsów, po czym wciska się do szafy.
Przykuca na jego butach, podwinąwszy pod siebie nogi.
Jest ciasno, ale przynajmniej szafa została zbudowana z li-
tego orzechowego drewna. Jeśli będzie próbował otworzyć
drzwi, to kopnie w nie, żeby uderzyć go nimi w twarz.

Tego właśnie uczył ich instruktor samoobrony na kur-
sie, na który kazał jej chodzić psychiatra; miała tym sposo-

bem odzyskać panowanie nad sobą. „Twoim celem jest zyskanie czasu na ucieczkę. Powalasz go i uciekasz". Sprawcą straszliwej przemocy stosowanej przeciwko kobietom był zawsze jakiś on. Jakby kobiety były niezdolne do wyrządzania zła. Instruktor demonstrował różne metody. Wydrapać oczy, uderzyć go pod nosem albo w gardło kantem dłoni, nadepnąć mu na śródstopie obcasem, oberwać ucho (chrząstka rozdziera się łatwo) i cisnąć mu to ucho pod nogi. Nigdy nie atakuj jaj, bo tego mężczyźni się spodziewają i dlatego się przed czymś takim strzegą. Ćwiczyli rzuty, uderzenia i jak się wyrwać z uścisku. A jednak wszyscy w grupie traktowali ją tak, jakby zaraz miała się załamać. Była dla nich zbyt prawdziwa.

Słyszy z dołu mężczyznę, który usiłuje wejść do środka.

– *Co za wkurwiające gówno!*

Sądząc po brzmieniu głosu, jest pijany. Chyba jakiś Polak.

To nie on, myśli Kirby, i nie jest pewna, czy to, co teraz czuje, to niebotyczna ulga czy rozczarowanie. Słyszy, że mężczyzna wtacza się chwiejnie do środka i idzie prosto do kuchni, bo słychać teraz grzechotanie lodu wsypywanego do shakera. Po czym, głośno tupiąc, wchodzi do salonu i zaczyna się tam miotać. Chwilę później zaczyna zgrzytliwie grać muzyka, delikatna i słodka.

Słyszy, że frontowe drzwi znowu się otwierają, tym razem ukradkiem. Ale Polak, mimo że pijany, też to usłyszał.

W szafie śmierdzi naftaliną i chyba czuć też lekką woń potu. Na myśl, że to może być jego pot, robi jej się mdło. Zeskubuje farbę z wewnętrznej strony drzwi. Wracają stare nerwowe nawyki. Przez jakiś czas, po tym jak to się stało, oskubywała skórę dookoła paznokci, aż zaczynała krwawić. Ale dla niego upuściła już dostatecznie dużo krwi. Dostatecznie dużo jak na jedno życie. Te drzwi mogą wytrzymać skubanie, zwłaszcza jeśli to ją powstrzyma od zrobienia czegoś pochopnego, jak wypadnięcie na zewnątrz, bo ciemność tutaj ma podobny ciężar i ciśnienie jak na głębokim końcu basenu.

– *Hej!* – krzyczy Polak na osobę wchodzącą do domu. – *Coś ty za jeden?* – Człapie w stronę korytarza.

Kirby słyszy narastanie i cichnięcie rozmowy, ale nie rozumie słów. Perswadowanie. Gwałtowne odpowiedzi. To jego głos? Nie umie tego stwierdzić. Słyszy siarczyste uderzenie. Strzał z pistoletu tapicerskiego w łeb krowy. Skrzek, pisk, brak godności. Kolejny rzeźnicki cios. I jeszcze jeden. Nie potrafi tego dłużej znieść. Z ust wyrywa się jej głuchy, zwierzęcy odgłos; chwyta się dłońmi za szczękę.

Piski na dole urywają się znienacka. Wytęża słuch, gryząc wnętrze dłoni, żeby nie krzyknąć. Stłumiony łomot. Ktoś się z czymś szamocze, próbuje coś podźwignąć, przeklina. I potem słychać, że ktoś wspina się po schodach, z pomocą kuli, która przy każdym wymachu robi *tok-tok*.

HARPER

22 listopada 1931

Drzwi otwierają się z rozmachem do przeszłości i Harper, kuśtykając, pokonuje próg, z brudną piłeczką tenisową w ręku, ale bez swojego noża, praktycznie prosto w ramiona człowieka o niedźwiedziej posturze. Mężczyzna jest pijany i trzyma mrożonego indyka za różową łapę pokrytą gęsią skórką. Nie żył ostatnim razem, kiedy Harper go widział.

Mężczyzna zatacza się w jego stronę, porykując i wymachując ptakiem jak pałką.

– *Hej! Coś ty za jeden? Co ty tu, kurwa, robisz? Myślisz, że możesz tak sobie wejść do mojego domu?*

– Witam – odpowiada Harper przyjaźnie, już znając wynik. – Gdybym lubił hazard, tobym się założył, że jesteś Bartek.

Mężczyzna robi się nerwowy i przechodzi na angielski.

– Louis cię przysłał? Ja już to objaśniłem. Tu nie ma żadnego oszustwa, przyjacielu! Jestem inżynierem. Szczęście ma swój mechanizm tak jak wszystko inne. Możesz je przeliczyć. Nawet jak idzie o konie i karty.

– Wierzę ci.

– Pomogę ci, jeśli chcesz. Postaw zakład. Moja metoda jest niezawodna, mój przyjacielu. Gwarantowana. – Patrzy z nadzieją na Harpera. – Lubisz się napić? Napij się ze mną!

Mam whisky. I szampana! I chciałem upiec tego indyka. Starczy dla nas dwóch i nawet jeszcze zostanie. Możemy się zbratać. Nikomu nie musi się nic stać. Mam rację?

– Obawiam się, że nie. Zdejmij marynarkę, proszę.

Mężczyzna zastanawia się nad tym. Zauważa, że Harper jest ubrany w taką samą marynarkę. Albo jej wariację z przyszłości. Jego buńczuczność zapada się i wydyma jak brzuch krowy, gdy przebić go nożem.

– Ty nie jesteś od Louisa Cowena, co?

– Nie. – Zna nazwisko tego gangstera, mimo że nigdy nie miał z nim nic wspólnego. – Ale jestem wdzięczny. Za to wszystko. – Harper celuje kulą w stronę korytarza i kiedy Bartek odruchowo zaczyna iść w tamtą stronę, spuszcza ją gładko na jego kark. Polak pada na podłogę, skrzecząc, a Harper opiera się o ścianę, żeby nie stracić równowagi, i wali kulą w jego głowę, z całej siły. I potem jeszcze raz. I jeszcze raz. Z wyćwiczoną łatwością.

Zdjęcie marynarki zabiera mu moc czasu. Wyciera twarz wierzchem dłoni i potem ma na tej dłoni krew. Będzie musiał wziąć prysznic, zanim zrobi, co trzeba, wprawiając w ruch to coś, co już się wydarzyło.

HARPER

20 listopada 1931

Wraca do Hooverville po raz pierwszy od ucieczki stamtąd do wcześniejszego czasu. Doświadczenia sprawiły, że wszystko tu zmalało. Ludzie są nędzniejsi i niżsi. Z odrętwiałego lalkarza zwisają worki szarej skóry.

Musi sobie przypominać, że nikt go nie szuka. Jeszcze nie. Ale unika miejsc, w których często bywał, i przez park wędruje inną trasą, trzymając się skraju wody. Bez trudu odnajduje chałupę kobiety. Właśnie jest na dworze i zdejmuje pranie, jej ślepe palce wymacują drut, a potem zrywają z niego zaplamioną halkę i koc zainfekowany wszami, które nie dają się sprać w zimnej wodzie. Zręcznie składa wszystkie sztuki odzieży i wręcza je chłopcu stojącemu obok niej.

– Mami. Ktoś tu jest.

Kobieta zwraca się twarzą ku niemu, cała zatrwożona. Harper domyśla się, że zawsze była ślepa, nie zdaje sobie sprawy, że powinna chytrze napiąć mięśnie. Przez co jego zadanie jest tym bardziej męczące. Tu się nie stosują żadne sztuczki. Nie ma nic ciekawego w tej nudnej kobiecie, która już nie żyje.

– Dopraszam się wybaczenia, szanowna pani, że zakłócam taki piękny wieczór.

– Ja nie mam pieniędzy – mówi kobieta – jeśli przyszedłeś mnie obrabować. Nie jesteś pierwszy, wiesz?

– Wprost przeciwnie, szanowna pani. Chcę prosić o przysługę. Nic wielkiego, ale jestem gotów zapłacić.

– Ile?

Harper śmieje się z takiego obnażania niedostatku.

– Tak od razu mamy dobić targu? Nawet pani nie wie, czego ja chcę.

– Będziesz chciał tego samego co inni. Nie bój się. Poślę chłopaka na stację, niech którą uprosi. Tyle że może ci nie dogodzić, jeśli idzie o twoje gusta co do cipek.

Wciska banknoty w jej dłoń. Kobieta wzdryga się.

– Pewien mój znajomy będzie tędy przechodził za jakąś godzinę. Przekażesz mu wiadomość i tę marynarkę. – Drapuje ją na jej ramionach. – Masz ją włożyć. W taki sposób on cię rozpozna. Nazywa się Bartek. Zapamiętasz?

– Bartek – powtarza kobieta. – A co za wiadomość?

– To raczej wystarczy. Będzie zamieszanie. Usłyszysz. I wystarczy, jak wypowiesz jego imię. I nie zabieraj niczego z tych kieszeni. Wiem, co w nich jest, wrócę, żeby cię zabić.

– Nie trzeba mówić takich rzeczy przy chłopaku.

– On będzie moim świadkiem – mówi Harper, zadowolony z prawdziwości tych słów.

KIRBY

2 sierpnia 1992

Dan i Kirby idą drogą wzdłuż schludnie przystrzyżonego trawnika, na którym pyszni się tablica z napisem „Głosuj na Billa Clintona". Rachel dawniej wystawiała tablice wszystkich partii politycznych, ot, żeby sprawiać wrażenie trudnej. Mówiła także agitatorom tego czy innego kandydata, że głosuje na frakcję obłąkanych. Ale kiedy przyłapała Kirby na tym, że ta robi kawały telefoniczne pewnej starszej pani, przekonując ją, by poowijała wszystkie swoje urządzenia kuchenne w folię aluminiową, żeby się zabezpieczyć przed promieniowaniem satelitów, to jej powiedziała, że nie ma być taka dziecinna.

Z wnętrza dobiegają stłumione okrzyki dzieci. Fasadzie domu przydałoby się trochę świeżego tynku, ale przynajmniej na ganku stoją donice z pomarańczowymi pelargoniami. Wdowa po detektywie Michaelu Williamsie otwiera drzwi, uśmiechnięta, choć wynędzniała.

– Witam, przepraszam, chłopcy...

Za jej plecami rozlega się wrzask.

– Maaamooo! On wziął gorącą wodę!

– Pani wybaczy na sekundę. – Znika w domu, po chwili wraca, wlokąc za ręce dwóch chłopców z pistoletami na wodę. Na oko mają sześć–siedem lat, Kirby nie jest dobra w ocenianiu wieku dzieci. – Powiedzcie „Dzień dobry", chłopcy.

– Bry – mruczą, wpatrując się w swoje stopy, aczkolwiek ten młodszy obrzuca ją ukradkowym spojrzeniem przez firankę z niedorzecznie długich rzęs, sprawiając, że Kirby czuje się zadowolona, że tego dnia obwiązała szyję apaszką.

– No prawie dobrze. Idźcie na dwór, proszę, dziękuję. I użyjcie kranu ogrodowego.

Matka wypycha chłopców na podwórko. Odzyskują impet niczym zagubione pociski, pohukując i pokrzykując.

– Proszę wejść. Właśnie zrobiłam mrożoną herbatę. Pani to pewnie Kirby? Jestem Charmaine Williams.

Podają sobie ręce.

– Dziękuję za to... – zaczyna Kirby, kiedy Charmaine wprowadza ją do domu, równie wypielęgnowanego jak trawnik. To akt oporu, myśli Kirby. Bo na tym polega problem ze śmiercią: życie toczy się dalej, niezależnie od tego, czy to było morderstwo, zawał czy wypadek samochodowy.

– Och, nie wiem, czy to się na coś przyda, ale to się wszędzie tu wala, zajmując miejsce, a faceci z posterunku tego nie chcą. Szczerze mówiąc, wyrządza mi pani przysługę. Chłopcy ucieszą się, że będą mieli własne pokoje. – Otwiera drzwi do niewielkiego gabinetu z oknem wychodzącym na uliczkę biegnącą za domem. Gabinet został skolonizowany przez kartonowe pudła, które rozpełzły się na podłodze i piętrzą pod ścianami. Naprzeciwko okna wisi tablica wyłożona filcem, do której są przypięte rodzinne fotografie i niebieska wstążka upamiętniająca Mistrzostwa w Kręgle Wydziału Policji w Chicago. Tablica jest obramowana szlaczkiem z porażek – starymi kuponami loteryjnymi.

– Obstawiał swój numer z blachy policyjnej? – pyta Dan, przyglądając się tablicy. Nie komentuje zdjęcia przedstawiającego martwego mężczyznę leżącego na rabacie kwiatowej z rękami rozłożonymi jak Chrystus ani też zdjęcia torby wypełnionej narzędziami do włamań, ani też artykułu z „Tribune" „Prostytutka znaleziona martwa", które straszą tuż obok radosnych domowych pamiątek.

– No wie pan – mówi Charmaine, patrząc krzywo na biurko typu „Zrób to sam", kupione w K-Marcie, ledwie widoczne spod sterty papierów, a szczególnie na pasiasty kubek po kawie, na którego dnie wyrosło delikatne futro pleśni. – To ja wam po prostu przyniosę tę mrożoną herbatę – mówi, zgarniając kubek.

– Dziwaczne – stwierdza Kirby, wodząc wzrokiem po tym boleśnie wyeksponowanym gruzowisku minionych śledztw, które wypełnia gabinet. – Mam wrażenie, że to nawiedzone miejsce. – Podnosi szklany przycisk do papieru z hologramem przedstawiającym szybującego orła i zaraz odkłada go na miejsce. – I to chyba prawda.

– Powiedziałaś, że chcesz mieć dostęp. I masz dostęp. Mike badał mnóstwo morderstw popełnionych na kobietach i zachowywał wszystkie notatki z dawnych spraw.

– A normalnie one nie wędrują do dowodów?

– Najważniejsze przedmioty ze śledztwa wędrują: zakrwawiony nóż, zeznanie świadka. To jak z matematyką: musisz pokazać wszystko, co zrobiłaś, ale zanim coś osiągniesz, długo się najpierw babrzesz: rozmowy, które idą donikąd, dowody, które w swoim czasie wydają się nieważne.

– Zabijasz resztkę wiary w system sprawiedliwości, jaka mi jeszcze została, Dan.

– Mike był gliniarzem, który się domagał, żeby ten system zmieniono. Chciał, żeby detektywi mieli obowiązek wciągać do akt absolutnie wszystko. Jego zdaniem w pracy policji jest mnóstwo rzeczy, które się domagają usprawnienia.

– Harrison powiedział mi o twoim śledztwie w sprawie tortur.

– Powinien trzymać gębę na kłódkę. Tak, Mike trąbił o tym na lewo i prawo, dopóki nie zaczęli grozić Charmaine i chłopcom. Nie winię go za to, że się wycofał. Wybrał przeniesienie do Niles, zszedł im z drogi. Ale zachował wszystkie świstki, które przeszły przez jego biurko w związku z każdym morderstwem, nad którym pracował, i wszelkimi innymi, do których mógł się wtrącić. Na jednym z posterunków był problem z wilgocią. Uratował mnóstwo akt, przeniósł je tutaj, aczkolwiek część jest już nie do odcyfrowania. Wydaje mi się, że wpadł na pomysł, że jak przejdzie na emeryturę, to wszystko to uporządkuje i rozwiąże zamknięte sprawy. Że może napisze książkę. A potem był ten wypadek samochodowy.

– Na pewno nic podejrzanego?

– To był pijany kierowca. Zderzył się z nim czołowo, obaj zginęli na miejscu, niemal natychmiast. Złe rzeczy dzieją się czasami. W każdym razie Mike uwielbiał chomikować materiały związane z zabójstwami. Tu będą rzeczy, których nie znajdziesz w archiwach „Sun-Timesa" ani w bibliotece. Prawdopodobnie nic nie znajdziesz. Ale wiesz, jest tak, jak sama powiedziałaś. Trzeba rozciągać szerokie sieci.

– Po prostu nazywaj mnie Pandora – mówi Kirby, starając się nie zniechęcać samą liczbą pudeł, z których każde jest szczelnie opakowane smutkiem. Bo może jednak nadejdzie ta chwila, kiedy da się powiedzieć: i kwita.

Akurat.

DAN

2 sierpnia 1992

Zatarganie dwudziestu ośmiu pudeł ze starymi aktami to dziesięć wspinaczek na trzecie piętro do mieszkania Kirby nad niemiecką piekarnią.

– Nie mogłabyś mieszkać gdzieś, gdzie jest winda? – skarży się Dan, trącając stopą drzwi. Wrzuca z wysiłkiem jedno z pudeł na stare drzwi ułożone na kozłach, które z miernym skutkiem udają biurko.

Jej mieszkanie to śmietnisko. Wyłożone parkietem podłogi są zmatowiałe i porysowane. Wszędzie walają się ubrania. I bynajmniej nie ma wśród nich seksownej bielizny. T-shirty wywrócone na lewą stronę, dżinsy, spodnie od dresu; spod kanapy wystaje czarny but z wysoką cholewą – leży w plątaninie sznurowadeł, bez śladu po partnerze. Dan rozpoznaje ponure symptomy samotniczego życia typu „mam to wszystko w dupie". Liczył, że znajdzie jakieś wskazówki, że wzięła albo że nie wzięła tego zidiociałego Freda do łóżka w ostatni weekend, albo że znowu zaczęła się z nim umawiać, ale w tym wnętrzu panuje zbyt wielki burdel, żeby wywnioskować cokolwiek na temat schadzek natury seksualnej, nie mówiąc już o tajnych meandrach jej serca.

Meble nie od kompletu mówią o obłąkańczej przemyślności – są to rzeczy wzięte z ulicy, poddane recyklingowi i na nowo wyposażone w cel, a nie zwyczajne skrzynki po mleku, z których na studencką modłę zrobiono regały na książki. Na przykład stolik w maleńkiej przestrzeni przed kanapą, która zastępuje salon, to stara klatka dla gryzoni nakryta owalnym szklanym blatem.

Strząsa z siebie marynarkę i rzuca ją na kanapę, gdzie natychmiast stapia się z pomarańczowym swetrem i szortami zrobionymi ze spodni, którym obcięto nogawki, i pochyla się nad dioramą, którą Kirby stworzyła z dinozaurów-maskotek i sztucznych kwiatów.

– Och, nie patrz na to. Nudziłam się – mówi z zażenowaniem.

– To… interesujące.

Drewniany stołek obok kuchennej lady, która przekrzywia się pod niepokojącym kątem, został ręcznie pomalowany w tropikalne kwiaty. Drzwi łazienki są ozdobione naklejonymi złotymi rybkami z plastiku, a nad zasłonami w kuchni wiszą światełka choinkowe, mrugając jak w Boże Narodzenie.

– Żadnej windy, niestety. Nie za taki niski czynsz. A zresztą wolę zapach świeżego chleba niż windę. Dostaję upust na wczorajsze pączki.

– Byłem ciekaw, jakim cudem cię stać na to, żeby je tak rozsiewać gdzie popadnie.

– Pracuję nad talią! – Zadziera swój T-shirt i szczypie się w brzuch.

– Popracujesz nad nią na schodach – mówi Dan, nie patrząc, zdecydowanie nie, na krzywą jej brzucha biegnącą od twardego węzła biodra wystającego z dżinsów.

– Ćwiczenia z dowodami. Będziemy potrzebowali więcej pudeł. Masz jeszcze jakichś przyjaciół wśród martwych gliniarzy? – Widzi teraz jego twarz. – Przepraszam, to chyba było zbyt ponure nawet dla mnie. Chcesz posiedzieć chwilę? Pomóc mi uporządkować chociaż część?

– A mam jakieś lepsze pomysły?

Kirby otwiera pierwsze pudło i zaczyna wykładać jego zawartość na stół. Michael Williams na pewno nie był systematyczny – w pudle znajduje się kolekcja śmieci, jak się wydaje, z ostatnich trzydziestu lat. Zdjęcia samochodów z lat siedemdziesiątych, sądząc po tych złotych i beżowych karoseriach o ciężkich, kanciastych kształtach. Policyjne zdjęcia odrażających typów, wszystkie opatrzone numerami sprawy, datą. *En face*, z boku, lewy profil, prawy profil. Facet w ogromnych okularach tchnący spokojem, przystojniak z włosami postawionymi na żel, mężczyzna o policzkach tak wydatnych, że można by w nich przemycać narkotyki.

– Ile lat miał ten twój kumpel gliniarz? – pyta Kirby, unosząc brew.

– Czterdzieści osiem? Pięćdziesiąt? Był gliną od zarania czasów. W każdym razie zaczynał w oldschoolowej policji. Charmaine to jego druga żona; liczba rozwodów wśród gliniarzy jest wyższa niż przeciętna krajowa. Ale on i Charmaine radzili sobie. Myślę, że ich małżeństwo pewnie by przetrwało, gdyby nie ten wypadek. – Trąca nogą pudła stojące na podłodze. – Chyba powinniśmy oddzielić przedpotopowe sprawy. Wszystko sprzed… 1970 roku? Zaliczyć je do akt nieprzydatnych.

– Robi się – zgadza się Kirby, otwierając pudło opisane latami „1987–1988", podczas gdy Dan zaczyna odsuwać pudła z wcześniejszymi datami. – Co to jest? – pyta po chwili, podnosząc polaroidowe zdjęcie przedstawiające mężczyzn z krzaczastymi brodami, w kusych, czerwonych szortach, pozujących w szeregu. – Kręgielnia?

Dan przygląda się zdjęciu zmrużonymi oczami.

– Strzelnica policyjna. Dawniej gliniarze w taki sposób ustawiali ludzi do rozpoznania, świecąc im w oczy reflektorami, dzięki czemu nie widzieli człowieka, który ich rozpoznawał. Chyba trochę niewygodne to było, ale te inscenizacje z lustrami fenickimi znajdziesz wyłącznie w filmach, ewentualnie w wydziałach policji dysponujących prawdziwym budżetem.

– O ja cię… – mówi Kirby, przyglądając się włochatym nogom mężczyzn. – Historia nie jest łaskawa dla mody.

– Liczysz, że wypatrzysz tu swojego faceta?

– Nie byłoby miło?

Ta mieszanka zadumy i goryczy w jej głosie dobija go. Czuje, że wrabia ją w szukanie wiatru w polu. Trzeba się mocno nastarać, żeby czymś ją zająć, ale prawda jest taka, że ona nie ma szansy na złapanie tego psychola. Z pewnością nie poprzez rycie w tych pudłach. Ale to ją uszczęśliwia, a poza tym ulitował się nad Charmaine, uznając, że być może mogliby sobie wzajemnie pomóc i wyrzucić to z systemu.

Trucizna wzięta na spółkę to trucizna podzielona. Albo może po prostu wszystkich zatruwa jednakowo.

– Posłuchaj – mówi, ledwie zdając sobie sprawę, co mówi. – Chyba nie powinnaś tego robić. To był głupi pomysł. Nie chcesz oglądać całego tego gówna, bo to do niczego nie prowadzi i… kurwa mać!

W tym momencie jest bliski pocałowania jej. Żeby zamknąć tę swoją cholerną, durną gębę i dlatego, że ona jest tak blisko. Tak bardzo. Patrzy na niego z tą swoją twarzą pałającą inteligentnym, wygłodniałym zaciekawieniem.

W porę się powstrzymuje. Umie spojrzeć z boku. W samą porę, dzięki czemu nie robi z siebie idioty, który się czymś łudzi. Dzięki czemu ona go nie odepchnie jak zderzak w automacie, z takim samym, automatycznym trzaskiem. W samą porę, dzięki czemu ona nawet nie zauważyła. Chryste, co on sobie wyobraża? Już wstaje, idąc do drzwi, tak się spiesząc, żeby stąd wyjść, że aż zapomina marynarki.

– Cholera. Przepraszam, późno już. Muszę wcześnie wstać. Muszę oddać tekst. Spotkamy się. Niedługo.

– Dan – mówi Kirby, nieledwie się śmiejąc ze zdziwienia i niezrozumienia.

Ale on już zamyka za sobą drzwi, zbyt energicznie.

I zdjęcie policyjne opatrzone dopiskiem „Curtis Harper Wydz. Policji CHGO nr akt 136230 16.10.1954" zostaje tam, gdzie jest, zagrzebane w pudle odstawionym na bok.

HARPER

16 października 1954

Pakuje się w kłopoty, bo wraca zbyt prędko. Następnego dnia po Willie Rose. Oczywiście on tak tego nie odczuwa. Dla niego minęło wiele tygodni.

Od tego czasu Harper zabił dwa razy: Bartka na korytarzu (ponury obowiązek) i tę Żydówę o zwariowanych włosach. Ale czuje się niespokojny. Kiedy zwabiał ją do ptasiego azylu, miał nadzieję, że będzie miała przy sobie konika, którego jej dał, kiedy była dzieckiem, żeby koło się domknęło. Tak jak zabicie Bartka i przekazanie marynarki kobiecie z Hooverville było domykaniem koła. Zabawka to wiotka nić zdolna o coś zahaczyć i pęknąć, a to mu się nie podoba.

Rozciera zabandażowaną rękę w miejscu, gdzie ugryzł go tamten cholerny pies. Jaka pani, taki kundel. Kolejna lekcja. Był niechlujny. Będzie musiał wrócić, sprawdzić, czy umarła. Będzie musiał kupić sobie nowy nóż.

Coś jeszcze szarpie mu nerwy. Przysiągłby, że z Domu poginęły różne drobiazgi. Z półki nad kominkiem zniknęła para świeczników. Łyżki z szuflady. To niepokojące.

Musi się uspokoić. I to wystarczy. Zabicie tej architekt było czymś doskonałym. Ma ochotę jeszcze raz odwiedzić to zdarzenie. W ramach aktu wiary. Czuje, jak twarz mu pała z oczekiwania. Jest przekonany, że nikt go nie rozpozna. Szczęka już się całkowicie wygoiła i zapuścił brodę, która zakrywa blizny po drucie. Zostawia kulę za sobą. To za mało.

Uchyla kapelusza w stronę czarnoskórego odźwiernego i idzie schodami na trzecie piętro. Z zachwytem spostrzega, że nie udało im się zetrzeć całej krwi ze szkliwionych płytek, którymi wyłożony jest korytarz przed pracownią architektoniczną. Dostaje od tego widoku bolesnej erekcji, więc chwyta się tam przez spodnie, tłumiąc jęk rozkoszy. Opiera się o ścianę, zaciągając poły marynarki, by ukryć niebudzące wątpliwości konwulsyjne ruchy swojej dłoni, przypominając sobie, w co była ubrana, jak czerwona była jej szminka. Czerwieńsza od krwi.

Drzwi do Crake & Mendelson otwierają się znienacka i nagle stoi przed nim niedźwiedziowaty mężczyzna o gęstych włosach i czerwonych oczach.

– Co pan tu wyprawiasz, do cholery?

– Przepraszam. – Harper udaje, że czyta napis na drzwiach naprzeciwko. – Szukam Chicagowskiego Stowarzyszenia Stomatologicznego.

Ale odźwierny szedł za nim na górę i teraz wskazuje go palcem.

– To on! To ten skurwiel! Widziałem, jak wychodził z budynku zalany jej krwią.

Harper jest przesłuchiwany przez siedem godzin na posterunku, przez żylastego gliniarza, który bije mocniej, niżby na to wskazywała jego musza waga, i przez baryłkowatego detektywa z plackowatą łysiną, który tylko siedzi i pali.

Na zmianę to biją, to rozmawiają. Nie pomaga, że nie ma umówionej wizyty w Chicagowskim Towarzystwie Stomatologicznym i że hotel Stevens już się tak nie nazywa, choć twierdził, że właśnie w nim się zameldował.

– Nie jestem z miasta, panowie – próbuje ich przekonać Harper, uśmiechając się, i zaraz potem pięść uderza go w głowę, wywołując dzwonienie w uszach i ból zębów, strasząc, że zaraz znowu będzie miał wybitą szczękę.

– Powiedziałem wam. Jestem akwizytorem. – Kolejny cios, tym razem poniżej mostka, dlatego wybija mu powietrze z płuc. – Produkty do higieny zębów. – Kolejne uderzenie powala go na podłogę. – Zostawiłem walizkę z próbkami w kolejce miejskiej. Co wy na to, panowie? Jeśli pozwolicie mi zgłosić zagubienie bagażu…

Brzuchaty, łysiejący gliniarz kopie go w nerki, nie trafiając jednak precyzyjnie. Stosowanie siły powinien zostawić swojemu lepiej wykwalifikowanemu kumplowi, myśli Harper, nadal uśmiechając się szeroko.

– Bawi cię to? Co w tym takiego śmiesznego, zasrańcu?

Chudy gliniarz pochyla się i dmucha dymem papierosowym w twarz Harpera. I jak im wytłumaczyć, że to jest tylko coś, co musi wytrzymać? Wie, że uda mu się wrócić do Domu, bo na ścianie wciąż są imiona dziewczyn, bo ich przeznaczenie jeszcze się nie dopełniło. Ale popełnił błąd i teraz ma za to karę.

– Zatrzymaliście nie tego człowieka, co trzeba – rzęzi przez zęby.

Biorą jego odciski palców. Każą mu stanąć pod ścianą, z numerem w rękach.

– Nie uśmiechaj się, kurwa, bo inaczej zetrę ci ten uśmiech z mordy. Nie żyje dziewczyna i my wiemy, że ty to zrobiłeś.

Mają za mało dowodów, żeby go zatrzymać. Odźwierny nie jest jedynym świadkiem, który widział, jak wychodzi z budynku, ale wszyscy przysięgają, że poprzedniego dnia był gładko ogolony i miał zadrutowane usta. Tymczasem tego dnia twarz mu porasta dwutygodniowy zarost, który szarpali swymi tłustymi, policyjnymi paluchami, żeby sprawdzić, czy przypadkiem nie jest przyklejony. Do tego wszystkiego nie doszukali się na nim ani jednej plamki krwi i nie znaleźli też żadnego narzędzia zbrodni – które normalnie byłoby w jego kieszeni – bo ono jest zagrzebane w karku martwego psa, trzydzieści pięć lat od teraz w przód.

Uczynił to ugryzienie przez psa częścią swojego alibi. Kundel zaatakował, kiedy Harper biegł do pociągu, żeby odzyskać swoją walizkę z próbkami. Dokładnie w tym czasie mordowano tę biedną panią architekt.

Nie ma wątpliwości, zgadzają się detektywi, że on jest jakimś zboczonym degeneratem, ale nie są w stanie dowieść, że stanowi zagrożenie dla społeczeństwa albo że jest prawdziwym podejrzanym w sprawie śmierci panny W. Rose. Oskarżają go o obrazę moralności, dołączają do akt jego fotografię policyjną i wypuszczają go na wolność.

– Tylko się nie oddalaj – ostrzega go detektyw.

– Nie wyjadę z miasta – obiecuje Harper, w wyniku pobicia kulejąc mocniej niż zazwyczaj. Tej obietnicy dotrzymuje, w mniejszym lub większym stopniu, ale nigdy nie wraca do 1954 roku i goli brodę.

Później odwiedza jeszcze raz te miejsca wyłącznie wiele lat później albo wcześniej, przeskakując całe dziesięciolecia, kiedy ma ochotę walić sobie konia tam, gdzie zginęła jedna z dziewczyn. Lubi te przeciwstawne wspomnienia i zmiany: czynią całe doświadczenie bardziej wyrazistym.

W aktach policyjnych są co najmniej jeszcze dwie jego fotografie z ostatnich sześćdziesięciu lat, tyle że za każdym razem podaje inne nazwisko. Raz zatrzymali go za obrazę moralności w 1960 roku, kiedy dotykał się obscenicznie w miejscu, które miało się stać placem budowy, drugi raz w 1983 roku, kiedy złamał nos taksówkarzowi za odmowę zawiezienia go do Englewood.

Jedyną przyjemnością, której nie potrafi się wyrzec, jest lektura gazet, podczas której przeżywa morderstwa jeszcze raz, tyle że z innej perspektywy. Musi to robić przez kilka dni zaraz po zabiciu. I takim sposobem dowiaduje się o Kirby.

KIRBY

11 sierpnia 1992

Siedzi w poczekalni Delgado, Richmond i Spółka, kancelarii prawniczej, która robi wrażenie jedynie z nazwy, wertując „Time'a" sprzed trzech lat, z okładką krzyczącą: „Śmierć od kul". Czuła wewnętrzny przymus, by wziąć do ręki akurat ten egzemplarz, mimo że miała jeszcze do wyboru te z „Nowe ZSRR" albo „Arsenio Hall", mimo że interesuje ją „śmierć od ran kłutych" i wiedza o broni palnej na nic jej się nie przydaje.

Czasopisma to nie jedyna przestarzała rzecz w tym miejscu. Skórzana kanapa widziała już lepsze dziesięciolecia. Liście plastikowego drzewka są pokryte cienką warstewką kurzu, a przy jego pniu zgaszono więcej niż jednego papierosa. Nawet fryzura recepcjonistki pochodzi z niemodnych już lat osiemdziesiątych. Kirby żałuje, że nie wystroiła się lepiej na tę okazję. Przegięła nawet w ramach standardowego niechlujstwa newsroomu, bo na T-shirt zespołu Fugazi nałożyła jeszcze kraciastą koszulę i kurtkę z brązowej skóry, którą znalazła wśród używanych rzeczy na Maxwell Street.

Prawniczka, Elaine Richmond, przychodzi po nią osobiście; jest kobietą w średnim wieku o łagodnym głosie, ubraną w czarne spodnie i lekką marynarkę, ale ma ostre spojrzenie i asymetrycznie przycięte włosy.

– „Sun-Times"? – pyta z uśmiechem i potrząsa dłonią Kirby z przesadnym entuzjazmem, jak niezamężna ciotka w domu starców podkradająca cudzych gości. – Bardzo dziękuję za przyjście.

Kirby idzie za nią korytarzem do sali posiedzeń zagraconej kartonowymi pudłami, które wypierają książki prawnicze na półkach i tarasują przejście. Ciska na blat stołu stos różowych i niebieskich teczek wypełnionych dokumentami, ale ich nie otwiera.

– Cóż – zagaja – nie wiem, czy pani wie, ale trochę się pani spóźniła na tę imprezę.

– Co takiego? – pyta zaskoczona Kirby.

– Gdzie pani była rok temu, kiedy Jamel próbował się zabić? Wtedy na pewno mogło nam się przydać jakieś wsparcie ze strony prasy. – Śmieje się z żalem.

– Przykro mi – mówi Kirby, zastanawiając się, czy na pewno trafiła do właściwej kancelarii.

– Proszę to powiedzieć jego rodzinie.

– Jestem tylko stażystką. Myślałam, że będzie z tego dobry artykuł o... – improwizuje – o pomyłkach sądowych i ich strasznych skutkach. Materiał o ludziach. Tak naprawdę to trochę wypadłam z obiegu, jeśli idzie o najnowszy rozwój wydarzeń.

– Nic się nie wydarzyło. Jeśli idzie o prokuratora okręgowego, to wszystko jest owiane tajemnicą! Ale proszę tu spojrzeć. Czy ci chłopcy pani zdaniem wyglądają na morderców?

Otwiera teczkę i rozkłada na stole dokumenty, demonstrując fotografie policyjne przedstawiające czterech młodych mężczyzn gapiących się ponuro w obiektyw. To zdumiewające, myśli Kirby, jak łatwo „nastoletnia apatia" potrafi się przełożyć na „zabójcę z zimną krwią".

– Marcus Davies, piętnastoletni w czasie, gdy zostali aresztowani. Deshawn Ingram, dziewiętnaście lat. Eddie Pierce, dwadzieścia dwa, i Jamel Pelletier, siedemnaście. Oskarżeni o morderstwo Julii Madrigal. Uznani za winnych 30 czerwca 1987 roku. Wszyscy, z wyjątkiem Marcusa, który trafił do domu poprawczego, skazani na śmierć. Jamel próbował popełnić samobójstwo... – przygląda się dacie – 8 września zeszłego roku, kiedy się dowiedział, że odrzucono ostatnią apelację. Tak czy owak był niezrównoważonym chłopakiem, ale to go zupełnie przygniotło. Zrobił to zaraz po powrocie z sądu. Zrobił pętlę ze swoich spodni i próbował się powiesić w celi.

– Nie wiedziałam o tym.

– Trochę o tym pisano. Artykuł zazwyczaj był pogrzebany na trzeciej stronie, jeśli mieliśmy szczęście. Wiele gazet w ogóle o tym nie wspomniało. Prawdopodobnie większość ludzi jest przekonana, że oni są winni jak sam diabeł.

– Ale pani nie.

– Moi klienci nie byli szalenie miłymi, młodymi ludźmi. – Elaine wzrusza ramionami. – Sprzedawali narkotyki. Włamywali się do samochodów. Deshawn miał zarzuty o napaść, bo w wieku trzynastu lat pobił swojego pijanego ojca. Eddie też miał kilka zarzutów, od gwałtu po włamanie połączone z kradzieżą. Jeździli też dla zabawy skradzionym samochodem po Wilmette, przez co wyszli na głupków, bo eskapada bandy czarnych chłopaków po podmiejskiej dzielnicy zamieszkanej wyłącznie przez białych przyciąga niewłaściwą uwagę. Ale tej dziewczyny nie zabili.

Słysząc to, Kirby odnosi wrażenie, że w dół jej kręgosłupa frunie strzała z lodu.

– Ja też tak uważam.

– To była sprawa, której towarzyszyła ogromna presja. Urocza, biała studentka, która ma znakomite wyniki w nauce, pada ofiarą brutalnego morderstwa. Sprawą zaczyna się interesować lokalna społeczność. Cała dzielnica się zbroi. Rodzice są zaniepokojeni, rozmawiają o bezpieczeństwie kampusu, każą instalować telefony z niebieskimi światełkami albo po prostu zabierają swoje córki z college'u.

– Są jakieś pomysły, kto to mógł zrobić?

– Nie sataniści. Policja kołatała się po mieście z takim pomysłem. Ale dopiero po trzech tygodniach przestali gonić wiatr w polu.

– Seryjny zabójca?

– Jasne. Nie potrafiliśmy zdobyć niczego, co by wsparło tę teorię w sądzie. Zechce mi pani zdradzić, jakie jest pani zdanie? Jeśli pani wie o czymś, co mogłoby pomóc tym chłopcom, to musi mi pani natychmiast o tym powiedzieć.

Kirby wierci się na krześle, nie całkiem gotowa, żeby wyłożyć karty na stół.

– Pani zdaje się powiedziała, że nie byli porządnymi ludźmi.

– Powiedziałabym to o mniej więcej osiemdziesięciu procentach klientów, których reprezentuję. Co nie oznacza, że nie powinno się ich traktować, jak należy.

– Może mnie pani z nimi skontaktować?

– Jeśli zechcą z panią rozmawiać. Mogłabym im to odradzić. Wszystko zależy od tego, co pani chce z tym zrobić.

– Jeszcze nie wiem.

HARPER

24 marca 1989

Wciąż jeszcze jest posiniaczony w wyniku pobicia przez nadgorliwych detektywów, kiedy wraca do 1989 roku, żeby kupić sobie komplet gazet dla podbudowania nastroju. Siedzi przy oknie w greckim barze przy Pięćdziesiątej Trzeciej Ulicy. W Valois jest tanio i tłoczno, jedzenie wydają przy ladzie, kolejka zawija się czasem za róg niczym wąż. To część jego rytuału. Przeobrażającego się niemalże w rutynę.

Robi wszystko, by nawiązać kontakt wzrokowy z kucharzem, mężczyzną o gęstych wąsach, których barwa waha się między kruczą czernią a czernią przetykaną siwizną, w zależności od tego, czy jest akurat synem, ojcem czy dziadkiem. Jeśli ten mężczyzna go rozpoznaje, to nie daje tego po sobie poznać.

Morderstwo zostało wypchnięte przez statek, który osiadł na mieliźnie; właśnie teraz wylewał z siebie ropę do zatoki w jakichś odległych rejonach Alaski. Exxon Valdez – nazwa tankowca wypisana wielkimi literami pojawia się na wszystkich pierwszych stronach. Harper znajduje jednak dwie szpalty w dziale miejskim. „Brutalna napaść", czyta. „Uratowana przez psa". „Niewielka nadzieja na przeżycie", czyta dalej. „Prawdopodobnie nie przeżyje tygodnia".

Te słowa nie brzmią właściwie. Czyta je jeszcze raz, nakłaniając, żeby podrygiwały i ruszały się jak te na jego ścianie, żeby głosiły prawdę. Martwa. Zamordowana. Nie ma jej.

Nabrał wprawy w nawigowaniu po cudach. Książka telefoniczna, na przykład. Sprawdza szpital, w którym ona jest, albo na oddziale intensywnej opieki, albo w kostnicy, w zależności od tego, którą gazetę akurat czyta, i dzwoni z płatnego telefonu na tyłach baru, tuż przy toaletach. Ale lekarze są zajęci, a kobieta, z którą rozmawia „nie jest upoważniona do udzielania informacji o pacjentach".

Cierpi całymi godzinami, aż wreszcie dociera do niego, że nie ma wyboru. Musi iść i przekonać się na własne oczy. I dokończyć to, w razie potrzeby.

Kupuje kwiaty w kiosku z prezentami na parterze, a ponieważ wciąż odnosi wrażenie, że ma puste ręce (gryzie się, że nie ma swojego noża), kupuje czerwonego misia z balonikiem, na którym widnieje napis „Kuruj szybko misię!".

– Dla jakiegoś malucha? – pyta sprzedawczyni, duża, ciepła kobieta, od której bije utrwalonym smutkiem. – Dzieci lubią takie zabawki.

– To dla tej dziewczyny, która została zamordowana. Napadnięta – poprawia się.

– Och, to było coś okropnego. Po prostu straszne. Mnóstwo ludzi przysyła jej kwiaty. Zupełnie obcych ludzi. Przez tego psa, który był taki odważny. Co za niesamowita historia. Modliłam się za nią.

– Wie pani może, jak ona się czuje?

Kobieta zaciska usta i kręci głową.

– Przykro mi, proszę pana – mówi pielęgniarka w recepcji. – Godziny odwiedzin już się skończyły. I rodzina się domaga, by nikt im nie przeszkadzał.

– Jestem krewnym – oznajmia Harper. – Jej wujem. Bratem jej matki. Przyjechałem najszybciej, jak mogłem.

Przez podłogę przebiega pasek słońca, podobny do smugi żółtej farby; pada na niego cień kobiety, która wygląda na parking. Wszędzie są kwiaty, jak w tamtym innym szpitalnym pokoju z innego czasu, przypomina sobie Harper. Ale łóżko jest puste.

– Przepraszam – mówi i kobieta przy oknie ogląda się przez ramię, z poczuciem winy na twarzy, rozganiając dłonią dym z papierosa. Widzi podobieństwo, ten wystający podbródek, te duże oczy, nawet jeśli włosy ma ciemne i gładkie, obwiązane pomarańczową apaszką przypominającą przepaskę na włosach Alicji. Jest ubrana w ciemne dżinsy i sweter z golfem czekoladowej barwy, z naszyjnikiem zrobionym z guzików, które poszczękują, kiedy kobieta przebiera wśród nich palcami. Jej oczy lśnią od łez. Wydmuchuje kłąb dymu i znowu macha ręką, zirytowana teraz.

– A pan kto jest, do cholery?

– Szukam Kirby Mazrachi – mówi Harper, unosząc kwiaty i misia. – Powiedziano mi, że ona tu jest.

– Jeszcze jeden? – Kobieta zanosi się gorzkim śmiechem. – A ty jaki kit wcisnąłeś, żeby tu wejść? Te zasrane, beznadziejne pielęgniarki. – Gasi papierosa na parapecie, z większą siłą niż to konieczne.

– Chciałem sprawdzić, jak ona się czuje.

– No więc czuje się źle.

Harper milczy wyczekująco, ale ona tylko piorunuje go wzrokiem,

– Pomyliłem pokoje? Ona jest gdzieś indziej?

Kobieta przebiega przez pokój i dźga go palcem w pierś.

– Wszystko pomyliłeś. Odpieprz się pan!

Harper cofa się przed jej gniewem, unosząc swoje dary w geście niewinnego protestu. Zahacza piętą o jedno z wiader z kwiatami. Woda wychlustuje się na podłogę.

– Pani jest zdenerwowana.

– Jasne, że jestem zdenerwowana! – wrzeszczy matka Kirby. – Ona nie żyje. Dotarło? Więc zostaw nas, kurwa, w spokoju. Tu nie ma żadnej historii, ty sępie. Ona nie żyje. Czy to cię uszczęśliwi?

– Moje kondolencje, szanowna pani. – To jest kłamstwo. To poczucie ulgi go wprost przygniata.

– I przekaż to innym. Zwłaszcza temu skurwielowi Danowi, któremu się nie chciało do mnie oddzwonić. Każ im się wszystkim odpieprzyć.

ALICE

4 lipca 1940

Zechcesz siedzieć na dupie? – mówi Luella przez zęby, w których zaciska spinkę do włosów.

Alice jest zbyt podniecona, by usiedzieć nieruchomo; co dwie minuty podrywa się ze stołka, żeby wyjrzeć przez szparę w drzwiach przyczepy na wieśniaków zaludniających wesołe miasteczko, uśmiechniętych i szczęśliwych, już uzbrojonych w popcorn i tanie piwo w papierowych kubkach.

Tłumy gromadzą się w tych miejscach, gdzie jest coś najbardziej interesującego; tam, gdzie można pograć w rzucanie obręczami, przy wystawie traktorów, albo gapią się na koguta grającego w kółko i krzyżyk (Alice rano przegrała dwie z trzech gier z tym kurakiem, ale już wymyśliła, jak to trzeba robić. Już ona im wszystkim pokaże).

Kobiety zbaczają w stronę straganiarzy recytujących zalety towarów, które mają przeobrazić ich kuchnie i życie. Bogaci mężczyźni w kowbojskich kapeluszach i drogich butach z wysokimi cholewami, które nigdy nie poczuły pod sobą prerii, wędrują spokojnym krokiem w stronę aukcji młodych wołów. Młoda matka trzyma nad płotem dziecko, pokazując mu ogromną maciorę, Czarną Rosie, z białym ryjem, zwisającym, nakrapianym brzuchem i wymionami jak różowe palce.

Para nastolatków, dziewczyna i chłopak, stoi i podziwia krowę z masła, której rzeźbienie trwało ponoć trzy dni.

Krowa już cierpi od słońca i Alice czuje powiew zjełczałego nabiału pośród kłębowiska bel słomy, trocin, spalin od traktora, waty cukrowej, potu i zwierzęcego łajna.

Chłopak wygłasza dowcip związany z maślaną krową, coś, co pewnie każdy by powiedział, wyobraża sobie Alice, czyli ile naleśników można polać taką krową; dziewczyna chichocze i reaguje czymś równie banalnym, że on robi do niej maślane oczy. On ze swej strony odbiera jej słowa jako aluzję do tego, że ma się zaraz rzucić i ją całować, a ona odpycha jego twarz jedną dłonią, drocząc się, po czym zmienia zdanie i pochyla głowę, żeby pocałować go w usta. A potem wyślizguje się z jego objęć i ucieka w stronę diabelskiego młyna, śmiejąc się i oglądając na niego. I to wygląda tak uroczo, Alice oddałaby za to życie.

Luella opuszcza szczotkę i narzeka zirytowanym tonem:

– Chcesz, żebym ci zrobiła te cholerne włosy czy nie?

– Przepraszam, przepraszam! – mówi Alice i pada z powrotem na krzesło, dzięki czemu Luella może na nowo podjąć trudne zadanie naprostowania i upięcia jej myszowatych włosów, które są zbyt krótkie i zbyt niesforne, by robiły, co im się każe. „Bardzo nowoczesne", stwierdził Joey podczas jej przesłuchania.

– Mogłabyś spróbować nosić perukę – mówi Vivian, rozcierając jedną wargę o drugą, żeby rozprowadzić równomiernie szminkę.

Alice ćwiczy ten sam manewr przed lustrem, próbując to bezczelne cmoknięcie, które oznacza „zmywaj się!". Olśniewająca Viv, główna atrakcja. To jej podobizna jest namalowana na obrazkach zawieszonych na zdobnie rzeźbionym froncie, z lśniącymi, kruczoczarnymi włosami i tymi ogromnymi, niebieskimi oczami, które jakimś sposobem wydają się jednocześnie lubieżne i naiwne. Taki wygląd pasuje do tego nowego numeru, który zrobił wrażenie na pastorach i nauczycielach szkolnych w kolejnych sześciu miastach. Dziewczęcy pokaz niepodobny do innych, który sprawiał, że zapraszano je specjalnie.

– Występ, szanowne panie! Za pięć minut występ! – Joey Grek otwiera zamaszyście drzwi do już zatłoczonej przyczepy, mężczyzna podobny do trzmiela wbity w zielonkawą kamizelkę z cekinami i lśniące czarne spodnie, które rozchodzą mu się w szwach. Alice wydaje z siebie cichy pisk przestrachu, przyciskając trzepoczącą dłoń do piersi.

– Pani to jest taka płochliwa jak młoda klaczka, panno Templeton – mówi Joey i szczypie ją w policzek. – Albo podfruwajka, która jeszcze chodzi do szkoły. Tylko tak dalej.

– Albo źrebak, którego zaraz przerobią na wałacha – rzuca zgryźliwie Vivian.

– A cóż to miało znaczyć, Vivi? – pyta z uniesioną brwią.

– Tylko to, że u Alice znajdziesz jeszcze więcej, niż na to liczyłeś – mówi Vivian, pociągając jeden ze swych loków, by sprawdzić, czy odskoczy. Niezadowolona z efektu, jeszcze raz przyprasowuje go żelazkiem.

– Na przykład to, że ja potrafię zapamiętać swoje kroki? – odparowuje Alice, czując ognisty wybuch nienawiści.

– No już, już. – Joey klaszcze w dłonie. – Wśród moich girlasek nie będzie darcia kotów. No chyba że włączę to do programu, za dodatkową opłatą.

Alice wie, że w przeszłości bywały takie dodatkowe atrakcje. Luella robiła kiedyś pokaz z pochodniami i mężczyźni zaglądali jej między nogi, jak podczas badania ginekologicznego. Ale w powietrzu unosi się ostatnio atmosfera pruderii i Joey sprytnie dostosował ich występ.

W dziewczęcej rewii jest jak w rodzinie, zwłaszcza kiedy pakują wszystko do wagonów kolejowych i ruszają w stronę innego miejsca, innego wesołego miasteczka. Tysiące mil od Kairu (Tak naprawdę to od Kayro w Illinois, nie w Egipcie, choć Joey twierdzi, że ona ma „kości policzkowe Nefretete") i wszystkich, którzy ją znali. Gdyby tam została, toby po prostu wyzionęła ducha. Jeśli nie z rąk wujka Steve'a, to ze zwyczajnej nudy. Kiedy ewakuowali ludzi podczas powodzi w trzydziestym siódmym, Alice ewakuowała się nie tylko z Kairu, ale i ze swego dawnego życia. Niech Bóg błogosławi rzekę Ohio, myśli sobie.

Joey chwyta Evę za obleczony w kostium tyłek, podczas gdy ona wsuwa stopy w wysokie pantofle, i lekko potrząsa tym tyłkiem, z lubością. Puszcza oko do Alice.

– Krągłości, księżniczko! Oto, co lubią mężczyźni. Musisz zarobić więcej dolarów, żeby mieć za co kupować ciastka, za które dostaniesz więcej krągłości, za które zarobisz więcej dolarów!

– Tak, panie Malamatos. – Alice dyga przed nim nerwowo w swojej biało-zielonej spódniczce cheerleaderki.

Joey wygania ją na zewnątrz, opierając się na swojej lasce zwieńczonej szmaragdem wielkości pięści, prawdziwym wedle jego zapewnień, i komediancko unosząc i opuszczając brwi. „Jak kopulujące gąsienice", tak to kiedyś określił.

A potem sięga do jej krocza. Przez jeden wykręcający trzewia moment boi się, że będzie jej tam grzebał, ale on tylko obciąga jej plisowaną spódniczkę.

– Znacznie lepiej – mówi. – Pamiętaj, księżniczko, od tego pokazu zależy dobrobyt całej rodziny.

Wychodzi z przyczepy, po czym głośno łomocząc butami, wspina się po schodkach na scenę, obramowaną rzeźbioną w drewnie markizą, ozdobioną sugestywnymi wizerunkami Vivian, których zadaniem jest rozpalanie wyobraźni widzów. Już w trakcie tej wspinaczki odklepuje swoją litanię.

– Nadstawcie uszu, panie i panowie, nadstawcie uszu, a opowiem wam, co się tu dziś będzie działo. Ale najpierw pozwólcie, że was ostrzegę. To nie jest pokaz tańca brzucha! My tu nie mamy dziewczyn skaczących na trampolinie ani też artystek od hula-hop. Nie mamy także zakazanych tancerek z Orientu!

– No to co macie? – przerywa mu ktoś z tłumu.

– Dobrze, że szanowny pan spytał! – Joey staje twarzą do pytającego, cały promieniejąc entuzjazmem. – Dla szanownego pana mamy coś o wiele cenniejszego. Dla pana mamy edukację!

Słychać nieliczne pohukiwania i gwizdy, ale Joey zdołał przykuć ich uwagę, mimo że jeszcze żadna z dziewczyn nawet nie weszła na schodki wiodące na scenę.

– Niech szanowny pan tu popatrzy. Proszę podejść bliżej. Ależ proszę się nie wstydzić, sir. Pozwolę sobie skierować pańską uwagę na ten cudowny okaz niewinności. Panna Alice!

Kurtyna się rozsuwa, wypuszczając na scenę Alice, która mruga, oślepiona blaskiem słońca. Jest ubrana w strój cheerleaderki: plisowana, wełniana spódniczka z zielonymi wstawkami, biały sweterek haftowany w motyw z zielonych megafonów i kaligrafowanych D (skrót od „dziewica", droczył się z nią Joey, kiedy go jej prezentował), kolanówki i buciki.

– A może tak wejdziesz tu na górę i przywitasz się, maleńka?

Alice macha radośnie do hałaśliwie gromadzących się ludzi, których tu ciągnie jak dzieci do strzelnicy, i wbiega susami na schody. Dociera na sam szczyt i natychmiast zgrabnie wykonuje gwiazdę, po czym staje prosto obok Joeya.

– A niech mnie dunder świśnie! – mówi Joey z zachwytem. – Nagrodźcie ją brawami, ludziska. Czyż nie jest urocza? Prawdziwa amerykańska dziewczyna. Słodka szesnastolatka, której nikt nigdy nie całował. Aż do... no cóż...

– No gadaj co?

Ze sceptykami wychodzi najlepiej. Kupisz ich, to masz gwarantowaną uwagę całego tłumu. Alice wie, że ci, którzy handlują cukierkami, wyłuskali z tłumu krzykaczy, którzy będą atakowali Joeya w momencie, gdy tylko się znajdzie w namiocie.

Joey krąży po scenie.

– Co? Ano to. – Ujmuje Alice za rękę, jakby chciał zatańczyć z nią walca, i obraca nią tak, by stanęła twarzą do widowni.

Alice spuszcza wzrok z udawaną skromnością, przykładając jedną dłoń do policzka, ale popatruje ukradkiem na gapiów przez firankę z rzęs, żeby wywołać reakcję. Zauważa młodą parę, która wcześniej wałęsała się na obrzeżach tłumu; dziewczyna uśmiecha się szeroko, chłopak ma nieufną minę.

Joey przycisza głos do konspiracyjnego tonu, przez co widownia musi podejść bliżej, żeby coś usłyszeć. Okrąża teraz Alice.

– To prawda, czyż nie, że są tacy mężczyźni, którzy lubią niszczyć niewinność? Zrywać ją jak dojrzałą wisienkę z drzewa. – Wyciąga rękę i udaje, że wsuwa owoc do ust, a potem nagryza go zmysłowo. Przeciąga moment dla lepszego efektu, a potem robi gwałtowny obrót, wskazując podstawę schodów swoją laską. – A co powiecie o młodej pani domu, którą nawiedzają nienaturalne żądze? I która nie potrafi nad nimi zapanować?

Zza kurtyny wyłania się Eva, ubrana w szlafrok ściągnięty paskiem i w masce z paciorków na oczach, po czym wkracza dostojnie na scenę, z ręką przyciśniętą do piersi. Joey kręci głową, pozornie nie zauważając, że jej dłoń zaczyna gwałtownie skubać ubranie i ocierać się o łono.

– Ta biedna, młoda kobieta, która nosi przebranie chroniące to, co jej zostało z godności, jest najżałośniejszym ze stworzeń, zdanym całkowicie na łaskę swoich niemoralnych fantazji. To nimfomanka, panie i panowie!

W tym momencie Eva zrzuca szlafrok i ujawnia koronkową bieliznę, a Joey, przerażony tą demonstracją, podchodzi prędko, żeby ją okryć.

– Piękne panie, czcigodni dżentelmeni. To nie jest jeden z tych tandetnych pokazów nagich ciał, który miałby was podniecić i rozpalić. To jest ostrzeżenie! Przed niebezpieczeństwami dekadencji i żądzy, przed ową łatwością, z jaką płeć piękna potrafi zejść na manowce. Albo doprowadzić do…

– Pre-zen-tuję… – Vivian rozsuwa kurtynę i wyłania się dumnymi krokami, w ołówkowej spódniczce, z ustami pomalowanymi jaskrawą szminką i włosami ściągniętymi w kok. – Jawnogrzesznica! Dziwka. Ladacznica. Podstępna kusicielka! Młoda, ambitna pracownica biurowa, która łypie okiem na swego szefa. Która uparła się, że stanie między mężem i żoną. Kobiety, uczcie się, jak taką zauważyć. Mężczyźni, uczcie się stawiać takiej opór. Ta lubieżna, drapieżna, uszminkowana istota to zagrożenie dla społeczeństwa!

Vivian wpatruje się w tłum, z ręką ułożoną na biodrze, po czym unosi dłoń w górę i rozpina kok, przez co jej włosy opadają kaskadą na ramiona. W odróżnieniu od biednej, cierpiącej nimfomanki Evy, Vivian okazuje swą żądzę w taki sposób, w jaki inne kobiety paradują w futrze z norek.

Joey przejmuje gadkę.

– Wszystko to i jeszcze więcej, tam w środku! Instruk-
cja do tego, jak uniknąć moralnego bezeceństwa. Chodź-
cie sami zobaczyć, jak bardzo i jak łatwo potrafi upaść po-
rządna kobieta. Prostytutki i narkomanki! Kobiety, które
są ofiarami swych wstrząsających żądz! Nienasycone czarne wdowy i skażona słodka, młoda niewinność!

Wszystko to najwyraźniej przerasta parę nastolatków,
bo chłopak odciąga dziewczynę w stronę innych rozrywek,
tych czystszych, sądząc po twardym spojrzeniu, jakim obrzuca Alice i inne dziewczyny. One wyhodowały w sobie
odporność na pogardę, ale Alice wciąż ma wrażenie, że
w jej gardle utknął gorący paciorek wstydu. Czerwieni się
i spuszcza wzrok, tym razem niczego nie udając, a kiedy
znowu podnosi głowę, spostrzega jego.

Szczupły, dziarski mężczyzna, dobrze ubrany, przystojny, gdyby nie krzywy nos. Stoi na tyłach, gapi się na nią –
i to nie w ten sposób jak większość innych mężczyzn, z jakimś takim wilczym głodem pełnym komicznego zuchwal-
stwa. Przykuła jego uwagę. Jakby ją znał. Jakby potrafił
zajrzeć w głąb jej sekretnego „ja". Alice jest tak zaskoczona
tym czystym żarem jego zainteresowania, że odwzajemnia
spojrzenie, ledwie słysząc ostatnie słowa Joeya. Mężczyzna
uśmiecha się, sprawiając, że Alice robi się ciepło, mdło i kręci jej się w głowie. Nie jest w stanie spojrzeć w inną stronę.

– Panie i panowie, ten pokaz was zahipnotyzuje! – Joey
robi wymach laską, wskazując młodą kobietę siedzącą na
widowni, która uśmiecha się z zażenowaniem. – Będziecie
jak w transie! – Robi kolejny wymach, celując w tamtego
pierwszego krzykacza. – On was sparaliżuje! – I tu podnosi laskę, na krótką chwilę wprawiając ją w drgania, po
czym zatacza nią półkole i obraca całe swoje krzepkie ciało
w stronę wejścia do namiotu. – Ale najpierw musicie kupić

bilety! Tylko trzy pokazy, panie i panowie. Krok w górę, krok do środka, pozwólcie, że was wyedukujemy!

Joey zagania dziewczyny na drugie schody, gdy tymczasem tłum widzów sunie w stronę budki z biletami, zbrojąc się do wejścia.

– Nie będzie żadnych fikołków w dół schodów? – drwi z Alice, ale ona jest zbyt zajęta oglądaniem się przez ramię na obcego.

Czuje ulgę, bo on wciąż tam jest, pcha się razem z innymi ludźmi, żeby kupić bilet. Następuje na pantofel Evy schodzącej na dół, przez co obie omal padają jak flaszki z mlekiem w grze w Jedną Kulę, kiedy facet ze straganu stawia ciężką butlę na szczycie piramidy, żeby zademonstrować, że tu nie ma żadnego oszustwa, ludziska.

– Przepraszam, przepraszam – szepcze.

Jeszcze bardziej się płoszy, kiedy zerka przez szparę w kurtynie i widzi, że on stoi nieruchomo jak kamień pośród falangi amatorów widowiska rzucających się na najlepsze miejsca. Sprzedawcy cukierków już zaczynają robić swoje szwindle. „Kupcie cukierków, wygracie nagrodę!" Bobby zagaduje jakąś starszą parę, ale Micky zauważa mężczyznę, który stoi zupełnie sam, i rusza do ataku:

– Hej, człowieku, chcesz coś wygrać? Mamy nowe słodkości, Anna Belle Lee, dopiero weszły na rynek. I powiem ci jeszcze: jesteśmy bardzo przekonani, że się w nich zakochasz, i dlatego w niektórych opakowaniach ukryliśmy niespodzianki, żeby dodatkowo osłodzić zakup. A więc zegarki, damskie i męski, zapalniczki, komplety piór wiecznych i banknoty pięciodolarowe! Skorzystaj z szansy, może dopisze ci szczęście! Tylko pięćdziesiąt centów! To słodki interes. I co ty na to?

A jednak mężczyzna lekceważy go, nawet na niego nie

spojrzawszy, z twarzą zadartą w stronę sceny. Czeka na nią. Alice wie to z absolutną pewnością.

Nieledwie się rozsypuje tam na scenie, bo to wszystko wywołuje u niej takie zdenerwowanie. Reflektor ją oślepia, więc nie widzi widowni, ale czuje jego wzrok. Gubi krok, potem źle oblicza czas przy robieniu akrobacji i o mały włos spada ze sceny. Na szczęście to dobrze pasuje do jej numeru, cheerleaderki nafaszerowanej narkotykami i obietnicami wygłaszanymi przez Micky'ego ubranego w obszerny garnitur, która w ostatniej scenie opiera się o latarnię uliczną, w butach na obcasach i kusej sukience, po utracie niewinności, bo poddała się – zgodnie z narracją zasapanego Joeya – „ostatecznej deprawacji". Reflektor przygasa dramatycznie i Alice umyka ze sceny, robiąc miejsce pod następny numer, na którego potrzeby dwóch młodych i krzepkich pomocników wnosi kanapę z dekadencko ułożoną na niej bezimienną nimfomanką.

– Ktoś tu ma wielbiciela – szydzi Vivian. – Czy on wie, że nagroda w jego pudełku z cukierkami to bubel?

Alice w mgnieniu oka naskakuje na nią, drapie ją po twarzy, wyrywa te idealne perfekcyjne loczki, strąca okulary. Vivian upada tak ciężko, że odgłos przenika przez kurtynę, przez co Joey jest zmuszony podnieść głos.

– Kto by pomyślał, że najbardziej intymny, najbardziej miłosny moment między mężem a żoną w ich noc poślubną byłby zdolny wyzwolić w niej taki mroczny, nienasycony, pulsujący głód?

Luella i Micky ściągają Alice z Vivian, która wstaje i z uśmiechem dotyka zadrapań na twarzy.

– Tylko na tyle cię stać, Alice? Nikt cię nie nauczył się bić jak przystało na damę?

I kiedy Luella z Mickym trzymają ją, osłabłą i zapłakaną, Vivian oddaje jej pięścią naszpikowaną pierścionkami, które rozcinają jej twarz.

– Jezus, Viv! – syczy Micky.

Ale Viv już idzie zająć swe miejsce. W samą porę, bo Eva zrzuca na scenie bieliznę i w tym momencie światła gasną gwałtownie, przez co kmiotki z widowni mogą się na nią gapić jedynie przez chwilę, co zresztą i tak wystarcza, żeby wywołać okrzyki wyrażające szok i oburzenie ze strony tych przyzwoitych oraz gwizdy i wiwaty ze strony galerii z najtańszymi miejscami. Vivian wkracza dumnie na scenę, gdy tymczasem Eva z niej schodzi, naga i szeroko uśmiechnięta.

– Psiakość, człowiek by pomyślał, że w życiu nie oglądali przez dwie sekundy nagiej damy… Cholerka, Alice, co z tobą?

Luella i Eva zabierają ją do przebieralni, żeby zmyć krew i natrzeć ją maścią z kolekcji Luelli, która posiada praktycznie całą aptekę z balsamami i olejkami. Alice jednak wie, że jest niedobrze, bo nie chcą nic powiedzieć.

Najgorsze jeszcze nie nastąpiło.

Joey wzywa ją do przyczepy tuż po pokazie, z tą swoją poważną miną, bez żadnego ruszania brwiami.

– Zdejmij ubranie – mówi, zimny jak nigdy.

Alice wciąż ma na sobie kostium Upadłej Kobiety, czyli czerwone pantofle na obcasach i obcisłą sukienkę.

– Ja myślałam, że to nie jest taki pokaz – protestuje Alice, z półśmiechem, którym nie jest w stanie oszukać nawet samej siebie.

– No już, Alice.

– Nie mogę.

– Wiesz dlaczego.

– Proszę, Joey.

– Myślisz, że ja nie wiem? Dlaczego ty się przebierasz w toalecie, zupełnie sama? Dlaczego zawsze nosisz przy sobie opaski z gumy?

Alice nieznacznie kręci głową.

Tym razem ton jest łagodniejszy.

– Pokaż mi.

Alice, cała drżąc, zdziera z siebie sukienkę, upuszczając ją na podłogę, obnażając płaskie piersi, skomplikowane więzy z taśmy i elastycznych ściągaczy wokół genitaliów. Joey ściąga brwi.

Walczyła z tym przez całe życie. Z Lucasem Ziegenfeusem, który mieszka w jej wnętrzu. Albo to ona w nim mieszka, nienawidząc jego ciała, tego nienawistnego ohydztwa, które dynda jej między nogami i które sobie tam przywiązuje, ale nie ma odwagi go odciąć.

– No dobra. – Pokazuje jej, że ma się ubrać. – Marnujesz się tutaj, wiesz? Powinnaś jechać do Chicago. W Bronzeville są takie specjalne pokazy. Albo wstąp do jakiegoś cyrku. Niektórzy wciąż pokazują takie on-ona-ono. Albo brodate kobiety. Dałabyś radę zapuścić brodę?

– Nie jestem wybrykiem natury.

– Jesteś z tego świata, księżniczko.

– Pozwól mi zostać. Nic nie wiedziałeś. Nikt inny nie musi się dowiedzieć. Potrafię to ukryć, wiem, że mogę, Joey. Proszę.

– Jak myślisz, co się z nami stanie, jak ktoś cię przyuważy? Albo panna Gadulska puści farbę? Tak ją wkurzyłaś, że to zrobi, sama wiesz.

– Pojedziemy prędko do następnego miasta. Tak samo jak wtedy, gdy Micky zerżnął córkę skarbnika w Burton.

– Tym razem jest inaczej, księżniczko. Ludzie lubią być ogłupiani tylko do pewnej granicy. Zostaniemy wygnani z miasta. Być może nas zlinczują. Wystarczy, że jeden kmiotek zauważy, jak się owijasz, jeden gość wsadzi ci rękę pod kieckę, zanim Bobby zdąży interweniować w obronie twojej skromności.

– No to nie będę występowała. Mogę robić cukierki. Mogę sprzątać, gotować, pomagać dziewczynom, jak będą zmieniały kostiumy, przy makijażu.

– Przykro mi, Alice, to rewia dla rodzin.

Nie może tego znieść. Wypada z wozu jak gołąb z rękawa magika, zalewając się łzami. I wbiega prosto w jego ramiona.

– Uważaj, kwiatuszku. Coś ci się stało?

Nie potrafi uwierzyć, że to on. Że on na nią czekał. Próbuje coś powiedzieć, ale zamiast tego tylko oddycha urywanymi spazmami. Zakrywa sobie twarz dłońmi, a wtedy on przytula ją do piersi. Nigdy wcześniej tak się nie czuła, że należy do kogoś cała, tak jak w tej chwili. Patrzy mu w twarz. Jego oczy są zwilgotniałe, jakby sam miał się zaraz rozpłakać.

– Nie płacz – mówi Alice, przepełniona rozpaczliwym współczuciem, dotykając długimi, szczupłymi palcami (masz dłonie dziewczyny, zawsze powtarzał jej wujek) jego policzka. Pragnie tego całą sobą. Mogłaby się w nim roztopić.

Ze wzruszeniem widzi, że jego też to przepełnia. Przywiera do niego ustami. Czuje jego gorące wargi, czuje woń karmelków w jego oddechu.

– Zdumiewająca dziewczyna – mówi on, odrywając się od niej, wstrząśnięty i zachwycony.

Zmaga się z jakimś zawirowaniem w swoim wnętrzu, Alice widzi to po wyrazie jego twarzy. A niech tam, myśli. Pocałuj mnie jeszcze raz. Jestem twoja.

Może on ma jakiś dar jasnowidzenia, taki sam, do jakiego przyznaje się Luella, bo przemawia teraz do niej tak, jakby usłyszał jej myśli i podjął postanowienie.

– Wyjedź ze mną, Alice. Nie musimy tego robić.

Już chce powiedzieć tak, to słowo już jest na jej wargach, ale Joey niszczy wszystko. Jego sylwetka na szczycie schodków przyczepy przypomina niemrawego żuka.

– A wy, kurwa, co sobie myślicie?

Obcy wypuszcza ją z objęć. Joey schodzi ociężale ze schodków, wymachując swą absurdalną laską z klejnotami.

– To nie jest pokaz tego typu, przyjacielu. Łapy przy sobie, jeśli można.

– To z tobą nie ma nic wspólnego, człowieku.

– Wypraszam sobie. Czy ja się, kurwa, nie wyraziłem jasno? Łapy precz, i to już.

– Wracaj do środka, Joey – mówi Alice, pełna spokoju tak czystego, że aż jej się kręci w głowie.

– Przepraszam, księżniczko. Ja tu nie popuszczę. Ledwie się obejrzysz i byle kmiot też będzie chciał coś uszczknąć.

– Wszystko w porządku – mówi jej kochanek, od niechcenia poprawiając swój kapelusz, na przekór pogróżkom Joeya.

Do Alice dociera, że on stąd odchodzi. Chwyta go za rękę, zdjęta paniką.

– Nie! Nie zostawiaj mnie!

Ujmuje ją delikatnie pod brodę.

– Wrócę po ciebie, Alice – mówi. – Obiecuję.

KIRBY

27 sierpnia 1992

Kirby daje to ogłoszenie w każdą pierwszą sobotę miesiąca i co czwartek opróżnia skrzynkę pocztową. Czasami są tylko jedna albo dwie odpowiedzi. Najwięcej w jednym miesiącu dostała szesnaście i pół, jeśli liczyć pocztówkę, na której ktoś nabazgrał stek wulgaryzmów.

Jeśli Dan jest w mieście, to idzie do niego i przeglądają odpowiedzi razem. Tego dnia Dan przyrządza dla niej suma z ziemniaczanym purée, toteż kręci się po swej kawalerskiej kuchni, podczas gdy ona przegląda zdobycze.

Pierwszym zadaniem takiego dnia z pocztą jest posortowanie odpowiedzi na kategorie: „smutne, ale nieprzydatne", „potencjalnie interesujące" i „głupie kawały".

Bardzo wiele jest przeraźliwie smutnych. Jak list od mężczyzny, któremu zastrzelono siostrę. Osiem kartek, zapisanych ręcznie po obu stronach, opowiadających szczegółowo, jak podczas strzelaniny samochodowej trafiła ją zabłąkana kula. Jedyny niezwykły przedmiot znaleziony na scenie przestępstwa raczej musiał się tam znaleźć. Łuski od nabojów.

Zdarzają się przypadki graniczne. Kobieta, która po nieudanym włamaniu zobaczyła ducha swojej matki; ten duch chciał jej koniecznie przypomnieć, że ma nakarmić kota. Chłopak, który obwiniał siebie – że gdyby tylko pozwolił napastnikom zabrać swój zegarek, broń by nie wystrzeliła, ona by żyła i dlatego teraz widzi ten zegarek wszędzie. W czasopismach, na wystawach sklepowych, na billboardach z reklamami i na nadgarstkach innych ludzi. Czy pani uważa, że Bóg chce mnie w ten sposób ukarać? – napisał.

Kirby rozprawia się z tymi i z innymi odpowiedziami, które nie prowadzą do niczego, posyłając krótki i szczery list, w którym dziękuje autorowi za to, że poświęcił swój czas, i dołącza informację o darmowej pomocy i lokalnych grupach wsparcia dla ofiar przestępstw, które wyszukał dla niej Chet.

Przez te wszystkie miesiące tylko dwie odpowiedzi sprawiały wrażenie wartych sprawdzenia. Dziewczyna zakłuta nożem pod nocnym klubem, która miała na szyi stary, rosyjski krzyżyk. List był od jej chłopaka, rosyjskiego gangstera, który chciał, żeby Kirby negocjowała z policją w jego imieniu, żeby ten krzyżyk odzyskać, bo należał do jego matki i ten gangster nie był w stanie zwrócić się w tej sprawie bezpośrednio, bo to przez jego machinacje biznesowe zginęła ta dziewczyna.

Drugi przypadek dotyczył nastoletniego chłopca (znowu to zarzucanie szerokiej sieci, pomyślała wtedy) znalezionego w tunelu, w którym przesiadywali chłopcy jeżdżący na rolkach, skatowany na śmierć, z ołowianym żołnierzykiem wsadzonym w usta. Rodzice byli rozkojarzeni, siedzieli w swoim dużym pokoju na kanapie okrytej peruwiańską narzutą, kurczowo ściskając się za ręce, jakby ich palce stopiły się z sobą, i pytali, czy ona potrafi im coś wyjaśnić. Prosili o wyjaśnienia. I tylko tyle. Dlaczego? Czym on sobie na to zasłużył? To była męczarnia.

* * *

– Masz dzisiaj jakieś zdjęcia od J? – pyta Dan, zaglądając jej ponad ramieniem.

J pisuje do nich regularnie, załączając artystyczne zdjęcia zaaranżowanych scen śmierci dziewczyny z oczami grubo obrzeżonymi kredką i rudymi włosami. Niewykluczone, że ona sama to J, jeśli przyjąć, że J to kobieta albo przyjaciółka J. Utopiona w stawie rybnym, w zwiewnej, białej sukni, z włosami dryfującymi dookoła głowy jak aureola. Albo ubrana we wdzianko z czarnej koronki, w rękawiczkach do łokci, z białą różą w ręku leżała w kałuży krwi wzbudzającej podejrzenie, że to farba.

Zdjęcie, które przyszło tego dnia, w czarnej kopercie, przedstawia J siedzącą na krześle obitym skórą, z rozłożonymi nogami, w pończochach samonośnych i oficerkach, z głową odchyloną do tyłu i rozbryzgiem krwi na ścianie za jej plecami; z bezwładnych palców zakończonych idealnie wypielęgnowanymi paznokciami zwisa rewolwer.

– Założę się, że to studentka jakiejś artystycznej uczelni – skarży się Kirby.

Nigdy nie odpowiadają na listy J. A jednak ona wciąż przysyła te zboczone zdjęcia.

– To lepsze niż studenci szkoły filmowej – mówi Dan zwyczajnym tonem, filetując rybę.

– Dalej ci to nie daje spokoju, prawda? – pyta Kirby z uśmiechem.

– Co?

– Czy się z nim przespałam.

– Oczywiście, że się z nim przespałaś. Był twoją pierwszą miłością. Raczej żaden news, dziewczynko.

– Wiesz, co chcę powiedzieć.

– Nie moja sprawa. – Wzrusza ramionami, udając, że

to nic takiego, a ona to zauważa, nie po raz pierwszy zresztą, bo zawsze to widzi, kiedy jest uczciwa wobec siebie.

– W porządku. W takim razie nic ci nie powiem.

– Nadal uważam, że nie powinnaś kręcić tego dokumentu.

– Jaja sobie robisz? Przecież już odrzuciłam ofertę Oprah Winfrey.

– Co ty gadasz?! – wykrzykuje Dan, parząc się parą przy odcedzaniu ziemniaków. – Poważnie? Nie wiedziałem.

– Matka ją odrzuciła. Ja jeszcze byłam w szpitalu. Dziennikarze ją wykańczali. Twierdziła, że to sami oszuści, bo albo praktycznie włamywali się do mojego pokoju w szpitalu, żeby przeprowadzić wywiad, albo dla odmiany nie oddzwaniali do niej.

– Aha – mówi Dan, czując się teraz winny.

– Mogłam wystąpić w niejednym talk-show. Ale to się wydawało takie wojerystyczne. Rozumiesz? Po części dlatego musiałam się usunąć. Żeby od tego uciec.

– Potrafię zrozumieć.

– Więc nie przejmuj się. Powiedziałam Fredowi, gdzie ma sobie wsadzić ten swój dokument. – Kirby przykłada do nosa brzoskwiniową kopertę. – Ta nawet ładnie pachnie. To na pewno zły znak, prawda?

– Mam nadzieję, że nie powiesz tego samego o moim gotowaniu.

Kirby robi złośliwą minę i rozdziera kopertę. Wyciąga dwie kartki ze staromodnej papeterii; każda jest zapisana po obu stronach.

– No to czytaj – mówi Dan, miażdżąc ziemniaki. Jest szczególnie dumny z tego, że potrafi rozetrzeć wszystkie grudy.

Drogi panie KM

Dla mnie samej pisanie tego listu jest czymś osobliwym i wyznam, że się wahałam, ale pańskie (dość głupawe) ogłoszenie w gazecie domaga się odpowiedzi, ponieważ wiąże się z pewną rodzinną tajemnicą, na której punkcie mam wieloletnią obsesję, nawet jeśli ona nie mieści się w określonych przez pana ramach czasowych.

Dzielenie się z Panem tymi informacjami, skoro nie mam pojęcia, jakie są pańskie intencje, rodzi pewien lęk. Jaki był cel pańskiego ogłoszenia? Ciekawość akademicka czy raczej chorobliwa? Czy jest pan detektywem z policji chicagowskiej, czy też oszustem, który handluje ludzkimi krzywdami w zamian za jakąś tam satysfakcję, którą to panu daje?

Oszczędzę panu dalszych spekulacji, ponieważ, jak przypuszczam, jest to sposobność, która, tak jak wszystkie sposobności, niesie z sobą własne ryzyko, ale ufam, że po przeczytaniu tego listu odpisze mi Pan, choćby tylko po to, by wytłumaczyć, skąd to zainteresowanie tematem.

Nazywam się Nella Owusu, z domu Jordan. Zarówno mój ojciec, jak i matka zostali zabici podczas drugiej wojny światowej, on za granicą jako żołnierz, ona w Senece, gdzie padła ofiarą straszliwego morderstwa popełnionego zimą 1943 roku, którego sprawca nigdy nie został wykryty.

Moje rodzeństwo – przenoszono nas wszystkich do różnych sierocińców i rodzin zastępczych, ale w dorosłym wieku udało nam się połączyć – uważa, że interesuję się sprawą bezpodstawnie. Ale ja jestem najstarsza. Ja pamiętam ją najlepiej.

Pańskie ogłoszenie stwierdzało wyraźnie, że interesują Pana „niezwykłe przedmioty, które znaleziono przy ciele".

Cóż, kiedy ciało naszej matki zostało już pochowane, oddano nam przedmioty osobiste, które znaleziono przy jej ciele i wśród tych przedmiotów była karta baseballowa. Wspominam to, ponieważ matka nie interesowała się baseballem. Nie wyobrażam sobie, dlaczego miałaby mieć przy sobie kartę baseballową.

Ufam, że Pan odpisze i nie będzie mnie Pan skazywał na domysły co do pańskich motywacji.

Z wyrazami szacunku

N. Owusu

Wioska Spokojnej Starości we Floradale, segment 82

– Do głupich kawałów – stwierdza Dan, stawiając przed nią talerz.

– Nie wiem. Chyba warto by sprawdzić. Wydaje się, że to jakaś ciekawa kobieta.

– Jeśli się nudzisz, to mogę ci wyszukać jakąś robotę. Potrzebuję danych do najbliższego meczu w St Louis.

– Właściwie się zastanawiam, czy nie spróbować napisać czegoś o tym wszystkim. Zapiski z morderstw, taki dałabym tytuł.

– „Sun-Times" nigdy tego nie puści.

– Ale może jakieś czasopismo. „Lumpen Times" albo „Steve Albini uważa, że jesteśmy do dupy".

– Czasami przemawiasz jakimś obcym językiem – stwierdza Dan ustami pełnymi jedzenia.

– Dostosuj się do programu, koleś – mówi i wzrusza ramionami, jak wypisz wymaluj Bart Simpson.

– Czy. Ty. Mówisz. Po angielsku? – krzyczy Dan, naśladując turystów podróżujących za granicą.

– Alternatywne czasopisma z niszowych wydawnictw.

– A właśnie, to mi coś przypomniało. Mówię o czymś nie aż takim niszowym i alternatywnym. Chet poprosił, żeby ci to przekazać. Powiedział, że wie, że nikt nie został zadźgany, ale twierdzi, że jesteś jedyną osobą w newsroomie, której spodoba się to dziwactwo. – Sięga do swojej zniszczonej skórzanej aktówki i wyciąga z niej wycinek. Tekst obejmuje zaledwie kilka wersów.

Stare banknoty znalezione w trakcie policyjnego nalotu na melinę narkotykową

Englewood. W trakcie nalotu policyjnego na melinę miejscowych handlarzy narkotyków znaleziono coś więcej oprócz działek amfetaminy i heroiny. W apartamencie Toneela Robertsa, znanego dilera narkotykowego, znaleziono nie tylko broń palną, ale także 600 dolarów w banknotach wycofanych z użytku, z datami sięgającymi roku 1950, znanych jako Certyfikaty Srebra. Banknoty są łatwe do zidentyfikowania na podstawie niebieskiej pieczęci na awersie. Policja spekuluje, że te pieniądze najprawdopodobniej pochodziły z jakiegoś starego łupu, i ostrzegła właścicieli miejscowych firm, że to nie są legalne środki płatnicze.

– To naprawdę miłe z jego strony – stwierdza Kirby i naprawdę tak myśli.

– Wiesz, jak już zrobisz dyplom, to jest szansa, że dostaniesz prawdziwą pracę w gazecie – sugeruje Dan. – Może nawet w dziale stylu życia, jeśli będziesz tego chciała.

– To naprawdę miłe z twojej strony, Danie Velasquez.

Dan czerwieni się i z wielkim zainteresowaniem gapi się na swój widelec.

– Zakładając, że nie chcesz iść do „Tribune" albo do któregoś z tych podziemnych pisemek.

– Tak naprawdę to jeszcze się nad tym nie zastanawiałam.

– Tak, no to lepiej zacznij. Rozwiążesz sprawę i co będziesz robić potem?

Właśnie do niej dociera, że on nie wierzy, że do tego dojdzie, bo takim tonem to powiedział.

– Ta ryba jest przepyszna – mówi.

HARPER

10 kwietnia 1932

Po raz pierwszy prawie nie ma ochoty iść zabijać. Bo ta dziewczyna z rewii całowała go w taki sposób. Z miłością, nadzieją i pożądaniem. Czy człowiek nie ma prawa tego chcieć? Wie, że to odkłada, że opóźnia to, co nieuchronne. Powinien polować na jej wersję z przyszłości, zamiast spacerować po State Street, jakby miał wszystko gdzieś.

I kogo spotyka? Ano tę pielęgniarkę-świnkę, która ogląda wystawy sklepowe, wciśnięta pod pachę jakiegoś gościa. Jest tłustsza i ma na sobie lepsze palto. Do twarzy jej z tymi wyściełanymi ramionami, stwierdza i dostrzega w tej myśli pożądliwą nutę. Jej przyjaciel to ten doktor ze szpitala, z gęstą szopą włosów, w przednim kaszmirowym szaliku na szyi. Harperowi się przypomina, że ostatnim razem widział go, jak się gapił ślepym spojrzeniem ze śmietnika, w 1993 roku.

– Witaj, Etto – mówi Harper, podchodząc zbyt blisko, niemal nadeptując im na stopy. Czuje woń jej perfum. Przesłodzony cytrus. Kurewski zapach. Pasuje do niej.

– O – mówi Etta, a wyraz jej twarzy prędko odzwierciedla kolejne stany: rozpoznanie, niedowierzanie, nagłą radość.

– To jakiś twój znajomy? – Doktor zdobywa się na niepewny półuśmiech.

– Wyleczył mi pan nogę – mówi Harper. – Przykro mi, że mnie pan nie pamięta, doktorze.

– A tak. – Czerwieni się, jakby wiedział teraz dokładnie, kim jest Harper. – I jak się miewa teraz pańska noga, mój zuchu?

– O niebo lepiej. Prawie nie potrzebuję kuli. Ale bywa, że się przydaje.

Etta wtula się jeszcze mocniej w doktora, najwyraźniej planując dopiec Harperowi.

– Byliśmy na przedstawieniu.

– Masz dzisiaj oba buty – wskazuje Harper.

– I zamierzam w nich tańczyć – odcina się.

– Cóż, nie wiem, czy to też dziś zdołamy uskutecznić – mówi doktor, wytrącony z równowagi tą rozmową. – Ale skoro chcesz… Do diaska, czemuż by nie?

Spogląda na Ettę w poszukiwaniu wsparcia. Harper zna bardzo dobrze mężczyzn tego typu. Kobieta owija takiego wokół swych palców jak kocią kołyskę. Doktor myśli, że jest górą, i ustępuje jej, bo próbuje zaimponować. Myśli, że jest bezpieczny na tym świecie, ale nie zna wszystkich jego obszarów.

– Nie będę wam przeszkadzał. Panno Etto. Doktorze. – Harper kłania się z szacunkiem i idzie dalej, zanim tamten zdoła się otrząsnąć na tyle, by dostrzec obrazę.

– Bardzo miło było pana spotkać, panie Curtis – woła Etta znad swojego ramienia. Gra na dwa fronty. Albo zagięła na niego parol.

Następnego wieczoru idzie za dobrym doktorem do jego domu, kiedy tamten wychodzi ze szpitala po dyżurze. Mówi mu, że chce go zabrać na kolację i podziękować za to, że go wyleczył. Kiedy mężczyzna próbuje uprzejmie odrzucić zaproszenie, Harper jest zmuszony wyjąć nóż, ten nowy, aby przekonać doktora, by poszedł razem z nim do Domu.

– Po prostu wpadam i wypadam – mówi, naduszając głowę mężczyzny, by go przeprowadzić pod deskami, którymi zabite jest wejście. Zamyka za nimi drzwi i potem otwiera je raz jeszcze za sześćdziesiąt lat, gdzie los doktora już na niego czeka. Doktor nawet się nie opiera. W każdym razie nie bardzo. Harper podprowadza go do śmietnika i potem dusi jego własnym szalikiem. Najtrudniejsze jest wrzucenie go potem do środka. – Nie martw się – mówi do ciemnofioletowej twarzy trupa. – Niebawem będziesz miał towarzystwo.

DAN

11 września 1992

Perspektywa. Oto, co ci daje latanie samolotami. Świat pod tobą robi się maciupeńki i bardzo ci daleko do dziewczyny, która jest gdzieś tam w dole, równie nierealna jak te chmury unoszące się znienacka na błękicie nieba.

To jest zupełnie inny wszechświat, rządzący się bardzo precyzyjnie sformułowanymi zasadami. Podobnymi do tych racjonalnych instrukcji, co robić w razie katastrofy. Nadmuchać kamizelkę ratunkową. Dopasować maskę do twarzy. Opasać się rękami. Jakby te zasady mogły cokolwiek zmienić, kiedy płonący samolot spada już na ziemię. Żeby jeszcze na całą resztę życia dało się znaleźć takie łatwe placebo.

Miej pasy cały czas zapięte. Ustaw stolik w pozycji pionowej. Nie próbuj flirtować ze stewardesami, no chyba że czas gra na twoją korzyść i nadal masz wszystkie włosy, a do tego jeszcze być może siedzisz w klasie biznesowej, więc wtedy zdejmujesz swoje lakierowane buty i ustawiasz je równiutko z jednej strony dodatkowej przestrzeni na nogi, żeby jak najlepiej pokazać swoje skarpetki z najlepszej bawełny od projektanta, mój drogi.

Dan siedzi w klasie ekonomicznej, gdzie doskonale słyszy, że za kotarą proponują szampana, i dolatuje go głuche, metaliczne poszczękiwanie prawdziwych sztućców, a nie plastikowych. Podczas nocnego lotu szczególnie męczące.

– Ci to dopiero działają na nerwy – mruczy do Kevina.

Kevin go nie słyszy, bo jest spięty ze swoim discmanem; z uszu wyciekają mu ciężkie od basów fragmenty, które wydają się brzydsze i bardziej zniekształcone niż prawdziwa muzyka, a jego wzrok biega po gazetce pokładowej pełnej podróżniczych opowieści o niedosiężnych hotelach. Dlatego Dan pozostaje sam we własnej głowie, która szczerze powiedziawszy, jest ostatnim miejscem, w którym pragnie być. A w każdym razie nie razem z nią.

To rozkojarzenie jest tymczasowe. Oczywiście może sporządzać notatki, zatopić się w statystykach graczy (ten, kto powiedział, że sport jest głupi, nigdy nie biedził się z algebrą średniej uderzeń i statystyk zaliczania baz), ale jego myśli się zapętlają jak u psa, który skubie zębami ranę na własnym zadzie, sprawiając, że ta rana wciąż się odnawia. A już najgorsze w tym wszystkim jest to, że teksty popowych piosenek nabrały sensu – oto, jaki się stał żałosny.

Nic z tego wszystkiego nie zwiększa jego szans, tak jak Kevina nic nie przybliża do wakacji w pięciogwiazdkowym ośrodku narciarskim w Alpach Francuskich, i to w towarzystwie hollywoodzkich gwiazdek. Jest tak, jakby znowu brał rozwód. W którym najtrudniejszym elementem była nie rozpacz, zdrada i te koszmarne wypowiedziane słowa, tylko tamta drzazga bezpodstawnej nadziei.

To jest absolutnie niestosowne. On jest zbyt sterany, ona jest za młoda, oboje są zbyt popieprzeni. Współczucie myli mu się z zauroczeniem. Jeśli odczeka trochę, to wszystko przyschnie. Zniknie. Musi tylko być cierpliwy i starać się nie zachowywać jak jakiś bezmyślny głupek. Czas leczy rany. Przelotne namiętności przysychają. Drzazgi same wychodzą z ciała. Co nie znaczy, że nie pozostawiają po sobie ran, które potem swędzą.

* * *

W hotelu w St Louis czeka na niego wiadomość nagrana na sekretarce. Kolejny przyjemnie anonimowy pokój z nachalnie nienachalnymi dekoracjami naściennymi i widokiem na parking. Jedyna różnica między tym pokojem a wszystkimi innymi, w jakich się kiedykolwiek zatrzymywał, to czerwone, błyskające światełko w aparacie telefonicznym. To ona, podpowiada mu serce. Zamknij się, odpowiada sercu.

Ale to ona. Zadyszana, podniecona.

– Hej, Dan. To ja. Proszę, Oddzwoń zaraz, kiedy to odbierzesz.

Naciśnij jeden, żeby ponownie odegrać wiadomość. Naciśnij trzy, żeby oddzwonić. Naciśnij siedem, żeby wymazać wiadomość. Naciśnij cztery, żeby zapisać wiadomość.

– Cześć – mówi Kirby wypoczętym i trzeźwym głosem, mimo że jest druga w nocy. – Co tak długo nie dzwoniłeś?

– Ja? To ty nie odbierałaś telefonu.

Nie mówi jej, że próbował się do niej dodzwonić spod pomieszczenia dla dziennikarzy podczas niemiłosiernie nudnego dziewiątego inningu. I jeszcze raz z płatnego telefonu przed barem, do którego wszyscy poszli na drinka po konferencji prasowej, gdzie popijał dietetyczną colę i próbował wykrzesać w sobie entuzjazm do konwersacyjnych powtórek z tego, jak Ozzie Smith ukradł kolejną bazę albo wariackiego inningu Olivaresa. „Widziałeś, jak on przyłupał Ariasowi w drugiej?" – szalał Kevin. Ani że sześć razy odsłuchiwał jej wiadomość. Jeden-cztery-jeden-jeden-jeden-jeden. A chyba bardziej powinien się podniecać tym, że jego drużyna wygrała.

– Przepraszam – mówi Kirby. – Wyszłam na drinka.

– Z Fredem?

– Nie, ty durna pało. Odpuść to sobie wreszcie. Z dziennikarką „Screamin'". Zafrapował ją pomysł na te „Zapiski z morderstw".

– Myślisz, że to dobry pomysł? Ile jeszcze chcesz sobie brać na głowę? – Czy neutralność podlega jakiemuś stopniowaniu? Próbuje wrzucić inny bieg. Widział, jak reporterzy telewizyjni to robią. Uprzejmie się wycofują, ale za to z uniesioną brwią.

– To byłoby rozłożone w czasie. Mogłabym podesłać, jak już będzie gotowe. O ile będzie gotowe. Jeśli uznam, że jest gotowe.

– No to powiedz mi, jak ci poszło z panią od karty baseballowej.

– Właściwie to było bardzo smutno. To nie jest tak do końca wioska dla emerytów, tylko bardziej dom starców. Był tam jej mąż, chciał mnie poznać. Ghańczyk. Jest właścicielem restauracji w Belmont. Mówi, że ona ma wczesne stadium Alzheimera, mimo że jest dopiero po sześćdziesiątce. To genetyczne. Jej umysł przypływa i odpływa. W jedne dni jest sprawna intelektualnie, w inne po prostu jej tu nie ma.

– A w czasie spotkania?

– Nie bardzo kontaktowała. Piliśmy herbatę i ona stale nazywała mnie Marią. Maria była uczestniczką kursu dla dorosłych analfabetów, który Nella kiedyś prowadziła.

– Aua.

– Za to jej mąż okazał się wspaniały, później z godzinę rozmawialiśmy. Jest dokładnie tak, jak opowiedział list. Jej matka została zamordowana w 1943 roku, naprawdę straszna sprawa, i kiedy gliniarze zwrócili wreszcie rodzinie rzeczy osobiste, to była wśród nich karta baseballowa. Gliniarze twierdzili, że znaleźli ją przy jej ciele. Tę kartę przez długi czas przechowywali jej ciotka i wujek, a kiedy zmarli, ona ją odziedziczyła.

– I co to była za karta?

– Chwileczkę, przekonałam kobietę z recepcji, żeby ją dla mnie skserowała. – Słychać szelest papieru wygrzebywanego z toby. – O już. Jackie Robinson. Brooklyn Dodgers.

– Niemożliwe – reaguje automatycznie Dan.

– Dokładnie to jest na niej napisane. – Mówi to zaczepnym tonem.

– I zmarła w 1943 roku?

– Tak. Mam również kopię świadectwa zgonu. Wiem, co powiesz. Wiem, jakie to nieprawdopodobne. Ale wysłuchaj mnie. Zdarzali się już kiedyś wspólnicy od zabijania, racja? Dusiciele z Hillside byli kuzynami, którzy razem gwałcili i dusili kobiety w Los Angeles.

– Skoro tak mówisz.

– Zaufaj mi. Uważam, że to się wiąże z moim przypadkiem. To mogła być ekipa w rodzaju „ojciec i syn". Starszy psychopata, który był mentorem młodszego. Zgaduję, że niekoniecznie musieli być spokrewnieni. On może mieć dziewięćdziesiąt lat, może już nie żyć, co tłumaczyłoby te odciski palców znalezione na zapalniczce, racja? Ale jego partner podtrzymuje tradycję pozostawiania czegoś przy ciele. Staroświecki zabójca w liczbie mnogiej, Dan. To ten młodszy zaatakował mnie, Julię Madrigal i Bóg wie, kogo jeszcze. Mam zamiar znowu się zabrać do tych pudeł z wcześniejszych lat, które odstawiliśmy na bok. Niewykluczone, że to trwa od wielu, wielu lat.

– Przepraszam cię, Kirby. Tu się coś nie zgadza – mówi Dan najdelikatniej, jak potrafi.

– O czym ty gadasz? – pyta Kirby podniesionym tonem. Dan wzdycha.

– Wiesz, kto to jest zawodnik-widmo?

– Zgaduję, że to nie jest coś oczywistego. Żadne tam duchy z horroru na ławce rezerwowych. Zapolowy z twarzą kościotrupa, diabeł, który miota płonącą, piekielną piłką...

– Zgadza się – przerywa jej.

– Chyba nie chcę usłyszeć tego, co masz mi do powiedzenia.

– Prawdopodobnie nie i to jest niedobre. Najbardziej znany nazywał się Lou Proctor. Był telegrafistą z Cleveland, który umieścił swoje nazwisko w tabeli z wynikami w 1912 roku.

– Ale on nie istniał.

– Istniał jako człowiek, ale nie jako zawodnik. To było oszustwo. Dokopali się do niego w osiemdziesiątym siódmym i usunęli go ze statystyk. Wystarczyło mu piętnaście minut, żeby mieć swoje siedemdziesiąt pięć lat sławy. Byli też inni, z którymi było podobnie, tyle że nikt nie robił tego specjalnie. Niechlujnie spisywało się wyniki, ktoś błędnie wpisał nazwisko albo zrobił literówkę.

– Tu nie ma żadnej literówki, Dan.

– To jest pomyłka. Ona się myli. Sama to powiedziałaś, biedaczka jest chora na Alzheimera, na litość boską. Posłuchaj mnie. Jackie Robinson zaczął grać w pierwszej lidze dopiero w czterdziestym siódmym. Był pierwszym czarnoskórym graczem, któremu się to udało. Miał zresztą przesrane, bo własna drużyna próbowała go sabotować. Z kolei zawodnicy przeciwnych drużyn próbowali robić mu dziury w nogach swoimi butami, kiedy wślizgiwali się do bazy. Sprawdzę to jeszcze, ale jestem gotów cię zapewnić, że nikt nie mógł o nim słyszeć w czterdziestym trzecim. Nawet jeszcze nie istniał jako zawodnik baseballu.

– Jesteś taki cholernie pewien swojej znajomości statystyk.

– To jest baseball.

– Mogła pomylić tę kartę z inną.

– Właśnie to ci mówię. Może policjanci ją podmienili. Może leżała od lat na czyimś strychu. Czy przypadkiem nie powiedziała, że wychowywała się w rodzinach zastępczych? I ta karta zaplątała się tam razem z innymi śmieciami.

– Twierdzisz, że nie było żadnej karty.

– Nie wiem. Czy znalazła się w raporcie policyjnym?

– W czterdziestym trzecim raczej nie prowadzili archiwów najlepiej.

– W takim razie powiedziałbym, że pokładasz nadzieję w czymś, czego nie ma.

– Psiakrew. – Rzuca to słowo lekkim tonem.

– Przykro mi.

– Dobra tam. Nie ma sprawy. Wracam do deski kreślarskiej. Krzyknij na mnie, jak już będziesz w domu. Postaram się wpaść na jakieś inne pomysły z domu wariatów, żeby cię rozbawić.

– Kirby...

– Myślisz, że nie wiem, że ty mnie po prostu cierpliwie znosisz?

– Ktoś, kurwa, musi – odparowuje, tym razem tracąc do niej cierpliwość. – Przynajmniej nie próbuję cię wykorzystać do mojego trzeciorzędnego projektu filmowego.

– Mogę to robić na własną rękę.

– Tak, tylko kto wtedy będzie wysłuchiwał twoich wariackich teorii?

– Bibliotekarze. Oni uwielbiają wariackie teorie.

Dan słyszy uśmiech w jej głosie. I w tym momencie odzyskuje swój uśmiech.

267

– Oni uwielbiają pączki! I na tym polega różnica. A na świecie nie ma tylu wczorajszych pączków, żeby oni uznali twoje brednie, uwierz mi.

– Nawet z lukrem?

– Ani z kremem, ani nawet tych dwukrotnie maczanych w czekoladzie z kolorową posypką! – krzyczy Dan do telefonu, machając rękami, jakby go teraz mogła widzieć.

– Przepraszam, że jestem taką świruską.

– Nie możesz nic na to poradzić. Masz dwadzieścia kilka lat. Skutki uboczne.

– Jak miło. Różnica wieku.

– Nie wiem, o czym mówisz – odburkuje.

– Myślisz, że mogła być inna karta baseballowa?

– Myślę, że powinnaś uznać to za coś ciekawego, ale nie pomocnego. Zrób sobie pudło z dzikimi kartami, w którym będziesz trzymała swoje wariackie teorie, i nie pozwól, żeby się zderzały z tym, co realne. – Jak w naszym przypadku, dopowiada w myślach.

– OK, masz rację. Dziękuję ci. Jestem ci winna pączka.

– Cały tuzin.

– Dobranoc, Dan.

– Dobranoc, zarozumiała smarkulo.

HARPER

Poza czasem

Na farmie był taki jeden kogut, który miewał napady apopleksji. Można je było wywołać przez poświecenie mu latarką w oczy. Harper kładł się na brzuchu w wysokiej trawie, od której latem czuł się tak, jakby był na bani, i za pomocą kawałka rozbitego lustra ogłupiał tego koguta. (Tym samym odłamkiem odciął łapy kurczakowi, trzymając go dłonią owiniętą w starą koszulę).

Kogut drapał pazurami w ziemi i podrzucał łbem w taki sam durny sposób jak kury, potem nagle głupiał i zastygał w bezruchu, ze szklistym wzrokiem: takie bezmyślne, apatyczne coś. Sekundę później wracał do życia, o niczym nie pamiętając. Zacinał mu się mózg.

Takie właśnie wrażenie sprawia Pokój: że się zacina.

Potrafi tu siedzieć godzinami, przycupnięty na skraju łóżka, spoglądając na stworzoną przez siebie galerię. Przedmioty zawsze tu są, nawet kiedy je stąd zabiera.

Imiona i nazwiska dziewczyn były poprawiane tyle razy, że aż zaczęły się strzępić. Pamięta, jak to robił. Zupełnie nie pamięta, jak to robił. Któreś z tych stwierdzeń musi być prawdziwe. Coś mu się zaciska w piersi, jak zbyt mocno naciągnięta sprężyna w zegarku.

Rozciera opuszki palców i zauważa, że od kredowego pyłu są miękkie jak jedwab. To już przestało sprawiać wrażenie czegoś czystego. To już jest jak fatum. Rodzi w nim zuchwalstwo, ma ochotę zrobić coś tylko po to, by sprawdzić, co się stanie. Jak z Everettem i ciężarówką.

Brat przyłapał go z tym kurczakiem. Harper przycupnął nad nim, gdy tymczasem ptak machał swymi puchatymi skrzydełkami i wlókł się przed siebie, nieugięcie ćwierkając. Kikuty pozostawiały grube, jakby ślimacze ślady krwi na ziemi. Usłyszał, że zbliża się Everett, kłapanie jego butów, które miał po nim odziedziczyć, z już odpadającą podeszwą. Spojrzał zezem na starszego chłopca, który stał i przyglądał mu się milcząco; nie widział wyrazu jego twarzy, bo słońce świeciło mu za głową. Kurczak skrzeczał i trzepotał skrzydłami, brnąc przez podwórko zygzakowatą ścieżką. Everett gdzieś zniknął. A potem wrócił ze szpadlem i przerobił nim ptaka na miazgę.

Cisnął kulę z piór i lepkich wnętrzności w wysoką trawę za kurnikiem, a potem uderzył Harpera z taką siłą, że ten upadł na tyłek.

– Ty nie wiesz, skąd się biorą nasze jajka? Dureń. – Pochylił się i podniósł go z ziemi, a potem jeszcze go otrzepał. Brat nigdy nie gniewał się na niego długo. – Nie mów tacie – dodał.

Ta myśl nigdy nie przyszła Harperowi do głowy. Tak samo jak w dniu wypadku nie przyszło mu do głowy, żeby zaciągnąć hamulec.

Harper i Everett Curtisowie pojechali do miasta po karmę. Jak w piosence dla dzieci. Everett pozwolił Harperowi prowadzić. Harper, wtedy mniej więcej jedenastoletni, zbyt mocno wziął zakręt w Red Baby i ściął skraj rowu. Brat chwycił kierownicę i gwałtownie wciągnął ciężarówkę z powrotem na drogę. Ale nawet Harper się połapał, że opona jest przebita, po kląskaniu gumy i po tym, że pojazdem kierowało się tak ślamazarnie.

– Hamuj! – wrzasnął Everett. – Mocniej!

Ogarnął kierownicę całym ciałem, a Harper wbił stopę w pedał. Everett zderzył się głową z bocznym oknem, rozbijając szybę. Wpadli w poślizg, drzewa zawirowały i zlały się z sobą, ale ciężarówka w końcu zatrzymała się chybotliwie w poprzek drogi. Harper zgasił silnik, który szczęknął i cmoknął z oburzeniem.

– To nie twoja wina – powiedział Everett, trzymając się za głowę, gdzie już obrzmiewał mu guz. – To moja wina. Nie trzeba było pozwalać ci prowadzić. – Otworzył szeroko drzwi na mglisty poranek już przepojony wilgocią. – Zostań tutaj.

Harper obrócił się w kabinie kierowcy i zobaczył, że Everett szpera z tyłu wozu, w poszukiwaniu zapasowej opony. Po kukurydzianych polach przetaczał się wiatr, tak lekki, że tylko przeganiał skwar.

Brat przeszedł na przód wozu z lewarem i kluczem nasadowym. Głucho sapiąc, wsunął lewar pod ciężarówkę i podniósł ją, kręcąc korbą. Pierwsza śruba odkręciła się bez trudu, ale ta druga ani drgnęła. Naprężał z wysiłkiem swe chuderlawe ramiona.

– Ty tam siedź. Poradzę sobie – krzyknął do Harpera, który wcale nie zamierzał ruszać się z miejsca.

Everett zaczął kopać w uchwyt klucza. I właśnie wtedy ciężarówka zsunęła się z lewara. I znowu zaczęła toczyć się powoli w stronę rowu.

– Harper! – wrzasnął z irytacją Everett. A potem znacznie piskliwiej, z przestrachem, bo ciężarówka nie przestawała jechać. – Zaciągnij hamulec, Harper!

Ale Harper tego nie zrobił. Siedział nieruchomo, kiedy Everett usiłował odepchnąć ciężarówkę od rowu, trzymając dłonie na masce. Ciężar powalił go na ziemię, a potem ciężarówka przejechała po nim. W jego miednicy coś ostro trzasnęło, jak szyszka wrzucona do kominka. Poza tym trudno było usłyszeć coś jeszcze poprzez wrzask Everetta. Wrzask, który trwał i trwał. Harper wysiadł w końcu, żeby sprawdzić, co się dzieje.

Ciało jego brata przybrało kolor starego mięsa, twarz zrobiła się fioletowo-szara, białka w oczach nabiegły krwią. Z uda wystawał odłamek kości, szokująco biały. Dookoła opony spoczywającej na jego biodrze rozlała się kałuża smaru. Nie smaru, zrozumiał Harper. Wszystko wygląda tak samo, kiedy wywrócisz to na drugą stronę.

– Biegnij – wyskrzeczał Everett. – Sprowadź pomoc. No biegnij, do cholery!

Harper wybałuszył oczy. Zaczął iść, oglądając się przez ramię. Z fascynacją.

– Biegnij!

Po dwóch godzinach udało się sprowadzić kogoś z farmy Crombich, która znajdowała się dalej przy drodze. Zbyt późno, by Everett mógł znowu chodzić. Ojciec zlał Harpera pasem, do krwi. Everettowi też by spuścił lanie, gdyby chłopak nie był kaleką. Wypadek wiązał się z tym, że musieli nająć człowieka. Harper musiał wykonywać dodatkowe prace, co wzbudzało w nim wściekłość.

Everett nie chciał z nim rozmawiać. Zgorzkniał jak ziemniaczana pulpa pozostawiona za długo w destylatorze, leżał tylko na łóżku i gapił się w okno. Rok później musieli sprzedać ciężarówkę. Trzy lata później farmę. Nie dajcie sobie wmówić, że kłopoty farmerów zaczęły się razem z Kryzysem.

Okna i drzwi zostały zabite deskami. Załadowali wszystko na ciężarówkę pożyczoną od sąsiada, żeby postarać się sprzedać jak najwięcej rzeczy. Everett był dla nich wielkim bagażem.

Harper wyskoczył z wozu w pierwszym mieście. Poszedł na wojnę, ale już nigdy nie wrócił tam, skąd pochodził.

To jest jakaś możliwość. Wyjdzie z Domu i już nigdy nie wróci. Zabierze pieniądze i ucieknie. Założy rodzinę z jakąś miłą dziewczyną. Dość zabijania. Dość tego obrotu noża i gorącego rozbryzgu wnętrzności, które się wylewają z dziewczęcego ciała, dość patrzenia na ogień dogasający w ich oczach.

Patrzy na ścianę, na jąkające się przedmioty. Atakuje go kaseta magnetofonowa, nachalna, wysuwająca żądania. Zostało jeszcze pięć nazwisk. Nie wie, co stanie się potem, ale wie, że polowanie na nie w czasie już mu nie wystarczy.

Stwierdza, że chętnie by coś tu zmienił. Zabawił się w już odkrytych pętlach, dzięki uprzejmości pana Bartka i dobrego doktora.

Chciałby teraz najpierw je mordować, a dopiero potem wracać i znajdować je przed zabiciem, kiedy jeszcze nie mają pojęcia, jaki los je czeka. Dzięki temu będzie mógł uprzejmie porozmawiać z ich młodszymi i bardziej uroczymi wersjami i przygotować je do tego, co już im zrobił, odgrywając w głowie obrazy ich śmierci. Polowanie na odwrót, by uczynić wszystko bardziej interesującym.

I Dom chyba na to przyzwala. Przedmiot, który lśni teraz najjaśniej, nakłaniając, by go sobie wziął, to przypinany znaczek ze skrzydlatą świnią na czerwono-biało-niebieskim tle.

MARGOT

5 grudnia 1972

Margot oczywiście zauważyła, że ten facet za nimi idzie. Od samej stacji przy Sto Trzeciej Ulicy, całe pięć przecznic. To jedna przecznica za dużo, gdyby ktoś ją spytał. OK, może jest przesadnie ostrożna, bo dzisiaj pracuje w Jane*. Albo może przebywanie w Roseland o tak późnej nocy szarpie jej nerwy, jakby to były struny od banjo. Ale za nic nie pozwoli, by Jemmie w swoim stanie szła do domu sama. Oni się starają, żeby dla kobiet to było łatwe. To jednak nadal boli, nadal jest straszne i jest wciąż nielegalne.

To chyba możliwe, że facet z doskonale uzasadnionych powodów, po prostu zupełnym przypadkiem idzie dokładnie tą samą trasą o dokładnie tej samej porze przez ulewny deszcz. Tralala, tralala.

Gangster-zboczek-tajniak-gangster-zboczek-tajniak, podśpiewuje w głowie, wymieniając kolejne opcje w rytm kroków Jemmie, która człapie jak staruszka, wspierając się całym ciężarem na jej ramieniu i trzymając się za brzuch. Długa, sportowa marynarka mogłaby oznaczać glinę. Albo zboczka. Ale ten człowiek niedawno się bił, co praw-

---

* Mowa o organizacji funkcjonującej pod egidą Związku Wyzwolenia Kobiet w Chicago w latach siedemdziesiątych XX wieku, trudniącej się przeprowadzaniem wówczas nielegalnych aborcji, opieką nad kobietami, które im się poddały, oraz szeroko rozumianym doradztwem.

dopodobnie oznacza, że to zboczek albo gangster. Zespół wreszcie się zgodził, że w Jane nie mogą brać pieniędzy. Nie jak ci „szanowani" doktorzy, którzy kasują pięćset dolarów i więcej, żeby ktoś mógł cię najpierw odebrać z umówionego miejsca na rogu, zawiązać ci oczy, żebyś nie mogła ich zidentyfikować, wyskrobać ci macicę i na końcu podrzucić w to samo miejsce, bez żadnego „Jak się szanowna pani miewa, życzę pani miłego dnia". A może to po prostu zwyczajny facet. Ot, taki facet, który wziął się tu z księżyca.

– Co pani mówi? – Ból tamuje Jemmie oddech.

– O matko, przepraszam, myślałam na głos. Nie zwracaj na mnie uwagi, Jemmie. O patrz, już prawie jesteśmy w domu.

– Z nim tak nie jest, wie pani?

– Z jakim nim?

Margot słucha tylko jednym uchem. Mężczyzna przyspieszył kroku, przebiega teraz przez ulicę, na czerwonym świetle, żeby dorównać im tempa. Wchodzi po kostki w kałużę, przeklina i otrząsa buty, a potem jeszcze obdarza ją głupkowatym uśmieszkiem, który najwyraźniej ma być odebrany jako rozbrajający.

Jemmie jest na nią zła.

– Pani powiedziała, że on się wziął z księżyca, ale to nie tak. Jesteśmy zaręczeni. Pobierzemy się, jak on już wróci. Jak skończę szesnaście lat.

– To wspaniale – mówi Margot. Nie jest w najlepszej formie. Normalnie przemówiłaby Jemmie do rozumu, że kto to słyszał, żeby dorosły mężczyzna posuwał nieletnią tuż przed wyjazdem do Wietnamu, obiecując jej złote góry, podczas gdy nawet nie potrafi włożyć gumki. Czternaście lat. Niewiele większa od tych dzieci, które uczy w zastępstwie w Gimnazjum im. Thurgooda Marshalla. Aż jej się serce ściska. Ale jest zbyt rozkojarzona, by teraz robić wykłady, bo obraca w głowie niemiłą myśl, że ten facet depczący im po piętach wygląda jakby znajomo. Co z kolei każe jej znowu odmówić litanię. Gangster-zboczek-tajniak-glina. Albo jeszcze gorzej. Przewraca jej się w żołądku. Jakiś sfrustrowany partner. Bywały już przejścia z takimi. Na przykład z mężem Isabel Sterritt, który zmasakrował twarz Isabel i złamał jej rękę, kiedy się dowiedział, co zrobiła. I z tego właśnie powodu nie chciała mieć z nim kolejnego dziecka.

Och, błagam, żeby to tylko nie był jakiś partner wariat.

– Czy możemy... możemy się na chwilę zatrzymać? – Twarz Jemmie nabrała barwy starej czekolady, która się stopiła w torebce. Na jej czole usianym trądzikiem lśnią krople potu i deszczu.

Samochód się zepsuł. Nie mają parasolki. Czy ten dzień mógłby być jeszcze gorszy?

– Już prawie jesteśmy na miejscu, OK? Tak ci dobrze idzie. Jeszcze tylko jedna przecznica. Dasz radę?

Jemmie niechętnie pozwala się pociągnąć dalej.

– Wejdzie tam pani ze mną?

– Czy twoja mama nie pomyśli, że to dziwaczne? Biała dziewczyna, która przyprowadza cię do domu, bo rozbolał cię brzuch?

Margot łatwo zapamiętać. To przez jej wzrost. Metr osiemdziesiąt, do tego rudoblond włosy z przedziałkiem pośrodku. W liceum grała w kosza, ale była zbyt wyluzowana, by brać to na poważnie.

– Może jednak by pani weszła?

– Wejdę, jeśli tego chcesz – mówi, starając się wykrzesać w sobie jakiś entuzjazm. Tłumaczenie czegoś rodzinie nie zawsze kończy się szczęśliwie. – Zobaczymy, jak nam pójdzie, dobrze?

Żałuje, że Jemmie nie znalazła ich wcześniej. Ich instytucja jest wymieniona w książce telefonicznej jako „Jane Jak", ale jak ją znaleźć, jeśli nie wiesz, że istnieje? Podobnie jest z anonsami w alternatywnej prasie albo naklejonymi na pralni. Takie dziewczyny jak Jemmie nie mają jak ich znaleźć, chyba że z polecenia – w tym przypadku potrwało to trzy i pół miesiąca, a i tak jeszcze musiała się znaleźć pracownica opieki społecznej, która akurat była tam na zastępstwie i która wspiera ich sprawę. Margot czasami jest gotowa twierdzić, że to ci zastępcy naprawdę wszystko zmieniają. Nauczycielki na zastępstwie, pracownice społeczne, lekarze. Świeże spojrzenie. Szeroka perspektywa. Postęp. Nawet jeśli to jest tylko tymczasowe. Czasami jednak potrzeba ci wyłącznie czegoś tymczasowego.

Piętnasty tydzień to granica. Po prostu nie można ryzykować. Dwadzieścia kobiet dziennie i żadna im nie umarła. No chyba że liczyć tę dziewczynę, której musieli odmówić, bo miała straszną infekcję, kazali jej się zgłosić do lekarza i wrócić, kiedy to zostanie wyleczone. Dowiedzieli się później, że zmarła w szpitalu. Gdyby tylko zajęli się nią wcześniej. Jak Jemmie.

Kartka z danymi Jemmie znajdowała się wśród tych wziętych na samym końcu. Z łatwymi przypadkami idzie jak po maśle, wszystkie ochotniczki siedzą w przytulnym salonie Dużej Jane, w Hyde Parku, z fotografiami swoich dzieci na półce, przy dźwiękach *Me and Bobby McGee* odtwarzanej na gramofonie, popijając herbatę i wykłócając się o pacjentki, które chcą wziąć pod swoje skrzydła, jakby to był handel końmi.

Dwudziestoletnia studentka, piąty tydzień, mieszka pod miastem, w Lake Bluff? Ta kartka o wymiarach 3 x 5 jest przechwytywana na pniu. Ale czterdziestoośmioletnia matka siedmiorga dzieciaków, która już nie chce przez to przechodzić? Zarządczyni farmy, której dwudziestodwutygodniowe dziecko jest tak zdeformowane, że zdaniem lekarza to następne nie przeżyje więcej niż godzinę po porodzie, a jednak się upiera, że je donosi? Czternastolatka z West Side, która się pałęta ze słoikiem pełnym centów, bo tylko to ma, i błaga, żeby nie mówić jej mamie? Te kartki bez końca wychodzą na tapetę, aż wreszcie Duża Jane mówi z rozdrażnieniem: „No przecież ktoś to musi wziąć". I w międzyczasie na sekretarce wciąż się nagrywają kolejne wiadomości, które są przepisywane na kartki do zrealizowania następnego dnia i kolejnego. Prosimy pozostawić swoje nazwisko i numer telefonu, pod którym możemy się z tobą skontaktować. Możemy ci pomóc. Oddzwonimy.

Ile ich było? Tych, którym Margot to ułatwiła? Sześćdziesiąt? Sto? Sama nie zajmuje się łyżeczkowaniem. Nawet w swoich dobrych momentach jest niezdarna. To przez te jej rozmiary. Świat nie został do niej dopasowany i Margot uważa, że nie można jej powierzać czegoś tak delikatnego jak łyżeczka chirurgiczna. Ale z kolei naprawdę potrafi trzymać za rękę i tłumaczyć, co się dzieje. Wiedza pomaga. Wiedza o tym, co z tobą robią i dlaczego. Trzeba nazwać ten ból, żartuje. Podaje kobietom skalę odniesienia. Czy boli cię bardziej czy mniej niż przy uderzeniu się w duży palec od nogi? A gdybyś się dowiedziała, że kochasz bez wzajemności – możesz to porównać do tego bólu? A jak się przetniesz kartką papieru? A rozstanie z najlepszą przyjaciółką? A jak do ciebie dotrze, że się zamieniasz we własną matkę? W reakcji słyszy prawdziwy śmiech.

Po wszystkim większość kobiet jednak płacze. Czasami dlatego, że jest im żal, że czują się winne albo się boją. Nawet te najbardziej przekonane mają wątpliwości. To byłoby nieludzkie ich nie mieć. Przeważnie jednak płaczą z czystej ulgi. Bo to trudne i straszne, ale teraz już po wszystkim i mogą dalej żyć.

Coraz gorzej się robi. Nie tylko przez kłopoty z żołnierzami mafii czy z gliniarzami, którzy się na nich zawzięli, odkąd świętoszkowata siostra Yvette Coulis tak się oburzyła, że oni ośmielili się ją poddać aborcji, że do teraz pisze listy do rady miasta i ogólnie mówiąc, wsadza osy we wszystkie możliwe tyłki. Szczyt wszystkiego był tamtego dnia, gdy ta siostra postanowiła paradować przed budynkiem i nagabywać znajomych, mężów, chłopaków, matki, a czasem i ojców, którzy przyszli wspierać te kobiety. Musiały się przenieść do innego mieszkania, żeby się jej pozbyć. Wtedy zaczęli węszyć gliniarze. Najwyżsi mężczyźni, jacy chodzą po tej ziemi, jakby wzrost kwalifikował do przyjęcia do wydziału zabójstw, w jednolitych trenczach i z kwaśnymi minami, którymi dawali do zrozumienia, że to strata ich czasu.

Ale nawet to nie jest największym problemem – bo to już jest legalne w Nowym Jorku. Stało się coś dobrego i może stan Illinois pójdzie tym śladem, prawda? Niemniej jednak to oznacza, że dziewczyny z pieniędzmi mogą sobie wskakiwać do pociągu, autobusu albo samolotu, natomiast te naprawdę zdesperowane – te ubogie, te młode, stare, te w za bardzo zaawansowanym stanie – muszą nadal przychodzić do Jane.

Z tymi Margot musi się najbardziej nabiedzić. Nawet te najbardziej stanowcze w Jane muszą się nabiedzić. No to, proszę, zawiń swój pierwszy płód w stary T-shirt, jak w całun, wyrzuć go do śmietnika trzy mile stąd i zobacz, jak ci się to podoba. Nikt nie powiedział, że wyszarpywanie rozpaczy z kobiety będzie czymś pięknym.

I nagle ten mężczyzna ujmuje ją za rękę.

– Przepraszam panią. Pani to chyba upuściła – mówi, podsuwając coś w jej stronę.

Margot nie ma pojęcia, jakim cudem on je dogonił tak nagle. I jest pewna, że zna ten krzywy uśmiech.

– Margot? – Jemmie jest przestraszona.

– Ty podejdź pod dom, Jemmie – rozkazuje jej Margot swym najbardziej władczym głosem starej nauczycielki, co też nie do końca jej wychodzi, bo w końcu ma tylko dwadzieścia pięć lat. – Zaraz cię dogonię.

Teraz już nie powinno być żadnych komplikacji. Ale gdyby rzeczywiście musiała iść do szpitala, to lekarze nie powinni jej stwarzać problemów. Kobiety w Jane zaczęły niedawno stosować pastę Leunbacha. Żadnego bólu, żadnej krwi, żadnych problemów, nie da się dowieść, że poronienie zostało wywołane. Nic jej nie będzie.

Czeka, aż Jemmie odejdzie, po czym staje twarzą ku niemu, ściągając ramiona do tyłu i prężąc się, dzięki czemu może patrzeć mu prosto w oczy.

– W czym mogę panu pomóc?

– Wszędzie pani szukałem. Chciałem to zwrócić.

Margot w końcu spogląda na przedmiot, który podtyka jej pod twarz. Przypinany znaczek, ręcznie wykonany. Wie to, bo sama narysowała ten obrazek. Skrzydlata świnia „Pigasus na prezydenta!"*, głoszą drukowane litery, pochylające się ukośnie w prawą stronę. Oficjalny kandydat Yippisów w sześćdziesiątym ósmym, bo przecież świnia w niczym nie jest gorsza od prawdziwych polityków.

– Poznaje to pani? Czy może mi pani powiedzieć, kiedy widziała to pani po raz ostatni? Czy pani mnie pamięta?

---

* Mowa o autentycznym haśle wyborczym ukutym przez członków Young International Party (in. Yippisi) w 1968 roku. Pigasus to zbitka słów – Pegasus (Pegaz) oraz Pig (świnia).

Musi mnie pani pamiętać. – Zadaje te pytania z jakimś strasznym napięciem.

– Tak – mówi ona bez tchu. – Na zjeździe Demokratów. To do niej wraca prędko jak policzek wymierzony w twarz. Wszystko się działo pod hotelem Hilton, bo ich przywódca, Tom Hayden, kazał im natychmiast spieprzać z parku, ponieważ policja zaczęła się wdzierać w tłum i ściągać z pomników tych, którzy się na nie wspięli.

Jeśli użyją przeciwko nim gazu, to całe miasto zostanie zagazowane, krzyczał. Jeśli w parku Granta dojdzie do rozlewu krwi, to krew się poleje w całym Chicago! Siedem tysięcy ludzi wylało się na ulice, odpierając atak policjantów. Wciąż wściekli za Martina Luthera Kinga podpalili całe West Side. Wciąż pamięta to wrażenie, że kawał cementu wyfruwa jej z dłoni, jakby ktoś szarpnął za umocowany do niego sznurek. Zauważyła, że taranuje ją gliniarz, że jego pałka uderza ją w bok, ale nie poczuła bólu wtedy, tylko później, pod prysznicem, kiedy zobaczyła sińca.

Kamery i światła na stopniach hotelu, skandowanie z innymi „Cały świat patrzy!" co sił w płucach, dopóki policjanci nie spryskali tłumu gazem łzawiącym. Yippisi. Gapie. Reporterzy. Wszyscy. Miała wrażenie, że słyszy Roba, który skrzeczał „Świnie to kurwy", ale nie była w stanie go znaleźć w tym tłumie płaczących i przepychających się ludzi, świateł odbijających się od niebieskich hełmów policyjnych, które znienacka pojawiły się wszędzie, mechanicznych wymachów pałek.

Margot oparła się o maskę jednego z samochodów zaparkowanych przy Balboa, ze spuszczoną głową odpluwała ślinę i przecierała oczy brzeżkiem swojego T-shirta, czym tylko wszystko pogorszyła. Coś kazało jej zadrzeć głowę i wtedy go zobaczyła, wysokiego mężczyznę, który z jakąś upiorną determinacją kuśtykał prosto w jej stronę.

Stanął przed nią i uśmiechnął się krzywo. Nieszkodliwie. Wręcz czarująco. Ten uśmiech tak nie pasował do tego chaosu, że aż jęknęła i próbowała go odegnać, nagle przestraszona bardziej nim niż gliniarzami, tłumem czy tym, że tak strasznie piekło ją w środku.

Schwycił ją za nadgarstki.

– Już się kiedyś poznaliśmy. Ale pani tego nie pamięta. To jej się szczególnie wraziło w pamięć, bo zabrzmiało tak dziwnie.

– Proszę. – Schwycił ją za klapę żakietu, jakby chciał poderwać ją na nogi, ale zamiast tego oderwał jej znaczek. – To jest to. – Puścił ją tak nagle, że upadła na maskę samochodu, łkając z oburzenia i szoku.

Chwiejnym krokiem wracała do domu, nie mogąc już się doczekać godzinnego stania pod prysznicem, a potem jointa na kanapie. Kiedy jednak przekręciła klucz w zamku i przeszła przez zasłonę z paciorków, zobaczyła Roba, który właśnie pieprzył jakąś dziewczynę w ich łóżku.

– Cześć, mała, to jest Glenda – powiedział, nawet się nie zatrzymując w połowie pchnięcia. – Dołączysz do nas?

„Dupek", napisała na lustrze swoją szminką, przyciskając ją tak mocno, że ją złamała na pół.

Kłócili się następne pięć i pół godziny, aż wreszcie Glenda zrozumiała aluzję i sobie poszła. Pogodzili się. Uprawiali pojednawczy seks, który nie udał się najlepiej. (Okazało się, że Glenda miała wszy łonowe). Zerwali z sobą tydzień później. I potem Rob prysnął do Toronto, by uniknąć poboru, ona skończyła studia i zaczęła uczyć, bo świata jednak nie udało im się zmienić i była rozczarowana. Aż w końcu znalazła Jane.

I cała tamta historia z przerażającym kuternogą, który tak podziwiał jej znaczek, że aż go ukradł w samym środku zamieszek, stała się zabawną anegdotą, którą mogła opowiadać podczas proszonych kolacji albo różnych spotkań, ale z czasem pozbierała lepsze historyjki, takie, które naprawdę prowadziły do czegoś. Od wieków o tamtej nie myślała. Aż do teraz.

Mężczyzna wykorzystuje to, że jest taka zszokowana. Oplata ją błyskawicznie ramieniem, przyciąga do siebie i wbija nóż w jej brzuch. Właśnie tu, na samym środku zalanej deszczem ulicy. A ona nie potrafi w to uwierzyć. Otwiera usta, by wrzasnąć, ale tylko się krztusi, kiedy on obraca ostrze. Obok przejeżdża taksówka, błyskają światła, spod kół bryzga woda, opryskując spodnie Margot, gdy tymczasem krew zaczyna się zbierać wokół paska, wlewając się w rowki sztruksu, obrzydliwie ciepła. Szuka wzrokiem Jemmie, ale tamta już zniknęła za rogiem. Jest bezpieczna.

– Przepowiedz mi przyszłość – szepcze on, dmuchając swym ciepłym oddechem w jej ucho. – Nie każ mi jej odczytywać z twoich wnętrzności.

– Pieprz się – rzęzi Margot mniej ostro, niż to sobie umyśliła, i próbuje go odepchnąć. Ale cała siła wyciekła z jej ramion, a on o tym wie. Gorzej. On wie, że jest niewidzialny.

– Rób, jak uważasz – mówi i wzrusza ramionami, nadal się uśmiechając. Wykręca jej kciuk – ból jest nie do zniesienia – i zaciąga ją na plac budowy. Wrzuca ją w błoto wypełniające dół wykopany pod fundamenty, związuje drutem, knebluje i niespiesznie dobija. Po wszystkim ciska jej śladem piłeczkę tenisową.

Nie stara się ukryć ciała. Operator koparki, który następnego ranka wrzuca do dołu gruz, zauważa jedynie błysk rudawych włosów i wmawia sobie, że to po prostu zdechły kot, aczkolwiek zdarza mu się czasami, że nie może nocą zasnąć, i wtedy myśli, że to jednak nie był kot.

Harper zabiera przedmiot, którego potrzebuje, i potem ciska jej torebkę na teren pustej parceli. Zawartość jest wykradana przez kolejnych drobnych oportunistów, aż wreszcie jakiś porządny obywatel zanosi torebkę na posterunek. W owym czasie nie ma już w niej niczego przydatnego. Gliniarze nie są w stanie zidentyfikować osoby na podstawie kasety magnetofonowej z nagranymi przez nią piosenkami. Kopie utworów odtwarzanych w mieszkaniu w Hyde Parku, trzeszczące i kiepskie jakościowo, bo magnetofon został bardzo prowizorycznie podłączony do gramofonu. The Mamas and Papas, Dusty Springfield, Lovin' Spoonful, Peter, Paul & Mary, Janis Joplin.

W dniu swojej nielegalnej aborcji Jemmie kładzie się do łóżka wcześniej, skarżąc się, że musiała pewnie zjeść coś zepsutego. Rodzice nie zadają pytań, nigdy nie będzie im dane poznać prawdy. Jej facet nie wraca z Wietnamu, albo może wraca, ale nie do niej. Uczy się dobrze, uczęszcza do gminnego college'u, ale rezygnuje z nauki, żeby w wieku dwudziestu jeden lat wyjść za mąż. Rodzi troje dzieci, bez żadnych komplikacji. Wraca do szkoły w wieku trzydziestu czterech lat i ostatecznie podejmuje pracę w zieleni miejskiej.

Kobiety z Jane zamartwiają się do szaleństwa, ale nie mają żadnych dowodów na to, czy Margot po prostu się nie zmęczyła i nie spakowała wszystkiego, by na przykład dołączyć do swojego byłego chłopaka w Kanadzie. A poza tym są zanadto zajęte własnymi problemami. Rok później policja robi nalot na Jane. Osiem kobiet zostaje aresztowanych. Ich prawniczka przeciąga sprawę całymi miesiącami, czekając na wynik wielkiego procesu, który jej zdaniem tak zmieni prawo, że kobiety na zawsze uzyskają kontrolę nad swoim ciałem.

KIRBY

19 listopada 1992

Oddział I to najstarsza część zakładu penitencjarnego okręgu Cook, obecnie powiększanego o dwa nowe budynki, które mają pomieścić nadmiar więźniów. Na koszt podatnika przebywał tu Al Capone, w czasach, kiedy jeszcze wchodziło się tam bezpośrednio z ulicy. Obecnie jest to więzienie o zaostrzonym rygorze, w związku z czym jest opasane potrójnym ogrodzeniem; żeby tam wejść, trzeba pokonać kolejno trzy bramy zwieńczone zakrętasami z drutu kolczastego. Trawa rosnąca między ogrodzeniami miejscami wyłysiała i pożółkła. Fasada z gotyckimi literami, łbami lwów i wąskimi rzędami okien jest odrapana i odbarwiona.

Ten zabytkowy budynek nie został otoczony taką samą opieką i uwagą jak Muzeum Historii Naturalnej czy Instytut Sztuki, aczkolwiek gości obowiązują tu identyczne zasady: nie wolno jeść, nie wolno niczego dotykać.

Kirby nie przewidziała, że zostanie zmuszona do zdjęcia butów z wysokimi cholewami, żeby móc przejść przez bramkę prześwietlającą promieniami rentgenowskimi. Traci po pięć minut z każdej strony, najpierw, żeby je rozsznurować, a potem zasznurować.

Jest bardziej przerażona, niż ma ochotę to przed sobą przyznać. To szok kulturowy. Bo tu jest jak w filmach, tyle że powietrze jest gęstsze i bardziej śmierdzi. Tu się czuje opary potu i gniewu, przez grube mury przenika głuchy hałas wytwarzany przez zbyt wielu ludzi gnieżdżących się w jednym miejscu. Farba na bramie jest pościerana i zadrapana, zwłaszcza dookoła zamka, który ciężko łomocze, kiedy strażnik otwiera go, żeby ją przepuścić.

Jamel Pelletier już na nią czeka przy jednym ze stolików w pomieszczeniu dla gości. Wygląda gorzej niż na fotografiach z wycinków z „Sun-Timesa", które wyszukał dla niej Chet. Jego głowy nie zdobią już rządki pozakręcanych warkoczyków; włosy ma przystrzyżone na krótko i do tego tłustą skórę – jego czoło jest usiane drobnymi pryszczami, nad wielkimi oczami okolonymi gęstymi rzęsami i krzaczastymi brwiami, które nadają mu boleśnie młody wygląd, mimo że już dawno temu skończył dwadzieścia lat. Jest starszy od niej. Brunatny uniform więzienny wisi na nim jak worek; przez pierś biegnie numer nadrukowany wielką czcionką. Odruchowa uprzejmość nakazuje wyciągnąć w jego stronę rękę na powitanie, on jednak krzywi twarz, prycha z rozbawieniem i kręci głową.

– Cholera. Już łamię zasady – mówi Kirby. – Dzięki, że się ze mną spotkałeś.

– Wyglądasz inaczej, niż się spodziewałem – mówi on. – Przyniosłaś może czekoladę?

Jego głos zgrzyta głucho. Kirby domyśla się, że jak ktoś się wiesza na pasku umocowanym do krat i miażdży sobie krtań, to potem tak już ma. Raczej wyobrażalna opcja, jak się ma w perspektywie spędzenie kolejnych ośmiu lat w tym miejscu.

– Przepraszam. Nie pomyślałam.

– Pomożesz mi?

– Spróbuję.

– Moja prawniczka powiedziała, że nie powinienem z tobą gadać. Wkrewiła się.

– Bo ją okłamałam?

– Ano. Ci ludzie robią to zawodowo. Lepiej nie próbuj przerobić prawnika, kobieto.

– Myślałam, że to najlepszy sposób, żeby się czegoś wywiedzieć o sprawie. Przepraszam.

– Dogadałaś się z nią?

– Zostawiałam wiadomości. – Kirby wzdycha.

– Dobra, jak z nią nie jest OK, to ze mną też nie jest – mówi i wstaje, żeby wyjść. Robi ruch głową w stronę strażnika, który wygląda na wkurzonego i rusza w jego stronę, sięgając do kajdanek zawieszonych u pasa.

– Czekaj. Nie chcesz mnie wysłuchać?

– Wyklarowałaś wszystko w liście. Że myślisz, że jakiś szajbus zabójca zrobił tobie to samo. – Jamel mimo wszystko się waha.

– Pelletier – warczy strażnik – idziesz czy zostajesz?

– Zostaję na trochę. Sorry, Mo. Wiesz, jakie potrafią być suczki. – Obdarza ją lubieżnym uśmieszkiem samozadowolenia.

– Niefajnie – mówi Kirby, przemawiając obojętnym tonem.

– Mam to w pompie – odwarkuje.

Momentalnie traci rezon. Jeszcze jest młody, jeszcze się potwornie boi, myśli Kirby. A ona ma na sobie ten T-shirt.

– Zrobiłeś to?

– Ty poważnie? Czy ktoś tutaj powie inaczej, jak go spytasz? Powiem ci co. Ty wymyśl, co dla mnie zrobisz, a wtedy ja ci pomogę.

– Napiszę o tobie artykuł.

Gapi się na nią, a potem uśmiecha się tak szeroko, że mógłby ją połknąć.

– Ja chrzanię. Ty tak naprawdę? Już tego próbowałaś.

– Uprawiasz sport? Napiszę o tym. – Byłby to zresztą świetny materiał. Więzienna koszykówka. Harrison mógłby nawet na to pójść.

– Nie. Targam ciężary.

– No dobra. Wywiad z tobą. Twoja wersja całej historii. Może do jakiegoś czasopisma. – Nie ma pojęcia, do jakiego stopnia taki jak on mógłby podbić nakład „Screamin", ale jest zdesperowana.

– Ha! – mówi on, takim tonem, jakby wciąż tego nie kupował. Ale Kirby wie, że każdy chce, by go wysłuchano. – Co chcesz wiedzieć?

– Gdzie byłeś w czasie morderstwa?

– Byłem z Shante. Rzuciłem tę wspaniałą panienę na ścianę i waliłem ją w dupę. – Składa dłoń na pół, przez co jego palce kląskają wilgotnie jak przy uprawianiu seksu. Brzmi to niesamowicie realistycznie. – Przecież wiesz, mała.

– Właściwie to mogłabym już sobie pójść.

– Uuu. Obraziłem cię?

– Ja się obrażam wtedy, kiedy jakiś psychol kroi dziewczyny i uchodzi mu to na sucho, ty zasrańcu. Próbuję znaleźć mordercę. Chcesz mi pomóc czy nie?

– Wyluzuj, dziewczyno. Ja sobie z ciebie robię jaja. Byłem z Shante, ale ona nie chciała zeznawać, bo jest na warunkowym i zadawanie się z moim fiutem to naruszenie, przez to, co ja wcześniej robiłem. Lepiej, jak ja idę do pierdla, a nie matka mojego dziecka. Zresztą myśleliśmy, że to się nie utrzyma. Zarzuty były gówniane.

– Wiem.

– Kradzież samochodu? Nie ma sprawy. Reszta? Nie.

– Ale jeździliście po okolicy w dniu, w którym została zabita Julia. Widziałeś kogoś?

– Musisz to lepiej określić. Widziałem kupę ludzi. Kupa ludzi widziała nas i w tym cały gnój. Trzeba było zostać nad jeziorem, to nikt by sobie niczego nie pomyślał. Ale musieliśmy pojechać na północ, do Sheridan. – Zastanawia się chwilę. – Zatrzymaliśmy się w lesie, żeby się wyszczać. Zobaczyłem jednego gościa. Dziwny był.

Kirby czuje, że podskakuje jej żołądek.

– Czy on kulał?

– Jasne – mówi Jamel, pocierając popękane wargi. – Jasne. Tak. Pamiętam. Kulał. Ten facet to był zasrany kuternoga. I jeszcze tak się jakoś ciskał. Stale się rozglądał.

– Jak blisko byłeś? – Czuje teraz ucisk w piersiach. Nareszcie. Kurwa, nareszcie.

– Blisko, jak trzeba. Po drugiej stronie drogi. Chyba wtedy się nad tym nie zastanawialiśmy. Ale on kulał. To było widać.

– A w co był ubrany? – pyta Kirby, nagle ostrożna. Można chcieć, żeby coś było prawdą…

– Miał tę taką watowaną, czarną kurtkę i dżinsy. Pamiętam, bo było gorąco i to dziwnie wyglądało. Chyba się tak ubrał, żeby ukryć krew. Mam rację?

– Był czarnoskóry? Z tych naprawdę ciemnych? – Kierowanie zeznaniami świadka, tak się też określa tego typu pytania.

– Jak noc.

– Ty dupku – mówi Kirby, wściekła na niego. I na siebie, za to, że karmi go tym wszystkim, co chciała usłyszeć. – Zmyślasz.

– A tobie się to podoba – odparowuje. – Myślisz, że jak

bym zobaczył jakiegoś podejrzanego skurwiela, tobym nie powiedział glinom?

– Może by ci nie uwierzyli. Przecież już zostałeś wrobiony.

– To ty się wrabiasz. Wiesz co? Naskrob o mnie.

– Oferta już nieaktualna.

– Cholera. Mówisz suce, co chce usłyszeć, a ona i tak doskakuje ci do twarzy. Wiesz, czego naprawdę chcę? – Wychyla się do przodu i przywołuje ją do siebie nieznacznym gestem dłoni, na znak, że nie chce, by ich słyszano.

Kirby po chwili wahania pochyla się ku niemu, choć wie, że on zaraz wygłosi jakąś obrzydliwą propozycję.

Jamel przybliża usta do jej ucha.

– Zajmij się moim dzieckiem, Lily. Ma osiem lat, prawie dziewięć. Choruje na cukrzycę. Kup jej lekarstwo i dopilnuj, żeby jej mama nie sprzedała go za herę.

– Ja... – Kirby odchyla się, a Jamel zaczyna się śmiać.

– Podoba się tobie? Mamy historię do płaczu czy nie? Możesz nacykać kilka wzruszających fotek z moją małą, jak przekłada palce przez ogrodzenie. Może jeszcze łezka jej spłynie po pucatym poliku, do tego będzie miała włosy związane w kucyki. Tymi kolorowymi gumkami. I zacznij zbierać głosy pod petycją. Protestujący pod więzieniem z tablicami i co tylko. Rach-ciach i załatwisz mi apelację. Tak?

– Przepraszam – mówi Kirby. Jest tak nieprzygotowana na jego wrogość, na koszmarną beznadziejność tego miejsca.

– Przepraszasz – mówi Jamel beznamiętnie.

Kirby odpycha się od stołu, biorąc strażnika z zaskoczenia.

– Macie jeszcze osiem minut – mówi strażnik, zerkając na zegar.

– Już skończyłam. Przepraszam. Muszę iść. – Zarzuca torbę na ramię i strażnik otwiera zamek w drzwiach, a potem naciska na klamkę, żeby ją wypuścić.

– Przepraszam nic, kurwa, nie znaczy! – woła za nią Jamel. – Przynieś czekoladę następnym razem. Czekoladki Reese's z nadzieniem z masła orzechowego! I ułaskawienie! Słyszysz?

HARPER

16 sierpnia 1932

Ciężkie pióropusze paproci drzewiastych skręcają się po obu stronach wystawy kwiaciarni w Hotelu Kongresowym jak kurtyna na scenie – dzięki temu dla ludzi przechodzących przez hol byle transakcja staje się występem artystycznym. Harper czuje się jak jakiś eksponat. Jest za gorąco. Te kwiaty pachną zbyt słodko. Zapach wpełza mu pod gałki oczne, przygniatający i duszący. Ma ochotę wydostać się stąd jak najszybciej.

Niestety tłusta ciota w fartuchu chce mu koniecznie zademonstrować wszystkie możliwości, uporządkowane według kolorów i odmian. Goździki, czyli wdzięczność, róże, czyli uczucie, stokrotki, czyli przyjaźń i lojalność. Spod podwiniętych rękawów widać ciemne, zjeżone kędziory podobne do włosów łonowych; pełzną przez nadgarstki niemal do samych kłykci.

Robi to pod wpływem impulsu. Ryzykuje, mimo że dotąd był zawsze taki ostrożny. Odczekał cztery miesiące, żeby nie wzbudzać podejrzeń, żeby nie zdradzać zbytniego zapału.

W tej nie ma żadnego światła. Nie jest taka jak jego dziewczyny. A jednak jest lepsza niż te ciemięgi, które brną z wysiłkiem przez życie, doskonale zastępowalne w dowolnym mieście podobnym do Chicago, jeśli człowiek nie zwraca uwagi na ubranie. W tej podoba mu się to, że jest tak prymitywnie wredna. Podoba mu się to poczucie, że z jego strony to jakiś bunt.

Ignoruje wiązanki z bladoróżowych albo żółtych kwiatów, za to gładzi palcem płatek lilii, rozcapierzonej wulgarnie. Pręcik pod jego dotykiem obsypuje czarno-białe płytki podłogi sproszkowanym złotem.

– Chce pan wystosować wyrazy współczucia? – pyta florysta.

– Nie, to zaproszenie.

Uszczykuje pąk kwiata i naraz czuje ukąszenie, bo coś było ukryte w środku. Jego dłoń doznaje nagłego skurczu, miażdżąc kwiat, i wytrąca kilka długich łodyg z wiadra. W opuszku palca drży żądło, woreczek z jadem zdążył uronić zawartość, bo oklapł. Z plątaniny płatków na podłodze wypełza osa z oberwanymi skrzydłami.

Florysta zdeptuje ją.

– Co za piekielny owad! Ogromnie przepraszam, sir. Musiała tu wlecieć z dworu. Czy mogę przynieść panu lodu?

– Tylko kwiaty – mówi Harper, potrząsając dłonią, żeby pozbyć się żądła. Piecze go straszliwie, ale to pieczenie wypiera ociężałość wypełniającą głowę.

„Siostra Etta", tak każe zaadresować kartkę, bo nie pamięta jej nazwiska. Sala Elżbietańska, Hotel Kongresowy, g. 8 wieczór. Z wyrazami uszanowania, wielbiciel.

Wychodząc, z dłonią wciąż pulsującą od trucizny, chwilę się waha przed jubilerem, po czym kupuje z wystawy srebrną bransoletkę z amuletami. Nagroda dla niej, jeśli się stawi. Bransoletka jest identyczna z tą, która już wisi na gwoździu wbitym w ścianę, ale wmawia sobie, że to tylko zbieg okoliczności.

* * *

Etta siedzi już przy stoliku, kiedy zjawia się Harper; wodzi wzrokiem po sali z dłońmi zaplecionymi na torebce, którą trzyma na kolanach. Jest ubrana w beżową sukienkę, która korzystnie podkreśla jej kształty, mimo że jest nieco ciasna w ramionach, co każe mu pomyśleć, że została pożyczona. Przycięła swe brązowe włosy o wiśniowym odcieniu i ufryzowała się w loczki. Na jego widok na jej twarzy pojawia się wyraz jakby rozbawienia. Pianista wybrzdąkuje jakąś słodką i pustą melodię, gdy tymczasem orkiestra stroi instrumenty.

– Wiedziałam, że to ty – mówi ona, wykrzywiając ironicznie usta.

– Doprawdy?

– A właśnie, że tak.

– Pomyślałem, że skorzystam z okazji. – Potem jeszcze pyta, bo nie potrafi się oprzeć: – Jak się miewa twój przyjaciel?

– Doktor? Zniknął. Nie wiedziałeś? – Jej oczy iskrzą się w żółtym świetle żyrandoli.

– Myślisz, że czekałbym tak długo?

– Ludzie mówili, że zmajstrował dzieciaka jakiejś dziewczynie i z nią uciekł. Albo że wpadł w kłopoty przez hazard.

– Zdarza się.

– Sukinsyn. Życzę mu śmierci.

Kelner przynosi lemoniadę. Podśrubowaną, za co Harper zapłacił dodatkowo. Drink smakuje zbyt ostro. Musi się hamować, żeby nie wypluć go na obrus.

– Przyniosłem ci coś. – Wyjmuje jubilerskie puzderko wyłożone aksamitem i przesuwa je po blacie w jej stronę.

– Czy ja nie jestem szczęściarą? – Nie wykonuje żadnego ruchu, by je wziąć.

– Otwórz.

– Niech ci będzie. – Sięga po puzderko. Wyjmuje bransoletkę i unosi ją do światła świecy. – Za co to?

– Ciekawisz mnie.

– Chcesz mnie tylko dlatego, że nie mogłeś mnie mieć wcześniej.

– Może. Może zabiłem tego doktora.

– A jest tak?

Oplata bransoletką swój nadgarstek i podsuwa go ku niemu, żeby ją zapiął, wyginając dłoń w taki sposób, że pośród delikatnej siateczki żyłek widocznych tuż pod skórą wystaje ostry relief ścięgien. Harper czuje się przy niej niepewnie. Jego charyzma nie działa na nią tak jak na inne.

– Dziękuję ci. Chcesz zatańczyć? – pyta Etta.

– Nie.

Stoliki dookoła nich już się zapełniają. Kobiety są ubrane lepiej i bardziej drapieżnie, w cekiny i suknie na wąskich ramiączkach. Mężczyźni noszą garnitury z obsceniczną pewnością siebie. To był błąd.

– W takim razie wracajmy do twojego domu.

To sprawdzian, dociera do niego. Również dla niej.

– Jesteś pewna? – pyta. Dłoń mu pulsuje od zapamiętanego bólu po ukąszeniu osy.

Prowadzi ją dłuższą drogą, po ulicach, na których jest bardziej pusto, mimo że ona narzeka na swoje pantofle na obcasach; w końcu je zdejmuje, razem z pończochami, i dalej idzie boso. Prowadzi ją kilka ostatnich przecznic, zasłaniając jej oczy dłonią. Jakiś starzec patrzy na nich nienawistnie, ale Harper całuje Ettę w czubek głowy. Widzisz, mówi jej, to tylko taka zabawa kochanków. I jest, w pewien sposób.

Nadal zakrywa jej oczy, kiedy wsuwa klucz do zamka i pomaga jej przejść przez zasieki z desek przybitych do drzwi.

– Co się dzieje? – pyta Etta chichotliwie.

Harper poznaje po jej miękkim, płytkim oddechu, że jest podniecona.

– Zaraz zobaczysz.

Najpierw zamyka drzwi na zamek i dopiero wtedy pozwala jej zobaczyć, prowadząc ją w stronę salonu, obok ciemnej plamy na dziobatej, nierównej podłodze korytarza.

– Co za luksusy – mówi Etta, rozglądając się po umeblowaniu. Wyłuskuje spojrzeniem karafkę, którą na nowo napełnił whisky. – Napijemy się?

– Nie – mówi Harper, chwytając ją za piersi.

– Chodźmy do sypialni – szepcze ona, kiedy on prowadzi ją w stronę kanapy.

– Tutaj. – Popycha ją na brzuch i próbuje zadrzeć sukienkę.

– Tu jest zamek. – Wskazuje mu, sięgając ręką i szarpiąc w dół metalowe ząbki. Wije się, żeby ją przeciągnąć przez biodra.

Harper czuje, że traci panowanie nad sobą. Wykręca jej ręce na plecy.

– Nie ruszaj się – syczy. Zamyka oczy i przywołuje obrazy dziewczyn. Jak się pod nim otwierają. Ich wylewających się wnętrzności. Jak płaczą i wyrywają mu się.

Koniec następuje zbyt prędko. Stacza się z niej z jękiem, ze spodniami oplątanymi wokół kostek. Ma ochotę ją uderzyć. To jej wina. Dziwka.

Ona jednak odwraca się i całuje go, wsuwając mu w usta swój podstępny, prędki język.

– Przyjemnie było. – Przenosi usta do jego podołka i to się okazuje bardziej satysfakcjonujące, mimo że Harper nie jest w stanie zesztywnieć.

– Chcesz coś zobaczyć? – pyta, z roztargnieniem ścierając smużkę szminki ze swoich jąder.

Etta siedzi u jego stóp na podłodze, w sukni spuszczonej z ramion, i skręca sobie papierosa.

– Już to widziałam – odpowiada lubieżnym tonem.

Harper doprowadza się do porządku.

– Ubieraj się.

– Jak chcesz. – Bransoletka pobrzękuje na jej nadgarstku, kiedy zaciąga się głęboko papierosem. Wydmuchuje chmurę dymu spomiędzy zgrabnego łuku warg.

– To sekret. – Czuje dreszcz podniecenia, że jej to mówi. To pogwałcenie zasad i on o tym wie. Ale musi się tym podzielić. Swoją wielką i straszną tajemnicą. Bo to jest dokładnie takie samo cholerstwo, jakby był najbogatszym człowiekiem na świecie i nie miał na co wydawać.

– W porządku – mówi ona, wyginając kącik ust.

– Nie możesz patrzeć. – Nie zabierze jej zbyt daleko. Musi jej narzucić ograniczenia.

Tym razem zakrywa jej twarz swoim kapeluszem, ale ona i tak wita światło dnia cichym okrzykiem. Wychodzą razem na balsamiczne popołudnie, przepojone lekkim, acz uporczywym wiatrem i kropelkami wiosennego deszczu. Prędko go dogania. Harper wiedział, że ona go dogoni.

– Co to takiego? – pyta Etta, wpijając palce w jego ramię, gapiąc się na ulicę. Wargi ma rozchylone, przez co Harper widzi jej język przebiegający po zębach, tam i z powrotem, tam i z powrotem.

– Ty nic nie widziałaś – mówi.

Zabiera ją do centrum, które nie jest aż takie inne, ale potem idą za tłumem do parku Northerly Island, gdzie odbywa się Wystawa Światowa. Wiosna 1934 roku. Bywał tu już wcześniej podczas swoich wędrówek.

„Wiek Postępu", głoszą transparenty. „Tęczowe miasto". Idą przez korytarz utworzony z flag, pośród tłumów ludzi, podnieconych i szczęśliwych. Ona wytrzeszcza na niego oczy, przyglądając się czerwonym światełkom mrugającym z boku wąskiej wieży przypominającej termometr.

– Tego tu nie ma – stwierdza z niedowierzaniem.

– Wczoraj nie.

– Jak to zrobiłeś?

– Nie mogę ci powiedzieć.

Harper prędko się nuży cudami, które wydają mu się staromodne. Budynki są dziwne i wie, że stoją tu tylko tymczasowo. Ona zaś pokrzykuje i klei się do jego ramienia na widok dinozaurów, które machają ogonami i kiwają łbami, ale na nim taka ordynarna mechanika nie robi wrażenia.

Jest tu makieta fortu obleganego przez Indian i złoty japoński budynek, który przypomina złamaną parasolkę – same sterczące szprychy. Dom Przyszłości nie jest domem przyszłości. Wystawa General Motors raczej budzi śmiech. Chłopiec gigantycznych rozmiarów z wykrzywioną twarzą lalki dosiada okrakiem czerwonej przyczepki samochodowej, która go donikąd nie zawiezie.

Nie należało jej tutaj przyprowadzać. To żałosne. Granice wyobraźni, przyszłość odmalowana krzykliwymi barwami jak jakaś tania dziwka, podczas gdy on widział, jaka jest naprawdę – prędka, gęsta i brzydka.

Etta wyczuwa jego nastrój i stara się na niego wpłynąć.

– Popatrz tylko na to! – wykrzykuje, wskazując kolejkę linową i jej gondole w kształcie rakiet, które pomykają tam i z powrotem między dwoma masywnymi pylonami po obu stronach laguny. – Chciałbyś wjechać na górę? Założę się, że widok jest oszałamiający.

Harper z niechęcią kupuje bilety i winda wiezie ich na sam szczyt z opętańczą prędkością. I może powietrze jest tam świeższe albo może musiał po prostu spojrzeć na wszystko z szerszej perspektywy. Mają stamtąd widok na całe miasto, na całe tereny targowe, dziwne i nieznane z tej wysokości.

Etta ujmuje go pod ramię i przytula się do niego całym ciałem, dzięki czemu Harper czuje jej ciepłe, sprężyste piersi ukryte pod sukienką. Błyszczą jej oczy.

– Czy do ciebie dociera, co masz?

– Tak – odpowiada. Partnerkę. Kogoś, kto zrozumie. Już wie, że ona jest okrutna.

KIRBY

14 stycznia 1993

Hej, Kirsty, strasznie przepraszam. Kompletnie zapomniałem. Po prostu straciłem rachubę czasu – ćwierka Sebastian „mów mi Seb" Wilson, kiedy otwiera przed nią drzwi.

– Kirby, nie Kirsty – poprawia go. Czekała na niego w holu wejściowym przez pół godziny, aż w końcu zmusiła recepcjonistkę, żeby zadzwoniła do jego pokoju.

– Tak, jasne, przepraszam. Nie wiem, gdzie ja mam głowę. A właściwie to wiem. Siedzi po uszy w tym kontrakcie. Wejdziesz? Wybacz ten bałagan.

Jego pokój jest chyba najbardziej szpanerski w całym hotelu; umiejscowiony na najwyższym piętrze, z widokiem na rzekę, z przyległym holem, gdzie stoi stolik ze szklanym blatem, tego typu, który się kojarzy z rysami od żyletki i cieniuteńką warstewką kokainy.

W tej chwili stolik jest cały zasłany arkuszami kalkulacyjnymi i jakimiś formularzami. Łóżko jest nieposłane. Dookoła przerośniętej lampy na nocnym stoliku stoi kolekcja opróżnionych buteleczek po alkoholach. Sebastian odsuwa swoją teczkę, by zrobić jej miejsce na kanapie obitej białą skórą.

– Mogę ci coś zaproponować? Drinka? Jeśli coś jeszcze zostało… – Zerka na puste buteleczki, z wyraźnym zażenowaniem, i przeczesuje palcami starannie nastroszone włosy, ujawniając przy okazji, że zaczęły mu już przedwcześnie rzednąć na skroniach.

Piotruś Pan, który dorósł i trafił do korporacji, ale wciąż próbuje robić za niesfornego licealistę, stwierdza w myślach Kirby.

Jest w stanie dostrzec pod tym kosztownym garniturem niegdyś sprężyste, ale teraz już wiotczejące mięśnie, zwłaszcza w pasie. Zastanawia się, kiedy ten człowiek po raz ostatni majstrował przy motocyklu. Albo czy raczej obiecuje sobie, że będzie majstrował przy motocyklu, kiedy już zarobi pierwszy milion i przejdzie na emeryturę w wieku trzydziestu pięciu lat.

– Dziękuję, że znalazłeś dla mnie czas.

– Nie ma sprawy. Wszystko, byle pomóc Julii. Co za tragedia. Do dzisiaj jeszcze nie… no wiesz… nie uporałem się z tym. – Kręci głową. – Z tamtym dniem.

– Ciężko było cię dopaść.

– Wiem, wiem. To duża fuzja. Normalnie firma nie wchodzi w układy z centrum kraju, bardziej nas interesuje wybrzeże. Ale farmerzy muszą zakładać hipoteki, jak wszyscy. Pewnie nawet nie wiesz, o czym ja mówię. Możesz mi powtórzyć, co studiujesz?

– Dziennikarstwo. Właściwie to niedawno zrezygnowałam. – Wcześniej nie przyszło jej do głowy, że już podjęła taką decyzję, dopóki te słowa nie wypadły na wolność, dopóki tego nie wyznała kompletnie obcej osobie. Od miesiąca nie była na żadnych zajęciach. Od dwóch nie oddała żadnej pracy. Jak będzie miała szczęście, to jej pozwolą studiować w trybie warunkowym.

– Rozumiem. Mnie wessało w te wszystkie demonstracje polityczne i takie tam gówna. Myślałem, że zrobię coś pożytecznego ze swoim rozwścieczeniem.

– Bardzo jesteś szczery.

– Rozmawiam z kimś, kto to rozumie, tak? Mało kto to potrafi.

– No coś takiego.

– Ty w tym siedzisz, to chcę powiedzieć.

Drzwi się otwierają i pojawia się w nich głowa filipińskiej pokojówki.

– Och, przepraszam – mówi, prędko się wycofując.

– Za godzinę, OK? – krzyczy przesadnie głośno Sebastian. – Proszę tu wrócić i posprzątać pokój za godzinę! – Uśmiecha się mało czytelnie do Kirby. – O czym to ja gadałem?

– O Julii. O polityce. O rozwścieczeniu.

– Właśnie. Otóż to. Co ja miałem zrobić? Zatrzymać całe swoje życie? Jules chciałaby, żebym żył dalej, żebym zrobił coś ze swoją przyszłością. I popatrz na mnie teraz. Chyba byłaby dumna, prawda?

– Jasne. – Kirby wzdycha. Może śmierć wszystko zagęszcza. Sprawia, że stajesz się kimś lepszym od egoistycznego dupka z prestiżowej uczelni, nawet jeśli w środku czujesz się poraniony i samotny.

– No więc jak jest? Chodzisz po rodzinach ofiar i rozmawiasz z nimi? To pewnie przygnębiające.

– Nie aż tak przygnębiające jak to, że mordercy wszystko uszło na sucho. Wiem, że minęło dużo czasu, ale czy pamiętasz może, by coś cię zdziwiło, kiedy policja znalazła ciało?

– Jaja sobie robisz? Znaleźli ją dopiero po dwóch dniach. Tu jest ta niesprawiedliwość. Jak sobie pomyślę o tym, że leżała tam w lesie, zupełnie sama…

Słowa są tak oklepane, że wzbudzają w niej irytację – wypowiadał je tyle razy, że zupełnie straciły wszelki sens.

– Już nie żyła. Dla niej to już nie mogło mieć znaczenia.

– Pani jest niemiła, szanowna pani.

– Ale to prawda. Dlatego mówi się na to „trzeba z tym żyć".

– Wyluzuj. Cholera jasna. Myślałem, że tu nas coś łączy.

– Czy było coś niezwykłego? Czy znaleziono przy ciele coś, co nie pasowało, coś, co do niej nie należało? Zapalniczka. Biżuteria. Coś starego?

– Nie lubiła biżuterii.

– OK, dzięki. – Kirby odczuwa zmęczenie. Ile już takich rozmów przeprowadziła? – Bardzo mi pomogłeś. Dzięki, że poświęciłeś mi czas.

– Czy mówiłem ci o piosence? – rzuca.

– Pamiętałabym.

– Dla mnie ona teraz ma wielkie znaczenie. *Get It While You Can* Janis Joplin.

– Jakoś nie widzę w tobie fana Janis Joplin.

– Julia też za nią nie przepadała. To nawet nie było jej pismo.

– Co nie było? – Kirby zdusza iskierkę nadziei. Nic, to jest nic. Zupełnie jak z Jamelem.

– Na kasecie, w jej torebce. Podejrzewam, że ktoś jej tę kasetę dał. Wiesz, jakie są te dziewczyny z akademików.

– Tak, to wymienianie się muzyką i walki na poduszki w samej bieliźnie – odparowuje zniecierpliwionym tonem Kirby, żeby ukryć zainteresowanie. – Powiedziałeś o tym glinom?

– Co?

– Że to nie był jej charakter pisma?

– Myślisz, że skurwiel, który ją zabił, był fanem Joplin? Moim zdaniem to było bardziej jak… – Udaje, że wyciąga broń z kieszeni spodni. – Bum-bum! Jebał policję, jo! – Śmieje się z tej swojej kiepskiej parodii, a potem jego twarz zapada się pod ciężarem smutku. – Hej, jesteś pewna, że nie chcesz posiedzieć, napić się czegoś ze mną?

Kirby wie, o co mu chodzi.

– To nie pomoże – mówi.

HARPER

1 maja 1993

Jest zdziwiony tym, że one zostają tutaj, tak blisko, mimo samochodów, pociągów i brzęczącej furii lotniska O'Hare. Łatwo je namierzyć, przekonał się sam. Przeważnie ciągną do miasta, które stale przesuwa granice, zagarniając kolejne wiejskie tereny jak pleśń kromkę chleba.

Zazwyczaj jego punktem wyjścia jest książka telefoniczna, ale Catherine Galloway-Peck nie występuje na liście nazwisk. Dlatego dzwoni do jej rodziców.

– Halo… – Głos jej ojca brzmi w słuchawce tak wyraźnie, jakby ten człowiek stał tuż obok.

– Szukam Catherine. Czy może mi pan powiedzieć, gdzie mogę ją znaleźć?

– Już mówiłem wam wszystkim, że ona tu nie mieszka i że nie mamy absolutnie nic wspólnego, powtarzam nic wspólnego z jej długami. – Słychać donośny trzask, a potem łagodny, monotonny szum.

Do Harpera dociera, że tego człowieka nie ma już na drugim końcu linii, dlatego wrzuca kolejne ćwierć dolara do szczeliny i powtarza cały proces, dźgając zdecydowanymi ruchami srebrne klawisze z numerami, ubrudzonymi i zatartymi przez inne palce. Trel w słuchawce tym razem trwa długo.

– Tak? – Tym razem głos pana Pecka brzmi ostrożniej.

– Czy pan wie, gdzie ona jest? Muszę ją znaleźć.

– Na rany Chrystusa – mówi mężczyzna. – Przyjmij to, człowieku, do wiadomości. Zostaw nas w spokoju. – Czeka na próżno, aż Harper mu odpowie, dostatecznie długo, by w końcu zdradzić lęk. – Halo?

– Halo.

– Nie byłem pewien, czy pan tam jeszcze jest. – Jego głos jest podszyty niepewnością. – Czy z nią wszystko w porządku? Czy coś się stało? O Boże. Czy ona coś zrobiła?

– Dlaczego Catherine miałaby coś zrobić?

– Nie wiem. Nie wiem, dlaczego ona coś robi. Zapłaciliśmy, żeby pojechała w tamto miejsce. Staraliśmy się zrozumieć. Powiedzieli, że to nie jej wina, ale…

– Jakie miejsce?

– Do Centrum Rehabilitacyjnego „Nowa Nadzieja".

Harper delikatnie odkłada słuchawkę.

Nie znajduje jej tam, ale jedzie na jedno ze spotkań organizowanych w domu dziennym „Nowej Nadziei", na którym siedzi cicho i anonimowo słucha łzawych historyjek, dopóki nie udaje mu się zdobyć jej nowego adresu od bardzo pomocnej starszej pani, byłej ćpunki, która ma na imię Abigail i jest zachwycona, że „wujek" Catherine wyciąga rękę do swej siostrzenicy.

CATHERINE

9 czerwca 1993

Catherine Galloway-Peck krąży nerwowo przed pustym płótnem. Jutro zabierze je do Huxleya i sprzeda za dwadzieścia dolców, mimo że samo jego napinanie tyle kosztowało. On się nad nią zlituje i jeszcze da jej kreskę. Możliwe, że będzie musiała mu też obciągnąć. Ale nie jest kurwą. To przysługa. Przyjaciele pomagają sobie wzajemnie. Przyjacielowi można tak pomóc, żeby poczuł się dobrze.

Poza tym sztukę należy zasilać depresją i nadużywaniem. Na przykład taki Kerouac. Albo Mapplethorpe. Haring! Bacon! Basquiat! No więc czemu tak się dzieje, że jak ona patrzy na puste płótno, to jego sploty kląskają w jej mózgu jak rozstrojone pianino, które się zacięło na jednej nucie?

To nawet nie jest problem z zaczynaniem. Zaczynała dziesiątki razy. Śmiało, genialnie, z wyraźną wizją tego, do czego to ma prowadzić. Wszystko zawsze rozwija jej się w głowie. To, jak kolory będą się nakładały jedne na drugich, niczym mosty, które ją zaprowadzą na drugi brzeg. Ale potem wszystko robi się śliskie. Umyka przed nią, nie jest w stanie tego uchwycić, kolory stają się błotniste. Ostatecznie wykonuje niedokończony kolaż z kartek wydartych ze starych, groszowych powieści, z tego kartonu, który kupiła za jednego dolara, zamalowując je wielokrotnie, zamazując słowa. Cały pomysł polega na stworzeniu podświetlanego pudełka z maleńkimi nakłuciami tworzącymi nowe zdania, które tylko ona będzie znała.

Czuje ulgę, kiedy otwiera drzwi i stwierdza, że to on za nimi stoi. Najpierw pomyślała, że to Huxley, może z zaliczką na zaspokojenie jej potrzeb. Albo Joanna, która czasami podrzuca kawę i kanapkę, aczkolwiek ostatnio przychodzi coraz rzadziej i za każdym razem patrzy coraz twardszym wzrokiem.

– Mogę wejść? – pyta on.

– Tak – mówi Catherine i otwiera drzwi, mimo że mężczyzna trzyma nóż i spinkę do włosów z różowym króliczkiem sprzed, jeśli potrafi liczyć, ośmiu lat, a która wygląda tak, jakby ją kupił wczoraj w jakimś sklepie.

Spodziewała się go, teraz to do niej dociera. Od czasu, gdy skończyła dwanaście lat i on usiadł obok niej na trawie podczas pokazu sztucznych ogni. Czekała, aż jej tato wróci z wychodka, bo hot dogi z chili zawsze mu szkodzą. Powiedziała, że nie wolno jej rozmawiać z obcymi i że zadzwoni na policję, ale tak naprawdę to jej schlebiało, że on się nią zainteresował.

Wyjaśnił, że jest jaśniejsza niż te eksplozje, które dudniły na niebie nad budynkami, odbijając się w szybach. Że aż z tamtego miejsca widział, jak ona lśni. I że w związku z tym będzie musiał ją zabić. Nie teraz, tylko później. Kiedy ona już dorośnie. Powinna go wypatrywać. Wyciągnął rękę i wtedy się wzdrygnęła. Nie dotknął jej, tylko chciał wyciągnąć spinkę z jej włosów. I właśnie to, bardziej niż tamta straszna, niedająca się wytłumaczyć rzecz, którą jej wcześniej powiedział, sprawiła, że rozpłakała się żałośnie, ku konsternacji ojca, kiedy nareszcie wrócił, blady i spocony, trzymając się za brzuch.

I czy nie to właśnie popchnęło ją na tę drogę, na tę spiralę w dół? Ten mężczyzna w parku, który powiedział, że ją zabije.

Powiedzenie czegoś takiego dziecku jest czymś okropnym, ale nie mówi tego, tylko pyta go, czy chciałby się czegoś napić, bawiąc się w uprzejmą panią domu, jakby miała do zaoferowania coś więcej oprócz wody w szklance usmarowanej farbą.

Dwa tygodnie wcześniej sprzedała swoje łóżko, ale znalazła zarwaną kanapę na chodniku i ściągnęła Huxleya, żeby jej pomógł zatargać ją na górę, a potem ją ochrzcić, bo, daj spokój Cat, on nie będzie robił takiego gówna za darmo.

– Powiedziałeś mi, że lśnię. Jak sztuczne ognie. Podczas Posmaku Chicago. Pamiętasz? – Wykonuje piruet na środku pokoju i prawie się przewraca. Kiedy po raz ostatni coś jadła? We wtorek?

– Ale to nieprawda.

– Nie – mówi Catherine.

Siada ciężko na kanapie. Poduszki leżą na podłodze. Zaczęła rozpruwać szwy, w poszukiwaniu okruchów. Chociaż drobiny kryształka, którą przeoczyła. Dawniej miała odkurzacz, dzięki czemu mogła odkurzać szczeliny między deskami podłogi i grzebać potem w worku, jeśli była zdesperowana. Nie potrafi sobie przypomnieć, co się z tym odkurzaczem stało. Gapi się tępo na porozrzucane książki z wyrwaną połową opowiadań, rozsiane na podłodze. To było takie oczyszczające, to wydzieranie kartek, nawet bez malowania. Niszczenie to naturalny odruch.

– Ty już nie lśnisz. – Podnosi spinkę do włosów i daje jej. – Ale będę musiał się cofnąć – mówi, zły na nią. – Żeby domknąć pętlę.

Cała odrętwiała bierze spinkę. Różowy króliczek ma zamknięte oczy, dwa małe X i jeszcze jeden zamiast ust. Catherine zastanawia się, czy go nie zjeść. Hostia społeczeństwa konsumpcyjnego. Właściwie to byłby niezły pomysł na stworzenie dzieła sztuki.

– Wiem. Przepraszam, to chyba przez te prochy. – Wie jednak, że to nie jest prawda. To jest powód, dla którego bierze prochy. Tak jak nie jest w stanie uchwycić wizji swojego dzieła sztuki, tak nie jest w stanie ogarnąć świata. To ją przerasta. – Nadal zamierzasz mnie zabić?

– Po co miałbym tracić czas?

To nawet nie jest pytanie.

– Przyszedłeś. Prawda? No bo jesteś tutaj. Ja sobie tego nie wyobraziłam. – Obłapia dłonią ostrze, ale on je wyrywa. Palący ból dłoni sprawia, że czuje się żywa, jak się od dawna nie czuła. To jest czyste i to pali żywym ogniem. Nie jak ta igła wbijająca się w skórę między palcami, heroina zmieszana z białym octem, by dało się ją zastrzyknąć. – Obiecałeś.

Chwyta jego dłoń, a on wtedy robi szyderczy grymas, ale chwilowa panika przeszywa jego rysy, przemieszana z niesmakiem. Zna taką minę, widuje ją na ludzkich twarzach, kiedy wciska historyjkę, że potrzebuje na bilet na autobus, bo została napadnięta i musi jakoś wrócić do domu. Czy nie na coś takiego czeka? Zabija czas. Bo musi się dostać do miejsca, gdzie obrazy w jej głowie nabiorą sensu. Potrzebuje go, żeby ją tam zabrał. Krew rozbryzgana na blejtramie. I co ty na to, Jacksonie Pollocku?

JIN-SOOK

23 marca 1993

„Chicago Sun-Times”

BRUTALNE MORDERSTWO ODDANEJ PRACOWNICY SPOŁECZNEJ WSTRZĄSA MIASTEM

Richard Gane

CABRINI GREEN: Wczoraj o 5 rano pod stacją kolejki na rogu West Schiller i North Orleans znaleziono ciało młodej pracownicy społecznej, która została zakłuta nożem.

Jin-Sook (l. 24) była pracownicą społeczną w Wydziale Budownictwa Społecznego Chicago, zatrudnioną przy jednym z najbardziej znanych projektów mieszkaniowych miasta. Policja nie chce spekulować, czy morderstwo było związane z działalnością gangów.

„Na chwilę obecną nie ujawniamy żadnych szczegółów, jako że badamy wszelkie możliwości", powiedział detektyw Larry Amato. „Chcielibyśmy zachęcić wszystkie osoby, które mogą posiadać jakiekolwiek informacje, by jak najszybciej przyszły z nami porozmawiać".

Jej ciało znaleziono w odległości dwóch przecznic od modnej restauracji i dzielnicy klubów komediowych Starego Miasta. Do tej pory nie zgłosili się żadni świadkowie.

Personel WBS i mieszkańcy Cabrini Green przeżyli szok w związku z tym morderstwem. Rzeczniczka WBS, Andrea Bishop, powiedziała: „Jin-Sook była inteligentną, młodą kobietą, której zaangażowanie i intuicja przynosiły wymierne korzyści. Jesteśmy głęboko zasmuceni i przerażeni tą stratą.

Tonya Gardener, mieszkanka dzielnicy Cabrini, zapewniła, że lokalnej społeczności będzie bardzo brakowało pani Au. „Naprawdę porządnie wszystko tłumaczyła. Jak nie mogła nic zdziałać, to człowiek przynajmniej wiedział, co jest grane. Umiała pracować z dziećmi. Zawsze im przynosiła jakieś drobne prezenty. Książki i takie tam, mimo że prosiły o słodycze. Coś inspirującego. Biografię Martina Luthera Kinga albo kompakty z Arethą Franklin. Coś związanego z wybitnymi przedstawicielami czarnej rasy, żeby dzieci miały się na kim wzorować".

Nie udało się uzyskać komentarza rodziców pani Au. Wspólnota koreańska wzywa do wsparcia rodziny i organizuje nabożeństwo w czwartek, w zborze prezbiteriańskim „Betania". Zapraszają wszystkich do uczestnictwa.

Fotografia dołączona do tego tekstu przedstawia ciało nakryte kocem, na ziemi niczyjej między parkingiem a zrujnowanym domem pod wiaduktem kolejki. Teren jest ogrodzony, ale to nie powstrzymało ludzi przed wykorzystywaniem go jako prowizorycznego wysypiska śmieci; torba z odpadkami, która nie została wystawiona na chodnik do zabrania przez służby, tuli się do nieżywej pralki leżącej na boku.

Zdenerwowany młody gliniarz macha ręką w stronę obiektywu, w nadziei, że przesłoni kadr albo że zniechęci fotografa.

Gdyby ten reporter przesunął swój aparat o jeden cal w lewo, wówczas obiektyw uchwyciłby parę motylich skrzydeł umocowanych do ogrodzenia, żeby nie zdmuchnął ich wiatr, tak podartych, że niemal nierozpoznawalnych, po części ukrytych w plastikowej reklamówce z Walgreen niechlujnie ściągniętej gumką, ale wciąż pokrytych warstewką radowej farby.

Potem jednak w górze rozlega się stukot przejeżdżającej właśnie miejskiej kolejki i podmuch powietrza zrywa skrzydła z płotu, przez co dołączają do innych śmieci wytworzonych przez miasto.

Nic nie wskazuje, że to był rabunek. Zawartość jej płóciennej torby została wysypana obok ciała, ale portfel był nietknięty, zapięty, z sześćdziesięcioma trzema dolarami drobnymi w środku. Jest także szczotka z kilkoma długimi, czarnymi włosami, które zostaną zidentyfikowane jako należące do niej, paczka chusteczek higienicznych, balsam do ust z masłem kakaowym, dokumenty WBS związane z rodzinami, którym pomagała, książka z biblioteki (*Przypowieść o siewcy* Octavii Butler) i kaseta wideo z nagraniem „Żarty żartami na żywo", przedstawienia z lokalnego klubu komediowego dla czarnoskórych. Ot, przedmioty o inspirującej wartości, z których była znana. Policjanci nie zorientowali się, że zaginęła karta baseballowa – pewnego znanego afroamerykańskiego zawodnika.

KIRBY

23 marca 1993

Dawaj wszystko, co masz. – Kirby idzie prosto do Cheta.

– Wyluzuj, kobieto, to nie ma z tobą nic wspólnego – protestuje bibliotekarz.

– Zlituj się, Chet. Ktoś musiał napisać o niej wspomnienie. Amerykanka o koreańskich korzeniach pracująca w jednej z najbardziej niebezpiecznych dzielnic miasta? Zbyt dobre, by się temu oprzeć.

– Nie.

– Dlaczego?

– Bo dzisiaj rano zadzwonił Dan i powiedział, że mnie powiesi za jaja, które najpierw odetnie nożyczkami dla dzieci. Nie chce, żebyś się angażowała.

– To bardzo miłe z jego strony i również absolutnie nie jego zakichany interes.

– Jesteś jego stażystką.

– Chet. Wiesz, że jestem straszniejsza od Dana.

– Świetnie! – Wyrzuca ręce w górę, z trudem, bo ruch tamuje jego ciężka biżuteria. – Zaczekaj tutaj. I nic nie mów Velasquezowi.

Wiedziała, że Chet nie będzie w stanie się oprzeć pokusie wykorzystania swych tajemnych umiejętności w przetrząsaniu stert papierów.

Wraca dziesięć minut później z wycinkami na temat morderstwa w Cabrini i ogólnej nieudolności WBS.

– Mam też dla ciebie materiały o Robercie Taylorze Homesie. Wiedziałaś, że pierwsi mieszkańcy Cabrini byli w większości Włochami?

– Nie miałam pojęcia.

– No to teraz już wiesz. Znalazłem ci artykuł na ten temat i o ucieczce białych na przedmieścia.

– Nie tracisz czasu.

Zamaszystym ruchem wyciąga także szarą kopertę.

– Proszę bardzo. Dzień Korei, 1986. Twoja dziewczyna zajęła drugie miejsce w konkursie na esej.

– Jak to zrobiłeś?

– Gdybym ci powiedział, to potem musiałbym cię zabić – mówi, skrywając głowę ze starannie nastroszonymi włosami za *Potworem z bagien*. I dodaje, nie podnosząc wzroku: – Ja nie kłamię, naprawdę.

Zaczyna od detektywa Amato.

– Tak? – odzywa się Amato.

– Dzwonię w sprawie morderstwa Jin-Sook Au.

– Tak?

– Chciałam zdobyć trochę informacji o tym, jak została zabita...

– Niech się pani zabawia gdzie indziej swoimi chorymi pomysłami. – I rozłącza się.

Dzwoni jeszcze raz i tłumaczy oficerowi dyżurnemu, że coś przypadkowo przerwało jej rozmowę. Zostaje ponownie połączona z detektywem, który natychmiast odbiera.

– Amato.

– Proszę się nie rozłączać.

– Ma pani dwadzieścia sekund, żeby mnie przekonać.

– Moim zdaniem ma pan do czynienia z seryjnym zabójcą. Jeśli pan porozmawia z detektywem Diggsem z Oak Park, on potwierdzi mój przypadek.

– A pani nazywa się?

– Kirby Mazrachi. Zostałam napadnięta w 1989 roku. I jestem pewna, że to ten sam facet. Czy znaleźliście coś przy jej ciele?

– Bez urazy, droga pani, ale mamy swoje procedury. Nie mogę ujawniać tego typu informacji. Ale porozmawiam z detektywem Diggsem. Może pani podać jakiś numer, pod którym jest pani osiągalna?

Podaje mu swój numer i na wszelki wypadek również numer do „Sun-Timesa". Ma nadzieję, że to ich skłoni do traktowania jej bardziej poważnie.

– Dziękuję. Oddzwonię do pani.

Kirby przegląda artykuły, które wyszperał dla niej Chet. Nie uzyskuje z nich niczego o Jin-Sook Au, ale dowiaduje się więcej na temat nieetycznych praktyk w branży handlu nieruchomościami i dwuznacznej przeszłości WBS, niż chciała wiedzieć. Tylko ktoś bezmyślnie uparty i nastawiony idealistycznie próbowałby dla nich pracować.

Niecierpliwi się. Kusi ją, żeby odwiedzić miejsce zbrodni, ale zamiast tego sięga po książkę telefoniczną, która wymienia cztery osoby o nazwisku Au. Łatwo namierzyć tę właściwą. To numer, który jest bezustannie zajęty, ponieważ słuchawka została zdjęta z widełek.

W końcu łapie taksówkę do Lakeview, do domu Dona i Julie Au. Nie tylko nie odbierają telefonu, ale też nie reagują na dzwonek do drzwi. Siedzi na zewnątrz i czeka, na tyłach budynku, nie zwracając uwagi na to, że jest mróz i że drętwieją jej palce, nawet wtedy, gdy je chowa pod pachami. I jej cierpliwość zostaje nagrodzona dziewięć-dziesiąt osiem minut później, kiedy pani Au wymyka się tylnymi drzwiami, w podomce i kremowym dzierganym kapelusiku z różą na przedzie. Droga do minimarketu zajmuje kobiecie całe wieki, jakby każdy krok był obowiązkiem, o którym stale musi sobie przypominać. Kirby ma wielkie trudności z zachowaniem dystansu.

W sklepie znajduje panią Au przy stoisku z kawą i herbatą. Kobieta trzyma w ręku puszkę z herbatą jaśminową, gapiąc się na nią pustym wzrokiem, jakby ona mogła jej udzielić jakichś odpowiedzi.

– Przepraszam – mówi Kirby, dotykając jej ramienia.

Tamta obraca się w jej stronę, ledwie coś widząc. Jej twarz to żałobna maska, skonstruowana z głębokich bruzd. Kirby, chcąc nie chcąc, jest wstrząśnięta.

– Żadnych dziennikarzy! – Pani Au wraca do życia, z furią potrząsa głową. – Żadnych dziennikarzy!

– Proszę pani, ja nie jestem dziennikarką, nie jestem tu jako dziennikarka. Ktoś próbował mnie zabić.

Starsza kobieta wygląda teraz na przerażoną.

– On tu jest? Musimy wezwać policję.

– Nie, proszę zaczekać. – To się gwałtownie wymyka spod kontroli. – Uważam, że pani córka została zabita przez seryjnego zabójcę, który napadł także na mnie, wiele lat temu. Muszę wiedzieć, w jaki sposób została zabita. Czy morderca próbował wypruć z niej wnętrzności? Czy zostawił coś przy ciele? Coś niezwykłego? Coś, co wedle pani wiedzy, do niej nie należało?

– Dobrze się pani czuje? – Jedna z kasjerek wyszła zza lady, żeby opiekuńczo objąć ramieniem panią Au, bo ta jest zaczerwieniona, roztrzęsiona i płacze.

Do Kirby dociera, że krzyczała.

– Jesteś chora! – wrzeszczy na nią pani Au. – Czy człowiek, który to zrobił, zostawił coś przy ciele? Tak! Moje serce. Wypruł je prosto z mojej piersi. Moje jedyne dziecko! Rozumiesz to?

– Przepraszam, naprawdę przepraszam. – Kurwakurwakurwa. Jak ona mogła tak to spieprzyć?

– Wynoś się stąd, i to zaraz – ostrzega ją kasjerka. – Odbiło ci?

Gdyby jeszcze miała telefon z sekretarką, to pewnie dałaby radę jakoś to odwrócić. A tak dociera do „Sun-Timesa" następnego dnia i zastaje w holu czekającego na nią Dana, który chwyta ją za łokieć i wyprowadza na zewnątrz.

– Przerwa na papierosa.

– Ty nie palisz.

– Chociaż raz się nie kłóć. Idziemy się przejść. Palenie nie jest obowiązkowe.

– OK, OK. – Wyrywa rękę, a on wyprowadza ją z budynku i prowadzi na brzeg rzeki.

Budynki odbijają się w sobie wzajemnie, tworząc nieskończone miasto pochwycone w pułapkę szkła.

– Hej, słyszałeś o przejmowaniu osiedli? Wredni agenci nieruchomości wprowadzają czarną rodzinę do osiedla zamieszkanego w całości przez białych, budząc strach w pozostałych mieszkańcach, że cała dzielnica zejdzie na psy, sprawiając, że tamci sprzedają swoje domy ze stratą, i biorąc od nich dużą prowizję?

– Nie teraz, Kirby.

Powietrze nadlatujące od wody szczypie, przenika przez kości aż do szpiku. Środkiem rzeki brnie łódź towarowa, spieniając za sobą wodę, gładko wsuwając się pod most.

Kirby ulega jego niememu oskarżeniu.

– Chetty na mnie doniósł?

– Na jaki temat? Że wyłudziłaś dostęp do starych wycinków prasowych? To nie jest nielegalne. Ale nękanie matki ofiary morderstwa...

– Psiakrew.

– Gliniarze dzwonili. Są niezadowoleni. Harrison jest w stanie wróżącym apokalipsę. Coś ty sobie myślała?

– Nie miałeś na myśli apopleksji?

– Wiem dokładnie, co chcę powiedzieć. Czyli ognisty deszcz na twoją dupę.

– Raczej nic nowego. Robię to od roku, Dan. Namierzyłam nawet byłego chłopaka Julii Madrigal. Który okazał się tak straszny, że do teraz mi smutno.

– *Bendito sea Dios, dame paciencia.* Nie ułatwiasz mi tego. – Dan pociera dłonią tył głowy.

– Nie rób tego, bo wyłysiejesz – napada na niego Kirby.

– Ty się musisz uspokoić.

– Czyżby? Naprawdę chcesz mi to powiedzieć?

– Albo przynajmniej bądź rozsądna. Czy ty nie widzisz, jaką wariatkę z siebie robisz?

– Nie.

– Świetnie. Rób to po swojemu. Harrison czeka na ciebie w sali konferencyjnej.

Detektyw, redaktor działu miejskiego i dziennikarz sportowy wchodzą do pokoju. Nie ma puenty. Tylko nieskończony grad gówna lejący jej się na głowę.

Detektyw Amato jest ubrany w mundur, do tego kamizelka kuloodporna, żeby jej uświadomić powagę sytuacji. Na policzkach ma stare blizny po trądziku, jakby przetarł sobie twarz papierem ściernym. Wygląda na zniszczonego pod wpływem żywiołów, jak jakiś kowboj. Taka sugestia co do życiorysu twardziela dodaje człowiekowi klasy, stwierdza Kirby. Opuchlizna policzków i worki pod oczami mówią, że nie sypia dużo. To widać. Kirby spędza większą część wykładu na wpatrywaniu się w jego dłonie. Przez to cały czas trzyma głowę spuszczoną, dzięki czemu sprawia wrażenie skruszonej.

Jego złota obrączka jest zadrapana i wpija mu się w palec, z czego wynika, że nosi ją od dawna. Wierzch dłoni ma umazany czarnym tuszem, zapewne pozostałość po numerze telefonicznym albo rejestracyjnym, który musiał w pośpiechu zanotować. Za to go lubi. Przemowa – nie wymagają od niej, by odpowiadała inaczej prócz okazjonalnego kiwania głową – to te same rzeczy, które usłyszała od Andy'ego Diggsa, jeszcze w czasach, kiedy odbierał telefony od niej, zamiast odsyłać ją do jakiegoś młodszego funkcjonariusza.

To niestosowne, mówi detektyw Amato. Rozmawiał z detektywem Diggsem, który pracuje nad jej sprawą. Tak, jeszcze. On go wprowadził w temat. Nikt lepiej nie rozumie tego, przez co ona przechodzi, niż oni. Oni mają z tym do czynienia na co dzień. Dlatego robią wszystko, żeby przyskrzynić złoczyńców. Robią, co mogą, żeby ich znaleźć. Ale to podlega procedurom.

Ona zniekształca dowody swoimi spekulacjami i wprowadza zamęt w głowach świadków. Tak, ofiara została poraniona nożem i otrzymała liczne rany cięte brzucha i okolic miednicy. Te dwie sprawy mają takie cechy wspólne. Ale przy jej ciele nie znaleziono żadnego przedmiotu. Modus operandi było zupełnie inne w porównaniu z napaścią na nią. Ofiara nie została związana. Nie znaleziono żadnych przesłanek, które świadczyłyby, że wszystko zostało zawczasu zaplanowane. I przykro mu mówić to tak otwarcie, ale ten napad był amatorski w porównaniu z tym, co stało się z nią. Wręcz niechlujny. Po prostu początkujący zabójca. Straszna, oportunistyczna zbrodnia. Nie wykluczają, że ten morderca był czyimś naśladowcą. Dlatego właśnie policja ujawnia tak niewiele, ponieważ nie chcą już niczego prowokować, i niech ona to doceni, że on jest tutaj z nieformalną wizytą i że to wszystko odbywa się poza protokołem.

To był przypadek zakłucia nożem. Takich przypadków jest wiele. Ona musi zaufać policji, że wykonuje swoją robotę należycie. I że wypełnią swoje zadanie. On ją prosi o zaufanie.

Potem Harrison przez dziesięć minut – podczas których detektyw przebiera nogami w miejscu, najwyraźniej chcąc już sobie iść, skoro powiedział swoje – przeprasza i tłumaczy, że ona nie jest tu oficjalnie zatrudniona i że „Sun-Times" naturalnie zawsze wspierał wysiłki policji chicagowskiej i jeśli jest coś, co mogliby zrobić, to oto jego wizytówka, można dzwonić w dowolnym czasie.

Gliniarz wychodzi, po drodze ściskając ramię Kirby.

– Dopadniemy go.

Ona nie rozumie, jak niby to by ją miało pocieszyć, skoro jeszcze tego nie zrobili.

Harrison patrzy na nią wyczekująco. Czeka, aż coś powie. A potem się rozpędza.

– Coś ty sobie, kurwa, myślała?

– Masz rację, trzeba się było lepiej przygotować. Chciałam do niej dotrzeć, póki sprawa jeszcze jest świeża. Nie przewidziałam, że ona będzie taka zbolała... – Czuje ucisk w trzewiach. Zastanawia się, czy Rachel wyglądała podobnie.

– To nie jest moment, żebyś mi tu pyskowała – wścieka się Harrison. – Naraziłaś dobre imię gazety na szwank. Zagroziłaś naszym relacjom z policją. Być może popsułaś śledztwo w sprawie morderstwa. Zdenerwowałaś starszą panią w żałobie, która nie potrzebowała twojego gówna. I nadużyłaś swoich uprawnień.

– Niczego o tym nie napisałam.

– Nic mnie to nie obchodzi. Ty zajmujesz się sportem. Nie biegasz na wywiady z krewnymi ofiar morderstwa. Do tego mamy doświadczonych, wrażliwych, prawdziwych dziennikarzy. Nie wyściubisz nosa nawet na cal ze swojej działki. Rozumiesz mnie?

– Opublikowałeś mój tekst na temat Naked Raygun.

– Co?

– Tej grupy punkowej.

– Chcesz mnie doprowadzić do szału? – pyta Harrison z niedowierzaniem.

Dan zamyka oczy ze zbolałą miną.

– To byłby dobry tekst – mówi Kirby ani trochę skruszona.

– O czym?

– Nierozwiązane morderstwa i ich pokłosie. Z tragicznym wątkiem osobistym. Materiał na Pulitzera.

– Ona jest zawsze taka niemożliwa? – pyta Harrison Dana, ale Kirby widzi, że miedli w głowie ten pomysł, że jednak się nad nim zastanawia.

Dan w to nie wchodzi.

– Zapomnij. Mowy nie ma.

– To ciekawe – stwierdza Harrison. – Musiałaby to robić do spółki z kimś doświadczonym. Może z Emmą albo Richiem.

– Ona tego nie będzie robić – mówi Dan twardym głosem.

– Hej, nie mów za mnie.

– Jesteś moją stażystką.

– O co ci, kurwa, chodzi, Dan? – niemalże krzyczy Kirby.

– Może ja ci to wyjaśnię, Matt. Ona jest chodzącą katastrofą. Chcesz porządnego skandalu? Wyobraź sobie nagłówki „Tribune": „Niedoświadczona reporterka dostaje na głowę. Redaktor działu miejskiego odpowiedzialny za załamanie nerwowe. Matka ofiary morderstwa hospitalizowana w wyniku szoku. Społeczność koreańska oburzona. Powrót do przypadków zabójstw sprzed dwudziestu lat".

– OK, OK, już rozumiem. – Harrison macha ręką, jakby odganiał muchę.

– Nie słuchaj go! Dlaczego ty go słuchasz? Słyszysz, jak on bredzi? To przecież nie jest ani trochę przekonujące. Weź się uspokój, Dan. – Usiłuje zmusić go siłą woli, żeby na nią spojrzał. Jeśli tylko spojrzy jej w oczy, to poczuje się zmuszony wszystko wytłumaczyć. Ale Dan patrzy wyłącznie na Harrisona i zadaje ostateczny cios.

– Ona jest niestabilna emocjonalnie. Przestała nawet chodzić na zajęcia. Rozmawiałem z jej wykładowczynią.

– Coś ty zrobił?

Teraz patrzy jej w oczy.

– Chciałem, żeby ci napisała rekomendację. Dzięki czemu mógłabyś się starać o prawdziwą pracę tutaj. Okazało się, że przez cały semestr nie byłaś ani razu na zajęciach i nie oddałaś żadnej pracy.

– Pieprz się, Dan.

– Dosyć tego. Kirby – wtrąca się Harrison tym samym tonem, którym wyznacza ostateczne terminy. – Masz czuja, jeśli idzie o temat na tekst, ale Velasquez ma rację. Jesteś za bardzo uwikłana w tę sprawę. Nie mam zamiaru igrać z ogniem.

– Nie możesz mnie wylać! Pracuję tu za darmo.

– Weźmiesz sobie urlop. Odetchniesz. Wrócisz do szkoły. Mówię poważnie. Przemyślisz co nieco. Pójdziesz do psychiatry, jeśli trzeba. Ale nie będziesz pisała tekstów o morderstwach ani węszyła przy cudzych rodzinach, ani też twoja noga nie postanie w tym budynku, dopóki ci nie pozwolę.

– Mogę przejść na drugą stronę ulicy. Albo iść z tym do „Readera".

– Słuszna uwaga. Zadzwonię do nich i dam do zrozumienia, że nie powinni się z tobą zadawać.

– Ale ty jesteś nie fair.

– Tak, pewnie. Ciesz się, że nareszcie masz szefa. Nie chcę cię widzieć, dopóki się nie pozbierasz do kupy, rozumiesz?

– Tak jest, sir! – mówi Kirby, nawet się nie starając ukryć rozgoryczenia. Wstaje, by wyjść.

– Hej, dziewczyno – odzywa się Dan. – Masz ochotę na kawę? Pogadać o tym? Jestem po twojej stronie.

Życzę mu, żeby się poczuł jak najgorzej, stwierdza w myślach Kirby, czując chropawy cierń wściekłości. Powinien się poczuć jak gówno, zagotowane i rozsmarowane na przedniej szybie swojej niewiernej byłej dziewczyny.

– Nie z tobą. – I powiedziawszy to, dumnymi krokami wychodzi.

HARPER

20 sierpnia 1932

Gdy Etta kończy zmianę, Harper odbiera ją ze szpitala i przyprowadza do Domu. Zawsze zakrywa jej oczy, zawsze wiedzie ją inną trasą. A potem odprowadza ją do tej ulicy, przy której mieszka w wynajętym pokoju. Ma teraz nową współlokatorkę. Molly się wyprowadziła po tamtym incydencie ze spaghetti.

Leżąc na niej, wyzbywa się swego zaniepokojenia. Sapanie i śliskość przeradzające się w gorącą ulgę wypierają resztę. Kiedy rytmicznie wpycha się do jej wnętrza, nie musi rozmyślać o tym, jak bardzo źle odczytał mapę, ani o Catherine, która nie lśniła. Zabił ją prędko, bez uczucia przyjemności, bez odprawiania rytuału; po prostu wbił nóż między żebra, tam gdzie jest serce. Nic nie zabrał, nic po sobie nie zostawił.

Czysto mechanicznie wrócił i odszukał jej młodsze ja w parku, pod fontannami sztucznych ogni dudniących na tle nocnego nieba, gdzie odebrał jej spinkę z króliczkiem. Mała Catherine lśniła, z całą pewnością. Czy powinien był ją przestrzec, że utraci swój dar? To jego wina, myśli. Nie należało odwracać kierunku polowania.

Pieprzą się w salonie. Nie wpuszcza Etty na górę. Kiedy ona musi się wysikać, mówi jej, że ma to zrobić w kuchennym zlewie; Etta zadziera wtedy kieckę i kuca, paląc papierosa i gadając w trakcie opróżniania pęcherza. Opowiada mu o swoich pacjentach. O górniku z gór Adirondack, który kaszle flegmą nakrapianą sadzą i krwią. O jakimś poronieniu. Tego dnia była amputacja; mały chłopiec, który wpadł do pękniętej kratki ściekowej, w której uwięzła mu noga.

– Bardzo smutne – mówi Etta, ale uśmiecha się przy tym. I potem dalej paple, dzięki czemu on nie musi. Nie musi prosić, żeby zgięła się wpół i podkasała spódniczkę.

– Zabierz mnie dokądś, skarbie – męczy go, kiedy on się ubiera po wszystkim. – Dlaczego nie chcesz? Droczysz się ze mną. – Sunie dłonią od pleców do przodu jego dżinsów, irytująco przypominając, że jest jej coś winien.

– Dokąd miałbym cię zabrać?

– W jakieś podniecające miejsce. Ty wybierz. Gdziekolwiek ci się spodoba.

W końcu to się okazuje aż nadto kuszące. Dla nich obojga.

Zabiera ją na krótkie wypady. Zupełnie inne niż tamten pierwszy raz. Pół godziny, dwadzieścia minut, dzięki czemu nie oddalają się za bardzo. Prowadzi ją do autostrady, żeby sobie na nią popatrzyła; Etta wsuwa podbródek w jego ramię i ukrywa twarz na widok tych wszystkich ryczących samochodów albo klaszcze w dłonie i podskakuje na piętach, reagując wyrachowanym, czysto kobiecym zachwytem na wirowanie automatów w pralni samoobsługowej. To jej udawanie stanowi źródło ich wspólnego zadowolenia. Etta odgrywa rolę kobiety, która go potrzebuje. Ale on zna jej przegniłe serce.

A nuż to jest możliwe, kalkuluje Harper. Może Catherine naprawdę była ostatnia. Może żadna z dziewczyn już nie lśni i wtedy uwolni się od tego wszystkiego. A jednak pokój nadal szumi, kiedy idzie do niego na górę. I ta cholerna pielęgniarka za nic nie chce przestać go molestować. Ociera się nagą piersią o skórę jego ramienia, obnażoną, bo podwinął rękawy, i pyta głosem małej dziewczynki:

– Czy to trudne? Czy ty tam na górze przekręcasz jakieś pokrętło, jak przy piecu?

– To działa tylko wtedy, gdy ja to robię – mówi jej.

– Ale chyba cię nie zaboli, jeśli mi powiesz, jak to robisz.

– Potrzebujesz klucza. I woli, żeby przesunąć czas tam, gdzie on musi być.

– A czy ja mogłabym spróbować? – pyta nachalnie.

– To nie dla ciebie.

– Jak ten pokój na górze?

– Nie powinnaś tak mnie ciągle wypytywać.

Budzi się na podłodze w kuchni, z policzkiem przyciśniętym do zimnego linoleum; pod gałkami ocznymi łomoczą małe ludziki z młotami. Zaspany siada, wycierając ślinę z podbródka wierzchem dłoni. Ostatnią rzeczą, jaką pamięta, jest to, że Etta przyrządziła mu drinka. Ten sam mocny alkohol, który pili podczas pierwszej randki, tyle że z gorzkim posmakiem.

Ona oczywiście ma dostęp do pigułek nasennych. Harper przeklina siebie za własną głupotę.

Etta wzdryga się, kiedy on wchodzi do pokoju. Ale zaraz się opanowuje. Walizka leży otwarta na materacu, tam, gdzie ją zawlókł, kiedy zauważył, że giną rzeczy. Pieniądze są poukładane na stosach.

– Jakie to jest piękne – mówi ona. – Popatrz tylko. Dałbyś wiarę? – Przechodzi przez pokój, żeby go pocałować.

– Po co tu przyszłaś? Mówiłem ci, że masz tu nie wchodzić. – Wymierza jej silny cios, obalając ją na podłogę. Etta chwyta się za policzek obiema dłońmi, wciąż leży na podłodze, z podwiniętymi nogami. Błyska do niego uśmiechem, ale po raz pierwszy widać w tym uśmiechu niepewność.

– Skarbie – mówi pojednawczo – wiem, że jesteś wkurzony. Nie masz o co. Musiałam zobaczyć. Ty mi nie chciałeś pokazać. Ale teraz zobaczyłam i mogę ci pomóc. Ty i ja? Zdobędziemy cały świat.

– Nie.

– Powinniśmy się pobrać. Ty mnie potrzebujesz. Ze mną jesteś lepszy.

– Nie – mówi jeszcze raz, nawet jeśli to prawda. Wpija palce w jej włosy.

Musi długo walić jej głową o metalową ramę łóżka, dopóki jej czaszka nie rozpadnie się wreszcie na połowę. Jest tak, jakby uwiązł w pułapce tej chwili na całą wieczność.

Nie zauważa młodego, bezdomnego ćpuna o wybałuszonych oczach, który nawalił się za swoje ostatnie łupy i liczył na jeszcze lepsze, dlatego znowu się zakradł do domu i z przerażeniem obserwuje to wszystko z korytarza. Nie słyszy, jak Mal umyka na dół. Bo Harper płacze: opłakuje samego siebie, z twarzą, po której ściekają łzy i smarki.

– Ty mnie do tego zmusiłaś. Ty mnie zmusiłaś. Ty zasrana suko.

ALICE

1 grudnia 1951

Alice Templeton? – pyta, bez pewności w głosie.

– Tak? – Obraca się.

To jest ta chwila, na którą czekała całe życie. Odgrywała ją, na tym ekranie kinowym w swojej głowie, przewijała taśmę i puszczała ją od nowa i potem jeszcze raz. I jeszcze raz.

On wchodzi do fabryki czekolady. Wszystkie maszyny zatrzymują się zgrzytliwie z mechaniczną sympatią, wszystkie dziewczyny podnoszą wzrok, a on zbliża się do niej długimi krokami, kłania się nisko i mówi: „Obiecałem, że wrócę po ciebie". I potem przyciska usta do jej ust, odbierając jej oddech.

Albo oprze się zawadiacko o ladę w stoisku z kosmetykami, gdzie ona nakłada róż na policzki jakiejś damy z wyższych sfer, która potrafi wydać więcej pieniędzy na szminkę do ust, niż ona zarabia na tydzień, i powie: „Przepraszam panienkę, szukam miłości swego życia. Czy może panienka mi pomóc?". A potem wyciągnie rękę w jej stronę, a ona wespnie się ku niemu po ladzie, obok cmokającej z dezaprobatą matrony. On weźmie ją w ramiona, obróci ku sobie i na koniec postawi na ziemi, patrząc na nią z zachwytem, po czym przebiegną przez cały dom towarowy, trzymając się za ręce i śmiejąc się. Strażnik przy wyjściu rzuci: „Ależ Alice, two-

ja zmiana jeszcze się nie skończyła", ale ona odepnie swoją
złotą plakietkę z imieniem, ciśnie mu ją pod stopy i zawoła:
„Charlie, ja odchodzę!".

   Albo on wejdzie do sekretariatu i powie: „Potrzebuję
dziewczyny! I to właśnie ona".

   Albo ujmie ją za ręce i podźwignie delikatnie z podłogi
w barze, którą ona szoruje na klęczkach jak Kopciuszek (to
nieważne, że używała tam mopa), i rzeknie, z niesamowitą
czułością: „Już więcej nie będziesz musiała tego robić".

Nie spodziewała się, że on przyjdzie do niej akurat wtedy,
gdy będzie człapała pieszo do pracy. Ma ochotę się rozpłakać z tej ulgi. Ale i z frustracji, bo w tej chwili jest tak
strasznie pozbawiona wszelkiego czaru. Włosy obwiązała
chustką, żeby ukryć, że są nieumyte i bez życia. Jej stopy ukryte w zimowych botkach kompletnie zesztywniały
z zimna. Dłonie ma spierzchnięte, obgryzione paznokcie.
Na twarzy tylko śladowy makijaż. Praca, która polega na
rozmawianiu przez telefon przez cały dzień, oznacza, że
ludzie mogą ją oceniać jedynie po głosie. „Dział Sprzedaży
Katalogowej Searsa, co państwo chcielibyście zamówić?"

   Któregoś razu zadzwonił farmer, który chciał zamówić
nowy tachometr do traktora, i na samym końcu oświad-
czył się jej. „Chciałbym, żeby mnie taki głos budził co
dnia", oznajmił. Błagał ją, żeby się z nim umówiła, kiedy
następnym razem przyjedzie do miasta, ale ona go wyśmiała. „Ani trochę nie jestem taka", odparła.

   Alice miewała już wcześniej niedobre starcia z mężczy-
znami, którzy oczekiwali, że będzie kimś lepszym albo
gorszym, niż jest. Zdarzyło się też paru przyzwoitych, ale
zazwyczaj wtedy, gdy ci widzieli, w co się pakują, i zazwy-

czaj tylko na przelotne, namiętne uściski. A ona pragnie „miłości niedzielnego typu", jak głoszą słowa piosenki. Takiej, która trwa dłużej niż tylko pocałunki o smaku dżinu w sobotni wieczór. Jej najdłuższy związek trwał dziesięć miesięcy i on stale łamał jej serce, a potem wracał. Alice chce czegoś więcej. Chce dostać wszystko. Odkłada pieniądze, żeby móc pojechać do San Francisco, bo podobno takim kobietom jak ona żyje się tam łatwiej.

– Gdzie ty byłeś? – Nie potrafi nad sobą zapanować. Nienawidzi tego rozdrażnienia, które napływa do jej głosu. Ale to było całe dziesięć lat czekania, nadziei i besztania samej siebie za połączenie swych marzeń z człowiekiem, który pocałował ją raz na wiejskim jarmarku i potem zniknął.

On uśmiecha się ponuro.

– Miałem to i tamto do zrobienia. Teraz to już raczej nieważne. – Bierze ją pod ramię i obraca w drugą stronę, w stronę jeziora. – Chodź ze mną – mówi.

– Dokąd idziemy?

– Na przyjęcie.

– Nie jestem ubrana na przyjęcie. – Alice zatrzymuje się i biadoli. – Wyglądam jak jakiś koczkodan!

– To spotkanie w prywatnym gronie. Tylko my dwoje. Wyglądasz cudownie.

– Ty też – mówi ona, czerwieniąc się, i pozwala mu poprowadzić się w stronę jeziora Michigan. Wie z niezachwianą pewnością, że to nie będzie miało dla niego znaczenia. Widziała to po sposobie, w jaki na nią patrzył, te wiele lat wcześniej. I on wciąż ma to w oczach, ten płomień pożądania i akceptację.

HARPER

1 grudnia 1951

Weszli dostojnymi krokami do holu Hotelu Kongresowego, mijając nieczynne windy osłonięte kotarami, podobne przez to do trupów spowitych w całuny. Nikt nawet nie spojrzał na nich po raz drugi. Hotel jest remontowany. Pewnie żołnierze wyżyli się na tych pokojach podczas wojny, wyobraża sobie Harper. Picie, palenie, kurwy.

Obrotowa tarcza nad złotymi drzwiami windy ozdobiona wieńcami z bluszczu i gryfonami wyświetla numery pięter w porządku malejącym. Minuty, które jej jeszcze zostały. Harper zaciska dłonie na swoich spodniach, żeby ukryć podniecenie. Nigdy wcześniej nie był taki bezczelny. Gładzi palcami biały plastikowy krążek z pigułkami Julii Madrigal. To się już nie odstanie. Wszystko dzieje się tak, jak miało się dziać. Zgodnie z jego postanowieniem.

Wysiadają na trzecim piętrze i wtedy otwiera ciężkie, podwójne drzwi, a potem wprowadza ją do Złotego Pokoju. Szuka po omacku włącznika światła. Niewiele się zmieniło w tym pokoju od czasu, kiedy pił tu z Ettą lemoniadę zaprawianą alkoholem, tydzień wcześniej, dwadzieścia lat wcześniej, tyle że stoliki i krzesła stoją teraz jedne na drugich i ciężkie story są zaciągnięte, skrywając w całości balkony. Przez salę biegną ku sobie renesansowe łuki ozdobione rzędami nagich sylwetek wyzierających spośród rzeźbionego listowia. Klasyczny romantyzm, domniemywa Harper, aczkolwiek na nim te postacie sprawiają wrażenie storturowanych, poszukujących pocieszenia, którego im odmówiono, zagubionych, bo nie gra muzyka.

– Co to jest? – pyta ze zdumieniem Alice.

– Sala bankietowa. Jedna z wielu.

– Jest piękna – mówi. – Ale tu nikogo nie ma.

– Nie chcę dzielić się tobą z nikim innym – oświadcza Harper, puszczając ją w taneczny wir, żeby przegnać nutę zwątpienia w jej głosie. Zaczyna nucić piosenkę, którą on już słyszał, a która jeszcze nie została napisana, i sunie razem z nią przez posadzkę. Nie do końca walc, ale coś podobnego. Nauczył się kroków w sposób, w jaki uczy się wszystkiego, przyglądając się innym ludziom i odtwarzając potem coś na kształt podobieństwa.

– Przyprowadziłeś mnie tutaj, żeby mnie uwieść? – pyta Alice.

– A dałabyś przyzwolenie?

– Nie! – protestuje, ale chce tego, on to widzi. Wyraźnie spłoszona Alice odwraca głowę, a potem zerka spod rzęs; policzki ma wciąż poróżowiałe z zimna.

A on robi się zły i ma mętlik w głowie, bo może naprawdę chce ją uwieść. Przez Ettę czuje się rozbity.

– Mam coś dla ciebie – oznajmia, zmagając się wewnętrznie. Wyjmuje z kieszeni puzderko wyłożone aksamitem i otwiera sprężynowy zatrzask, ukazując bransoletkę z amuletami lśniącą posępnie odbitym światłem. Należy do niej, cały czas do niej należała. To był błąd, że ofiarował ją Etcie.

– Dziękuję ci – mówi Alice lekko zszokowana.

– Włóż ją. – Jest zbyt agresywny. Chwyta ją za nadgarstek, za mocno, sam to widzi, bo ona się krzywi. I tak jakoś dziwnie się rusza. Właśnie do niej dotarło, że znajduje się w opustoszałej sali balowej w towarzystwie obcego człowieka poznanego dziesięć lat wcześniej.

– Chyba nie chcę – wyznaje ostrożnym głosem. – Cudownie było znowu cię zobaczyć... O Boże, nawet nie wiem, jak się nazywasz.

– Harper. Harper Curtis. Ale to nieważne. Chcę ci coś pokazać, Alice.

– Nie, naprawdę... – Wyrywa dłoń z jego uścisku, a kiedy on rzuca się w jej stronę, popycha na niego jeden ze stosów krzeseł, po czym umyka w stronę bocznych drzwi.

Z wysiłkiem pokonawszy plątaninę mebli, Harper podąża jej śladem, popychając drzwi, które wychodzą na mroczny korytarz gospodarczy, z przewodami dyndającymi z rusztowania. Otwiera nóż.

– Alice! – woła głosem pełnym przyjaznej werwy. – Wracaj, kochanie. – Skrada się powoli, nie demonstrując groźby, nieznacznie ukrywając rękę za plecami. – Przepraszam cię, kwiatuszku. Nie chciałem cię przestraszyć.

Okrąża róg. Widzi pikowany materac z zielonkawą plamą, oparty o ścianę. Gdyby była sprytna, to pewnie by się za nim ukryła, zaczekała, aż on pójdzie dalej.

– Za bardzo tego chciałem, wiem. Minęło tyle czasu. Za długo czekałem.

Nieco dalej jest jakieś pomieszczenie magazynowe, drzwi są otwarte na oścież i widać kolejne stosy krzeseł. Mogła schować się tutaj, przycupnąć między nimi, zerka teraz między ich nogami.

– Pamiętasz, co ci powiedziałem? Ty lśnisz, kwiatuszku. Widziałem cię mimo mroku. – Pod pewnymi względami to prawda. Zdradza ją własny cień widoczny na schodach wiodących na dach. – Jeśli bransoletka ci się nie spodobała, to wystarczyło powiedzieć. – Udaje, że zbacza w prawo, jakby chciał odejść, zagłębić się w trzewia budynku, a potem wbiega pędem na zdezelowane drewniane schody, biorąc po trzy stopnie za jednym zamachem, w stronę miejsca, gdzie się ukryła.

Neonowe światło jest nagie i niekorzystne. Sprawia, że wygląda na jeszcze bardziej przestraszoną. Harper robi wymach nożem, ale tylko zahacza o rękaw jej żakietu, robiąc w nim długie nacięcie, a ona tymczasem krzyczy z panicznym przestrachem i ucieka jeszcze wyżej, obok postukującego bojlera z miedzianymi kurkami i plam sadzy na ścianach.

Szarpie ciężkie drzwi prowadzące na dach i wypada na oślepiające światło dnia. Dzieli ich przestrzeń jednej sekundy, ale ona przytrzaskuje drzwiami jego lewą dłoń. Harper wrzeszczy i wyrywa dłoń.

– Suka!

Wypada na dach, mrużąc oczy oślepione przez słońce, wtykając zranioną dłoń pod pachę. Jest tylko posiniaczona, nie złamana, ale boli jak wszyscy diabli. Już się nie pieprzy z ukrywaniem noża.

Ona stoi na niewielkim występie muru tuż przy skraju dachu, pomiędzy szeregiem owalnych otworów wentylacyjnych, w których leniwie obracają się wentylatory. W zaciśniętej garści trzyma kawałek cegły.

– Chodź tu. – Harper wykonuje gest nożem.

– Nie.

– Chcesz to utrudniać, kwiatuszku? Chcesz umrzeć nieprzyjemnie?

Ciska w niego cegłą, która pomyka po smołowanej papie, chybiając o całą milę.

– Już dobrze – mówi Harper. – Już dobrze. Nic ci nie zrobię. To tylko zabawa. Chodź tu. Proszę. – Wyciąga obie ręce i obdarza ją swym najbardziej szczerym uśmiechem. – Kocham cię.

Alice odwzajemnia uśmiech, błyskając zębami.

– Gdyby to jeszcze była prawda – mówi. A potem odwraca się i zeskakuje z dachu.

Jest zbyt zszokowany, by bodaj za nią krzyknąć.

Chmara gołębi wzbija się gwałtownie do lotu z niewiadomego miejsca na dole. A potem jest już tylko on i ten pusty dach. Na ulicy krzyczy przeraźliwie jakaś kobieta. Drze się bez końca, jak syrena alarmowa.

Nie tak to miało być. Wyjmuje z kieszeni opakowanie ze środkami antykoncepcyjnymi i gapi się na nie, jakby krążek z pigułek oznaczonych kolejnymi dniami tygodnia miał być omenem, który potrafi odczytać. Ale on nic mu nie mówi. To jedynie matowy, martwy przedmiot.

Ściska opakowanie z taką siłą, że ono pęka. A potem z niesmakiem rzuca je śladem Alice. Pudełko leci w dół, wirując w powietrzu jak dziecięca zabawka.

KIRBY

12 czerwca 1993

Temperatura jest brutalna, a w piwnicy jeszcze gorsza, bo graty Rachel zdają się wchłaniać ciepło i rozlewać je potem dookoła, przemieszane z lepką nostalgią. Któregoś dnia jej matka umrze i na Kirby spadnie zadanie uporządkowania tych wszystkich śmieci. Im więcej tego pozbędzie się teraz, tym lepiej.

Zaczęła wynosić pudła na trawnik, żeby przejrzeć ich zawartość. Targanie ich na górę po rozklekotanych, drabinowych schodkach źle działa na jej kręgosłup, ale i tak czuje się lepiej, jak tak tu siedzi w tej klatce, wśród gór rzeczy, które lada chwila mogą ją pogrzebać. Na tym właśnie polega jej życie ostatnimi czasy – przeglądanie kartonów z pamiątkami. Podejrzewa, że to, co tu znajdzie, będzie jeszcze bardziej boleśnie wymowne niż pokiereszowane życiorysy ujęte w martwych aktach dowodowych detektywa Michaela Williamsa.

Rachel wychodzi na trawnik i siada obok niej po turecku, w dżinsach i czarnym T-shircie, który to strój upodabnia ją do kelnerki; włosy ma ściągnięte w nieporządną kitkę. Jej długie stopy są bose, paznokcie ma pomalowane lśniącą czerwienią, tak ciemną, że prawie czarną. To znak czasu, że zaczęła sobie farbować włosy; ten brąz, bardziej kasztanowy niż normalnie, jest teraz przetkany szarością.

– O rany, ale tych klamotów – mówi. – Lepiej zróbmy z tego ognisko. – Wygrzebuje z kieszeni jakieś zmięte świstki.

– Nie kuś – odpowiada jej Kirby. Słychać w tym więcej jadu, niż zamierzyła, ale Rachel nawet tego nie zauważa. – Gdybyśmy były sprytne, to ustawiłybyśmy stolik i urządziły wyprzedaż garażową, prosto z tych pudeł.

– Naprawdę wolałabym, żebyś nie grzebała w tych rzeczach. – Rachel wzdycha. – Znacznie łatwiej z nimi żyć, jak są spakowane. – Oddziera koniec papierosa i wysypuje tytoń na papier, mieszając go pół na pół z marihuaną.

– Czy ty siebie słyszysz, mamo?

– Nie udawaj terapeutki. To do ciebie nie pasuje. – Rachel zapala jointa i nieobecnym ruchem podaje go Kirby. – O przepraszam, zapomniałam.

– Nie ma sprawy – mówi Kirby i zaciąga się. Trzyma dym w płucach, dopóki w jej głowie nie zrobi się słodkawo i elektrycznie, jak przy przełączeniu telewizora na biały szum. Gdyby biały szum był zakodowanym sygnałem CIA transmitowanym przez melasę. Kirby nie ma takiej tolerancji na marihuanę jak jej matka. Zazwyczaj wpędza ją w paranoję i sprawia, że zaczyna zbyt głęboko coś analizować. Ale z kolei nigdy wcześniej nie ćpała razem z Rachel. Może przez te wszystkie lata robiła coś źle i przeoczyła jakąś tajemną wiedzę, którą matka przekazuje córce, wiedzę, którą należało przejąć wiele lat wcześniej, na przykład jak się zaplata warkocz francuski albo jak zwodzić chłopaków.

– Nadal nie masz wstępu do tej gazety?

– Wyznaczyli mi okres próbny. Pozwalają mi kompilować listę nagród dla najlepszych sportowców ze szkół średnich, ale nie wolno mi tam przychodzić, dopóki nie zrobię tego, czego wymagają ode mnie na zajęciach.

– Opiekują się tobą. To urocze, moim zdaniem.

– Traktują mnie jak jakąś gówniarę.

Rachel zaczyna wywlekać z pudła stertę starych gier planszowych i ozdoby choinkowe splątane z menorą. Cały trawnik jest usłany kolorowymi kropkami plastikowych pionków do gry w Ludo.

– Wiesz, nigdy ci nie zrobiłyśmy bat micwy. Chciałabyś bat micwę?

– Nie, mamo. Już na to za późno – mówi Kirby, odrywając z kolejnego kartonu kawał taśmy, która przez te wszystkie lata utraciła klej, ale i tak wydaje okropny odgłos przy zdzieraniu. Małe książeczki ze Złotej Serii i dr Seuss. *Kowbojski skarbczyk Deana, Gdzie mieszkają dzikie stwory, Odrażające rymowanki.*

– Trzymałam je dla ciebie. Na czasy, kiedy będziesz miała dzieci.

– Raczej mało prawdopodobne.

– Nigdy nie wiadomo. Ty nie byłaś planowana. Dawniej pisywałaś listy do swojego taty. Pamiętasz?

– Co? – Kirby walczy z warkotem w swojej głowie. Jej dzieciństwo to śliski temat. Pamięć podlega cenzurze. Człowiek zbiera te wszystkie parafernalia, żeby się ustrzec od zapominania.

– Oczywiście je wyrzucałam.

– Czemu je wyrzucałaś?

– Nie bądź głupia. Gdzie je miałam posyłać? Równie dobrze mogłaś pisać do Świętego Mikołaja.

– Bardzo długo myślałam, że moim tatą jest, no wiesz, Peter Collier. Namierzyłam go.

– Wiem, powiedział mi. Och, nie rób takiej zdziwionej miny. Pozostajemy w kontakcie. Powiedział, że byłaś u niego, kiedy miałaś szesnaście lat, i że zrobiłaś na nim piekielne wrażenie tymi żądaniami przeprowadzenia testów na ojcostwo i płacenia alimentów.

Kirby przypomina sobie, że miała wtedy piętnaście lat. Wydedukowała, kim on jest, po tym, jak poskładała z sobą strzępki gwałtownie podartego prasowego artykułu o nim, które znalazła w koszu Rachel, dzień po tym, jak matka wpadła w trzydniową, legendarną chandrę – tłuczenie naczyń, nieustający płacz i tak dalej.

Peter Collier, geniusz kreatywności w wiodącej agencji chicagowskiej, zgodnie z ich dętymi reklamami, odpowiedzialny za wszystkie przełomowe kampanie prowadzone przez ostatnie trzy dziesięciolecia, kochający mąż żony tragicznie okaleczonej przez stwardnienie rozsiane oraz – czego artykuł nie wspominał – notoryczny skurwysyn (w sensie dosłownym), który niczym upiór nawiedzał prawie całe jej dzieciństwo.

Zadzwoniła do jego sekretarki, posiłkując się swym najgłębszym i najbardziej profesjonalnym głosem, i umówiła się na spotkanie, którego celem miało być omówienie „nowego pomysłu biznesowego wspartego potencjalnie bardzo lukratywnym kontraktem" (słownictwo, które ukradła z artykułu) w najbardziej szpanerskiej restauracji, jaka jej przyszła do głowy.

Z początku był zdumiony, kiedy jakaś nastolatka usiadła przy stoliku, potem zirytowany, a na końcu rozbawiony, gdy przedstawiła mu listę swoich żądań: że ma wznowić spotkania z Rachel, bo ona jest bez niego nieszczęśliwa, zacząć płacić alimenty i przyznać się na łamach tego samego czasopisma, że posiada córkę z nieprawego łoża. Poinformowała go, że niezależnie od owego przyznania się ona nie zmieni nazwiska, bo przyzwyczaiła się do Mazrachi i ono jej pasuje. Postawił jej lunch i wyjaśnił, że poznał

Rachel, kiedy ona miała już pięć lat. Ale podoba mu się jej styl i jeśli kiedykolwiek będzie czegoś potrzebowała... Odparowała mu zjadliwą jednozdaniową ripostą, czymś à la Mae West o rybach i rowerach, po czym wyszła wygrana i z nienaruszoną godnością własną. Albo przynajmniej tak jej się wydawało.

– Jak myślisz, kto pomógł płacić twoje rachunki za leczenie?

– No kurwa mać!

– Dlaczego ty bierzesz to tak do siebie?

– Bo on cię wykorzystywał, mamo. Przez prawie dziesięć lat.

– Związki ludzi dorosłych są skomplikowane. Dostaliśmy od siebie to, czego potrzebowaliśmy. Namiętność.

– O Boże, nie chcę tego słuchać.

– Kokon bezpieczeństwa. Jakąś pociechę. Od tej samotności. Ale związek się wypalił. Póki trwał, było cudownie. Ale wszystko się kończy. Życie. Miłość. Wszystko to. – Niezrozumiale macha ręką w stronę skupiska kartonów. – I smutek. Aczkolwiek z nim trudniej się rozstać niż ze szczęściem.

– Och, mamo. – Kirby kładzie głowę na kolanach Rachel. To przez to zioło. Normalnie nigdy tego nie robiła.

– Nie ma sprawy – mówi Rachel. Wydaje się zdziwiona, choć nie niemile. Gładzi Kirby po włosach. – Te zwariowane loki. Nigdy nie wiedziałam, co z nimi robić. Nie odziedziczyłaś ich po mnie.

– Kim on był?

– Och, nie wiem. Było kilka opcji. Trafiłam do kibucu w Hula Valley. Mieli tam stawy rybne. Ale też mogło się to zdarzyć później, w Tel Awiwie. Albo przy tamtej drodze w Grecji. Trochę się pogubiłam z datami.

– Och, mamo.

– Jestem uczciwa. Wiesz? Lepiej by ci się żyło, gdybyś robiła to właśnie.

– Co?

– Próbowała upolować swojego ojca zamiast tego człowieka, który... który zrobił ci krzywdę.

– Nigdy mi tego nie umożliwiłaś.

– Mogłabym podać ci nazwiska. Jest ich najwyżej pięć. Cztery. Pięć. Niektóre zresztą to tylko imiona. Prawdopodobnie można go odszukać w rejestrach kibucu, jeśli to był jeden z nich. Mogłabyś wyprawić się na pielgrzymkę. Pojechać do Izraela, Grecji i Iranu.

– Byłaś w Iranie?

– Nie, ale to byłoby fascynujące. Mam tu gdzieś zdjęcia. Chciałabyś obejrzeć?

– Właściwie to tak.

– Gdzieś... – Rachel strąca Kirby z kolan i grzebie w pudłach tak długo, aż wreszcie znajduje album ze zdjęciami, z okładką z czerwonego plastiku naśladującą prawdziwą skórę. Przerzuca go i znajduje zdjęcie młodej kobiety z rozwianymi włosami, w białym kostiumie kąpielowym, roześmianej i krzywiącej się do słońca dzielącego kreską ostrego kontrastu jej ciało i betonową przystań, na którą właśnie się wdrapała. Niebo ma barwę spowiałego lazuru. – To było w porcie na Korfu.

– Wyglądasz na zezłoszczoną.

– Nie chciałam, żeby Amzi mnie fotografował. Robił to od rana i doprowadzał mnie tym do szału. Więc oczywiście to jedno pozwolił mi zatrzymać.

– To jeden z nich?

Rachel zastanawia się nad tym.

– Nie. Już wtedy miałam mdłości. Myślałam, że to od ouzo.

– Świetnie, mamo.

– Nie wiedziałam. A ty już pewnie tam byłaś. Co dla mnie było tajemnicą.

Przerzuca kolejne karty albumu – fotografie raczej nie są ułożone w porządku chronologicznym, bo mija żenujące fotki przedstawiające punkową Kirby podczas balu na zakończenie szkoły średniej, po czym dociera do jej podobizny jako nagiego niemowlaka, który stoi w dmuchanym basenie, trzymając wąż ogrodowy w ręku, i patrzy figlarnie do obiektywu. Rachel siedzi obok tego basenu, na pasiastym leżaku, ma włosy ścięte na chłopaka i spod ogromnych okularów słonecznych w szylkretowych oprawkach wystaje jej papieros. Czarowny marazm przedmieść.

– Spójrz, jaka ty byłaś rozkoszna – mówi. – Zawsze byłaś kochanym dzieckiem, ale też niegrzecznym. To wprost promieniuje z twojej twarzy. Naprawdę nie miałam pojęcia, co z tobą robić.

– Domyślam się.

– Nie bądź okrutna – odpowiada jej Rachel, ale się nie zaperza.

Kirby wyjmuje album z jej rąk i zaczyna go przeglądać. Problem ze zdjęciami jest taki, że one wypierają prawdziwe wspomnienia. Uwieczniasz chwilę i potem już zostaje tylko to.

– O Boże, popatrz na moje włosy.

– Ja ci nie kazałam ich golić. Omal cię nie zawiesili w prawach ucznia.

– Co to jest? – mówi to bardziej ostrym tonem, niż chciała. Ale szok jest straszny. Strach, który wsysa jak bagno.

– Hmm? – Rachel bierze od niej zdjęcie. Jest osadzone na pożółkłej pocztówce, na której czcionką z zakrętasami wydrukowano: „Pozdrowienia z Wielkiej Ameryki!

1976 r.". – To było w tamtym parku tematycznym. Płaka-
łaś, bo bałaś się wsiąść do rollercoastera. Nie mogłam tego
znieść, że nie możemy robić wypadów samochodem, bo od
razu dostawałaś choroby lokomocyjnej.

– Nie, co ja trzymam w ręku?

Rachel przygląda się zdjęciu zapłakanej dziewczynki
w parku tematycznym.

– Nie wiem, kochanie. Plastikowego konika?

– Skąd go wzięłaś?

– Z ręką na sercu, nie pamiętam genezy wszystkich
twoich zabawek.

– Błagam cię, pomyśl, Rachel.

– Ty go gdzieś znalazłaś. Nosiłaś go przy sobie przez
całe wieki, aż wreszcie się zakochałaś w czymś innym. Zawsze byłaś taka zmienna. Na przykład ta lalka z wymie-
nianymi włosami, która mogła być albo blondynką, albo
brunetką. Melody? Tiffany? Jakoś tak. Miała przepiękne
ubranka.

– Gdzie on teraz jest?

– Jeśli nie ma go w którymś z tych pudeł, to pewnie
został wyrzucony. Nie trzymam wszystkiego. Co ty wyprawiasz?

Kirby gwałtownie otwiera pudła, wyrzucając ich zawartość na przerośniętą trawę.

– Teraz to jesteś egoistką – mówi spokojnie Rachel. –
Sprzątanie tego później będzie o wiele mniej zabawne.

Są tam kartonowe tuby do plakatów, ohydny komplet
do herbaty w brązowe i pomarańczowe kwiatki od babci
Kirby, która mieszka w Denver i u której Kirby próbowała mieszkać, gdy miała czternaście lat, wysoka, miedziana
fajka wodna z odłamanym ustnikiem, pokruszone kadzi-
dełka pachnące podupadłymi imperiami, zniszczona srebr-

na harmonijka, stare pędzle do malowania i wyschnięte pisaki, miniaturowe tańczące kotki, które Rachel malowała na płytkach ceramicznych i które przez jakiś czas sprzedawały się całkiem nieźle w lokalnym sklepie z wyrobami rękodzielniczymi. Indonezyjskie klatki na ptaki, grawerowany kawałek kości słoniowej albo kła dzikiej świni (tak czy owak, prawdziwa kość), Budda z jadeitu, kuweta fotograficzna, flamastry i tak na oko tona opasłych książek o sztuce i designie z zakładkami ze skrawków papieru, splątana sztuczna biżuteria, gniazdo wikłacza i kilka sznurkowych amuletów, które robiły tamtego lata, gdy Kirby miała dziesięć lat. Są dzieci, które prowadzą stoiska z lemoniadą, a tymczasem Kirby próbowała sprzedawać sztuczne pajęczyny z kryształków. I jak tu się dziwić, że teraz jest, jaka jest...

– Gdzie są moje zabawki, mamo?

– Zamierzałam je wydać.

– Nawet byś się do tego nie zabrała – mówi Kirby, otrzepując źdźbła trawy z kolan. Idzie z powrotem do domu, a potem schodzi do piwnicy, ściskając w ręku zdjęcie.

Znajduje w końcu bezbarwny, plastikowy pojemnik, wepchnięty do zepsutej zamrażarki, której Rachel używa jako spiżarni. Jest ukryty pod workiem na śmieci wypełnionym kolekcją kapeluszy, których Kirby dawniej używała do zabaw w przebieranki, na poły zmiażdżonych przez drewniany kołowrotek, który pewnie byłby coś wart dla kolekcjonera antyków.

Rachel siedzi na szczycie schodów, opierając podbródek na kolanach, obserwuje ją.

– Nadal jesteś dla mnie tajemnicą.

– Zamknij się, mamo.

Kirby podnosi z trudem wieko pojemnika przypominającego kształtem gigantyczne pudełko na drugie śniadanie. W środku są wszystkie jej zabawki. Lalka-niemowlę, której nigdy tak naprawdę nie chciała, ale miały ją w szkole wszystkie koleżanki. Barbie i ich tanie, generyczne kuzynki, na wszelkich szczeblach kariery. Bizneswoman z różową teczką i syrenka. Żadna nie ma butów. Połowie brakuje którejś kończyny. Lalka z wymienialnymi włosami, teraz naga, robot, który przeobraził się w UFO, wieloryb-zabójca w ciężarówce z logo Podwodnego Świata, drewniana lalka w sweterku z czerwonej włóczki, księżniczka Leia w śnieżnobiałym kostiumie i Evil-Lyn z *Władców wszechświata* ze swoją złotą skórą. Zawsze było za mało koleżanek, żeby się tym wszystkim bawić.

I właśnie tam, pod nieukończoną wieżą z klocków Lego, obsadzoną ołowianymi wojownikami indiańskimi, także od jej babci, leży plastikowy konik. Jego pomarańczowa grzywa jest upaprana czymś zaschniętym, ale wciąż lepkim. Może sokiem. Konik ma te same smutne oczy, głupawy, melancholijny uśmiech i motyle na zadzie.

– Jezu – mówi Kirby bez tchu.

– Tak, to on. – Rachel drepcze niecierpliwie na stopniach. – I co z tego?

– On mi go dał.

– Nie trzeba ci było dać palić. Nie jesteś przyzwyczajona.

– Posłuchaj mnie! – krzyczy Kirby. – On mi go dał! Ten skurwiel, który próbował mnie zabić!

– Nie rozumiem, o czym ty mówisz! – odwrzaskuje Rachel, zdezorientowana i zaniepokojona.

– Ile miałam lat na tamtym zdjęciu?

– Siedem? Osiem?

Kirby sprawdza datę na pocztówce: 1976. Miała dziewięć lat. Kiedy jej dał tego konika, była młodsza.

– Jesteś beznadziejna z matmy, mamo. – Nie potrafi się nadziwić, że nie przypomniała sobie przez te wszystkie lata.

Obraca konika w dłoniach. Pod kopytami są stemple. MADE IN. HONGKONG. PAT PENDING. HASBRO 1982.

Wszystko robi się zimne. Zakłócenia w odbiorze spowodowane marihuaną wzbierają, brzęczą jej w głowie. Podchodzi do schodów i siada na nich, u stóp Rachel. Bierze matkę za rękę i przykłada tę rękę do policzka. Te wypukłe, niebieskie żyły pośród cieniutkich, połamanych zmarszczek i pierwszych plam wątrobowych przypominają dopływy rzeczne. Ona się starzeje, myśli Kirby, i ta myśl jest jakby jeszcze bardziej nieznośna niż plastikowy konik.

– Boję się, mamo.

– Wszyscy się boimy – mówi Rachel. Przyciska jej głowę do piersi i gładzi ją po plecach, gdy tymczasem przez ciało Kirby przebiegają wstrząsy i drżenia. – Ciii. Już dobrze, kochanie. Wszystko dobrze. To jest ta wielka tajemnica, nie wiesz tego? Każdy jest tajemnicą. Zawsze tak jest.

HARPER

28 marca 1987

Najpierw Catherine, potem Alice. Złamał zasady. Nie należało dawać Etcie bransoletki. Czuje, że traci panowanie nad tym wszystkim, że ono mu się ześlizguje z rąk, zupełnie jak oś koła ciężarówki z lewara.

Zostało już tylko jedno imię. Nie wie, co stanie się potem. Ale musi to zrobić jak należy. Tak, jak to mu zostało narzucone. Musi wszystko robić właściwie, musi uszeregować te konstelacje. Musi ufać Domowi. Przestać stawiać opór.

Nie stara się tego wymuszać, kiedy otwiera drzwi. Pozwala im się otworzyć na to, co tam powinno być: rok 1987. Znajduje drogę do szkoły podstawowej, gdzie miesza się z tłumem rodziców i nauczycieli przemieszczających się między ekspozycjami na korytarzu, pod ręcznie wypisanym transparentem: „Witajcie na Targach Nauki!". Przechodzi obok wulkanu z papier-mâché, obok drutów i klamerek osadzonych w drewnianej deseczce, które zapalają żarówkę, kiedy się je zetknie z sobą, obok plakatów ilustrujących, jak wysoko potrafi skakać pchła i na czym polega aerodynamika odrzutowców. Przystaje obok mapy gwiazd, prawdziwych konstelacji. Mały chłopiec, który stoi za stołem, zaczyna czytać z kartki, nieśmiałym, monotonnym głosem.

– Gwiazdy to kule płonącego gazu. Znajdują się bardzo daleko od nas i zdarza się, że zanim ich światło zdąży do nas dotrzeć, gwiazda umiera, a my nawet o niej nie wiemy. Mam także teleskop…

– Zamknij się – przerywa mu Harper.

Chłopiec robi taką minę, jakby zaraz miał się rozpłakać. Wytrzeszcza oczy, po czym z drżącymi ustami czmycha w tłum. Harper ledwie to zauważa. Zahipnotyzowany wodzi czubkiem palca po liniach wyrysowanych między gwiazdami. Wielki Wóz. Mały Wóz. Ursa Maior. Orion ze swoim pasem i mieczem. Równie dobrze mogłyby stworzyć coś innego, gdyby połączył te kropki inaczej. I kto właściwie orzeka, że to niedźwiedź albo wojownik? Dla niego te układy ani trochę ich nie przypominają. Wzory istnieją, bo staramy się je znaleźć. Rozpaczliwe dążenie do ładu, bo nie potrafimy zmierzyć się z koszmarem, że to wszystko jest być może przypadkowe. Ma wrażenie, że się rozpada pod wpływem tego objawienia, że traci grunt pod nogami, jakby cały ten cholerny świat zaczął się jąkać.

Młoda nauczycielka z jasnymi włosami związanymi w kitkę ujmuje go delikatnie za ramię.

– Dobrze się pan czuje? – pyta uprzejmie, głosem przeznaczonym dla dzieci.

– Nie… – zaczyna Harper.

– Nie potrafi pan znaleźć projektu pańskiego dziecka?

Obok niej stoi tłustawy chłopczyk, pociągający nosem, wczepiony w jej spódniczkę. Harper przywiera do realności tego obrazka, do tego, że malec wyciera sobie nos wierzchem rękawa, pozostawiając smugę smarków na ciemnej tkaninie.

– Mysha Pathan – mówi, jakby wydobywał się ze snu.

– Pan jest jej…

– Wujkiem – dopowiada, wybierając to tłumaczenie, które zawsze przynosi takie owocne skutki.

– Och. – Nauczycielka jest zdumiona. – Nie wiedziałam, że ona ma rodzinę w Stanach. – Zadziwiona przygląda mu się przez chwilę. – To uczennica, w której należy pokładać duże nadzieje. Znajdzie pan jej projekt blisko sceny, obok drzwi – wskazuje pomocnie.

– Dziękuję pani – mówi Harper i jakoś udaje mu się oderwać od mapy gwiazd, która jest tylko bezużytecznym fetyszem.

Mysha to mała dziewczynka o oliwkowej karnacji, która nosi w ustach metalowy szkielet przypominający miniaturowe tory kolejowe, podobny do tego, który niedawno spinał szczęki Harpera. Kołysze się lekko na piętach, ale chyba nie zdaje sobie z tego sprawy; po prostu pełni wartę przed biurkiem obrzeżonym kaktusami w doniczkach, pod plakatem z jakimiś liczbami i kolorami, w których Harper nie dostrzega żadnego sensu, mimo że przygląda im się uważnie.

– Dzień dobry! Czy mogę panu opowiedzieć o moim projekcie? – pyta, cała tryskając entuzjazmem.

– Mam na imię Harper – mówi jej.

– OK! – odpowiada mu rezolutnie. To nie należy do jej scenariusza i jest tym poruszona. – Mam na imię Mysha i to jest mój projekt. Eee. Jak pan widzi, posadziłam kaktusy w... eee... odmiennych gatunkach gleby o różnej kwasowości.

– Ten usechł.

– Tak. Dowiedziałam się, że niektóre warunki glebowe są bardzo niedobre dla kaktusów. Może pan sam to stwierdzić na podstawie wyników, które zaznaczyłam na tym wykresie.

– Widzę.

– Oś pionowa odzwierciedla poziom kwasowości w glebie, a pozioma…

– Wyświadcz mi przysługę, Mysha.

– Eee.

– Ja wrócę. Od razu. Gdy tylko będę mógł. Ale ty tego tak nie odczujesz. Będziesz musiała coś dla mnie zrobić, kiedy mnie nie będzie. To bardzo ważne. Nie przestawaj lśnić.

– OK! – mówi Mysha.

Wraca do Domu i wydaje mu się, że wszystkie przedmioty płoną w jego głowie. Nadal potrafi prześledzić trajektorie, ale po raz pierwszy widzi, że mapa prowadzi donikąd. Że zwija się w sobie, że staje się pętlą, z której Harper nie jest w stanie uciec. Nie pozostało już nic więcej do zrobienia, jak tylko się temu poddać.

HARPER

12 czerwca 1993

Wkracza we wczesny wieczór 12 czerwca 1993 roku, zgodnie z datą wyświetloną w oknie poczty. Minęły zaledwie trzy dni, odkąd zabił Catherine. Dochodzi już do skraju tego wszystkiego. Już wie, gdzie szukać Myshy Pathan. Miejsce jest wyraźnie wydrukowane na ostatnim totemie, jaki jeszcze pozostał. Zakłady Farmaceutyczne w Milkwood.

Firma jest usytuowana po drugiej stronie miasta, w głębi West Side. Długi, przysadzisty, szary budynek. Harper siada w oknie pizzerii sieci Dominos, w centrum handlowym znajdującym się po drugiej stronie drogi, skubie ciągnący się ser, obserwuje i czeka, stwierdzając, że w sobotnią noc parking jest zwykle pusty, że strażnik jest znudzony i stale wychodzi na papierosa po czym starannie wyrzuca niedopałki do jednego z żółtych kubłów na śmieci ustawionych z boku budynku. Że używa plakietki zawieszonej na szyi, by dostać się z powrotem do budynku.

Może zaczekać. Dopóki ona nie wyjdzie z budynku. Dopadnie ją w domu albo po drodze do domu. Może się włamać do jej samochodu. Tego małego, niebieskiego, który jako jedyny stoi jeszcze na parkingu, tuż obok wejścia. Ukryje się na tylnym siedzeniu. A jednak czuje się bardziej rozdrażniony niż kiedykolwiek wcześniej, migrenowy ból przewierca mu się przez czaszkę i zsuwa po kręgosłupie. Trzeba to zrobić już teraz.

O jedenastej, kiedy pizzeria zostaje zamknięta, powoli obchodzi budynek, tak odmierzając czas, by to współgrało z przerwą na papierosa strażnika.

– Wie pan może, która godzina? – pyta, podchodząc do niego prędko, już otwierając nóż ukryty pod połą marynarki.

Strażnik jest zaalarmowany prędkimi ruchami Harpera, ale pytanie brzmi tak niewinnie, tak zwyczajnie, że automatycznie spogląda na przegub swej dłoni i wtedy Harper wbija ostrze w jego szyję, po czym przeciąga nim przez jej szerokość, przecinając mięśnie, ścięgna i tętnice, jednocześnie wprawiając mężczyznę w obrót, dzięki czemu strumień krwi opryskuje kubły na śmieci, a nie jego. Kopie go potem od tyłu w kolana, przez co strażnik przewraca się na ziemię, między kubły, które Harper przeciąga potem do przodu, by ukryć ciało. Odrywa plakietkę strażnika od munduru i ściera krew o jego spodnie. Wszystko to zajmuje mu mniej niż minutę. W gardle strażnika coś jeszcze cicho gulgocze, ale Harper idzie już w stronę przeszklonych drzwi i przeciąga kartę magnetyczną przez szczelinę w zamku.

Wspina się po schodach pustego budynku na czwarte piętro, dając się prowadzić przeczuciu podobnemu do wspomnienia, obok ciągów zamkniętych drzwi, aż wreszcie dochodzi do Laboratorium nr 6, które jest otwarte, czeka na niego. W środku pali się pojedyncze światło, nad jej stołem roboczym. Stoi plecami do niego, śpiewając coś głośno i nieładnie, kołysząc się tanecznie do blaszanej muzyki sączącej się ze słuchawek wetkniętych niechlujnie pod chustkę, którą ma obowiązane włosy: „Ona nic więcej nie chce", mówi piosenka. Mysha rozdrabnia jakieś liście, a potem za pomocą strzykawki delikatnie przenosi drobiny pulpy do stożkowatych rurek wypełnionych złotym płynem.

Harper po raz pierwszy ani trochę nie rozumie kontekstu.

– Co ty robisz? – pyta dostatecznie głośno, by mogła go usłyszeć.

Mysha podskakuje w miejscu i niezdarnie zdejmuje słuchawki.

– O mój Boże. Co za wstyd. Od dawna mi się pan przygląda? O Jezu. O rany. Myślałam, że tylko ja jestem w budynku. Eee... Kim pan jest?

– Jestem nowym strażnikiem,

– Aha. Ale nie ma pan munduru.

– Nie mieli mojego rozmiaru.

– Ano tak – mówi ona, kiwając głową. – Więc... eee... staram się właśnie sprawdzić, czy uda się wyhodować odmianę tytoniu odporną na suszę w oparciu o białko pewnego kwiatu rosnącego w Namibii, który potrafi się odradzać. Dokonałam splicingu genu, hoduję ten tytoń od miesiąca i teraz sprawdzam, czy białko, którego szukam, tu jest. – Zanosi stożkowate rurki do płaskiej, szarej maszyny wielkości walizki, podnosi pokrywę i układa je na tacy. – Wrzucam to do spektrofotometru, żeby przeprowadzić analizę... – Wdusza przyciski i maszyna zaczyna szumieć. – I jeśli białko rzeczywiście wystąpi, to substrat zrobi się niebieski. – Uśmiecha się do niego wyraźnie zadowolona. – Czy wyjaśniłam to dostatecznie zrozumiale? Bo w przyszłym tygodniu ma tu przyjść grupa uczniów dziesiątej klasy i... och. – Zobaczyła nóż. – Pan nie jest strażnikiem.

– Nie. I ty jesteś ostatnia. Muszę to zakończyć. Nie rozumiesz tego?

Mysha usiłuje się przemieścić w taki sposób, by rozdzielił ich stół laboratoryjny, i jednocześnie omiata wzrokiem wnętrze w poszukiwaniu przedmiotu, którym mogłaby w niego rzucić, ale on już zagradza jej drogę. Stał się bardzo skuteczny. Robi, co musi. Wali ją pięścią w twarz i przewraca ją na podłogę, wiąże jej nadgarstki kabelkami od jej słuchawek, bo zostawił swój drut do krępowania w Domu. Wpycha jej chustkę w usta, żeby stłumić krzyk.

W budynku nie ma nikogo, kto by ją usłyszał, i Mysha długo umiera. Harper próbuje działać bardziej wymyślnie, by nadrobić ten brak radości. Rozprostowuje jej jelita, a potem ją nimi oplata. Wycina jej organy i umieszcza je na stole, przy którym pracowała pod światłem lampy. Wpycha liście tytoniu w ziejące rany, dzięki czemu rośliny wydają się z niej wyrastać. Przypina znaczek z Pigasusem do jej fartucha. Liczy, że to wystarczy.

Myje się w damskiej toalecie, moczy sobie marynarkę i wpycha zakrwawioną koszulę do kosza na podpaski. Nakłada fartuch laboratoryjny na wciąż zakrwawioną marynarkę i wychodzi z budynku, z jej plakietką przypiętą w taki sposób, że nazwisko jest zasłonięte.

Jest czwarta nad ranem i obiektu pilnuje już inny strażnik, stojący za biurkiem; jest wyraźnie czymś zaskoczony i rozmawia z kimś przez swoje radio.

– Mówiłem ci, że już sprawdziłem męską toaletę. Nie wiem, gdzie…

– No to dobranoc – mówi radośnie Harper, przechodząc blisko niego.

– Dobranoc panu – odpowiada strażnik rozkojarzonym głosem, rejestrując tylko marynarkę i plakietkę, podnosząc rękę w geście automatycznego pozdrowienia. Sekundę później owłada nim niepewność, bo jest naprawdę późno, jakim sposobem nie rozpoznał tego gościa i gdzie, do diabła, jest Jackson? Niepewność pięć godzin później przeobrazi się w poczucie winy, kiedy będzie siedział na posterunku policyjnym i oglądał nagranie z kamery zabezpieczającej wejście do laboratorium, już po tym, jak ciało młodej biolożki zostało odkryte, i dotrze do niego, że zabójca przeszedł tuż obok niego.

Na górze, w laboratorium, w stożkowatych rurkach wypełnionych złotem wykwita błękit.

DAN

13 czerwca 1993

Dan z miejsca zauważa jej zwariowane włosy. Trudno je przeoczyć, nawet w tym chaosie hali przylotów. Na poważnie rozważa, czy nie wsiąść z powrotem do samolotu, ale w tym momencie jest już za późno, wypatrzyła go. Unosi nieznacznie rękę. Niemalże pytająco.

– Tak, jasne, widzę cię, idę już, idę – mruczy pod nosem, wskazując taśmę przenośnika i wykonując gest naśladujący odbieranie walizki.

Kirby przytakuje z impetem i zaczyna lawirować w jego kierunku przez ludzką hordę, mijając kobietę w czadorze, zasapaną rodzinę za wszelką cenę starającą trzymać się razem, przygnębiającą liczbę podróżników cierpiących na otyłość... Nigdy nie rozumiał tego przekonania, że lotniska to prestiż i splendor. Wpadli na nie chyba ludzie, którym się wydaje, że nigdy nie będą zmuszeni lecieć trasą Minneapolis–Saint Paul. Jazda autobusem jest mniej męcząca. I widoki ciekawsze. Jedyną cudowną cechą latania jest to, że pasażerowie rzadziej duszą się wzajemnie z nudy i frustracji.

Kirby materializuje się przy jego łokciu.

– Hej, próbowałam się do ciebie dodzwonić.

– Leciałem samolotem.

– Wiem, w hotelu powiedzieli, że już wyjechałeś. Przepraszam. Musiałam z tobą pogadać. Nie mogłam się doczekać.

– Cierpliwość nigdy nie była twoją mocną stroną.

– To jest coś poważnego, Dan.

Dan wzdycha ciężko i przygląda się kilkunastu nie swoim torbom powoli przesuwającym się na taśmociągu.

– Chodzi o tę artystkę-ćpunkę sprzed kilku dni? Bo sprawa paskudna, ale to nie był twój facet. Gliniarze już zamknęli jej dilera. Czarujący gość o nazwisku Huxtable czy jakoś tak podobnie.

– Huxley Snyder. Żadnej historii przemocy.

Wreszcie jego walizka wynurza się zza plastikowej kurtyny i z łomotem wypada z rzutni na taśmę. Chwyta ją i prowadzi Kirby w stronę wyjścia do kolejki miejskiej.

– Historia musi się gdzieś zaczynać, racja?

– Gadałam z ojcem tej dziewczyny. Mówił, że ktoś do nich dzwonił i wypytywał o Catherine.

– Jasne. Do mnie stale ktoś dzwoni. Przeważnie agenci ubezpieczeniowi. – Zaczyna ryć w swoim portfelu w poszukiwaniu żetonów kolejki miejskiej, ale Kirby wrzuca do automatu tyle, że wystarcza dla nich obojga.

– Twierdził, że było w nim coś złowieszczego.

– Bo w agentach ubezpieczeniowych jest coś złowieszczego – odparowuje Dan. Nie zamierza dodawać jej skrzydeł.

Pociąg czeka, już zatłoczony. Daje jej usiąść, a sam opiera się o drążek, kiedy rozlega się sygnał zawiadamiający o zamykaniu się drzwi. Nie cierpi dotykać tych drążków. Na deskach klozetowych nie ma tyle zarazków co na nich.

– I została zadźgana nożem, Dan. Nie w brzuch, ale...

– Zapisałaś się na nowy semestr?

– Co?

– Bo ja wiem, że nie będziesz ze mną więcej rozmawiała o tym gównie. Można powiedzieć, że dostałaś nakaz ograniczający.

– Do kurwy nędzy! Nie przyszłam gadać o Catherine Galloway-Peck, mimo że są podobieństwa i...

– Nie chcę tego słuchać.

– Świetnie – odpowiada mu zimnym tonem. – Przyjechałam po ciebie na lotnisko z następującego powodu. – Wrzuca swój plecak na kolana. Zniszczony, czarny, anonimowy. Rozpina go i wyciąga jego marynarkę.

– Ty, szukałem jej.

– Nie o nią chodzi.

Rozkłada marynarkę jak jakiś święty, krwawy całun. Dan spodziewa się dowodu drugiego przyjścia, co najmniej. Twarzy Jezusa odciśniętej w plamie potu. Tymczasem z fałd tkaniny wyłania się dziecięca zabawka. Plastikowy konik, zniszczony ze zużycia.

– A to co takiego?

– On mi go dał, kiedy byłam mała. Miałam sześć lat. Jak ja go miałam rozpoznać? Nawet nie pamiętałam tego konika, dopóki nie zobaczyłam go na zdjęciu. – Zawiesza głos, niepewna. – Cholera. Nie wiem, jak to powiedzieć.

– Nie zabrzmi gorzej niż to wszystko, co już mi powiedziałaś. Mam na myśli twoje wariackie teorie. – A nie tamtą chwilę w sali posiedzeń „Sun-Timesa", kiedy natarła na niego, dotknięta do żywego jego zdradą, która jemu samemu rozdarła serce i odzywa się wciąż szczątkowym bólem za każdym razem, kiedy o niej myśli. Czyli cały czas.

– Ta teoria jest najgorsza z wszystkich. Ale musisz mnie wysłuchać.

– Nie mogę się doczekać.

Tłumaczy mu to wszystko. Że jej bezsensowny konik wiąże się z bezsensowną kartą baseballową znalezioną podczas drugiej wojny światowej przy tamtej kobiecie. I że ta karta w jakiś sposób wiąże się z zapalniczką i kasetą, której Julia nigdy by nie słuchała.

Dan z wielkim wysiłkiem skrywa rosnące osłupienie.

– To bardzo ciekawe – mówi ostrożnie.

– Nie rób tego.

– Czyli czego?

– Nie lituj się nade mną.

– Jest racjonalne wytłumaczenie na to wszystko.

– Pieprzyć racjonalność.

– Posłuchaj. Oto plan. Mam za sobą sześć i pół godziny spędzone na lotniskach i w samolotach. Jestem zmęczony. Śmierdzę. Ale dla ciebie, i tylko dla ciebie, uwierz, zamierzam zrezygnować z powrotu do domu, gdzie zakosztowałbym prostej i jakże potrzebnej radości, jaką daje prysznic. Pojedziemy od razu do redakcji, skąd zadzwonię do firmy od tej zabawki i wyjaśnię sprawę.

– Myślisz, że jeszcze tego nie zrobiłam?

– Tak, ale nie zadawałaś właściwych pytań – odpowiada cierpliwie. – Na przykład, czy był jakiś prototyp? Czy był jakiś pośrednik, który mógł mieć do tego prototypu dostęp w 1974 roku? Czy to możliwe, by „1982" oznaczało numer limitowanej edycji względnie numer wyrobu, a nie datę?

Kirby milczy przez długi czas, wpatrując się w swoje stopy. Tego dnia ma na sobie wielkie, niezgrabne buciory z długimi cholewami – sznurowadła są zawiązane tylko do połowy.

– To jest szaleństwo, prawda? Jezus.

– Całkowicie zrozumiałe. Mamy tu do czynienia z dziwacznym kompletem zbiegów okoliczności. Oczywiście starasz się znaleźć w nich jakiś sens. I prawdopodobnie wpadłaś na coś ważnego z tym konikiem. Jeśli się okaże, że był jakiś pośrednik, który zdobył prototyp, być może to nas zaprowadzi prosto do niego. OK? Dobrze się spisałaś. Tylko się nie nadymaj.

– To ty się nadymasz – mówi Kirby ze skąpym, zaciętym uśmiechem, który nie dociera do oczu.

– Dojdziemy do tego – obiecuje Dan. I naprawdę w to wierzy, przynajmniej do czasu, zanim docierają do „Sun-Timesa".

HARPER

13 czerwca 1993

Harper siedzi na tyłach Valois, pod freskiem przedstawiającym biały kościółek i niebieskie jezioro; ma przed sobą stertę placków i chrupiący bekon. Obserwuje przez okno przechodniów i czeka, aż stary Murzyn o obwisłych ramionach skończy czytać gazetę. Popija ostrożnie kawę, która wciąż jeszcze parzy, i zastanawia się, dlaczego Dom pozwala mu dotrzeć tylko do tego dnia. Bo nigdy już nie wraca do tego przeklętego miejsca. Czuje niezwykły spokój. W swoim życiu porzucał wszystko zbyt wiele razy, by dało się policzyć. Z łatwością mógłby być włóczęgą także w tej epoce, nawet z jej ściskiem, wściekłością i hałasem. Żałuje, że nie zabrał z sobą większych pieniędzy, ale są sposoby i środki, żeby posiąść gotówkę, zwłaszcza kiedy masz nóż w kieszeni.

Staruch wreszcie wstaje, kierując się do wyjścia, a Harper bierze sobie następną torebkę z cukrem i chwyta gazetę. Jest jeszcze za wcześnie, żeby zaczęli pisać o Myshy, ale może będzie coś na temat Catherine, i właśnie ta ciekawość uświadamia mu, że to z nim wciąż się nie zamknęło. Mógłby tutaj zostać, ale z czasem znajdzie inne konstelacje. Albo stworzy własne.

„Sun-Times" jest otwarty na dziale sportowym i dzięki temu natrafia na jej nazwisko. To nie jest nawet prawdziwy artykuł, tylko podpis przy liście nagród dla Sportowca Roku Szkół Średnich Chicago i Okolic.

Czyta tę listę starannie, dwa razy, bezgłośnie wymawiając nazwiska, jakby one mogły mu pomóc w odblokowaniu rażącej nieprzyzwoitości na samym szczycie: „Sporządziła: Kirby Mazrachi".

Sprawdza datę. To dzisiejsza gazeta. Wstaje powoli od stolika. Trzęsą mu się ręce.

– Skończyłeś już, koleś? – pyta facet z brodą skrywającą zwały tłuszczu na szyi.

– Nie – odwarkuje Harper.

– OK. Bez nerwów, człowieku. Chciałem tylko spojrzeć na nagłówki. Jak już skończysz.

Idzie ostrożnie przez bar do płatnego automatu telefonicznego przy toaletach. Książka telefoniczna wisi na brudnym łańcuchu i jest w niej tylko jedna Mazrachi. R. Mazrachi. Oak Park. To matka, myśli. Ta zasrana cipa, która go okłamała, mówiąc, że Kirby nie żyje. Wydziera tę stronę.

Kiedy idzie do drzwi, widzi, że grubas i tak wziął sobie gazetę. Owłada nim furia. Podchodzi tam, chwyta mężczyznę za brodę i wbija jego czoło w blat stolika. Głowa odskakuje prosto w jego dłonie, a mężczyzna chwyta się za nos, z którego tryska krew, po czym zaczyna skomleć z niedowierzaniem. Bardzo cienko jak na takiego spaślaka. W całym barze robi się cicho, wszyscy się obracają i gapią na Harpera, który już popycha obrotowe drzwi.

Wąsaty kucharz (szpakowaty, zakola) wychodzi zza lady i krzyczy:

– Wynocha! Do ciebie mówię! Wynocha!

Harper już podąża w stronę adresu, który znajduje się na zmiętej kartce w jego dłoni.

RACHEL

13 czerwca 1993

Okruchy szkła z rozbitej szyby okiennej lśnią mętnie na ręcznie tkanym dywanie, tuż za frontowymi drzwiami. Płótna, powieszone bez ram po jednej stronie korytarza, zostały pocięte z niechlujną wrogością; ktoś po prostu tędy szedł, wlokąc po ścianie nóż.

Kopie tancerek Degasa i Gauguinowskich dziewcząt z wysp, namalowane w dziwnych konfiguracjach na drzwiczkach kuchennego kredensu, spoglądają z łagodną obojętnością na poprzewracane opakowania i ich wysypującą się zawartość.

Na kuchennym blacie leży otwarty album ze zdjęciami. Zdjęcia zostały wyjęte, podarte i porozrzucane na podłodze; strasznie dużo tego konfetti. Kobieta w białym kostiumie patrząca zmrużonymi oczami na słońce ma twarz rozerwaną na pół.

W dużym pokoju połyskliwy stolik bodajże z lat siedemdziesiątych został przewrócony i spoczywa teraz z nogami w powietrzu jak powalony żółw. Bibeloty, albumy ze sztuką i czasopisma, które na nim leżały, walają się na podłodze. Odlana z brązu kobieta, z dzwonkiem ukrytym pod spódnicą, leży na boku obok porcelanowego ptaka z utrąconym łebkiem, po którym pozostała rana o poszarpanych brzegach. Łebek gapi się pustym wzrokiem na artykuł wstępny poświęcony modzie, napisany przez kobietę o kanciastej sylwetce, ubranej w nieładne ciuchy.

Kanapa została zmasakrowana długimi, gwałtownymi cięciami, które obnażyły jej miękkie, syntetyczne wnętrzności i kość stelaża.

Drzwi do sypialni na górze są otwarte na oścież. Czarny tusz rozlany na desce kreślarskiej wsiąka w papier, zamazując ilustrację przedstawiającą ciekawskie kaczątko przesłuchujące szkielet zdechłego szopa pracza w brzuchu niedźwiedzia. Część ręcznie wypisanych słów jeszcze da się odczytać.

Niedobrze jest. Smutny jestem ja
Ale cieszy mnie, że mam, co mam.

Kolorowy witraż kołysze się powoli w promieniach słońca przesączających się przez okno, rzucając wariackie kręgi światła na zdewastowany pokój.

Sąsiedzi nie przyszli sprawdzić, co to za hałas.

KIRBY

13 czerwca 1993

O, cześć! – mówi Chet, podnosząc wzrok znad „Maxxa", na którego okładce widnieje wielki fioletowy facet w żółtej masce. – Znalazłem coś naprawdę, naprawdę super po linii twojej karty baseballowej. Popatrz. – Odkłada komiks i wyciąga wydruk z mikrofilmu z 1951 roku. – To wywołało niezgorszy skandal. Pewna transseksualistka zeskoczyła z dachu Hotelu Kongresowego i nikt nie wiedział, że ona to był on, aż do sekcji zwłok. Najlepsze jest jednak to, co ona trzyma w ręce. – Wskazuje zdjęcie bezwładnej kobiecej dłoni, wystającej spod płaszcza, którym ktoś okrył jej ciało. Nieopodal leży zamazana plastikowa tarczka. – Czy to ci nie przypomina opakowania pigułek antykoncepcyjnych z naszych czasów?

– Ale to też może być urocze, kieszonkowe lusterko ozdobione wzorkiem z paciorków – dyskredytuje go Dan. Jeszcze tego mu trzeba, żeby Anwar podsycał szaleństwo Kirby. – A teraz zrób coś użytecznego i znajdź mi wszelkie informacje na temat Hasbro, kiedy zaczęli produkować swoje koniki i coś o patentach na zabawki.

– Ktoś dzisiaj wstał z materaca lewą nogą.

– Lewą nogą ze strefy czasowej – burczy Dan.

– Prosimy cię, Chet – interweniuje Kirby. – Od 1974 roku do dzisiaj. To bardzo ważne.

– No dobra, dobra. Zacznę od ich reklam, to będzie mój punkt wyjścia. I à propos, Kirby, właśnie się minęłaś z wariatem pierwszego stopnia, który cię tu szukał.

– Mnie?

– Był bardzo przejęty, ale nie przyniósł ciastek. Czy możesz go poprosić, żeby następnym razem przyniósł ciastka? Nie lubię mieć do czynienia z takim poziomem szaleństwa, jeśli nie dostaję w zamian rekompensaty w kaloriach.

– Jak on wyglądał? – Dan zadziera głowę.

– Nie wiem. Wariat raczej standardowy. Ale dobrze ubrany. Ciemna marynarka. Dżinsy. Powiedzmy, że chudawy. Żywe, niebieskie oczy. Chciał się czegoś dowiedzieć na temat tych sportowców ze szkół średnich. Kulał.

– Cholera – mówi Dan, mimo że jeszcze to przetwarza. Kirby prędzej kompiluje opis. Ostatecznie spodziewa się go od czterech lat.

– Kiedy wyszedł? – Zbladła, jej piegi wyróżniają się wyrazistym reliefem.

– Co z wami dwojgiem?

– Kiedy on wyszedł, Chet?

– Pięć minut temu.

– Kirby, zaczekaj. – Dan próbuje chwycić ją za rękę, ale chybia. Kirby jest już za drzwiami i biegnie. – Kurwa mać!

– Oho. Miasto dramatu. Co jest właściwie grane? – pyta Chet.

– Dzwoń do glin, Anwar. Poproś o Andy'ego Diggsa albo, kurczę, jak mu tam, Amato. Tego faceta, który zajmuje się morderstwem Koreanki.

– I co mam powiedzieć?

– Cokolwiek, byle ich tu ściągnąć!

* * *

Kirby zbiega na dół i wypada z budynku. Musi wybrać kierunek, więc biegnie w górę North Wabash Avenue, po czym zatrzymuje się na środku mostu, omiatając wzrokiem tłum.

Tego dnia rzeka ma turkusową barwę, dokładnie taką samą jak dach łodzi turystycznej z ostrym dziobem, która przepływa poniżej. Blaszany głos przez megafon każe podziwiać bliźniacze wieże Marina City podobne do kaczanów kukurydzy.

Kolejni turyści wędrują nabrzeżem, rozpoznawalni po miękkich kapelusikach chroniących przed słońcem, szortach oraz aparatach fotograficznych zawieszonych na szyi. Urzędnik w marynarce z podwiniętymi rękawami siedzi na czerwonym dźwigarze obok poręczy, je kanapkę i macha ostrzegawczo stopą w stronę podkradającej się ku niemu ciekawskiej mewy. Zbici w jednolite grupki ludzie przechodzą karnie na drugą stronę ulicy w rytm pikania sygnalizacji świetlnej i po zejściu z pasów natychmiast się rozchodzą we wszystkie strony. Trudno wypatrzyć kogoś konkretnego w tym stadzie. Kirby przepatruje przechodniów, sortując ich pobieżnie pod względem rasy, płci i budowy ciała. Murzyn. Kobieta. Kobieta. Grubas. Mężczyzna w słuchawkach. Hippis. Facet w rudym T-shircie. Kolejny garnitur. Prawdopodobnie zbliża się pora lunchu. Marynarka z brązowej skóry. Czarna koszula. Niebieski dres. Zielone paski. Czarny T-shirt. Wózek na kółkach. Garnitur. Żaden z nich. Zniknął.

– Kuuuurwa! – wrzeszczy do nieba, strasząc faceta z kanapką.

Mewa wzbija się do lotu, karcąco skrzecząc.

Autobus linii 124 przejeżdża tuż przed nią, przesłaniając widok. Co działa na nią jak reset mózgu. Sekundę potem widzi go. Nierówne ruchy czapeczki baseballowej poniżej, na Lake Street, ta czapeczka nieznacznie podskakuje, jakby jej właściciel kulał. Kirby znowu podrywa się do biegu. Nie słyszy wołania Dana.

Brązowo-biała taksówka skręca ostro, żeby na nią nie wpaść, kiedy tak pędzi po Wacker, nie oglądając się na boki. Kierowca zatrzymuje się na środku skrzyżowania, z dłonią wciąż na klaksonie, i opuszcza szybę, żeby obrzucić ją przekleństwami. Po obu stronach rozlegają się zalęknione pohukiwania.

– Zwariowałaś? Omal cię nie rozjechał na placek – strofuje ją kobieta w lśniących spodniach.

– Z drogi! – Kirby odpycha ją. Brnie przez tłum ludzi idących na lunch albo zakupy, starając się nie stracić go z widoku, podrywając się do biegu obok pary z wózkiem dziecięcym, zanurzając się w cień rzucany przez rząd wysokich ciężarówek. Ten przygnębiający mrok za dnia stopuje ją. Oczy nie przyzwyczajają się od razu i w tym ułamku sekundy gubi go.

Rozgląda się zdesperowana, omiatając ludzi wzrokiem, katalogując i odrzucając ich. I nagle jej spojrzenie przykuwa wyraziste, czerwone logo McDonalda, ściągając jej uwagę w górę, do wiszących schodów, po których się wchodzi na stację Lake Street po drugiej stronie. Widzi tylko te dżinsy znikające z zasięgu wzroku, ale na schodach to kuśtykanie odznacza się jeszcze bardziej.

– Ej! – krzyczy, ale jej głos tonie w hałasie ulicy i jeszcze nadjeżdża kolejka. Dopada do schodów i potem prędko wspina się na górę, grzebiąc w kieszeniach w poszukiwaniu żetonów. W końcu przeskakuje ponad kołowrotkiem, pokonuje kolejne schody prowadzące na peron i przeciska się przez już zamykające się drzwi pociągu, nawet nie patrząc, jaka to linia.

Oddycha ciężko. Gapi się na swoje buty, zbyt przestraszona, by podnieść wzrok, na wypadek gdyby on stał tuż obok. Uspokój się, myśli gniewnie do siebie. No, kurwa, uspokój się. Butnie zadziera głowę i lustruje wnętrze wagonu. Pozostali pasażerowie ignorują ją, nawet ci, którzy widzieli, jak forsowała drzwi. Mały chłopiec w koszulce w niebieski wzorek maskujący gapi się na nią gniewnie, z dziecięcą wyniosłością. Mały, niebieski komandos, wymyśla, bliska śmiechu z ulgi albo raczej szoku.

Jego tu nie ma. Może się pomyliła. Albo wsiadł do innego pociągu, jedzie w innym kierunku. Ma wrażenie, że jej serce leci gdzieś w dół. Idzie krok za krokiem przez terkoczący wagon, w stronę drzwi do przegubu, chwytając się drążka, kiedy pociąg pokonuje gwałtownie zakręty. Pleksiglas jest zadrapany, nawet nie przez graffiti tylko przez ślady zrobione przez setki ludzi, którzy tym pociągiem jechali i odznaczyli swą obecność scyzorykiem albo nożykiem.

Zagląda ostrożnie do następnego wagonu i natychmiast uskakuje w tył. Bo on stoi tuż przy drzwiach, trzymając się drążka, w czapeczce nasuniętej nisko na czoło. Rozpoznaje go po sylwetce, po tych zwalistych ramionach, po kącie szczęki i nieregularnym profilu, nawet jeśli on stoi tyłem do niej i gapi się w dal, na przelatujące obok dachy budynków.

Kirby wycofuje się w głąb wagonu, z wrażeniem, że jej umysł pracuje na obrotach silnika rakietowego. Grzebie w swojej torbie i po chwili wbija się w marynarkę Dana. Wkłada na głowę chustkę i zawiązuje ją pod szyją, na modłę wiejskiej baby. Nie jest to najlepsze przebranie, ale tylko tym dysponuje. Trzyma głowę odwróconą tak, by widzieć go kątem oka i zauważyć, kiedy będzie wysiadał.

DAN

13 czerwca 1993

Dan traci ją z oka w którymś miejscu na Randolph Street. Z umysłem zasupłanym z paniki przedarł się jakoś między samochodami, wywołując kolejną serię rozwścieczonego pohukiwania, ale potem po prostu nie był w stanie wytrzymać tego tempa. Opiera się teraz o zielony kubeł na śmieci, pochodzący z niegdysiejszego Chicago, podobnie jak te latarnie z ich gazowymi żarówkami, które przypominają nadmuchane prezerwatywy. Sapie. Szew wgryza mu się w żebra i ma wrażenie, że Dolph Lundgren zaaplikował mu kopniaka w klatkę piersiową. W górze przelatuje pociąg, od tych wibracji omal nie wypadają mu plomby z zębów.

Jeśli nawet Kirby tu była, to teraz już jej nie ma.

Zgadując na ślepo, wędruje do Michigan Avenue, trzymając się za bok i ciężko sapiąc przez zęby. Żałosne. Jest bliski wymiotów ze strachu i wściekłości. Wyobraża ją sobie, jak leży martwa w jakiejś bocznej uliczce, za stertą śmieci. Niewykluczone, że dopiero co ją minął. Nigdy nie złapią tego faceta. Czego jak czego, ale to miasto potrzebuje przede wszystkim kamer na każdym rogu, jak na stacji benzynowej.

Wróci do formy, tylko dopomóż, Boże. Będzie jadł warzywa. Pójdzie na mszę i do spowiedzi, odwiedzi grób matki. Dosyć palenia cichaczem. Tylko żeby jej się nic nie stało. Czy to naprawdę aż taka wielka prośba, biorąc pod uwagę ogólną sytuację?

Wraca do redakcji i przekonuje się, że gliniarze jeszcze tam nie dotarli. Rozwścieczony Chet usiłuje wytłumaczyć Harrisonowi, co się dzieje. Wchodzi Richie, blady i zdziczały, mówi, że rano została zamordowana jakaś dziewczyna. Morderca zadźgał ją nożem w laboratorium farmaceutycznym w West Side. Wydaje się, że to jest takie samo modus operandi. Albo i gorzej – szczegóły są jeszcze bardziej koszmarne. Poza tym zgłosiła się jakaś kobieta z grupy wsparcia, na której spotkania chodziła martwa ćpunka; chciała zidentyfikować kulawego mężczyznę, który o tę ćpunkę wypytywał.

Dan zauważa, że nikt raczej nie wie, jak na to wszystko zareagować. Że może jednak ona cały czas miała rację w związku z tym facetem. Nie potrafi uwierzyć, że ten *pendejo** miał czelność tu przyjść i o nią pytać.

Idzie do najbliższego sklepu ze sprzętem elektronicznym i kupuje pager. Różowy, bo to model wzięty z wystawy i gotowy do użycia. Wraca do Cheta, daje mu numer i surowy przykaz, że ma na ten pager natychmiast zadzwonić, jeśli o czymś się dowiedzą. Zwłaszcza o Kirby. Ledwie nad sobą panuje z tych nerwów.

Idzie po swój samochód, żeby móc wpaść po coś do domu. A potem jedzie do Wicker Park i włamuje się do jej mieszkania.

Zastaje jeszcze większy bałagan niż ostatnio. Wygląda to tak, jakby cała zawartość jej szafy wyemigrowała do dużego pokoju; wisi na wszystkich meblach. Odwraca oczy od czerwonych majtek, wywróconych na lewą stronę, które wiszą na oparciu krzesła.

---

* Pendejo – z hiszpańskiego slangu: kutas.

Widzi teraz, że bawiła się w detektywa z prawdziwego zdarzenia. Wszędzie walają się papiery z pudeł Mike'a Williamsa. Do szafy na szczotki jest przymocowany plan miasta. Wszystkie morderstwa popełnione z użyciem noża przez ostatnie dwadzieścia lat zostały zaznaczone czerwonymi kropkami.

Tych kropek jest bardzo dużo.

Otwiera teczkę leżącą na stole na trójnogach. Jest pełna maszynopisów powstałych ze spisania nagranych zeznań, porządnie ponumerowanych, opatrzonych datami i sczepionych spinaczami z wycinkami prasowymi. Rodziny ofiar, uświadamia sobie. Dziesiątki ludzi, do których dotarła i z którymi przeprowadziła rozmowy. Robiłam to cały rok, powiedziała. Wolne żarty.

Opada ciężko na pomalowany stołek, przerzuca te zeznania.

Ja jej nie straciłam. Traci się klucze do domu. Została mi zabrana.

Codziennie się zastanawiam, jak zareaguje, kiedy zostanie złapany. Takie coś zmienia człowieka, wie pani? Czasami myślę, że chciałabym zamęczyć go na śmierć torturami. Kiedy indziej myślę, że mogłabym mu przebaczyć. Bo to byłoby coś gorszego.

Ukradli moją inwestycję w przyszłość. Czy to brzmi dziwnie?

Oni tak to robią, że na filmach to wygląda seksownie.

To najstraszniejsza rzecz, jaką można usłyszeć, ale w pewnym sensie to była także ulga. Bo jak masz tylko jedno dziecko, to wiesz, że już nigdy więcej nie odbierzesz takiego telefonu.

HARPER

13 czerwca 1993

Przez głowę Harpera przetacza się czarna fala wściekłości. Należało zabić tego młodego Hindusa w gazecie. Zawlec go do okna i wyrzucić na ulicę. Udawał przy nim nieśmiałego. Rozśmieszył go. Jak jakiś pustooki debil ze szpitala stanowego w Manteno, z zaślinioną brodą i gównem w spodniach.

Musiał stawać na głowie, żeby nad sobą panować i zadawać rozsądne pytania. Żadne tam, jak to się, kurwa, stało, że ona żyje i gdzie jest ta pizdeczka? Tylko: czy ona jest w redakcji, bo chciałby porozmawiać o tych nagrodach. Bardzo go interesują te nagrody. Czy mógłby z nią porozmawiać? Bardzo prosi. Czy ona tu jest?

Przesadził. Widział, że chłopak zmienia postawę od pogardy przemieszanej ze znudzeniem w podejrzliwą ostrożność.

– Zaraz zadzwonię do ochrony, żeby ją dla pana ściągnęli – powiedział, co Harper zrozumiał doskonale.

– Nie ma potrzeby. Proszę jej przekazać, że jej szukałem, dobrze? I że jeszcze wrócę. – Natychmiast się zorientował, jaki wielki błąd popełnił, mówiąc to. Do tego stopnia, że kupuje na ulicy czapeczkę drużyny White Sox i naciąga ją sobie na twarz, bo na poły się spodziewa, że ten przeklęty chłoptaś zadzwoni na policję. Idzie prosto na pociąg. Musi wrócić do Domu, żeby jakoś to wszystko przemyśleć.

Będzie ją trudniej znaleźć, jeśli się spietrała, ale Harper nie potrafi nie być złośliwy. Chce, żeby wiedziała. Niech ucieka. Niech się chowa. Wygrzebie ją spod ziemi, tak jak to robił z królikami, wywlecze ją za kark z jej nory; będzie się miotała i wrzeszczała, dopóki nie poderżnie jej gardła.

Przyglądając się miastu, które przemyka za oknami pociągu, dotyka się tam przez spodnie, wierzchem dłoni. To pomieszanie zanadto go przytłacza. Bierze nad nim górę. Wszystko wymyka mu się z rąk. To przez nią. Trzeba się było do niej wziąć, kiedy nie miała psa. Były inne okazje.

Czuje się straszliwie samotny. Ma ochotę wbić komuś nóż w twarz, żeby uwolnić to ciśnienie rosnące pod jego oczami. Musi wrócić do Domu. Musi to naprawić. Wróci, żeby ją znaleźć i dojść do tego, gdzie popełnił błąd. Gwiazdy muszą się przeszeregować.

Nie zauważa Kirby. Nawet wtedy, gdy już wysiada z pociągu.

KIRBY

13 czerwca 1993

Powinna była odejść i zadzwonić na policję. Trzyma tę wiedzę w podstawie czaszki. Znalazła go. Wie, gdzie on jest. Ale co będzie, jeśli... Ta myśl nie daje jej spokoju. Co będzie, jeśli to jest podstęp? Ten dom od zewnątrz to opuszczona ruina. Jedna z kilku w tym kwartale. Mógł tam wejść, bo wie, że ona za nim idzie. Nie zachowuje się tu, w tej dzielnicy, zbyt subtelnie. A więc mógł się na nią zaczaić.

Ma zdrętwiałe dłonie. Po prostu wezwij gliny, idiotko. Niech to będzie ich problem. Minęłaś dwa automaty po drodze. Jasne, myśli sobie. I oba były zdewastowane. Rozbite szkło i powyrywane słuchawki. Wpycha dłonie pod pachy, nieszczęśliwa i roztrzęsiona. Stoi pod drzewem, bo w Englewood, w odróżnieniu od West Side, wciąż rośnie ich mnóstwo. Jest raczej pewna, że on jej nie widzi, bo sama nie widzi okien z powybijanymi szybami na piętrze. Nie umie jednak stwierdzić, czy on nie wygląda na zewnątrz przez jakąś szczelinę w dykcie, którą są zabite okna na parterze, albo, o cholera jasna, czy nie siedzi na frontowych stopniach i na nią nie czeka.

Prosta, straszliwa prawda jest taka, że jeśli stąd odejdzie, to go zgubi.

Psiakrew-psiakrew-psiakrew-psiakrew.

– Włazisz? – pyta ktoś za jej ramieniem.

– Jezus! – Kirby podskakuje w miejscu.

Oczy tego bezdomnego mają lekki wytrzeszcz, dlatego facet wygląda albo na niewiniątko, albo na nad wyraz zainteresowanego. Uśmiechem ujawnia, że brak mu połowy zębów; mimo tego upału jest ubrany w spłowiały T-shirt z napisem Kris Kross i czerwoną, wełnianą czapkę.

– Ja bym tam nie właził na twoim miejscu. Nawet nie byłem pewien, który to dom. Ale stale na tamtego filowałem. Wychodzi o dziwnych godzinach, durnie ubrany. Byłem tam. Tego nie powiesz z zewnątrz, ale w środku jest ładnie. Chcesz tam wleźć? Trzeba mieć bilet. – Podnosi rękę, w której trzyma zmięty kawałek papieru; Kirby dopiero po kilku długich sekundach rozpoznaje banknot. – Opchnę ci taki za sto dolców. Bo inaczej nie będzie działał. Nie zobaczysz go.

Stwierdza z ulgą, że gość jest najwyraźniej walnięty.

– Dam ci dwadzieścia, jeśli mi pokażesz, którędy wejść.

Jej rozmówca zmienia zdanie.

– Nie. Nie, czekaj. Ja tam byłem. Nie było dobrze. To miejsce jest przeklęte. Nawiedzone. Diabelskie. Lepiej tam nie wchodź. Ty mi dasz dwadzieścia za dobrą radę i nie będziesz tam włazić, słyszała?

– Muszę. – Boże, dopomóż jej.

W portfelu ma w sumie siedemnaście dolarów i jakieś drobne. Bezdomny facet nie jest urzeczony, ale ostatecznie prowadzi ją okrężną drogą i pomaga się wspiąć na drewnianą klatkę schodową biegnącą zygzakami po tylnej ścianie domu.

– I tak gówno zobaczysz. Nie masz biletu. Bo jak masz taki, to chyba jesteś bezpieczna. Nie mów potem, że nie ostrzegałem.

– Proszę, bądź cicho.

Z pomocą marynarki Dana pokonuje drut kolczasty, który został zapętlony dookoła podstawy schodów, żeby nikt tam nie wchodził. Przepraszam, Dan, myśli w duchu, kiedy drut rozdziera rękaw. I tak potrzebujesz nowych ubrań.

Farba odpada płatami od desek. Stopnie są przegniłe. Jęczą pod każdym jej krokiem, kiedy ostrożnie podchodzi do okna na parterze, ziejącego otworem niczym dziura w czaszce. Na zewnętrznym parapecie leżą okruchy szkła, brudne i zachlapane przez deszcz.

– To ty wybiłeś tę szybę? – szepcze do wariata.

– Ty się mnie o nic nie pytaj – dąsa się. – Twój interes, nie mój, jak chcesz tam wejść.

Cholera. W środku jest ciemno, ale widzi przez to okno, że wnętrze jest zdemolowane. Z podłogi wypruto nie tylko deski, ale także rury, ściany są porozbijane i odarte z tynku. Za drzwiami po drugiej stronie widzi gołą porcelanę rozbitego sedesu. Deskę wyrwano z zawiasów, na posadzce walają się szczątki umywalki. Absurdalny pomysł z ukrywaniem się tutaj. Z czekaniem na nią. Waha się.

– Czy możesz zadzwonić na policję? – szepcze.

– O nie, pani.

– Na wypadek gdyby mnie zabił. – Brzmi to bardziej rzeczowo, niż chce.

– Tam w środku już są trupy – odsykuje Mal.

– Proszę. Podaj im adres.

– Dobra, dobra! – Młóci pięścią powietrze. Jakby się odganiał od konieczności składania obietnic. – Ale ja tu nie zostaję.

– Jasne – mruczy bezgłośnie Kirby. Nie ogląda się. Układa marynarkę Dana na parapecie, na kawałkach szyby. Czuje jakąś grudę w kieszeni. To jej konik, dociera do niej. Podciąga się i wchodzi do środka.

KIRBY I HARPER

22 listopada 1931

Czas leczy wszelkie rany. Rany się w końcu zasklepiają. Szwy się zrastają.

Pokonuje framugę okna i nagle jest gdzieś indziej. Chyba oszalała, taka ją nachodzi myśl.

Może cały ten czas umierała i wszystko to jest przedłużonym, wielkim tripem, ostatnim odlotem jej mózgu, bo naprawdę wciąż się wykrwawia na śmierć w ptasim azylu, obok swojego psa, który jest uwiązany drutem do drzewa.

Musi się przedzierać przez grube fałdy zasłon, których tu wcześniej nie było, do salonu, staromodnego, a jednak nowego. Na kominku trzaska ogień. Obok ustawionego do niego przodem fotela obitego aksamitem stoi stolik z karafką whisky.

Mężczyzna, za którym weszła do tego domu, już stąd wyszedł. Harper przeniósł się do 9 września 1980 roku, żeby obserwować małą Kirby z parkingu przy stacji benzynowej, popijając małymi łykami colę, bo musi do czegoś przywrzeć, byle tylko nie przejść natychmiast na drugą stronę ulicy, nie schwytać tego dziecka za gardło z siłą, która zwali je z nóg, i potem raz po raz ciachać nożem. I to przed witryną cukierni specjalizującej się w pączkach.

Kirby znajduje drogę na górę, do sypialni udekorowanej przedmiotami zabranymi martwym dziewczętom, które jeszcze nie są martwe, które cały czas umierają albo są oznakowane jako te, które dopiero mają umrzeć. Te przedmioty pojawiają się i znikają. Trzy z nich należą do niej. Plastikowy konik. Czarno-srebrna zapalniczka. Piłeczka tenisowa, na której widok zaczynają ją boleć blizny i kręci jej się w głowie.

Słychać, że w zamku na dole obraca się klucz. Panikuje. Nie ma gdzie się ukryć. Szarpie za klamkę okna, ale ta ani drgnie. Przerażona chowa się do szafy i przykuca tam, starając się nie myśleć. Starając się nie wrzeszczeć.

– *Co za wkurwiające gówno!*

Polski inżynier, upity wygranymi na wyścigach i prawdziwym alkoholem, miota się po kuchni, ale to nie trwa długo. Drzwi za jego plecami otwierają się i do środka wchodzi kuśtykający Harper, z 23 marca 1989 roku, z przeżutą piłeczką tenisową w kieszeni i wciąż jeszcze wilgotną krwią Kirby na dżinsach.

Potrzebuje sporo czasu, żeby zatłuc Bartka na śmierć, podczas gdy Kirby ukrywa się w szafie w pokoju, zaciskając dłońmi swoje usta. Kiedy rozlega się skrzek, nie potrafi się powstrzymać i wydaje jęk w swoją dłoń.

Harper wchodzi na górę, łomocząc kulą, wlokąc chromą nogę po kolejnych stopniach. Tok-tok. Nie ma znaczenia, że to już się raz kiedyś działo w jego przeszłości, bo to się teraz nałożyło na jej teraźniejszość jak origami.

On staje na progu, a ona gryzie się w język do krwi. Wnętrze jej ust jest suche i ma posmak miedzi. Ale on tylko przechodzi obok.

Siedzi wychylona do przodu, wytężając słuch. Jest tu razem z nią jakiś oszalały niedźwiedź. To jej oddech, dociera do niej. Zaczyna się dusić. Nie wolno jej wydać żadnego dźwięku. Musi zapanować nad sobą.

Słychać charakterystyczny odgłos podnoszenia klapy sedesu. Plusk oddawania moczu. Z kranu płynie woda, bo myje teraz ręce. Klnie cicho. Jakiś szelest. Dźwięczne pobrzękiwanie sprzączki od pasa zderzającej się z płytkami. Uruchamianie prysznica. Kółka od zasłonki grzechoczą, kiedy ją zasuwa gwałtownym szarpnięciem.

To jest to. Twoja jedyna szansa, myśli. Powinna wejść do łazienki, wziąć kulę i walnąć nią w jego czaszkę. Pozbawić go przytomności. Związać. Ściągnąć gliny. Wie jednak – o ile jemu nie uda się wyrwać jej z rąk kuli – że się nie pohamuje i będzie waliła tak długo, żeby on już nigdy nie był w stanie się podnieść. Powiązania między jej mózgiem a ciałem uległy paraliżowi. Ręka nie chce się ruszyć i otworzyć drzwi szafy. Ruszaj się, myśli.

Woda już tylko kapie. Zmarnowała moment. On zaraz wyjdzie z łazienki i podejdzie do szafy, żeby wziąć czyste ubranie. Chyba że na niego skoczy. Popchnie go i ucieknie. Płytki na podłodze będą mokre. Może ma jakąś szansę w walce.

Znowu słychać syk prysznica. Rury zaczynają stukać. Albo on sobie z nią pogrywa. *Teraz. Ona musi stamtąd wyjść. No już.* Popycha drzwi szafy stopą i wypełza na zewnątrz.

Musi coś stąd zabrać. Jakiś dowód. Chwyta zapalniczkę z półki. Dokładnie taką samą. Nie wie, jak to możliwe.

Wychodzi ukradkiem na korytarz. Drzwi do łazienki są otwarte. Słyszy przez szum wody, że on pogwizduje. Coś melodyjnego i radosnego. Pewnie by zaczęła płakać, gdyby nie to, że nie jest w stanie oddychać.

Sunie ostrożnie obok, z plecami przyciśniętymi do tapety na ścianie. Ściska zapalniczkę tak mocno, że aż ją boli ręka. Nie zauważa tego. Zmusza się, żeby zrobić jeszcze jeden krok. I jeszcze jeden. Nie jest wcale inaczej niż poprzednio. Jeszcze jeden. Zmusza umysł, by oślepł na widok mężczyzny z mózgiem rozsmarowanym na podłodze, na dole schodów.

Jest już w połowie drogi na dół, kiedy woda przestaje płynąć. Mknie jak strzała do frontowych drzwi. Próbuje przeskoczyć ponad trupem Polaka, ale biegnie zbyt szybko i następuje mu na rękę. Tkanki okazują się koszmarnie ustępliwe, dają się tak łatwo rozwałkować przez jej podeszwy. Niemyślniemyślniemyśl.

Sięga do zasuwy.

Która ustępuje.

DAN

13 czerwca 1993

Tutaj – mówi właściciel Finmark Deli, pokazując Danowi biuro na tyłach sklepu. – Była w strasznym stanie, kiedy ją znaleźliśmy.

Dan widzi przez okno w drzwiach, że Kirby siedzi na obrotowym fotelu z wysokim oparciem, obitym imitacją skóry, przy biurku ze sklejki, nad którym wisi kalendarz z reprodukcjami obrazów, aktualnie pokazujący Moneta. Albo Maneta. Nigdy ich nie umiał rozróżnić. To wrażenie wyrafinowanego smaku niszczy plakat na przeciwległej ścianie, przedstawiający dziewczynę, która siedzi na masce ducati i miażdży sobie pierś palcami. Kirby jest blada i zgarbiona, jakby próbowała skurczyć się w sobie. Trzyma na kolanach dłoń zaciśniętą w pięść. Rozmawia cicho przez telefon.

– Cieszę się, że nic ci się nie stało, mamo. Nie, proszę, nie przyjeżdżaj. Poważnie.

– Myśli pan, że to pokażą w wiadomościach wieczorem? – pyta facet z Deli.

– Co?

– Bo chyba powinienem się ogolić. W razie czego. Może będą chcieli zrobić ze mną wywiad.

– Wybaczy pan? – Dan zamierza mu przywalić, jeśli się nie zamknie.

– Ależ nie mam czego. To był obywatelski obowiązek.

– On pyta, czy mógłby nas pan zostawić w spokoju, proszę... – mówi Kirby, odwieszając słuchawkę.

– Też coś! Przecież to moje biuro – jeży się facet.

– I jesteśmy tacy wdzięczni, że pozwala nam pan z niego skorzystać do odrobiny prywatności – rzuca Dan, praktycznie wypychając go za drzwi.

– Wiesz, że musiałam go błagać, żeby mi pozwolił zadzwonić? – Tym razem załamuje jej się głos.

– Jezus, jak ja się denerwowałem. – Całuje ją w czubek głowy, uśmiechając się z ulgą.

– Ja też. – Kirby uśmiecha się, ale tak naprawdę to nie jest uśmiech.

– Gliniarze zaraz tu będą.

– Wiem. – Nieznacznie przytakuje. – Właśnie rozmawiałam z mamą. Ten skurwiel włamał się do jej domu.

– Jezu.

– Urządził tam demolkę.

– Szukał czegoś?

– Mnie. Ale ja byłam z tobą. A Rachel była wtedy u swojego chłopaka z dawnych czasów. Nawet o niczym nie wiedziała, dopóki nie wróciła i nie stwierdziła, że dom został zmasakrowany. Jest gotowa natychmiast tu przyjechać. Chce wiedzieć, czy już go złapali.

– Jak my wszyscy. Ona cię kocha.

– Teraz nie mam na to siły.

– Wiesz, że będziesz musiała go zidentyfikować. Na posterunku. Dasz sobie z tym radę?

Znowu przytakuje. Jej loki są zwiotczałe i ciemne od potu.

– Ładnie ci tak – droczy się z nią, odgarniając jej włosy z karku. – Powinnaś częściej gonić morderców. Nigdy dotąd nie widziałem, by były takie uległe.

– To nie będzie koniec wszystkiego. Jeszcze proces.

– Jasne, będziesz musiała tam być. Ale możemy uniknąć medialnego cyrku. Wydamy oficjalne oświadczenie i potem będzie można wynieść się z miasta. Byłaś kiedykolwiek w Kalifornii?

– Tak.

– Racja. Zapomniałem.

– Warto zapomnieć.

– Jezus. Bałem się.

– Już mówiłeś. – Tym razem uśmiech jest prawdziwy. Zmęczony, ale prawdziwy.

Dan nie potrafi się powstrzymać. Nie potrafi się oprzeć. Całuje ją. Wszystko w niej go pociąga. Jej usta są niewiarygodnie miękkie, ciepłe i chętne.

Kirby odwzajemnia pocałunek.

– Och – mówi właściciel delikatesów.

Kirby przykłada dłoń do ust i odwraca wzrok.

– *!Por Dios!* Nie umiesz pan pukać? – krzyczy Dan.

– Ten... uh... detektyw... chce zamienić słowo. – Patrzy z niepokojem to na jedno, to na drugie, zastanawiając się, jak to wszystko przeobrazić w narrację atrakcyjną dla telewizji. – Będę... eee... na zewnątrz.

Kirby szczypie sobie skórę dookoła obojczyka, bezwiednie pocierając kciukiem bliznę.

– Dan. – Ton, jakim wypowiada jego imię, wytrąca go z równowagi.

– Nie mów tego. Nie musisz. Błagam, nie.

– Nie mogę teraz. Wiesz?

– Tak, wiem. Przepraszam. Po prostu... psiakrew. – Nawet nie potrafi sklecić jednego zdania do kupy. I to w takiej chwili, jakkolwiek by była głupia.

– Dobrze gadasz – mówi ona, nie patrząc na niego. –

Hej, cieszę się, że tu jesteś. – Uderza go pięścią w ramię. Odrzuciła go. I coś w nim pęka pod wpływem lekkości i ostateczności tego odrzucenia.

Słychać gwałtowne pukanie do drzwi i ułamek sekundy później ukazuje się w nich detektyw Amato.

– Pani Mazrachi. Panie...

– Velasquez. – Dan opiera się o ścianę, z rękami skrzyżowanymi na piersi, dając jasno do zrozumienia, że nie ma zamiaru stąd wychodzić.

– Macie go? Gdzie on jest? – Kirby zerka lękliwie na czarno-biały ekran podłączony do sklepowej kamery.

Detektyw Amato przysiada na skraju biurka. Znajomy obrazek, stwierdza w duchu Dan, facet nie traktuje tego poważnie. Chrząka.

– Niezły numer. Facet sobie przyszedł do waszej redakcji. Ot tak.

– A co z domem?

Amato sprawia wrażenie skrępowanego.

– Proszę posłuchać. To wszystko jest szalenie stresujące. Taka pogoń za nim była aktem ogromnej odwagi i zarazem głupoty.

– Co pan wygaduje?

– Łatwo się nadziać na ślepą uliczkę. Nie zna pani dzielnicy.

– Nie znaleźliście tego domu? – Kirby wstaje, pobladła na twarzy z wściekłości. – Podałam wam adres. Chcecie, żebym go opakowała i podłożyła wam pod zasraną choinkę?

– Proszę się uspokoić, droga panno.

– Jestem spokojna jak nigdy! – krzyczy Kirby.

– Przywołuję oboje do porządku – wtrąca się Dan. – Jesteśmy po tej samej stronie, pamiętacie jeszcze?

– Nie mogliśmy znaleźć tego ćpuna, z którym pani rozmawiała. Ale posłałem ludzi, żeby się rozpytali w okolicy.

– Co z domem?

– Co mogę pani powiedzieć? Jest opuszczony. To ruina. Powyrywane wszystkie rury i przewody, w których była miedź, na podłodze brak desek. Wszystko, co miało jakąś wartość, zostało ukradzione, a resztę zdemolowano. Tam z całą pewnością nikt nie mieszka. Tylko gówniarze mogli tam ćpać albo uprawiać seks. Na górze znaleźliśmy materac.

– Czyli faktycznie tam weszliście. – Kirby mówi to z wyzwaniem w głosie.

– Oczywiście, że weszliśmy. Co pani próbuje powiedzieć?

– I to była tylko ruina?

– Niech się pani uspokoi. Wiem, że ciężko to pani przeżywa. To nie pani wina, że jest pani w to zamieszana. To było bardzo traumatyczne. Większość ludzi to beznadziejni świadkowie nawet w dobry dzień, a co dopiero tacy, którzy zobaczyli kogoś, kto próbował ich zabić.

– Kto przyszedł, żeby dokończyć dzieła.

– Więc co teraz będzie? – pyta Dan.

– Chodzimy od drzwi do drzwi. Mamy opis. Liczymy, że natrafimy na tego pani ćpuna i on nas pokieruje do tego miejsca.

– Do właściwego miejsca – mówi Kirby z goryczą. – A potem?

– Wydaliśmy list gończy. Mają go wszystkie posterunki. Znajdziemy go, sprowadzimy do aresztu. Musi nam pani pozwolić, abyśmy robili swoją robotę.

– Zwłaszcza że do tej pory spisywaliście się tak świetnie.

– Może mi pan tu pomóc? – Amato zwraca się do Dana.

– Kirby...

– Rozumiem. – Traktuje go gniewnym wzruszeniem ramion.

– Ma pani gdzie się zatrzymać dzisiejszej nocy? Mogę wyznaczyć pani kogoś do ochrony.

– Ona może zatrzymać się u mnie. – Dan czerwieni się, widząc brwi Amato podjeżdżające do góry. – Mam łóżko polowe. Będę na nim spał. Oczywiście.

– Złapaliście go już? Gdzie on jest? – naciera na nich Rachel, wkraczając do maleńkiego pomieszczenia w zawierusze nerwów i paczuli.

– Mamo! Mówiłam ci, że masz nie przyjeżdżać!

– Ja mu wydrapię oczy. Czy w Chicago mamy jeszcze karę śmierci? Osobiście nacisnę na ten zasrany przycisk. – Jest uosobieniem brawury i niezłomności, ale Dan widzi, że tak naprawdę stoi na skraju załamania. Ma rozszalałe oczy i trzęsą jej się ręce. I fakt, że ona tu jest, dodatkowo też nakręca Kirby.

– Proszę usiąść, pani Mazrachi – mówi, podsuwając krzesło w jej stronę.

– Widzę, że sępy już się zleciały – ciska w jego stronę. – Chodź, Kirby, zabieram cię do domu.

– Rachel!

Detektywowi usta zaciskają się w cienką kreskę, że oto musi się zmagać z jeszcze jedną wariatką.

– Proszę pani, nie zalecamy powrotu do domu. Nie wiemy, czy on przypadkiem tam nie wróci. Powinna pani zarezerwować pokój w hotelu na tę noc. I ewentualnie poszukać pomocy u jakiegoś psychologa. To było traumatyczne dla was obu. Okręg Cook zatrudnia kogoś, by pełnił dyżur przy izbie przyjęć. Przez całą dobę. Albo proszę. Proszę zadzwonić na ten numer. To znajomy. Ma duże doświadczenie w pracy z ofiarami przestępstw.

– A co z tym skurwysynem? – Kirby już się pieni ze złości.

– Proszę pozwolić nam się o to martwić. Pani niech się zajmie matką. Proszę przestać to wszystko robić na własną rękę. – Krzywi się, ale nie bez współczucia. – Zaraz podeślę rysownika, żeby razem z panią sporządził portret pamięciowy i przejrzał jakieś fotografie, a potem uda się pani do psychologa, zamelduje w hotelu i połknie jakieś środki nasenne. I dzisiejszej nocy nie będzie pani więcej o tym myślała. Rozumie pani?

– Tak jest – odpowiada Kirby, ani trochę tak nie myśląc.

– Grzeczna dziewczynka – mówi Amato zmęczonym głosem, też ani trochę tak nie myśląc.

– Świętoszkowaty kutas! – mówi Rachel, padając na zwolnione krzesło. – Wydaje mu się, kurwa, że kim jest? Nawet nie potrafi wykonać swojej roboty.

– Mamo, nie możesz tu być. Denerwujesz mnie.

– Ja też jestem zdenerwowana!

– Ale nie musisz próbować być logiczna dla policji. To jest naprawdę ważne. Ja to muszę zrobić jak należy. Błagam cię. Zadzwonię do ciebie, jak to już się skończy.

– Ja się nią zaopiekuję, pani Mazrachi – obiecuje Dan. Rachel parska.

– Pan!

– Mamo. Proszę.

– Day's Inn to przyzwoity hotel – interweniuje Dan. – Mieszkałem tam w czasie, kiedy się rozwodziłem. Jest czysto. Ceny rozsądne. Jestem pewien, że któryś z funkcjonariuszy chętnie tam panią zawiezie.

Rachel kapituluje.

– W porządku, niech będzie. Ale po wszystkim od razu tam przyjedziecie?

– Jasne, Rachel – mówi Kirby, wypychając ją na zewnątrz. – Proszę, nie martw się. Zobaczymy się później.

Atmosfera w pomieszczeniu zmienia się z chwilą, gdy Rachel stamtąd wychodzi. Dan praktycznie czuje, jak opada temperatura. Pojawia się jakaś inna odmiana napięcia – straszliwego skupienia. Wie, co teraz będzie.

– Nie – mówi.

– Będziesz mnie powstrzymywał? – pyta Kirby.

Takiej zimnej jeszcze jej nigdy nie widział.

– Bądź rozsądna. Robi się ciemno. Nie masz latarki. Ani broni.

– Czyżby?

– A ja mam jedno i drugie w samochodzie.

Kirby śmieje się z ulgą i po raz pierwszy od wyjścia z tamtego domu rozprostowuje zaciśniętą dłoń. Trzyma w niej czarno-srebrną zapalniczkę. Princess De-Light marki Ronson, stylizowana na art déco.

– Kopia?

Kręci głową.

– Ona nie pochodzi z pomieszczenia, gdzie trzymają dowody.

Znowu kręci głową.

– To ta sama. Nie wiem, jak to wyjaśnić.

– I nie pokazałaś jej glinom.

– Miałoby to jakiś sens? Ja sama sobie nie wierzę. To takie popieprzone, Dan. W środku nie ma ruiny. To coś innego. Strasznie się boję, że wejdziemy tam i ty tego nie zobaczysz.

Dan oplata dłonią jej dłoń, która trzyma zapalniczkę.

– Ja ci wierzę, mała.

KIRBY I DAN

13 czerwca 1993

W samochodzie jest spięta. Bez chwili zmiłowania bawi się zapalniczką. Pstryk. Pstryk-pstryk-pstryk. Nie wini jej. Ciśnienie jest ogromne. Pstryk. Katapultowanie w stronę czegoś, czego się nie da już zawrócić. To jest jak kraksa samochodowa w zwolnionym tempie. I też nie zwyczajna stłuczka, tylko raczej karambol dziesięciu samochodów zajmujący połowę szerokości autostrady, z towarzyszeniem helikopterów, wozów strażackich i ludzi szlochających pod wpływem przeżytego szoku, stojących na poboczu. Pstryk. Pstryk. Pstryk.

– Możesz przestać? Albo chociaż przypalić mi papierosa? Mam ochotę zapalić. – Stara się nie czuć winny z powodu Rachel. Że wiezie jej córkę prosto w szpony niebezpieczeństwa.

– A masz fajki? – pyta skwapliwie.

– Sprawdź w skrytce.

Kirby uwalnia zatrzask i skrytka wypluwa stertę śmieci na jej kolana. Kolekcja długopisów, przyprawy z Al's Beef, zgnieciony kubek po napoju. Chwyta puste opakowanie po Marlboro Lights.

– Ani jednego, przykro mi.

– Cholera.

– Wiesz, że w tych wersjach lightowych jest i tak tyle samo czynników rakotwórczych co w normalnych?

– Jakoś nigdy mi nie przyszło do głowy, że mnie zabije akurat rak.

– Gdzie ta twoja broń?

– Pod fotelem.

– Skąd wiesz, że nie najedziesz na wybój i nie odstrzelisz sobie kostki?

– Normalnie nie wożę jej z sobą.

– To chyba są szczególne okoliczności.

– Dziczejesz?

– I to jeszcze jak. Strasznie się boję, Dan. Ale to jest właśnie to. Całe moje życie. Nie mam wyboru.

– Rozważamy teraz kwestię wolnej woli?

– Po prostu muszę tam wrócić, skoro tak trzeba. Skoro policja nie zechce.

– Jeszcze się przekonasz, że jesteśmy w tym we dwoje, stary druhu. Wleczesz mnie z sobą.

– Wleczenie to mocne słowo.

– Podobnie jak strażnictwo obywatelskie.

– Będziesz moim Robinem? Byłoby ci dobrze w żółtych rajtuzach.

– Tu się mylisz. Zdecydowanie jestem Batmanem. Czyli to ty jesteś Robinem.

– Zawsze bardziej lubiłam Jokera.

– To dlatego, że coś was łączy. Oboje macie okropne włosy.

– Dan? – mówi Kirby, wyglądając przez okno na zmierzch zakradający się do pustych parcel, do domów zabitych deskami i rozpadających się ruder. Jej twarz odbija się w szybie razem z płomieniem, bo znowu pstryka zapalniczką.

– Tak, mała? – pyta czule.

– Jesteś Robinem.

* * *

Każe mu wjechać w boczną uliczkę, bardziej bezludną nawet jak na standardy tej dzielnicy, i Dan znienacka czuje moc sympatii dla detektywa Amato.

– Zatrzymaj się tutaj – mówi Kirby.

Gasi silnik; samochód sunie jeszcze kawałek drogi i wreszcie się zatrzymuje za starym, drewnianym płotem, który gnie się jak pijak.

– To ten? – pyta Dan, przyglądając się opustoszałym szeregowym domom z deskami na oknach i chwastom, które wybiły tu jak dżungla i kwitną śmieciami. Najwyraźniej nikt tędy od bardzo dawna nawet nie przechodził, a co dopiero mówić o zakładaniu kryjówki pełnej niegdysiejszego przepychu. Stara się nie okazywać zwątpienia.

– Chodź. – Kirby otwiera drzwi i wysiada z samochodu.

– Czekaj sekundę. – Zgina się wpół, żeby otworzyć drzwi po stronie kierowcy, udając, że zawiązuje sznurowadło, a jednocześnie grzebie pod fotelem, żeby wyciągnąć rewolwer. Dan Wesson. Ta nazwa wtedy go rozśmieszyła, ale Beatriz nienawidziła tego rewolweru. Podobnie jak wizji, że może będą go naprawdę potrzebowali.

Prostuje się i w tym momencie oślepia go blask słońca, który uwiązł w tylnej szybie; to słońce zdecydowanie już zachodzi.

– Nie moglibyśmy zrobić tego o jedenastej rano w jakiś pogodny dzień?

– Chodź.

Kirby brnie przez chwasty w stronę chwiejnych drewnianych schodów biegnących zygzakami po tylnej ścianie domu. Dan trzyma rewolwer przy biodrze, niewidoczny dla przypadkowego obserwatora. Chętnie by się zresztą zgodził na jakiegoś obserwatora. Nerwy mu wysiadają przez ten bezruch.

Ona zdejmuje z siebie jego marynarkę, po czym rzuca ją na kolczasty drut blokujący wejście na schody.

– Pozwól – mówi Dan. Wciska swój but w marynarkę, nabijając ją na ostre zwoje, a potem wyciąga rękę w stronę Kirby. Wdrapuje się jej śladem i drut po chwili, kiedy już nic go nie uciska, zwija się ponownie jak sprężyna, rozdzierając tkaninę. – Nieważne. Kupiłem ją na wyprzedaży. Wziąłem pierwszą lepszą, która na mnie pasowała. – Dociera do niego, że gada, co mu ślina na język przyniesie. Nigdy nie myślał o sobie, że jest gadatliwy. Nigdy nie myślał, że będzie się włamywał do opuszczonych domów.

Stoją na tylnym ganku. Widok ukazujący się za oknem budzi pioruńsko złe odczucia; mętne światło, które spowija wszystko w zielonkawe cienie, i te masy gruzu. Można odnieść wrażenie, że ściany zostały zeskrobane i rozsypane jak konfetti po podłodze.

Kirby stawia stopę na parapecie.

– Tylko nie zgłupiej. – Podciąga się i znika. W dosłownym sensie tego słowa. W jednej sekundzie tu jest, okolona framugą okna, w następnej już jej nie ma.

– Kirby! – Doskakuje do okna, przebijając dłonią kawał szyby o poszarpanych brzegach, która do tej pory tkwiła tam, jakimś cudem nietknięta. – Jezujaciepierd…!

Kirby materializuje się z powrotem i chwyta go za ramię. Nieledwie stacza się do środka jej śladem. Wszystko raptownie się zmienia.

Oszołomiony stoi tam, na środku pokoju jadalnego. Ten szok z niedowierzania jest jak wstrząs mózgu. Kirby zna to uczucie.

– Chodź – szepcze.

– Cały czas to powtarzasz – mówi, ale jego głos brzmi głucho, jakby z oddalenia. Mruga z całej siły. Krew ścieka mu z dłoni i skapuje na podłogę tłustymi kroplami. Nie zauważa tego. Z kominka bije nierówna, pomarańczowa łuna rozświetlająca podłogę w ciemnym korytarzu. Nie ma śladu po trupie, którego rzekomo podeptała podczas ucieczki.

– Otrząśnij się, Dan. Potrzebuję cię.

– Co to jest? – pyta cicho.

– Nie wiem. Wiem tylko, że to tu jest naprawdę.

To nieprawda. Wątpiła w siebie przez całą drogę tutaj. Myśląc, że może wszyscy mają rację, twierdząc, że jest wariatką i tak naprawdę potrzebuje leków na psychozę i szpitalnego łóżka pod okratowanym oknem, za którym widać ogrody. Czuje niesamowitą ulgę, że on też to widzi.

– I wiem, że ty krwawisz. Powinieneś dać mi tę broń.

– Nie ma mowy, jesteś niezrównoważona. – Mówi to żartem, ale nie patrzy na nią. Przejeżdża dłonią po tapecie we wzorek. Sprawdzając, czy jest prawdziwa. – Powiedziałaś, że on jest na górze?

– Był. Trzy godziny temu. Zaczekaj. Dan.

– Co? – Obraca się u wejścia na schody.

Kirby waha się.

– Ja tam nie mogę wejść po raz drugi.

– OK – mówi Dan. I bardziej zdecydowanie: – OK. – Wchodzi do salonu, a ona czuje silny ucisk w żebrach. O Boże, a jeśli on tu jest, siedzi na krześle, czeka… Ale Dan wychodzi stamtąd zaraz, trzyma w ręku ciężki, czarny pogrzebacz wyciągnięty z kominka. Podsuwa w jej stronę rewolwer.

– Zostań tutaj. Jeśli przejdzie przez te drzwi, zastrzel go.

– Po prostu idziemy – mówi Kirby, jakby istniała jakaś inna możliwość.

Dan wciska rewolwer w jej dłonie. Okazuje się cięższy, niż się spodziewała. Strasznie trzęsą jej się ręce.

– Obstaw wszystkie wejścia. Trzymaj go obiema dłońmi. Nie musisz go odbezpieczać. Celujesz i strzelasz. Tylko nie zastrzel mnie, dobrze?

– Tak – mówi i wie, co mówi.

Dan zaczyna się wspinać na górę, z pogrzebaczem uniesionym jak kij baseballowy. Ona przyciska się plecami do ściany. To jak gra w bilard. Trzeba zrobić wydech, kiedy celujesz i uderzasz bilę. Nie ma problemu, myśli z towarzyszeniem przebłysku nienawiści.

W zamku chrobocze klucz.

Pociąga za spust w momencie, gdy drzwi otwierają się na oścież.

Harper uchyla się, kiedy kula muska framugę, rozszczepiając drewno. (Ta kula przebija się przez 1980 rok i wlatuje przez okno do domu po drugiej stronie ulicy, wbijając się w ścianę obok obrazu Matki Boskiej).

Jest zupełnie nieporuszony tym, że do niego strzelano.

– Kwiatuszku – mówi. – Szukałem cię. – Sięga po nóż. – I oto jesteś.

Kirby zerka na rewolwer, tylko przez milisekundę, by sprawdzić, czy musi go przeładować albo obrócić komorę. Sześć kul. Zostało pięć. Podnosi wzrok i widzi Dana, który właśnie idzie przez pokój. Znajduje się dokładnie na linii strzału.

– Zejdź z drogi!

Dan robi potężny wymach pogrzebaczem, ale Harper, który jest bardziej doświadczony w stosowaniu przemocy, osłania się przedramieniem. Pogrzebacz mimo wszystko rozłupuje kość. Harper wyje z bólu i wbija nóż w pierś Dana. Krew tryska jaskrawą fontanną. Siła uderzenia rzuca obu mężczyzn na drzwi, zamknięte tylko na zasuwę. Nie na zamek. Upadają razem, przebijając się przez deski, którymi są zabite, do innego czasu. Drzwi natychmiast zatrzaskują się za nimi.

– Dan! – To tylko kilka jardów, a jednak trwa to jakby wieczność. Może to zresztą jest wieczność. Kiedy otwiera drzwi, widzi za nimi letni wieczór, ten sam, z którego tu przyszła, ale po nich nie ma ani śladu.

DAN

3 grudnia 1929

Przywarci do siebie jak kochankowie, staczają się ze stopni frontowego ganku, prosto w chłód i mrok wczesnego poranka. Ten śnieg wywołuje szok. Dan pada na ziemię z taką siłą, że traci dech. Unosi kolano, żeby odepchnąć od siebie tego psychola, a potem truchta na czworakach na ulicę, starając się oddalić od niego.

Wszystko się popieprzyło. Znowu jakieś gdzieś indziej. Tam, gdzie przedtem była pusta parcela, wyrósł znienacka ceglany magazyn. Dan rozważa pomysł, czy nie zacząć walić pięściami w drzwi i wołać o pomoc, ale te drzwi są zamknięte na kłódkę zawieszoną na ciężkim łańcuchu. Okna domów są pozabijane deskami. Tynki są jednak nowsze. Nic tu nie ma sensu; to tarzanie się po śniegu, to rozlewanie własnej krwi, skoro jeszcze półtorej godziny temu był czerwiec.

Koszula Dana jest mokra. Wdziera się pod nią chłód. Krew ścieka mu po rękach i skapuje spomiędzy palców, wykwitając na śniegu różowymi, krystalicznymi fraktalami. Nie jest nawet w stanie stwierdzić, skąd ona płynie, czy od żeber, czy z rany na dłoni. Wszystko mu zdrętwiało i wszystko go piecze. Morderca podciąga się na balustradzie, żeby stanąć na nogi, wciąż trzymając nóż. Danowi już się robi niedobrze od widoku tego zasranego noża.

– Poddaj się, przyjacielu – mówi tamten, kuśtykając przez śnieg w jego stronę.

Facet ma nóż, a on gówno. Przykucnąwszy, ryje palcami w śniegu.

– Chcesz to utrudnić? – Dykcja faceta jest trochę nie tego. Niemal staromodna.

– Nie będziesz miał szansy, żeby jej znowu coś zrobić – mówi Dan. Z bliska widzi teraz, że facet przy upadku rozbił sobie wargę. Jego zęby są czerwone, kiedy się uśmiecha.

– To jest koło, które musi zostać zamknięte.

– Nie wiem, co ty, kurwa, gadasz, człowieku – odpowiada mu Dan, podźwigając się z ziemi. – Ale rozwścieczasz mnie. – Przenosi swój ciężar na prawą stopę, ignorując ból w boku, nakręcając się. Między kciukiem a dwoma rozcapierzonymi palcami trzyma grudę śniegu, jakby szykował się do rzutu piłką baseballową. Unosi kolano i robi ze swych ramion wiatrak, kręcąc biodrami i padając na drugą nogę, sprawiając, że śnieżna kula nie rozpada się, tylko wyfruwa gładko z jego dłoni. – *Vete pa'l carajo, hijo'e puta!*

Zaimprowizowana piłeczka śmiga na drugą stronę ulicy, po łuku tak precyzyjnym, że pewnie zawstydziłby samego Mad Doga Madduxa, i roztrzaskuje się na twarzy psychopaty.

Zszokowany morderca zatacza się w tył, potrząsając głową i otrzepując śnieg. Czasu jest dosyć. Dan przebiega przez ulicę, zamykając przestrzeń między nimi. Skacze na niego. Zbiera się w sobie jeszcze raz, wbija pięść w nos tamtego. Celuje nisko, w nadziei, że wbije przegrodę nosową tego skurwiela w jego mózg. Ale gdyby to było takie łatwe, toby zawsze się tak działo. Facet wykręca się szczęką, kiedy spada na nią cios, i Dan czuje, jak kość policzkowa kruszy się pod jego kłykciami. *Puñeta*, to boli.

Odpycha się, umykając przed nożem, który właśnie przeszył powietrze, po czym pada na plecy jak krab. Turla się po ziemi, robiąc wykop butem, trafiając w coś twardego. Nie rzepki kolanowe ani jaja tego faceta, co byłoby korzystne. Może to jego udo.

Tamten wciąż szczerzy się w uśmiechu, mimo krwi ciurkającej mu z nosa. Ostrze w jego dłoni jest śliskie – pod wpływem tego spostrzeżenia Danowi robi się mdło i czuje się bardzo, bardzo zmęczony. Być może to przez utratę krwi. Trudno powiedzieć, ile jej już stracił. Raczej nie jest dobrze, stwierdza na podstawie czerwonych plam na śniegu. Niechętnie podźwiga się na nogi. Nie rozumie, dlaczego Kirby nie wyjdzie z domu i zwyczajnie nie zastrzeli tego drania.

Przygląda się ręce, w której jest nóż. Może mógłby go odkopnąć. Jak jakiś mistrz kung fu. Kogo on chce oszukać? Podejmuje decyzję. Rzuca się przed siebie, chwytając poranioną rękę tamtego, ściskając ją i wykręcając, usiłując go przewrócić, pozbawić równowagi, i jednocześnie wali pięścią w klatkę piersiową skurwysyna.

Morderca stęka z zaskoczeniem, kiedy z płuc zostaje mu wybite powietrze, zataczając się w tył o jeden krok i pociągając za sobą Dana, ale jest silniejszy i bardziej doświadczony. Udaje mu się jeszcze dźgnąć pionowo nożem: rozpruwa brzuch Dana i pociąga ostrze przez klatkę piersiową, czemu towarzyszy odgłos jak przy rozcinaniu mięsa albo papieru.

Dan osuwa się na kolana, ściskając się za brzuch. A potem przewraca się na bok. Czuje, jak ziemia pod jego twarzą zamarza. Na śnieg wylewa się szokująca ilość krwi.

– Ona będzie umierała jeszcze gorzej – mówi mężczyzna, uśmiechając się upiornie. Trąca Dana pod żebra czubkiem buta. Dan jęczy i turla się na plecy, odsłaniając brzuch. Bezskutecznie usiłuje osłonić się rękami. Coś go uwiera, coś ukrytego w kieszeni marynarki. To ten cholerny konik.

Ulicę omiatają reflektory i zza rogu wyłania się kanciasty, staroświecki samochód. W snopach światła wirują drobiny śniegu. Samochód zwalnia, kierowca prawdopodobnie dostrzegł Dana, który tam leży i wykrwawia się na śmierć, i mężczyznę z nożem, który kuśtyka w stronę domu najszybciej jak może. Na horyzoncie już świta.

– Pomóż mi! – wrzeszczy Dan w stronę samochodu. Nie widzi twarzy kierowcy za żółtawą łuną okrągłych reflektorów, podobnych do okularów. Widzi tylko sylwetkę w kapeluszu. – Zatrzymaj go!

Samochód stoi przed nim na jałowym biegu, ciepło spalin formuje cumulusy dwutlenku węgla posykujące w zetknięciu z zimnym powietrzem. Nagle silnik zaczyna ryczeć, koła obracają się gwałtownie, rozkopując drobiny lodu i żwiru, po czym przejeżdża obok niego. Ledwie go wymijając.

– Pieprz się! – usiłuje za nim krzyknąć Dan. – Ty popieprzony zasrańcu! – Jest to raczej tylko urywane rzężenie. Wyciąga szyję, starając się dojrzeć mordercę, który już jest na stopniach ganku, już sięga do drzwi. Trudno go jednak zobaczyć wyraźnie, i to nie tylko z powodu płatków śniegu wirujących gwałtownie w powietrzu.

Pole widzenia Dana zachodzi na skraju ciemnym futrem, zwężając się jak katarakta. Jakby wpadał do jakiejś studni i coraz bardziej oddalał się od światła.

HARPER I KIRBY

13 czerwca 1993

Drzwi otwierają się i ukazuje się w nich Harper, zalany krwią i obłąkańczo uśmiechnięty z radosnego oczekiwania; w ręku trzyma nóż i klucz. Ale ten uśmiech zamiera, kiedy widzi, co ona robi. Kirby stoi na środku pokoju, potrząsając zapalniczką Ronson Princess De-Light i wylewając z niej paliwo na stertę rzeczy, które zgromadziła na środku.

Zerwała zasłony z okna i narzuciła je na materac, który tu przywlokła z sypialni na górze; te zasłony są miejscami przesiąknięte na wskroś jakąś wilgocią. Obok walają się niedbale ciśnięte butelki. To nafta przyniesiona kuchni. Whisky. Przewróciła krzesło i rozdarła jego siedzenie, przez co widać sterczące kępki wyściółki. Gramofon jest rozbity na kawałki. Wnętrze mosiężnego rogu zostało wypełnione kawałkami lśniącego drewna, banknotami studolarowymi i kuponami z zakładów. Zniosła też wszystko z pokoju. Motyle skrzydła, kartę baseballową, konika, kasetę, kawał czarnej wstążki splątany z bransoletką z amuletami, plakietkę identyfikacyjną z laboratorium, znaczek kontestacyjny, spinkę do włosów z króliczkiem, pigułki antykoncepcyjne i czcionkę zecerską. Oraz przeżutą piłeczkę tenisową.

– Gdzie jest Dan? – pyta Kirby. Blask bijący za nią od kominka lśni w jej włosach jak proroctwo.

– Nie żyje – mówi Harper. Za nim, w otwartych

drzwiach, widać burzę śnieżną, która szalała w Chicago w grudniu 1929 roku. – Co ty robisz?

– A jak myślisz? – odpowiada mu drwiąco. – Nie dałeś mi nic do roboty, oprócz czekania na twój powrót.

– Ani mi się waż! – krzyczy Harper, bo Kirby już krzesze iskrę.

Na czubku zapalniczki wykwita nieruchawy, złoty płomyk. Kirby rzuca zapalniczkę na stos, który zaledwie sekundę później już płonie, od papieru bucha oleisty, czarny dym pośród roztańczonych, pomarańczowych jęzorów ognia.

W przeraźliwym krzyku Harpera słychać śmiertelny ból, kiedy rzuca się na nią z wycelowanym nożem, ale coś go znienacka zatrzymuje.

Zwala się gwałtownie na podłogę, upuszczając klucz, bo Dan chwyta go w zapaśniczy uchwyt, klęcząc i zaciskając ręce na jego nogach. Jeszcze żyje, mimo że dookoła niego zbiera się kałuża krwi, czarnej i gęstej. Ciągnie Harpera za spodnie, żeby odwlec go dalej i nie dopuścić, by ją dopadł. Harper dla odmiany kopie go jak oszalały. Jego pięta popycha klucz, który sunie prędko po podłodze, ślizgając się we krwi, aż wreszcie zatrzymuje się na samym progu Domu.

Harperowi udaje się zadać skuteczny cios butem, który trafia Dana pod szczęką. Z ust Dana wyrywa się jęk i jego palce wypuszczają fałdy dżinsów mordercy.

Uwolniony Harper podnosi się niezdarnie, wciąż triumfalnie trzymając nóż. Zabije ją, ugasi ogień, a potem będzie powolutku patroszył jej przyjaciela za te wszystkie kłopoty, których mu nastręczył.

I w tym momencie napotyka spojrzenie Kirby, która celuje do niego z pistoletu. Od płomieni za jej plecami czuć gorąco. Dziewczyna otwiera usta, żeby coś powiedzieć, ale rezygnuje. Robi powolny wydech i pociąga spust.

HARPER

13 czerwca 1993

Błysk jest oślepiający. Siła podmuchu ciska nim o ścianę.

Dotyka dziury w swojej koszuli, gdzie już krzepnie ciemna plama podobna do kwiatu. Z początku nie czuje nic. A potem nadchodzi ból, wszystkie nerwy wzdłuż trajektorii dziury, którą wyborowała w nim kula, rozjarzają się jednocześnie. Usiłuje się zaśmiać, ale jego oddech jest wilgotny i charczący, bo płuco powoli napełnia się krwią.

– Nie możesz – mówi.

– Naprawdę?

Pięknie wygląda, myśli Harper, z tymi wywiniętymi wargami, które ukazują zęby, z rozjaśnionymi oczami, z włosami jak aureola dookoła głowy. Ona lśni.

A ona znowu pociąga za spust, mimowolnie mrugając, gdy rozlega się trzask. I potem jeszcze raz, i jeszcze raz. I jeszcze raz. Aż wreszcie komora jest pusta. Rejestruje te detonacje w swoim ciele niewyraźnie, bo jest tak, jakby już się zaczął rozpadać.

A potem Kirby ciska w niego pistolet, w geście bezsilności, pada na kolana i kryje twarz w dłoniach.

Należało mnie wykończyć, ty głupia cipo, myśli. Usiłuje wykonać jakiś ruch w jej stronę, ale jego ciało nie reaguje.

Jego pole widzenia zniekształca się, wykrzywia pod kątem rozwartym. Cała sceneria układa się pod nim, jakby unosił się gwałtownie, oddalając od niej.

Widzi dziewczynę z trzęsącymi się ramionami, gdy tymczasem języory ognia strzelają w górę od plątaniny krzeseł, zasłon i totemów, plując czarnym, chemicznym dymem.

Widzi rosłego mężczyznę, który leży na podłodze i dławi się własną śliną; ma zamknięte oczy, trzyma się za brzuch i pierś, krew mu wypływa spomiędzy palców.

Harper widzi siebie stojącego pod ścianą. Jak on może widzieć siebie od zewnątrz? Ogląda wszystko z góry, jakby się zaklinował w suficie, a jednocześnie był spętany z tą bryłą ciała, która ma jego twarz i stoi tam na dole.

Harper widzi wiotczejące nogi Harpera. Jego ciało zaczyna się zsuwać po ścianie. Tył jego głowy zostawia ciemne smugi krwi i mózgu na kremowej tapecie.

Czuje, że połączenie mu się wyślizguje. I potem nagle pęka.

Wyje z niedowierzaniem, przebierając palcami, żeby dostać się z powrotem na dół. Ale brakuje mu rąk, żeby się czegokolwiek uchwycić. Jest trupem. Tyle tego mięsa na podłodze.

Wyciąga się, usiłując czegokolwiek dosięgnąć.

I znajduje Dom.

Deski podłogi zamiast kości. Ściany zamiast tkanek.

Jest w stanie przyciągnąć go do siebie. Zacząć od nowa. Odwrócić to. Żar płomieni, duszący dym i wyjąca furia.

To nie jest właściwie posiadanie, tylko raczej infekcja.

Dom zawsze był jego.

Zawsze był nim.

KIRBY

13 czerwca 1993

W pokoju robi się gorąco. Dym wdziera się do jej wnętrza razem ze spazmami płaczu, osiada w płucach. Właściwie mogłaby tu umrzeć. Wystarczy nie otwierać oczu. Już nigdy nie wstać. To będzie łatwe. Śmierć z braku tlenu dopadnie ją wcześniej niż płomienie. Wystarczy głęboko oddychać. Odpuścić sobie. Dokonało się.

Coś szarpie ją za rękę, z uporem, jak pies.

Nie chce, ale otwiera oczy i widzi Dana, to on ją ściska za rękę. Stoi na czworakach, kuli się. Jego palce są śliskie od krwi.

– A może tak trochę byś pomogła? – rzęzi.

– O Boże. – Kirby jeszcze się trzęsie, płacze i kaszle. Obłapia go ramionami, tak gwałtownie, że Dan się krzywi.

– Aua.

– Stój spokojnie. Potrzebuję twojej marynarki. – Pomaga mu ją zdjąć, a potem obwiązuje go nią w pasie, najmocniej jak potrafi, dookoła rany. Tkanina przesiąka na wylot, jeszcze zanim kończy to robić. Woli o tym nie myśleć. Wpełza pod jego ramię, wpija ręce w podłogę i podźwiga się w górę. Jest zbyt ciężki, nie jest w stanie go unieść. Jej but ślizga się w jego krwi.

– Ostrożnie, psia jego mać. – Jest straszliwie blady.

– OK – mówi ona. – O tak. – I kuli ramiona, dzięki

czemu przyjmuje na siebie jego ciężar, podtrzymując go i sunąc wolno do przodu. Ogień trzaska tuż za ich plecami, żarłocznie skacząc po ścianach. Tapeta czernieje i marszczy się, w górę ulatują skręcone wici dymu.

I Boże, dopomóż, ona czuje, że on wciąż tu jest.

Pełzną w stronę drzwi, co rusz się przewracając. W końcu Kirby staje na jednej nodze, ryzykując utratę równowagi, i robi wymach drugą nogą, żeby wykopać drzwi zawalone od zewnątrz lodem i śniegiem.

– Co ty robisz?

– Próbuję cię zabrać do domu. – Pomaga mu się podnieść na czworaki. – Wytrzymaj sekundę. Jeszcze jedną sekundę.

– Miło było się z tobą całować – mówi Dan łamiącym się głosem.

– Nie odzywaj się.

– Nie wiem, czy jestem taki silny jak ty.

– Jeśli chcesz mnie znowu pocałować, to się, kurwa, zamknij i przestań się wykrwawiać na śmierć – odwarkuje ona.

– OK – wydusza z siebie Dan, uśmiechając się słabo, a potem już mocniejszym głosem dodaje: – OK.

Kirby robi wdech i otwiera drzwi na letni wieczór pełen policyjnych syren i migoczących świateł.

POSTSCRIPTUM

BARTEK

3 grudnia 1929

Polski inżynier zatrzymuje samochód dwie przecznice dalej i siedzi teraz z pracującym silnikiem, rozmyślając o tym, co właśnie widział. Nic dobrego, tyle wie. Nie zdołał dostrzec dokładnie, co się tam właściwie działo. Mężczyzna leżący na środku ulicy, wykrwawiający się na śmierć. To go zaszokowało. Omal go nie przejechał. Nie skupił się należycie na tym, którędy jedzie. Prowadził samochód od samego Cicero zgodnie z wykutym na pamięć równaniem, które równa się domowi.

Bartek przyznaje się przed sobą, że jest trochę pijany. Mocno pijany. Jak zaczyna przegrywać, to dżin łatwiej mu wchodzi. I Louis stale serwował drinki, przez całą noc, aż do białego świtu, jeszcze długo po tym, jak Bartek wydał ostatni grosz. Dawał mu na krechę. Dość, żeby się z kretesem narąbać. A teraz jest winien Cowenowi dwa tysiące dolarów.

Miał szczęście, że w ogóle udało mu się odjechać własnym wozem, taka jest niemiła prawda. Przyjdą po niego w niedzielny ranek, tuż przed kościołem, jeśli nie zbierze pieniędzy przez weekend. Lepiej tak, niż gdyby mieli przyjść po niego, ale to go też nie minie. Diamond Lou Cowen się nie pieprzy.

Uprawianie hazardu ze znanymi gangsterami. Bratanie się z osobistymi kumplami pana Capone. Co on sobie myślał? Ma dość problemów na głowie, żeby jeszcze wdawać się w jakieś cholerne scysje o piątej nad ranem.

Ale jest zaintrygowany. Tą łuną wylewającą się na ulicę ze zrujnowanego domu i nieziemskim przepychem, który wyszpiegował przez otwarte drzwi. Powinien wrócić i pomóc, mówi sobie. Albo po prostu tam wejść i zapuścić żurawia. Zawsze może wezwać policję, jeśli to coś poważnego.

Zawraca samochód i podjeżdża pod dom.

Klucz czeka na niego na frontowym ganku, tuż przy progu zamkniętych drzwi, przysypany śniegiem i zakrwawiony.

PODZIĘKOWANIA

Dziękuję wszystkim, którzy pomogli stworzyć tę książkę w takim kształcie.

Otaczała mnie ekipa fantastycznych ludzi, którzy wyszukiwali informacje, książki o wyczerpanych nakładach, filmy wideo, fotografie i ludzkie historie związane z wszelkimi możliwymi tematami, jak ruch aborcyjny, artystki kabaretowe malujące się farbą radową, rozwój medycyny sądowej, recenzje restauracji z lat trzydziestych i historia zabawek produkowanych w latach osiemdziesiątych. Wiele zdumiewających ciekawostek znaleźli dla mnie moja oddana reasercherka Zara Trafford oraz Adam Maxwell i Christopher Holtorf ze SkywardStar; zebrane przez nich materiały były później opracowywane przez Liama Krugera, Louisę Betteridge i Matthew Browna, który był na każde skinienie, ponieważ jest moim mężem. Dziękuję wam.

W Chicago wspaniale mnie gościli Katherine i Kendaa Fitzpatrick, aczkolwiek zabranie dwuletniej córki Katherine na plażę Montrose, do miejsca, gdzie popełniono morderstwo, było chyba dość osobliwym pomysłem. Mąż Kate, dr Geoff Lowrey, udzielił mi wielu porad z zakresu medycyny i sprawdził wiele informacji, podobnie przysłużył się Simon Gane, specjalista chirurgii laryngologicznej.

Za wszelkie błędy, które mogły jeszcze zostać w książce, odpowiedzialność ponoszę ja sama.

Przyjaciel z Twittera, Alan Nazerian (vel @gammacounter) woził mnie wszędzie, towarzyszył mi na Wrigley Field i przedstawiał wspaniałym i pomocnym ludziom, między innymi Avie George Stewart, która przy najlepszej chińszczyźnie w mieście w restauracji Lao Hunan udzielała mi bezcennych wykładów z prawa kryminalnego, oraz Claudii Mendelson, która zapoznała mnie z cyklem wirtualnych wykładów Architecture 101 przy kawie w jednej z kawiarń sieci Intelligentsia. Claudia skontaktowała mnie z Wardem Millerem, który opowiedział o najbardziej niezwykłych budynkach miasta przy kolacji w Buona Terra. (Chicago to miasto, w którym naprawdę można dobrze zjeść).

Adam Selzer, przewodnik, historyk i autor powieści dla młodzieży, zabrał mnie do „nawiedzonych" miejsc w mieście, w tym do korytarzy na tyłach Hotelu Kongresowego, i opowiedział o intrygujących epizodach z historii Chicago, w szczególności z lat dwudziestych i trzydziestych XX wieku, wśród których wielu niestety nie byłam w stanie ująć w książce, i ugościł mnie w Al's Beef.

Emerytowany detektyw policji chicagowskiej Joe Sullivan (vel @joethecop) wdrożył mnie w szczegóły pracy policji na posterunku w mieście Niles, gdzie pokazał mi kartony pełne starych akt z budzącymi dreszcz zdjęciami. (Był także bekon i koktajle oparte na burbonie w lokalnych pubach).

Dzięki Jimowi deRogatisowi miałam informacje z samego źródła o tym, jak funkcjonuje redakcja i biblioteka „Chicago Sun-Times", poznałam też problem z oparami farby drukarskiej unoszącymi się w powietrzu, anegdoty o redaktorach prowadzących, wariatach przychodzących do redakcji i opowieści z pierwszych stron. Bardzo wiele z tego wykorzystałam. Wiele też mi opowiedział o scenie muzycznej Chicago w latach dziewięćdziesiątych i przysłał egzemplarz swojej znakomitej, przezabawnej książki: *Milk It: Collected Musings on the Alternative Music Explosion of the 90s.*

Pragnę wyrazić wdzięczność dziennikarzowi sportowemu Keithowi Jacksonowi oraz Jimmy'emu Greenfieldowi z „The Tribune", którzy rozmawiali ze mną o jasnych i ciemnych stronach dziennikarstwa sportowego i o filozofii baseballu.

Ed Swanson, który pracuje jako wolontariusz w Muzeum Historii Chicago, zechciał przeczytać moją powieść i precyzyjnie zweryfikować fakty historyczne związane z miastem, a także to, co napisałam o Americanach i chicagowskiej kolei miejskiej. Wszelkie błędy w książce zostały popełnione przeze mnie, a niektóre drobniejsze pomyłki, takie jak rzeczywista data wydania „The Maxx" albo obecność jakichkolwiek robotników afroamerykańskich przy Chicago Bridge czy też Iron Company w Senece, zostały popełnione intencjonalnie dla dobra fabuły.

Swój artykuł prasowy poświęcony Jeanette Klarze oparłam w sporej mierze na autentycznym artykule o prawdziwej „radowej" tancerce, *In New York She Is Dancing to Her Death* autorstwa Paula Harrisona, który ukazał się 25 lipca 1935 roku na łamach „Milwaukee Journal". Pragnę podziękować redakcji „Milwaukee Sentinel Journal" za udzielenie zgody na zacytowanie kilku znakomitych fragmentów oryginału.

Bardzo pomogli mi swą znajomością portorykańskich przekleństw Pablo Defendini, Margaret Armstrong i TJ Tallie, jestem też wdzięczna Tomkowi Suwalskiemu i Ani Rokicie, którzy przetłumaczyli i zredagowali polskie dialogi, również te wypełnione wulgaryzmami.

Dziękuję dr Kerry Gordon, specjalistce od mikrobiologii z Uniwersytetu w Kapsztadzie, dzięki której mogłam opisać działalność naukową Myshy Pathan.

Nell Taylor z Biblioteki Read/Write udzieliła mi wszechstronnego wykładu na temat historii chicagowskiej prasy niezależnej, a Daniel X. O'Neil opowiedział mi o scenie punkowej lat dziewięćdziesiątych i klubie Dreamerz oraz przysłał mi oryginalne ulotki reklamujące jego szalone performance, w tym również *Delusis*. Dziękuję Harperowi Reedowi i Adrianowi Holovatemu za to, że mnie zaprowadził do klubu Green Mill na koncert Swing Gitan, cygańskiego bandu jazzowego inspirującego się latami trzydziestymi.

Helen Westcott wypożyczyła mi swoje podręczniki kryminologii i materiały o seryjnych zabójcach, a Dale Halvorsen wyszukiwał dla mnie w Internecie informacje o najsławniejszych morderstwach. Moi kumple ze studia, Adam Hill, Emma Cook, Jordan Metcalf, Jade Klara i Daniel Ting Chong, jakoś wytrzymywali moje towarzystwo i podnosili mnie na duchu zabawnymi filmikami z YouTube'a oraz codziennymi bezlitosnymi docinkami. Dziękuję też wszystkim z wytwórni filmów animowanych Sea Monster za to, że pozwalali mi się ukrywać u siebie, kiedy nasz budynek był remontowany.

Jestem wdzięczna przyjaciołom, rodzinie i obcym ludziom z Twittera, którzy pomagali przydatnymi sugestiami, tłumaczeniami, poradami medycznymi albo rozmaitymi wskazówkami związanymi z Chicago. Dziękuję też wszystkim innym osobom, o których zapomniałam tu wspomnieć.

Nie chcę podawać pełnej bibliografii dzieł, z których korzystałam, ale najbardziej przydatne i fascynujące okazały się: *Chicago Confidential* Jacka Laita i Lee Mortimera – znakomity, seksowny i zabawny przewodnik po nocnym życiu miasta opublikowany w latach pięćdziesiątych; niezwykle wciągająca historia miasta *Chicago: A Biography* Dominika A. Pacygi; *Slumming: Sexual and Racial Encounters In American Nightlife 1885–1940* Chada Heapa; *Girl Show: Into The Canvas World of Bump and Grind* A.W. Stencella; *Red Scare: Memories of the American Inquisition* Griffina Fariello, materiały dotyczące Jane, w tym także transkrypcje indywidualnych historii, znalezione w archiwach Chicago Women's Liberation Union's Herstory opublikowane na stronie internetowej Uniwersytetu Illinois Chicago, *Doomsday Men* P.D. Smitha – książka poświęcona historii bomby atomowej (oraz wyjątki z jego najnowszej książki, które Peter przysłał mi w mailach: *City. A Guidebook for The Urban Age*); *Perfect Victims* Billa Jamesa; *Whoever Fights Monsters* Roberta K. Resslera i Toma Schachtmana; *Gang Leader For A Day* Sudhira Venkatesha; *Nobody's Angel* Jacka Clarka; *The Wagon and Other Stories From The City* Martina Preiba; wykład Wilsona Minera wygłoszony na Webstock 2012 r. o tym, jak samochody ukształtowały świat w sposób iście tektoniczny; *Chicago Neigbourhoods and Suburbs* Ann Durkin Keating, a także *Nostalgia anioła* Alice Sebold, *I Have Life: Alison's Journey* Marianne Thamm i *Fruit of a Poisoned Tree* Antony'ego Altbekera, dzięki którym mogłam się przekonać, przez co są zmuszone przechodzić prawdziwe ofiary przemocy i ich rodziny.

Bezcennych sugestii co do tego, jak uczynić moją książkę lepszą i bardziej interesującą, udzielili mi moi pierwsi czytelnicy Sarah Lotz, Helen Moffett, Anne Perry, Jared Shurin, Alan Nazerian, Laurent Philibert-Caillat, Ed Swanson, Oliver Munson oraz genialny doradca od wątku podróży w czasie Sam Wilson.

Ta książka nigdy by nie powstała bez wsparcia mojego superagenta Oli Munsona i wszystkich z wydawnictwa Blake Friedmann i ich zagranicznych partnerów agencyjnych. Jestem szczególnie wdzięczna redaktorom i wydawcom, którzy natychmiast w nią uwierzyli, a zwłaszcza Johnowi Schoenfelderowi, Joshowi Kendallowi, Julii Wisdom, Kate Elton, Shonie Martyn, Annie Valdinger, Frederikowi de Jagerowi, Fouriemu Botha, Michaelowi Pietschowi, Miriam Parker, Wesowi Millerowi i Emadowi Akhtarowi.

Nie byłabym w stanie napisać tej powieści bez pomocy i zaangażowania uczuciowego mojego męża Matthew, który przez wiele tygodni samodzielnie zajmował się naszą córką, podczas gdy ja wyjeżdżałam w poszukiwaniu materiałów albo tkwiłam za biurkiem, zajmując się pisaniem i redagowaniem, i który jest moim pierwszym czytelnikiem. Dziękuję ci. Kocham cię.